ANNE GRIFFIN ist eine irische Schriftstellerin. Sie erhielt für ihre Kurzgeschichten den *John McGahern Award for Literature*, außerdem stand sie u. a. auf der Shortlist für den *Hennessy New Irish Writing Award* und den *Sunday Business Post Short Story Award*. Ihr Romandebüt, «Ein Leben und eine Nacht», wurde in zahlreiche Länder verkauft, u. a. in die USA, nach Kanada, Frankreich und Holland, und stand auf Platz 1 der irischen Bestsellerliste. Anne Griffin lebt in Irland.

MARTIN RUBEN BECKER lebt als Übersetzer in München und hat u. a. Bücher von Joseph Luzzi, Robert Goolrick, Favell Lee Mortimer und David Bergen übersetzt.

«So muss man Geschichten erzählen!» Cecelia Ahern

«Ich gebe es zu: Ich habe geweint … Wunderbar berührend.»
Emotion

Anne Griffin

EIN LEBEN
und eine Nacht

Roman

Aus dem Englischen von
Martin Ruben Becker

Rowohlt Taschenbuch Verlag

Die Originalausgabe erschien 2019
unter dem Titel «When all is said»
bei Sceptre, Imprint of Hodder & Stoughton,
an Hachette UK company.

Veröffentlicht im Rowohlt Taschenbuch Verlag,
Hamburg, Januar 2021

Redaktion Johanna Schwering
Covergestaltung any.way, Hamburg,
nach dem Original von Hodder & Stoughton, UK
Coverabbildung Shutterstock
Satz aus der ITC New Baskerville PostScript
bei Pinkuin Satz und Datentechnik, Berlin
Druck und Bindung CPI books GmbH, Leck, Germany
ISBN 978-3-499-27515-9

Für James und Adam

GESUCHT: Sovereign-Goldmünze Edward VIII. von 1936. Zahle jeden Preis. Zustand egal. Zuschriften mit Angabe der Preisvorstellung an Thomas Dollard, 3 Fennel Way, London

Aus den Kleinanzeigen des «International Coin Enthusiast Magazine», Mai–Juni 1977, Heft 51.

ERSTES KAPITEL

Samstag, 7. Juni 2014
18:25 Uhr
In der Bar des Rainsford House Hotels
Rainsford, County Meath, Irland

Liegt es an mir, oder sind die Barhocker hier inzwischen niedriger? Vielleicht bin ich auch geschrumpft. Das kann einem passieren, wenn man vierundachtzig Jahre alt ist, das und haarige Ohren.

Wie spät ist es jetzt in den Staaten, mein Junge? Eins? Zwei? Ich vermute, du klebst wieder an deinem Laptop und hämmerst in deinem klimatisierten Büro auf die Tastatur ein. Natürlich könntest du auch zu Hause sein, auf der Veranda, in dem Lehnstuhl mit der wackeligen Lehne, und deinen jüngsten Artikel in diesem Blatt lesen, für das du arbeitest, wie heißt es noch …? Gott, jetzt fällt es mir nicht ein. Aber ich sehe dich vor mir mit deinen Sorgenfalten, während Adam und Caitríona wild tobend versuchen, deine Aufmerksamkeit zu erlangen.

Hier ist es ganz ruhig. Keine Menschenseele. Nur ich ganz allein, mit mir selbst redend, in Vorfreude auf den ersten Schluck mit den Fingern auf den Tresen trommelnd, als hinge mein Leben davon ab. Wenn ich hier denn mal einen Drink serviert bekomme. Hab ich dir je erzählt, Kevin, dass mein Vater ein großer Fingertrommler war? Trommelte auf der Tischplatte herum, auf meiner Schulter, auf allem, was sein Zeigefinger erreichen konnte, um seine Meinung zu unterstreichen und die verdiente Aufmerksamkeit zu erlangen. Mein eigener Finger scheint nicht so talentiert zu sein. Keiner beachtet mich. Nicht, dass irgendjemand hier wäre, dessen Aufmerksamkeit ich erlangen könnte, bloß die da vorn an der Rezeption. Sie weiß sehr wohl, dass ich hier bin, und gibt sich alle Mühe, mich zu ignorieren. Die bringen es noch fertig, mich ungerührt verdursten zu lassen.

Soll wohl daran liegen, dass sie heute alle Hände voll zu tun haben mit der Verleihung der County Sports Awards, die dieses Jahr hier im Hotel stattfindet, drüben im Saal. Ein ziemlicher Coup für so ein Kaff wie Rainsford, diesen Rummel aus Duncashel mit seinen beiden Hotels hierherzulocken. Emily hat das eingefädelt, die Geschäftsführerin – oder Hotelbesitzerin, sollte ich wohl besser sagen, eine Frau, die in der Lage ist, jedem die Vorzüge dieses Ortes überzeugend nahezubringen. Nicht dass ich selbst allzu viel davon in all den Jahren mitbekommen hätte.

Aber trotzdem sitze ich hier. Ich habe meine Gründe, mein Junge, ich habe meine Gründe.

Du solltest mal diesen gigantischen Spiegel hier vor mir sehen. Mächtiges Teil. Ist so breit wie der ganze Tresen, über der Reihe mit den Schnapsflaschen. Keine Ahnung, ob der aus dem ursprünglichen Haus stammt. Zehn Männer muss es gebraucht haben, um den hier aufzuhängen. Zeigt die Sofas und Stühle hinter mir, die so begierig auf all die Ärsche sind, die sich in diesem Moment in ihre schicke Kleidung quetschen. Und dann bin da noch ich, in der Ecke, wie der bekloppte Idiot, der seinen Kopf nicht rechtzeitig außer Schussweite kriegt. Und was für einen Kopf. In letzter Zeit gucke ich nicht allzu oft in den Spiegel. Als deine Mutter noch lebte, habe ich mir wohl noch ein bisschen Mühe gegeben, aber was soll das jetzt noch bringen? Es fällt mir schwer mich anzusehen. Kann das nicht ertragen – diese immer höher werdende Stirn –

das hast du ja auch lange genug mit ansehen müssen im Lauf der Jahre.

Immerhin: sauberes, weißes Hemd, steifer Kragen, blaue Krawatte, ordentlich gebunden. Der grüne Pullover, den mir deine Mutter zu dem Weihnachten vor ihrem Tod geschenkt hat, Anzug, meine Schuhe auf Hochglanz geputzt. Putzen die Leute ihre Schuhe überhaupt noch, oder bin ich der Letzte, der diese Kunst praktiziert? Sadie wäre stolz auf mich. Ein gut geratenes Exemplar von einem Mann. Vierundachtzig und ich kann immer noch mit einem Schopf Haaren und Stoppeln am Kinn dienen. Fühlt sich allerdings rau an – sehr rau. Ich weiß nicht, warum ich mir überhaupt noch die Mühe mache, mich jeden Morgen zu rasieren, wenn es mittags schon wieder eine Drahtbürste ist.

Ich weiß, ich war zu meiner Zeit nicht gerade das, was man gut aussehend nennt, aber alles, was überhaupt für mich gesprochen hat, hat sich schon seit langem verdünnisiert. Meine Haut sieht so aus, als befände sie sich auf einem Marathonlauf in Richtung Süden. Aber weißt du, was? Meine Stimme ist immer noch die alte.

«Maurice», hat deine Großmutter immer gesagt, «mit deiner Stimme könntest du Eisberge zum Schmelzen bringen.»

Bis zum heutigen Tage klingt sie wie ein Cello – tief und weich. Macht die Leute auf mich aufmerksam. Ein Ruf zu der da vorn an der Rezeption, die so beschäftigt tut, und sie würde mir ganz schnell mein Glas einschenken. Aber ich sollte nicht für mehr Aufsehen sorgen, als unbedingt nötig ist. Ich muss später noch was erledigen, und vor mir liegt eine lange Nacht.

Da ist wieder dieser Geruch. Ich wünschte, du wärst hier und könntest ihn auch riechen: Meister Proper. Weißt du noch? Jeden Samstag roch unser ganzes Haus danach. Am Putztag deiner Mutter. Dieser beißende Gestank traf mich, sobald ich durch die Hintertür ins Haus trat. Ich musste den ganzen Abend dauernd wie ein Verrückter niesen. Freitags war der Tag zum Wischen und Bohnern. Der Duft von Wachs, selbst gemachten Pommes und geräuchertem Kabeljau wärmte mir das Herz und zauberte mir ein Lächeln aufs Gesicht. Harte Arbeit und gutes Essen sind doch eine dankbare Verbindung. Allerdings hört man nicht mehr oft von Leuten, die ihre Böden bohnern. Was ist bloß los?, frage ich mich.

Schließlich kommt doch jemand aus der Tür hinter der Bar, um mich von meinem durstigen Elend zu erlösen.

«Na, da sind Sie ja endlich», sage ich zu Emily, dem Inbegriff von Schönheit und Effizienz. «Sind Sie gekommen, um mir die Peinlichkeit zu ersparen, mir selbst einen Drink einzugießen? Ich habe sogar schon überlegt, ob ich Miss Hilfsbereit da draußen bitten soll.»

«Dann bin ich ja gerade noch mal rechtzeitig gekommen, Mr. Hannigan», sagt sie mit der Andeutung eines Lächelns, legt einen Stapel Unterlagen auf den Tresen und schaut auf ihr Handy, das obendrauf liegt. «Wir wollen doch nicht, dass Sie die Mitarbeiter mit Ihrem besonderen Charme aufschrecken.» Sie hebt den Kopf, schaut mich an, und da ist für einen Moment ein Funkeln in ihren Augen, bevor sie wieder auf das Display schaut.

«Das ist ja reizend. Da kommt man her, um in Ruhe etwas zu trinken, und kriegt so etwas zur Antwort.»

«Swetlana ist gleich da. Wir hatten nur noch eine kurze Besprechung wegen heute Abend.»

«Na, Sie sind ja wieder großzügig wie die Ryanair.»

«Ich sehe, Sie sind bester Laune», sagt sie, baut sich direkt vor mir auf und schenkt mir jetzt ihre volle Aufmerksamkeit. «Ich wusste ja nicht, dass Sie vorbeikommen. Was beschert uns denn dieses besondere Vergnügen?»

«Ich rufe doch nicht jedes Mal vorher an.»

«Nein, aber es wäre vielleicht eine gute Idee. Dann kann ich die Mitarbeiter in Alarmbereitschaft versetzen.»

Da ist es wieder – dieses Lächeln, dieses Lippenkräuseln, so köstlich wie ein großer Schlag Sahne auf einem warmen Apfeltörtchen. Und diese vor Neugier funkelnden Augen.

«Einen Bushmills?», fragt sie und greift nach einem Whiskyglas.

«Lieber erstmal eine Flasche Stout für den Anfang. Aber nicht aus dem Kühlschrank.»

«Für den Anfang?»

Ich beachte die Sorge, die in ihrer Stimme mitklingt, einfach nicht.

«Würden Sie nachher eins mittrinken?», frage ich stattdessen.

Sie hält inne und wirft mir einen langen Blick zu.

«Ist alles in Ordnung?»

«Nur ein Drink, Emily, das ist alles.»

«Sie wissen aber schon, dass ich die County Awards an der Backe habe?», sagt sie, die Hand auf der Hüfte. «Ganz zu schweigen von einem mysteriösen VIP, der sich entschlossen hat, heute Nacht hier zu logieren. Muss alles perfekt sein. Ich habe zu viel Arbeit reingesteckt, als dass dies jetzt –»

«Emily, Emily. Heute Abend wird's keine Überraschungen geben. Ich möchte bloß hier sitzen und ein Bier mit Ihnen trinken. Diesmal keine Bekenntnisse, ich verspreche es.»

Ich schiebe die Hand über den Tresen, als Geste, dass sie sich auf mich verlassen kann. Kann ihr das Misstrauen allerdings nicht verdenken, bei allem, was gewesen ist. Ich sehe, wie ihr Lächeln verblasst. Deiner Mutter und dir habe ich diese ganze Sache mit den Dollards nie wirklich erklärt, oder? Ich denke, heute Abend wird es zum Teil eben darum gehen.

«Ich bezweifle, dass ich Zeit dafür habe», sagt Emily, jetzt wieder vor mir stehend und mich immer noch misstrauisch musternd, «aber ich werde versuchen, noch mal zu Ihnen zu stoßen.»

Sie bückt sich leicht und holt mit ihrem erfahrenen Griff eine Flasche Guinness aus dem vollen Regal unten – man kann diese makellose Ordnung der Flaschen nur bewundern, deren Etiketten mit der Harfe alle stolz nach außen gedreht sind. Emilys Werk. Sie sorgt für einen gut geordneten Auftritt.

Durch die Tür schlüpft ein junges Ding und gesellt sich zu ihr.

«Wunderbar», sagt Emily zu ihr. «Jetzt gehört die Bar ganz Ihnen. Hier, geben Sie das mal Mr Hannigan dort drüben, bevor er ohnmächtig wird. Und Sie», fährt sie fort und zeigt mit einem ihrer langen, wunderbaren Fingernägel auf mich, «seien Sie nett zu ihr. Swetlana ist neu hier.» Mit dieser Mahnung packt sie ihren Stapel Unterlagen und verschwindet.

Swetlana nimmt die Flasche und findet den Öffner mit ein wenig Unterstützung durch meinen Zeigefinger unter dem Tresen, stellt die Flasche und ein Glas vor mir ab und eilt dann ans entfernte Ende des Tresens. Ich gieße mir ein bisschen was ein, bis die schaumige Krone die Kante des gewölbten Glases erreicht, und dann warte ich, dass der Schaum sich setzt. Ich sehe mich um und bedenke diesen Tag, dieses Jahr, die zwei Jahre in der Tat, ohne deine Mutter, und ich bin müde, und ehrlich gesagt habe ich auch Angst. Ich streiche mir über die Stoppeln an meinem Kinn, während ich zusehe, wie die Schaumkrone sinkt. Dann huste ich und räuspere meine Sorgen heraus, jetzt führt kein Weg mehr zurück, mein Junge. Kein Weg mehr zurück.

Durch die großen Fenster zu meiner Linken, die bis zum Boden reichen, sehe ich die Wagen vorbeifahren. Ein paar erkenne ich: Der Audi A8, das ist Brennan aus Duncashel, dem die Zementfabrik gehört; der Škoda Octavia mit der fehlenden linken Radkappe ist von Mick Moran. Da ist Lavins Schrottkiste, die direkt vor seinem Zeitungsgeschäft parkt. Ein alter, roter Ford Fiesta. Macht mir mächtig Spaß, dort zu parken, wann immer ich den Platz leer vorfinde.

«Du kannst hier nicht parken, Hannigan», keift er dann und beugt sich aus dem Fahrerfenster, sobald er von da, wo er gewesen ist, wieder zurückkehrt. «Wie soll ich so meine Lieferungen einladen, hm?» Sein Kopf mit diesem wilden Haarschopf wackelt dabei wie verrückt, der Wagen steht in der zweiten Reihe und hält den ganzen Verkehr auf. «Hast du nicht das Schild gesehen? Parken verboten, Tag und Nacht.»

Ich lehne an seiner Mauer und lese die Zeitung.

«Jetzt bleib mal auf dem Teppich, Lavin», sage ich dann und raschele ordentlich mit der Zeitung. «Es war ein Notfall.»

«Ist das jetzt schon ein Notfall, wenn man sich morgens die Zeitung holt?»

«Ich kann meine Besorgungen auch woanders erledigen.»

«Oh ja, das kannst du natürlich, Hannigan. Das kannst du.»

«Der Zeitungsladen in Duncashel hat jetzt auch eine Kaffeemaschine, hab ich gehört.»

«Dann kannst du deinen Scheißjeep auf dem Weg dahin ja wegfahren.»

«Ich trinke gar keinen Kaffee», sage ich, öffne die Wagentür, steige ein und schalte den Rückwärtsgang ein.

Es sind die kleinen Freuden, mein Junge, die das Leben versüßen.

Ein weiterer Arbeitstag ist vorüber. Hände winken, Hupen dröhnen. Autofenster sind runtergelassen, die Ellbogen ragen heraus, und alle plaudern noch mal miteinander, bevor es mit Bleifuß nach Hause geht für einen Abend vor der Glotze. Ein paar werden später natürlich wieder auftauchen, in etwas Glänzendes verwandelt. Die neue Kleidung und den neuen Haarschnitt vorführen.

Ich hebe das Glas und gieße nach, bis es voll ist und die Flüssigkeit sich setzen kann. Meine Finger mit ihren dunklen, verkrusteten Schrunden klopfen an das Glas, um die Sache ein bisschen zu beschleunigen. Ich werfe noch mal einen Blick in den Spiegel und proste mir selbst zu, bevor ich den ersten, gesegneten Schluck nehme.

Die cremige Dichte eines Glases Stout ist einfach unschlagbar. Gibt dem Körper Halt und massiert die Stimmbänder auf dem Weg nach unten. Das ist noch so etwas im Zusammenhang mit meiner Stimme: Sie lässt mich jünger erscheinen. Oh ja, am Telefon verrät sie nicht, dass ich hundert verhärmte Falten habe und dritte Zähne, die gern mal tun, was sie wollen. Sie erweckt den Eindruck, als wäre ich total auf der Höhe, distinguiert und gut aussehend. Ein Mann, mit dem man rechnen muss. Wobei Letzteres ja auch stimmt. Weiß gar nicht, wo ich das herhabe – bin der Einzige in der Familie, der mit dieser Gabe gesegnet ist. Damit habe ich auch diese ganzen Immobilienmakler eingewickelt; nicht dass sie allzu viel Überredung gebraucht hätten, reichte schon, dass unsere Farm auf der Schokoladenseite der Bezirksgrenze zwischen Meath und Dublin liegt, allseits beneidet in der Gegend.

Aber diese Jungs mit ihren protzigen Krawatten und blank geputzten Schuhen konnten sich gar nicht mehr einkriegen, als ich ihnen erzählte, wie ausgedehnt unser Landbesitz war; nickten wie diese Wackeldackel hinten auf den Hutablagen in den Autos. Sei versichert, ich habe sie auf Herz und Nieren geprüft. Ich lasse niemanden an mein Geld, der sich nicht jeden Penny hart verdient hat. Spazierte mit denen jeden Quadratzentimeter meines Landes auf und ab, bis sie die Farbe ihrer Schuhe nicht mehr erkennen konnten. Und einer wollte das Geschäft so dringend abschließen wie der nächste. Auf meinen Ställen lässt sich keine Fliege nieder, wie mein Vater immer zu sagen pflegte. Am Ende habe ich mich entschlossen, mein kleines Reich an den Höchstbietenden zu verkaufen, einen gewissen Anthony Farrell. Musste einfach der sein – nicht weil er mich mit seinen Sprüchen beeindruckt hätte, in der Hinsicht waren sie alle gleich. Es war schlicht die Tatsache, dass er den gleichen Vornamen trug wie dein Onkel. Ist seit siebzig Jahren tot, und ich vergöttere den Mann noch immer. Anthony, der Jüngere, hat mich in meiner Wahl bestätigt, hat nicht haltgemacht, bis er das Haus und das Geschäft für eine stolze Summe verkauft hatte. Hab es gestern Abend endgültig geräumt, das Haus.

Im Verlauf des letzten Jahres habe ich Zimmer für Zimmer ausgeräumt und den Inhalt verpackt. Jeden Tag ein bisschen. Ich habe auf jede Kiste einen Namen geschrieben, damit du weißt, was zu wem gehört: Maurice, Sadie, Kevin, Noreen, Molly – ihre war die kleinste. All das Einpacken und Herumschleppen hat mich allerdings beinahe umgebracht. Ohne die jungen Männer, die Anthony mir vorbeigeschickt hat, hätte ich es nie geschafft. Ihre Namen wollen mir jetzt nicht einfallen, Derek oder Des … aber was soll's, oder? Meist habe ich nur so getan, als würde ich helfen; mehr der Chefaufseher. Sie waren wirklich fähig; von jungen Leuten erwartet man das heutzutage ja eher selten.

Ich habe die lebensnotwendigen Dinge aufgehoben, bis heute Morgen, als Anthony dann die letzte Kiste in seinen Wagen geladen hat. Es hat sich komisch angefühlt, Kevin, alles ziehen zu lassen. Wie klein diese letzte Kiste auf seinem Beifahrersitz war, das hat mich richtig mitgenommen. Nicht, dass da irgendetwas Wertvolles drin gewesen wäre, nur der Wasserkessel, das Radio, meine paar Kleidungsstücke, Rasierzeug, was man eben so braucht. Den ganzen Rest habe ich in den Müllcontainer geschmissen, den ich angemietet hatte. Die *Meath Chronicles* wurden als Letztes weggeworfen. Nie ohne die *Meath Chronicles* wegen der lokalen Wirtschaftsseiten und der Sportergebnisse, obwohl ich die Spiele am Sonntag immer schon gesehen hatte. Am meisten haben mich immer die lokalen Spiele und die in der Bezirksliga interessiert. Ich muss die Ausgaben von sechs Monaten neben mir auf dem Sofa gestapelt haben, am Ende in einem einzigen, lawinenartigen Chaos. Wenn Sadie noch da gewesen wäre, hätte ich mir das natürlich niemals erlauben können. Aber wenn ich den Stapel richtig ausbalanciert hatte, stand mein Tee immer genau auf der richtigen Höhe. Falls es keine plötzlichen Bewegungen gab, aber das war auch nicht der Fall, so flink komme ich in letzter Zeit nicht mehr vom Sofa hoch.

Anthony wird die Kisten irgendwo in der Nähe seines Büros lagern. Unsere Leben in Dublin verwahrt – kaum zu glauben. Die entscheidenden Überbleibsel habe ich bei mir. In meiner Innentasche habe ich mein Portemonnaie, einen Kugelschreiber und etwas Papier für ein paar Notizen, da ich immer vergesslicher werde. In den anderen Taschen habe ich den Hotelzimmerschlüssel, schwer und griffig; die braun-schwarze Pfeife meines Vaters, die ich selbst nie geraucht habe, die aber glänzt und glatt gerieben ist, weil er dauernd mit seinem Daumen darübergestrichen hat; ein paar Fotos; eine Handvoll Quittungen; meine Brille; das Täschchen deiner Mutter für ihre Haarnadeln; mein Handy; und ein paar Gummibänder, Büroklammern und Sicherheitsnadeln – na ja, man weiß ja nie, wann man die mal brauchen kann. Und natürlich hab ich deinen Whisky bei mir, außer Sicht, eingepackt in eine Dunnes-Store-Tüte zu meinen Füßen.

Du wirst dich fragen, was mit Gearstick, dem Hund, ist. Bess, die Putzfrau, hat ihn genommen. Adam und Caitríona wären vielleicht ein wenig sauer darüber. Ich weiß, wie gern sie mit ihm gespielt haben, wenn sie hier waren. Sie mit ihren Hundeleinen und er, der in seinem ganzen Leben noch nie auch nur in die Nähe einer Leine gekommen war. Dennoch nahm er es würdevoll und ließ sich die ganze Woche lang von ihnen führen, wenn ihr da wart. Eine sanftere Seele findest du nirgends, das sage ich dir.

Weißt du noch, was deine Mutter gesagt hat, als ich ihn frisch bekommen habe? Nein, da warst du natürlich schon lange fort. Sie sagte die ganze Zeit: «Du kannst den kleinen Kerl doch nicht Gearstick nennen», obwohl er doch auf dem Nachhauseweg im Auto die ganze Zeit an der Gangschaltung herumgekaut hat. Und ich sagte: «Aber klar doch, das stört den doch nicht.»

An dem Tag ist er das erste und einzige Mal im Haus gewesen. In den letzten Monaten habe ich die Hintertür offen gelassen und versucht, ihn hereinzulocken. Widerstrebend trat er über die Schwelle in die Diele hinten und steckte den Kopf in die Küchentür, aber bloß, um mich wissen zu lassen, dass er da war. Keuchend und erwartungsvoll stand er da, rechnete mit einem Ausflug oder so etwas. Kein noch so intensives Locken mit einer von Carols

Schinkenscheiben oder gar etwas Speck konnte ihn dazu bewegen, auch nur einen Schritt weiter zu tun. Ich hätte es ja gern gehabt, wenn er sich beim Fernsehschauen zu mir gesetzt hätte oder sich einfach nur unter den Tisch gelegt hätte, wenn ich zu Abend aß. Aber er war nicht dazu zu bewegen. Ich vermute, ich habe ihm im Laufe der Jahre öfter mal mit einem Stock gedroht, und so wollte er es nicht riskieren. Am Ende legte er sich einfach hin und schlief auf der schmuddeligen Fußmatte, schlummerte ein beim Lauschen auf die gedämpften Geräusche meines Lebens.

Am Tag, an dem Bess kam, um ihn abzuholen, brachte sie die ganze Familie mit, ihren Mann und die drei Kinder. Alle standen herum und lächelten einander an, und ich bemühte mich, den allerbesten Eindruck abzugeben. Wir nickten und taten so, als verstünden wir, was der andere sagte. Sie kommen von den Philippinen, glaube ich zumindest, irgendwo da draußen jedenfalls. Die Kinder sprangen eine Weile lang mit Gearstick im Garten herum. Er gehorchte gut und spielte mit ihnen.

«Was isst er?», fragte Bess.

«Alles, was Sie übrig haben.»

«Übrig haben?»

«Vom Abendessen.»

«Sie geben ihm das Abendessen?»

«Die Reste, wissen Sie. Ein Stück Brot tut es auch, in Milch eingelegt.»

Sie sah mich an und runzelte die Stirn, als hätte ich gerade gefurzt. Ich merkte, wie mir allmählich die Willenskraft abhandenkam.

«Der isst alles. Geben Sie ihm irgendwas.» Ich hatte genug. Ich streichelte Gearsticks Ohr und sah das letzte Mal zu, wie er den Kopf neigte und die Augen schloss.

«Guter Junge. Und jetzt geh», sagte ich und schob ihn auf

sie zu, aber er rührte sich nicht. Ich tätschelte ihm den seidigen Kopf, hielt ihm dann die Hand unters Kinn, während er aufsah, keuchend und eifrig, die Zunge an der Seite aus dem Maul hängend. In diesem Augenblick sah ich euch alle nacheinander vor mir: dich, Adam, Caitríona, Sadie. Kleine Erinnerungsfetzen der Momente, die du mit ihm verbracht hattest. Und mich sah ich auch – wie er mir auf dem Fuß folgte, während wir in diesen letzten Jahren über meine Felder spazierten. Und beinahe hätte ich nein gesagt. Hätte beinahe Bess wieder weggeschickt. Ich flehte Gearstick mit meinen Blicken an, es nicht noch schlimmer zu machen, aber jedes Mal, wenn ich ein paar Zentimeter zurückwich, folgte er mir. Was hatte ich denn von dieser treuen Seele erwartet, dass er mich einfach so verlassen würde, so wie ich es jetzt mit ihm tat? Mein Verrat saß mir wie ein Kloß in der Kehle, den ich weder herunterschlucken noch wegräuspern konnte. Am Ende konnte ich nichts anderes mehr tun, als ins Haus zu gehen und die Tür hinter mir zu schließen. Ich lehnte mit dem Rücken dagegen, wissend, dass auf der anderen Seite Gearstick stand, hochsah, aufpasste und darauf wartete, dass sich der Türgriff drehte. Ich zwang mich weiterzugehen, in die Küche, und der Verlockung zu widerstehen, aus dem Fenster zu schauen, während ich das Getümmel hörte, als sie Anlauf nahmen, um ihn in ihren Kombi zu kriegen. Stattdessen bewegte ich mich weiter ins Haus hinein, murmelte vor mich hin und versuchte, die Last eines weiteren Endes auszublenden, eines weiteren Verlustes in diesem verschlissenen Leben.

Ich habe nie gefragt, wo sie wohnen. Ich weiß bloß, dass es irgendwo in der Stadt ist. Vielleicht in einem Reihenhaus mit Handtuchgarten oder, noch schlimmer, in einer Wohnung. Ich bin mir nicht sicher, ob Bess weiß, worauf sie sich eingelassen hat mit einem Hund wie diesem, der bloß draußen gelebt hat. Es hieß entweder sie oder das Tierheim; vielleicht wäre Letzteres gütiger gewesen. Ich weiß, ich hätte ihn jedem von uns hier um mich herum geben können. Die wären doch alle froh gewesen, so einen guten Hund wie Gearstick zu haben, aber dann hätten sie gleich gewusst, dass etwas im Busch war. Als Bess schließlich wegfuhr, saß ich im Wohnzimmer und schloss die Augen, lauschte darauf, wie sich das Motorengeräusch in der Ferne verlor, und stellte mir Gearsticks Verwirrung vor. Ich strich mir mit der Hand übers Gesicht, kriegte den Mund nicht mehr zu, schob mit aller Macht das Brennen in den Augen weg.

Ich weiß schon. Das ist das erste Mal, dass du von all dem hörst – dem Verkauf des Hauses, des Grundstücks, des Lands. Aber ich konnte, tja … ich konnte es einfach nicht riskieren, dass du mich dabei aufhältst. Ich konnte das nicht zulassen, mein Sohn.

Swetlana inspiziert die Bar. Schaut sich eine Flasche nach der anderen an, guckt in die Kühlschränke, berührt mit dem Finger die Etiketten, während sie mit der Hand über jede Flasche streicht. Sie nickt mit dem Kopf, und ihre Lippen formen lautlos die Namen der Getränke, während sie sie sich einprägt. Hin und wieder sieht sie mich an, während ihre Blicke durch den Raum schweifen. Sie lächelt mich mit zusammengekniffenen Lippen an, und ich hebe mein Glas ein wenig in ihre Richtung. Dann kommt sie mit einem Tuch in der Hand hinter dem Tresen hervor, marschiert zu jedem Tisch und staubt ihn noch mal ordentlich ab. Kann sie den Meister Proper nicht riechen? Im Spiegel sehe ich die kreisenden Bewegungen ihrer Hände, die das polieren, was schon poliert ist. Sie rückt die Barstühle einen Zentimeter ab, dann wieder zurück. Eine echte Arbeitsbiene.

Nachdem Anthony heute Morgen weggefahren war,

habe ich mich auf den Weg zu Robert Timoneys Büro gemacht. Ich habe immer gesagt, er ist ein Anwalt, dem man trauen kann. Keiner, der an der Bar sitzt und Gerüchte verbreitet. Ganz der Vater. Robert senior wusste, dass die Angelegenheiten eines Mannes nur ihn selbst etwas angehen. Nicht, dass ich ihn in alles eingeweiht hätte. Anthony hat mir einen Anwalt in Dublin besorgt, damit ich diesmal nicht Robert bemühen musste, ich wollte schließlich nicht, dass er wegen des Hausverkaufs misstrauisch werden und nach dem Hörer greifen würde, um dich anzurufen. Bis jetzt habe ich ihn lediglich darum gebeten, das Hotelzimmer für mich zu buchen.

«Ist er da?», fragte ich die Frau am Empfang, als ich in seiner Kanzlei eintraf. Sie ist eine Heaney. Du kennst sie; du warst immer mit ihrem Bruder Donal unterwegs.

«Er kommt gleich. Sie können dort schon mal Platz nehmen.»

Ich sah auf die Reihe schwarz gepolsterter Stühle, die direkt am Fenster stand, mit Blick auf die Hauptstraße.

«Damit die ganze Welt weiß, dass ich hier zu tun habe? Nein, danke. Ich warte in seinem Büro auf ihn.» Und schon war ich auf der Treppe.

«Das geht nicht, Mr Hannigan!», sagte sie und folgte mir. Eine schmale Treppe, kein Platz zum Überholen, ich stieg die Stufen mit gleichmäßigen, ruhigen Schritten hoch.

«Es ist abgeschlossen», fügte sie ziemlich blasiert hinzu, als wir oben waren.

«Kein Problem.» Ich langte mit der Hand oben über den Türrahmen, fand den Schlüssel und zeigte ihn ihr. «Alles geregelt», sagte ich.

Ihr entrüstetes Gesicht verschwand langsam aus meinem Blickfeld, als ich die Tür schloss, wobei ich ihr noch ein breites Lächeln schenkte.

«Sie wissen, dass das Einbruch ist! Ich rufe die Polizei», rief sie durch die Tür.

«Sehr gut», antwortete ich, schon von Roberts Sessel aus, «ich habe sowieso noch was mit Higgins zu besprechen, da schlagen wir gleich zwei Fliegen mit einer Klappe.»

Als sie nichts mehr hinzuzufügen hatte, ließ ich meinen Kopf nach hinten sinken und verfiel in einen willkommenen Halbschlaf, während ich darauf lauschte, wie sie die Treppe hinuntertrampelte.

«Freut mich, dass du es dir schon mal bequem gemacht hast, Maurice», sagte Robert, als er keine fünf Minuten später durch die Tür kam und grinsend nach meiner Hand griff. «Natürlich werd ich jetzt den ganzen Tag brauchen, um Linda wieder zu beruhigen.»

Ich bin sicher, die kleine Linda sitzt in diesem Moment zu Hause beim Abendessen und erzählt ihrem Vater die ganze Geschichte. Und ihrem alten Herrn wird es einen Heidenspaß machen, wie sie sich über mich das Maul zerreißt.

«Robert, schön, dich zu sehen!»

Ich erhob mich und begann, den Tisch zu umrunden, um zu dem nicht ganz so bequemen Besucherstuhl zu gelangen.

«Nein, bleib sitzen, bleib sitzen», sagte Robert und nahm selbst die billigere Ausführung. «Du hältst eisern dein Wort, was? Keinen Tag zu spät. Ich hab den Schlüssel, hier.»

Er legte seine Aktentasche auf den Tisch, öffnete sie und reichte mir einen altmodischen, schweren Schlüssel, den ich mir in die Tasche steckte.

«Wissen sie, dass ich es bin, der das Zimmer möchte?»

«Ein VIP, hab ich gesagt – der akzeptiert nichts als die Hochzeits-Suite», sagte er lachend. «Emily hat alles versucht, um es aus mir rauszukriegen.»

«Gut, das ist gut. Danke. Hör mal, Robert», sagte ich zögerlicher, als das sonst so meine Art ist. «Ich, äh, also, ich ziehe in ein Altersheim drüben in Richtung Kilboy. Ich hab das Haus und den Hof verkauft, um die Kosten zu decken. Kevin hat mir dabei geholfen. Hat drüben in den Staaten einen Käufer gefunden.»

Du wirst mir verzeihen, mein Junge, dass ich dich da mit reingezogen habe.

«Was?», fragte Robert, und seine Stimme erreichte eine Höhe, die ich gerade noch hören konnte. «Und wann ist das alles passiert?»

«Kevin hat es vorgeschlagen, als er das letzte Mal hier gewesen ist. Ich habe mir nichts dabei gedacht, bin davon ausgegangen, dass er das Ganze eh wieder vergisst, sobald er wieder drüben ist, aber dann, vor sechs Monaten so ungefähr, ruft er mich an und sagt, er habe einen Käufer gefunden. Irgendein Yankee, der ein bisschen Heimaterde schnuppern möchte. Und da bin ich nun, das Bankkonto platzt aus allen Nähten, und meine Koffer sind gepackt. Ich bin eigentlich überrascht, dass er dich nicht angerufen hat. Er hat gesagt, das würde er tun; aber gut, er hat bis über beide Ohren in der Zeitung gesteckt, irgendwas mit Obamacare. Aber er meldet sich bestimmt noch.»

«Tja, nun», antwortete Robert, der mich etwas verärgert anblickte, weil wir ihn nicht mit ins Boot geholt hatten. «Geht mich dann wohl nichts mehr an, schätze ich, wenn alles unterschrieben und einwandfrei ist und niemand dich übers Ohr gehauen hat.»

«Richtig. Es ist alles unter Dach und Fach.»

«Ich hab dich nie für einen Mann fürs Altersheim gehalten, Maurice», sagte er. So schnell ließ er mich nicht vom Haken.

«Bin ich auch nicht. Konnte bloß Kevins Gezeter nicht

mehr hören. Ein unbeschwertes Leben, das ist alles, was ich jetzt noch will. Es ist schlimm genug, dass Sadie nicht mehr da ist.» Man muss bloß auf die Tränendrüsen drücken, mein Sohn, das funktioniert immer.

«Natürlich, natürlich. Das ist bestimmt nicht leicht, Maurice. Wie lang ist sie, äh, jetzt schon nicht mehr?»

«Auf den Tag genau seit zwei Jahren.»

«Tatsächlich?», sagte er und sah tief betroffen aus. «So lang kam mir das gar nicht vor.»

«Mir kommt es vor wie ein ganzes Leben.»

Sein Blick wandte sich von mir ab, als er seinen Laptop hochfuhr.

«Ich dagegen bin natürlich genau der Typ für Altersheime», sagte er. «Melde mich doch schon mal an, hab ich zu Yvonne gesagt. Wirklich, ich kann's gar nicht erwarten, rundum betreut zu werden.»

Mit vierzig kann ein Mann das sagen, wenn er zu Hause eine Frau und zwei Kinder hat.

«Dann ist diese Hochzeits-Suite wohl dein endgültiger Abschied von Rainsford, stimmt's?»

«So könnte man das sagen», antwortete ich und warf einen Blick auf das Hotel, das auf der anderen Straßenseite in all seinem sonnenbeschienenen Glanz stand.

Weißt du, Kevin, ich bin 1940 das erste Mal hierhergekommen, um zu arbeiten, bevor auch nur die Rede davon war, dass das ein Hotel werden könnte. Damals war es noch das Haus der Dollards. Dafür, dass es als Herrenhaus galt, sah es sehr merkwürdig aus. Die Eingangstür führte direkt auf die Hauptstraße des Dorfes, so wie man es vielleicht an einem Platz in Dublin sehen kann. Den ursprünglichen Besitzern muss die Vorstellung gefallen haben, dass direkt vor ihrer Türschwelle ein ganzes Dorf buchstäblich auf ihre

Anweisungen wartete. Kein großes Tor, keine ellenlange Einfahrt – das lag alles auf der Rückseite. Baumreihen gingen jeweils von den Seiten des Hauses ab wie Bühnenvorhänge und markierten die Grenzen des Gutes, das sich hinterm Haus weit und ausgedehnt erstreckte. Die meisten Bäume stehen jetzt nicht mehr, und die Hauptstraße hat sich ausgedehnt und führt inzwischen rechts um das Hotel herum, während auf der linken Seite eine Ladenreihe ist. Der Rest des zum Gut gehörenden Lands, den die Stadt nicht für die Erweiterung des Ortes erworben hat, ist immer noch da, aber er gehört nicht mehr den Dollards, wie wir alle wissen.

Ich war gerade erst zehn geworden, als ich anfing, auf dem Gut als Landarbeiter zu arbeiten. Unser Land, also, das Land meines Vaters, so klein es damals war, grenzte an ihres. Meine Zeit als ihr Angestellter war nicht gerade die glücklichste in meinem Leben. Genau genommen war sie so unglücklich, dass ich mir, als ich sechs Jahre später ging, schwor, nie wieder einen Schatten auf ihre Tür zu werfen, und ich hätte das auch nicht getan, wäret du und Rosaleen nicht so entschlossen gewesen, eure Hochzeit hier zu feiern. Habe eure Obsession nie verstanden, auch nicht die von Sadie in dieser Sache. Sadie war ja noch schlimmer, kriegte sich gar nicht mehr ein darüber, wie prächtig das Hotel doch sei und wie luxuriös die Zimmer. Sie brachte mich zum Wahnsinn mit ihrer Schwärmerei für die Hochzeits-Suite. Und bei dieser Hochzeitsmesse damals fürchtete ich ernstlich, sie könnte eine Herzattacke kriegen. Aber vielleicht war das alles auch Schauspielerei, als Gegengewicht zu meinem mangelnden Enthusiasmus. Ich bin nun mal keiner, der anderen etwas vormachen kann.

«Dies war vor dem Umbau das Schlafzimmer der Eigentümer, Amelia und Hugh Dollard», sagte der Hotelmanager und strahlte wie ein Honigkuchenpferd, als wäre das wer weiß was Erstaunliches.

An dem Punkt habe ich mich ausgeklinkt und bin direkt in die Bar gegangen. Saß genau an derselben Stelle wie jetzt und kippte einen Whisky, um ihren Untergang zu feiern. Ich weiß nicht mehr, wer mich damals bedient hat, dieses junge Ding allerdings bestimmt nicht – da kommt sie gerade hereingewankt mit einem ganzen Turm von Gläsern, weiß der Himmel, wo sie die alle hinstellen will, ist doch überall unter dem Tresen schon alles bis oben hin voll. In meinem ganzen Leben habe ich nie wieder so tief ins Glas geschaut wie an jenem Tag. Mein Kopf dachte, ich hätte mir den Hals gebrochen, weil ich mich weigerte aufzusehen und diesen Ort zur Kenntnis zu nehmen oder irgendeinen von denen, hätte sich einer gezeigt. An jeder Wand hingen Fotos, in den Korridoren und in allen Zimmern, und quälten diesen Berg von einem Mann mit ihrer Geschichte.

Als ihr euch schließlich zu mir gesellttet, habe ich eine Runde spendiert oder eher ein paar *Runden* und hörte euch zu, wie ihr von den Kronleuchtern im Bankettsaal und dem Blick aus der Hochzeits-Suite schwärmtet.

«Du meinst, den Blick auf *mein* Land?», unterbrach ich Sadie an dem Punkt.

Damals gehörte mir schon so ziemlich jedes Feld rund um das Hotel.

«Und ist nicht gerade deshalb dieser Ort hier einfach perfekt? Man blickt auf deine prachtvolle Farm. Auf deine wundervolle, grüne Hügellandschaft, Maurice», sagte Sadie und legte ihre Hand auf meine. Ich fürchte, sie war schon ein bisschen beschwipst.

Die Besichtigung dauerte, so kam es mir jedenfalls vor, noch Stunden. Und die ganze Zeit schwenkte ich meinen

Drink und versuchte, dich unter den Tisch zu trinken. Dann kam Rosaleens Familie, und schon ging es mit der ganzen Tour noch mal von vorne los. Da hat es mir dann endgültig gereicht. Ich brach auf. Sturzbetrunken fuhr ich nach Hause, um allein im Dunkeln zu sitzen.

Ich war dann ziemlich überrascht, dass ich eure Hochzeit, als sie schließlich gefeiert wurde, so genossen habe. Ich denke, es lag daran, dass ich gesehen habe, wie glücklich ihr wart, du und auch Sadie. Ich war stolz, als ich sah, wie du mit Rosaleen den Hochzeitswalzer tanztest. Und als wir alle einfielen, ich mit Rosaleens Mutter und Sadie mit dem Vater, habe ich deine Mutter lächeln gesehen und ihr Lachen gehört, als sie vorbeischwebte. Später am Abend hat sie mich sogar dazu gekriegt, noch mal einen Blick in jene Hochzeits-Suite zu werfen.

«Ist das nicht prächtig, Maurice? Was hätte ich dafür gegeben, als wir geheiratet haben! Stell dir uns mal vor, Graf und Gräfin Koks!»

Ich tanzte mit ihr durch das Schlafzimmer, krachte dabei beinahe in den Frisiertisch und fiel mit ihr aufs Bett. Der Alkohol war uns zu Kopf gestiegen. Aber mein Kuss war von ehrsamster Nüchternheit. Von all der Liebe erfüllt, die sie in mir entfachte, in all den Jahren, die wir gemeinsam hatten, immer wieder aufs Neue. Dabei waren wir durchaus nicht das perfekte Ehepaar. Aber wir waren ein gutes Team, weißt du. Solide und ausdauernd. Zumindest hat es sich für mich so angefühlt. Ich habe sie allerdings nie gefragt.

«Ich werde sie uns mal mieten. Eines Tages, das verspreche ich dir, werden wir die Hochzeits-Suite ganz für uns haben», sagte ich und sah sie an. Ich habe meinen Worten absoluten Glauben geschenkt. Und ich frage mich, ob sie das wohl auch getan hat. Jetzt steh ich hier, zwei beschissene Jahre zu spät.

Sie ist im Schlaf gestorben. Sie hat immer gesagt, wenn es für sie an der Zeit sei zu gehen, wäre sie froh, wenn es auf diese Weise geschähe. Genau wie bei ihrer Schwester zuvor hatte es keinerlei Anzeichen für irgendeine Krankheit gegeben, keinerlei Beschwerden. Sie hat mich am Abend davor noch auf die Wange geküsst, bevor sie sich umdrehte mit ihrem Heiligenschein aus Lockenwicklern, die mit meinem alten Taschentuch zusammengebunden waren. Die Frau hatte absolut glattes Haar, das sie jede Nacht bis zum Anschlag zu Locken wickelte. Dieser ganze Aufwand, dachte ich immer, wenn ich ihr vom Bett aus zusah, wie sie am Frisiertisch saß – was war denn bloß falsch an den seidigen, langen Haaren, die ich immer nur für ein paar Sekunden zu sehen bekam? Aber weißt du, was? Ich würde jetzt meinen letzten Atemzug dafür geben, um sie noch einmal vor jenem Spiegel zu erblicken. Ich würde jede Handbewegung mit absoluter Bewunderung betrachten, jeden Bürstenstrich würdigen.

An jenem Morgen war ich in der Küche, und das Radio lief, und ich hatte mich schon rasiert, bevor mir auffiel, dass ich das Schlurfen ihrer Pantoffeln oder ihr übliches Summen noch gar nicht gehört hatte. Als ich den Kessel aufgesetzt und sie immer noch nicht erblickt hatte, wusste ich, dass irgendetwas passiert sein musste. Und so ließ ich die Stimme des Nachrichtensprechers hinter mir herwehen, während ich wieder durch den Flur zurückging. Mick Wallace und seine Steuerflucht. Das Bild von dem weißen, dünnen Haar und dem rosa Hemd dieses Mannes fror regelrecht in meinem Hirn ein, als ich an unserer Schlafzimmertür stand und begriff, dass sie immer noch dort im Bett lag, wo ich sie zurückgelassen hatte.

Verfluchter Mick Wallace.

Ich berührte ihr Gesicht und spürte die Kälte ihres Todes.

Meine Knie wurden sofort weich. Zusammengekauert auf dem Bettrand, blickte ich auf ihr Gesicht, das nur wenige Zentimeter von meinem entfernt war. Es sah zufrieden aus. Keine einzige Sorge mehr. Noch ein roter Glanz auf ihren Wangen, oder stelle ich mir das bloß vor? Meine Fingerspitzen spürten den weichen Falten um ihre Augen nach und fanden dann ihre Hand unter der Bettdecke. Ich hielt sie in meiner eigenen, versuchte, sie zu wärmen. Hielt sie mir an die Wange, rieb sie. Nicht dass ich dachte, ich könnte sie wieder ins Leben zurückholen oder so, es war bloß … ich weiß nicht, es war einfach das, was ich tat. Ich wollte nicht, dass ihr kalt war, nehme ich an. Sie hasste es zu frieren. Es ist eines der wenigen Dinge, an die ich mich im Zusammenhang mit ihrem Tod und ihrem Begräbnis überhaupt erinnern kann – jene stille Zeit, in der sie und ich allein waren und niemand anderes dabei. Frag mich nicht, was danach passiert ist, wer gekommen ist oder wer was gesagt hat, das ist alles in meiner Erinnerung vollkommen verwischt. Ich saß bloß in meinem Sessel im Salon und hielt im Geiste immer noch ihre Hand in meiner – meine Sadie.

Ich habe dich natürlich angerufen. Zumindest hast du mir das so erzählt, als ich Monate später zugeben musste, dass ich mich nicht daran erinnern konnte. Ich war wohl auch einigermaßen beieinander, als du und Rosaleen und die Kinder gekommen seid, um euch von ihr zu verabschieden. Ich weiß noch, dass ich sah, wie sich deine Arme hoben, um mich zu umarmen, als ich in der Eingangstür stand, und wie sie zurück an deine Seiten sanken, als du mein Gesicht sahst. Du hast mir stattdessen deine Hand gegeben. Du hast meine Hand fest gepackt, und meine Blicke konzentrierten sich dann darauf, wie die beiden Hände ineinander verschränkt waren, bis du sie wieder losgelassen hast. Da hast du mir auf die Schulter geklopft, als du an mir vorbei in die Diele gingst. Ich kann deine Berührung dort immer noch spüren, das einzige Zeichen dafür, dass du mehr als ein weiterer Bekannter warst, der gekommen war, um seine Anteilnahme zu bekunden. Wie ich mich dafür schäme. Ich wünschte jetzt, ich hätte dich in die Arme genommen, an deiner Schulter geweint und dir die Chance gegeben, dasselbe zu tun. Aber nein, ich hatte wohl neben meiner eigenen Trauer nicht auch noch Raum für deine.

Und was noch dazukommt, ich hätte dich nicht wieder zurück nach New Jersey fahren lassen dürfen, so voller Sorge um mich. Aber ich konnte mich einfach nicht dazu aufraffen, konnte mich beinahe gar nicht mehr aufraffen. Wenn es mir überhaupt mal gelang, aus dem Bett zu kommen, dann kam ich auch nur bis zu meinem Sessel im Wohnzimmer. Da saß ich dann mit Sadie und spazierte durch unser gemeinsames Leben, bis eine Tasse Tee vor mir erschien und mich wieder in mein ungewolltes Witwerdasein zurückholte. Und ich weiß, du wärst nicht so bald wieder in die Staaten zurückgekehrt, wenn Robert nicht gewesen wäre, der dich davon überzeugte, dass er regelmäßig bei mir vorbeischauen und dich beim ersten Anzeichen zur Sorge sofort anrufen würde.

Zum nächsten Weihnachtsfest kamt ihr alle wieder nach Hause. Wir sollten zu deinen Schwiegereltern, Rosaleens Familie, zum Abendessen kommen. Gute Leute, um die ich mich in all den Jahren allerdings nicht allzu sehr bemüht hatte. Im letzten Moment weigerte ich mich mitzugehen.

«Hab zu viel zu tun», sagte ich.

Ich weiß, dass sie nur eine halbe Stunde mit dem Auto entfernt wohnten, aber ich konnte Sadie nicht allein lassen, nicht am ersten Weihnachtsfest danach, das fühlte sich nicht richtig an. Also schicktest du Rosaleen und die Kinder dorthin und bliebst bei mir. Ich weiß nicht einmal mehr, was wir eigentlich gegessen haben. Dosensuppe vielleicht. Ein paar Stunden später kamen sie wieder, mit zwei schwarzen Plastiktüten voller Geschenken für die Kinder und zwei Platten mit Weihnachtsessen in Alufolie. Habe ich es in jenem Jahr überhaupt geschafft, Weihnachtsgeschenke für die Kinder zu kaufen? Das hatte deine Mutter immer erledigt.

Damals fand das erste Gespräch über das Altersheim statt. Na ja, wenn ich das so sage, meine ich, es war das erste Mal, dass es in meiner Gegenwart angesprochen wurde. Sicher ist das Thema schon in vielen Gesprächen erörtert worden, bevor es mein Ohr erreichte. Natürlich wusste ich, dass das kommen würde. Welcher arme Witwer, welche arme Witwe, die irgendwo da draußen allein lebt, fürchtet nicht den Moment, in dem das Thema aufkommt?

«Das kannst du vergessen», habe ich dir gesagt. «Ich würde doch wie ein Vollidiot aussehen, wenn ich TV-Bingo mit einem Haufen alter Omas in Strickjacken spiele, statt draußen zu sein und das Vieh zu versorgen.»

Fairerweise muss ich sagen, dass du gelacht hast. Dieses laute, zuversichtliche Lachen – vielleicht hast du ja doch etwas von meiner Stimmgewalt geerbt.

«Na gut, Dad», sagtest du und legtest deine Hand auf mein Knie, «wir dachten bloß, du wärest da sicherer.»

«Sicherer? Was meinst du mit *sicherer*?»

«Na ja, man hört ja heutzutage alle möglichen Geschichten über Leute, du weißt schon, die fremde Grundstücke betreten und –»

«Klar, und hab ich nicht genau dafür dieses Prachtstück?», sagte ich und legte die Hand auf meine treue Winchester.

Du sahst verwirrt aus. Aber ich wollte mein Leben nicht aufgeben; erst, wenn ich so weit war.

So hart sich das vielleicht anhören mag, in gewisser Weise bin ich doch ganz froh, dass du so weit weg lebst. Ich könnte die dauernde Mahnung daran, dass man sich um mich Sorgen macht, nicht ertragen. Ich schätze doch, deine größte Sorge ist, dass ich am Ende noch einen armen, harmlosen Wanderer erschießen könnte, der aus Versehen mein Land betreten hat.

Vielleicht ist es nur ein kleiner Trost, aber ich hoffe, wenn du nach Hause kommst, siehst du, dass ich zumindest sauber bin. Was das anbelangt, so komme ich absolut klar. Ich stinke nicht, nicht wie einige andere, da könnte ich ein paar Namen nennen. Alter ist keine Entschuldigung dafür, dass man zum Himmel stinkt. Ich funkele regelrecht, wasche mich jeden Morgen mit dem Waschlappen, und natürlich bade ich einmal in der Woche. Ungefähr vor fünf Jahren habe ich so einen Badewannengriff anbringen lassen, und jetzt komme ich so leicht rein und wieder raus, wie ich das erste Pint heben kann. Ich stehe nicht so aufs Duschen, hab dem noch nie was abgewinnen können. Immer wenn ich eine Dusche sehe, fange ich an zu frieren, deshalb habe ich auch keine einbauen lassen, trotz der Proteste deiner Mutter.

Meine größte Entdeckung in letzter Zeit ist die Wäscherei drüben in Duncashel, die meine Wäsche abholt und drei Tage später wieder zurückbringt. Nicht wie die hier am Ort, die bringt etwas so Hilfreiches nicht annähernd zustande. Jede Woche kriegt *Pristine Pete's* meine Sachen und schickt mir meine Hemden wieder zurück, frischer und sauberer, als Sadie sie je hätte hinkriegen können, wie blasphemisch das auch klingen mag.

Und dann gibt es da ja auch noch Bess, die das Haus putzt. Zweimal die Woche, ohne Ausnahme. Poliert und schrubbt es, bis es wieder blitzblank ist. Ich glaube, deine Mutter hätte sie gemocht.

«Ich nehme eure beste Putzfrau, die kein Englisch spricht», sagte ich zu der Agentur in Dublin, «ich will niemanden von hier. Ich möchte eine Verschwiegene, die kein Klatschmaul ist. Wenn es nötig ist, zahl ich extra für ihr Benzin.»

Sie kocht sogar. Lässt mir gleich für die ganze Woche ein paar Eintöpfe da. Wohlgemerkt, sie schmecken überhaupt nicht wie die von Sadie; ich könnte dir gar nicht sagen, was da genau drin ist. Ich habe eine Weile gebraucht, um mich an sie zu gewöhnen. Eine Menge Knoblauch anscheinend. Aber es hat mich selbst überrascht, als ich begann, mich auf sie zu freuen, besonders auf den mit Hühnchen. Die ganze Zeit mit Bess, die mich aufrechterhielt, kriegte sich Robert gar nicht mehr ein, erzählte mir, dass ich das Geld für die Putzfrau von der Gesundheitsbehörde wiederkriegen könnte und obendrauf auch noch Essen auf Rädern.

«Bist du wahnsinnig?», sagte ich. «Ich habe in meinem ganzen Leben keine Almosen angenommen, und werde ganz gewiss nicht jetzt damit anfangen.»

Swetlana ist herbeigeschlendert. Hat ihre Kontrollgänge, das Putzen und Gläserstapeln beendet. In den letzten Minuten ist sie hinter der Bar hin- und hergetigert, wartet wohl darauf, dass die Gästehorden hereinbrechen.

«Sie essen später hier auch zu Abend, ja?»

Ich mag ihren Namen. Swetlana. Der ist geradeheraus, messerscharf, hat aber auch etwas Schönes an sich. Ich frage mich, wie ich auf sie wirke. Bekloppt, nehme ich an. Wie ich hier sitze, gedankenverloren, ab und zu etwas vor mich hin murmele. Sie beugt sich auf dem Tresen vor, will, dass endlich etwas passiert, selbst ein lahmes Gespräch mit dem alten Knacker an der Bar scheint noch besser als gar nichts.

«Nein, mach ich nicht», sage ich, und normalerweise

belasse ich es dabei. Aber heute Abend ist kein normaler Abend. «Ist das heute Ihr erster Abend hier?», frage ich.

«Zweiter. Gestern Abend arbeitete ich auch.»

Ich nicke, schwenke den letzten Tropfen am Boden meines Glases hin und her, bevor ich ihn herunterkippe. Bereit, den ersten der fünf Toasts auszubringen: fünf Trinksprüche, fünf Leute, fünf Erinnerungen. Ich schiebe meine leere Flasche zurück über den Tresen zu Swetlana. Und während sie sie ergreift und sich abwendet, glücklich darüber, etwas zu tun zu haben, sage ich leise: «Ich bin hier, um mich zu erinnern – an alles, was ich gewesen bin, und an alles, was ich nie wieder sein werde.»

ZWEITES KAPITEL

19:05 Uhr
Erster Toast: Auf Tony
Eine Flasche Stout

Draußen im Foyer ist Unruhe. Sieht so aus, als würden die Jungs in ihrem Sonntagsstaat allmählich eintreffen. Ich werde diesen Ort nicht mehr allzu lange für mich allein haben.

«Noch ein Stout für mich», sage ich zu Swetlana, die aussieht, als hätte sie gerade einen Anfall von Mein-erster-Abend-Nervosität. «Halten Sie mir den Platz frei. Passen Sie auf, dass ihn mir nicht einer von denen da wegnimmt. Bester Platz im ganzen Haus.»

Zeit für kleine Jungs. Einer der Vorteile davon, vierundachtzig zu sein, ist, dass man seine Beine regelmäßig trainiert, weil man so oft auf die Toilette muss.

«In der Flasche, ja?», fragt sie, während ich lostrabe.

«Na, Sie wissen ja schon Bescheid», rufe ich ihr zu und lasse nichts von meiner Sorge erkennen, dass ich mich vielleicht schon ein bisschen zu spät auf den Weg gemacht habe. «Hauptsache, es ist noch alles drin, wenn ich zurückkomme. Und nicht aus dem Kühlschrank», sage ich und nehme Fahrt auf.

«Eine von denen hier?», sagt sie und hält mich in meiner Flucht auf.

Merkt sie denn nicht, in welcher Gefahr ich bin?

«Jawohl», sage ich und marschiere wieder los.

«Mit Glas?»

Gütiger Himmel.

«Nein, stecken Sie einfach einen Strohhalm rein», rufe ich ihr zu.

«Ist Scherz, oder?»

Ich winke ihr zu, während ich aus ihrem Blickfeld verschwinde.

Wir waren vier Kinder in meiner Familie. Ziemlich wenige für jene Zeit in Irland damals. Es gab Familien mit neun, zehn oder mehr Kindern überall um uns herum. Wir müssen seltsam gewirkt haben. Zwei Erwachsene und vier halbe Portionen in einem Zwei-Zimmer-Cottage. Beinahe ein Luxus. Tony war der Älteste, dann waren da noch May und Jenny und ich, der Jüngste. Ein Jahr, vielleicht zwei, lagen jeweils zwischen uns.

Deinen Onkel Tony hast du nie kennengelernt. Als du auf die Welt kamst, war er schon lange tot. Großer Mann – so hat er mich immer genannt. Stimmt schon, das bin ich geworden, eins neunundachtzig und breit wie ein Schrank. Aber damals, als ich den Spitznamen bekam, war ich weit davon entfernt. Mit vier war ich ein Winzling, verglichen mit ihm, der ein Riese war, jedenfalls in meinen Augen. Ich stelle mir meine kleinen Schritte neben seinen großen auf der Straße oder auf der Farm vor. Ich war immer am Rennen, um aufzuholen, ein Schritt von ihm waren bestimmt drei kleine Hüpfer von mir. Die ganze Zeit plauderte er mit mir, redete über die Hennen, die wir fütterten, oder die Mohrrüben, die wir in Mamas kleinem Garten pflanzten, oder die Gräben, die wir säuberten. Er liebte das Land genauso wie mein Vater. Und ich sah immer zu ihm auf, versuchte, nicht zu stolpern, während ich alles in mich aufnahm, versuchte, so gut es ging, alles im Gedächtnis zu behalten, ihm zu zeigen, dass ich das alles auch konnte, weil ich sein Lob so genoss.

«Jetzt hast du's kapiert», sagte er zum Beispiel, «du bist doch schon ein großer Mann!»

Obwohl ich mir alle Mühe gab, mit ihm Schritt zu halten, fiel ich irgendwann unweigerlich hin oder zog mir eine Verletzung zu, wenn ich etwa Eimer zu tragen versuchte, die viel zu schwer für mich waren, aber ich trotzdem darauf bestand, bloß um so zu sein wie er. Dann kam er zu mir zurück und hockte sich neben mich.

«Bis du das zweite Mal heiratest, hast du es drauf», höre ich ihn sagen, während er mich abklopft, mich vielleicht in den Arm nimmt, mir dann etwas Leichteres zu tragen gibt und für eine Weile seinen Schritt verlangsamt. Du würdest denken, dass er viel älter gewesen sein muss als ich, so wie er sich um mich gekümmert hat. Dabei lagen bloß fünf Jahre zwischen uns.

Ich hätte ihn bis in den Abend hinein begleitet, hätte man mich gelassen. Aber irgendwann kam meine Mutter und holte mich ins Haus.

«Ich bin auch bald wieder zurück», sagte Tony, wenn ich protestierte, weil sie mich wegtrug. Ich streckte meine Hände nach ihm aus und versuchte, nicht zu weinen, damit er nicht sah, was für ein Baby ich war. Und schau mich jetzt mal an, ich habe immer noch mit den Tränen zu kämpfen, wenn ich nur dran denke.

Ich wartete dann in der Küche am Fenster auf ihn. Kletterte immer wieder auf die Bank und wieder herunter, auch wenn Mam mit mir schimpfte, bis mein Vater und er schließlich ihr Tagespensum absolviert hatten.

Ich erinnere mich, wie Pater Molloy uns einmal besucht hat. Wie alle Erwachsenen war er neugierig zu erfahren, was ich denn einmal werden wollte, wenn ich groß wäre. Mir kam das wie eine seltsame Art von Frage vor, ich meinte, die Antwort war doch so verdammt offenkundig: «Tony.»

Ich konnte nicht herausfinden, warum meine Eltern und er so dermaßen über meine Antwort lachten. Ich verließ die Küche und ließ sie da allein mit ihrem Spaß auf meine Kosten und dem guten Porzellan.

Der Name «großer Mann» blieb seit unserer Schulzeit an mir haften. Tony war schon ein paar Jahre lang jeden Tag die halbe Meile zu der einräumigen Schule gelaufen, als ich mich ihm anschloss. Rainsford National School – das stand in dem Bogen über der Tür zu lesen, wie Tony mir erklärte, als ich an meinem ersten Tag stolz darunter hindurchging. Auf dem ganzen Weg dahin war ich vollkommen nervös gewesen bei dem Gedanken daran, wie aufregend das alles sein würde, weil alle Kinder um uns herum an einem Ort versammelt wären. Ich glaube nicht, dass ich die Nacht davor auch nur ein Auge zugedrückt habe.

«Tony», flüsterte ich ihm zu, der neben mir im Bett lag. Ich wollte Jenny und Ma nicht wecken, die hinterm Vorhang schliefen, der das Zimmer teilte. «Geht Patrick Stanley auch auf diese Schule?»

«Natürlich tut er das.»

«Und Mary und Joe Brady?»

«Sicher, in welche andere Schule sollten sie denn gehen?»

«Und Jenny und May?»

«Jetzt hör mal auf mit dem Gequatsche und schlaf, oder wir werden morgen nirgendwo hingehen», sagte er und stupste mich mit dem Ellbogen an.

Am nächsten Morgen war ich als Erster auf und stellte die gleichen Fragen alle noch mal. An jenem Tag lief ich buchstäblich in Tonys Schuhen. In seinen aufgetragenen Schuhen. Ich habe keine Ahnung, wessen Schuhe er wiederum erhalten hat. Ich ging also durch die Schultür und starrte voller Ehrfurcht auf den Ort, der mich so klug machen würde wie meinen großen Bruder.

«Na, wen haben wir denn hier?», dröhnte eine Stimme, als ich eintrat. «Noch ein Hannigan? Komm mal her, lass dich mal anschauen.»

Master Duggan hob mich hoch, auf einen Schultisch vorn im Raum.

«Jetzt schau dir mal an, wie groß du bist, ein richtig großer Mann, was? Ich hoffe, wir haben einen Tisch, der groß genug ist, damit du dahinterpasst, und für all das Hirn, das du da in deinem Kopf hast.»

Von dem Moment an war ich der «große Mann».

Ich strahlte, stolz über diesen Willkommensgruß. Ich sah, wie Tony lachte und seinen Kumpel mit dem Ellbogen anstupste. Ich blickte auf die Tische, die Tafel und die paar Bücher hinter mir auf dem Lehrertisch und verspürte eine Wärme für diesen Ort und die Dinge, die jetzt ein Teil meiner Welt waren. Ich war begierig, damit anzufangen, dem Lehrer zu beweisen, dass er recht hatte. Und gleich darauf saß ich genau an dem Tisch, auf dem ich vorher gestanden hatte.

Während der nächsten Tage malte der Lehrer alles Mögliche an die Tafel. Wir sangen das ABC, aber ich hatte keine Ahnung, dass das, was wir reimten, irgendetwas mit dem zu tun hatte, was er dort mit der weißen Kreide aufgemalt hatte. Zunächst störte es mich nicht allzu sehr, dass es sich außer meiner Reichweite anfühlte, während die anderen, selbst Joe Brady, der drei Monate jünger war als ich, schließlich auf den Trichter zu kommen schienen.

Das Einzige, was ich wirklich liebte und was mich dazu brachte, jeden Morgen diese Straße entlangzurennen, war das Fußballspiel. In der Pause krempelte der Lehrer die Ärmel auf und bückte sich erwartungsvoll zwischen den Torpfosten, die aus Pullovern gebildet wurden. Und wenn dann nichts in seine Richtung flog, rannte er zwischen ihnen hin und her und rief: «Schießt jetzt mal einer das Ding?»

«Deck ihn, deck ihn.»

«Zu mir, Mann!»

Die Mädchen spielten mit einem Springseil draußen vor der Hintertür, wo der Ball sie nicht treffen konnte. Ihr Gelächter und das Schimpfen über Patzer drangen an mein Ohr, während ich schweißüberströmt und vollkommen begeistert über den Hof rannte. Davor hatte ich nicht viel Fußball gespielt. Zu Hause hatten wir Hurling-Schläger, Fußball war das Spiel des Lehrers. Dafür gab ich einfach alles. Ging robust in die Zweikämpfe. Hatte keine Angst, auch nicht vor Größeren. Und wenn Tony den Ball hatte, dann klebte ich an ihm, ging ihn mit Händen und Füßen an, zerrte an allem, was ich von ihm zu fassen kriegte.

«Hörst du mal auf damit?», lachte er. Er war wie King Kong, der nach diesen Flugzeugen schlägt. Hielt mich mit der Hand an meiner Stirn auf Abstand, der Mistkerl, auf eine Armlänge von ihm weg, sodass ich nicht an ihn herankam. Ich ruderte dennoch mit den Armen. Ich stürzte, hundertundein Mal. Blut und blaue Flecken. Aber das hatte überhaupt keine Folgen, dämpfte keineswegs meinen Enthusiasmus.

«Gut gemacht, Hannigan! Und wieder auf die Beine. Das ist die richtige Einstellung», rief der Lehrer vom Tor aus.

Ich konnte von seiner Ermunterung da draußen auf unserem provisorischen Spielfeld gar nicht genug bekommen. Eine willkommene Abwechslung zu seinem Schweigen und seiner Frustration über meine Leistungen im Klassenzimmer. Kein noch so häufiger Hinweis von ihm, welcher Buchstabe «b» war und welcher «d», half mir dabei, mich zu erinnern, geschweige denn, mein Interesse zu wecken. Mein Enthusiasmus für die Bücher ließ nach, kam ins Rutschen, wie meine Kniestrümpfe. Im Unterricht wollte ich oft bloß meinen Kopf auf den geriffelten Holztisch legen, die von Jahren des Polierens und darüber streichender Fingerspitzen glänzende Oberfläche fühlen und meine Augen schließen.

Master Duggans Lob auf dem Spielfeld dagegen wirkte Wunder. Und schon rannte ich wieder los und scherte mich einen Dreck darum, ob ich mich wieder verletzen würde. Aber ich war tief enttäuscht, als er sagte, dass es Zeit sei, wieder reinzugehen, den Ball nahm und zur Hintertür lief. Mein Magen drehte sich um bei dem Gedanken an die Dunkelheit im Klassenraum, ganz zu schweigen von der Depression in meinem Kopf.

Mit den Buchstaben wurde es bei mir im Lauf der Jahre trotz der Bemühungen aller, vor allem Tonys, eigentlich nicht besser. Die meisten Tage schwirrte mir bloß der Kopf, ich war nicht in der Lage, den Anschluss zu finden oder die Dinge an der Tafel oder im Lehrbuch zu verstehen. Zahlen waren nicht so schlimm. Sie ergaben einen gewissen Sinn. Ich konnte addieren und subtrahieren und mit der Zeit auch multiplizieren. Tony bemerkte meine Fortschritte und trieb mich an. Auf dem ganzen Schulweg und dann wieder auf dem Nachhauseweg übten wir. Er machte ein Spiel daraus, vergewisserte sich, dass ich wusste, wie viel Geld ich hatte und wie spät es war, sodass Mam und Paps und Master Duggan mich vielleicht in Ruhe ließen. Er versuchte es auch mit den Buchstaben und den Worten: «Stell dir ein ‹b› wie ein Strichmännchen vor, das einen *Ball* vor sich hält. Und ein ‹d› ist ein *Dummie,* der dem Ball hinterherrennt.»

Ich versuchte, das im Kopf zu behalten: ‹Ball, davor, Dummie, dahinter›. Und es funktionierte, wenn die Buchstaben für sich standen und nicht in der Mitte oder am

Ende von Wörtern. Dann begann alles auf der Tafel oder auf der Seite zu verschwimmen, und ich konnte die Buchstaben oder die Laute nicht mehr richtig zuordnen.

Einmal auf dem Nachhauseweg, als er keine Ruhe gab mit dem dummen Ball und dem blöden Dummie, damit ich es richtig machte, verpasste ich Tony einen Fausthieb, und er fiel hin.

«Jetzt hör doch mal auf damit, immer zu sagen, dass du zu dumm bist, großer Mann, du bist genauso fähig wie jeder andere.»

«Geh weg», schrie ich, «genau das bin ich, dumm!»

Dann lief ich in das Wäldchen, das damals vor unserem Haus stand.

Ich muss zugeben, dass ich, trotz meiner Tränen, auch beeindruckt war, dass es mir gelungen war, ihn zu Boden zu bringen. Aber während ich mir den Weg zwischen den Bäumen hindurch bahnte und auf Laub und Zweige trampelte, holte mich allmählich auch meine Scham ein. Erschöpft blieb ich schließlich auf einer Lichtung stehen, die sich nach Westen zum Land der Dollards hin öffnete. Dort schrie ich dermaßen laut meine Wut heraus, dass ich sicher war, ihre Wucht trage sie über all diese Felder hinweg, die Hügel hinauf und bis hinüber nach Duncashel.

Es war schon dunkel, als ich an jenem Abend nach Hause kam. Mein Magen sagte mir, dass es ungefähr sechs Uhr sein musste, als ich durch die Tür ging und das Klappen des Teegeschirrs hörte. Das Geplauder meiner Familie brach ab, als ich ans Ende der Tischbank schlüpfte. Aber meine Mutter goss weiter Tee in die Tassen ein, als wäre überhaupt nichts geschehen. Ich wagte nicht den Kopf zu heben und hoffte, dass sie alle den Anstand hätten, mich zu ignorieren. Während ich mich auf meine Hände konzentrierte, die in meinem Schoß zuckten, hörte ich, wie mein Messer an meinen Teller stieß. Ich sah auf und stellte fest, dass gerade eine Scheibe Sodabrot dort gelandet war. Tony. Ich musste gar nicht aufsehen, um das zu wissen, aber dennoch hob ich den Blick und sah, wie er lächelte und mir zuzwinkerte.

Master Duggan war wirklich ganz in Ordnung. Wenn ich jetzt die Geschichten darüber höre, was Kinder in jener Zeit erdulden mussten, hab ich im Vergleich dazu Schwein gehabt, dass ich nicht grün und blau geschlagen wurde oder noch Schlimmeres. Im Lauf der Jahre gelangten wir beide, er und ich, wohl zu einer Art stillem Einverständnis darüber, dass er mich in Ruhe ließ, wenn ich dafür im Gegenzug nie Ärger machte. Er bedrängte mich nie und stellte mich auch nie bloß. Nie schickte er mich in die Ecke oder nannte mich einen Faulpelz. Ich glaube, er wusste schlicht nicht, was er mit mir machen sollte. Und ich wusste es auch nicht. Meistens fragte ich irgendwann, ob ich auf die Toilette gehen dürfe. Wir hatten gar keine Toiletten, aber das wurde zu unserem Code, wenn er wusste, dass ich eine Auszeit brauchte. Ich trieb mich hinter der Schule herum, kletterte über die Mauer, lief in die Felder, wanderte auf und ab, schaute auf die Landschaft unter uns, beobachtete die Nachbarn bei der Arbeit. Nach einer längeren Pause draußen an der frischen Meath-Luft ging ich wieder zurück, um zu lauschen und zuzuschauen, wie die anderen lernten und dazugehörten.

Dann kam diese eine Mittagspause, ich muss etwa sieben Jahre alt gewesen sein, als ich beschloss, dass es mir reichte. Zu dem Zeitpunkt hatte ich es schon drei Jahre lang versucht. Damals hatte Tony nur noch ein paar Monate Schule vor sich. Er war zwölf, und wenn der Juni käme, würde er die Schule verlassen, um mit unserem Vater zusammen von morgens bis abends das Land zu bestellen. Das Fußballspiel war an jenem Tag besonders gut gewesen. Ich war brillant gewesen. In meiner Erinnerung hatte ich jedes Tor geschossen, jeden entscheidenden Zweikampf geführt, sogar ein- oder zweimal den Ball von Tony zugespielt bekommen. Und dann brach der Lehrer wieder alles ab, um uns nach drinnen zu holen. In dem Moment wurde mir auf einmal klar, dass ich nicht mehr konnte. Es kam mir vor wie eine Last, die man auf meinem Kopf abgeladen hatte und die mir jede Bewegungsfreiheit raubte. Ich saß auf der niedrigen Mauer, die das Schulgelände säumte, atmete schwer und sah auf die heruntergerutschten Strümpfe und zerkratzten Beine der anderen, wie sie vorbeiliefen und sich den Weg durch die Tür bahnten. Ich konnte sehen, wie der Lehrer zu mir blickte. Aber er rührte sich nicht; stattdessen rief er Tony zu sich und flüsterte ihm etwas ins Ohr. Ich beobachtete, wie sie mich beobachteten, bevor der Lehrer hineinging und Tony zu mir herübertrabte.

«Alles in Ordnung, großer Mann? Komm, wir müssen reingehen.»

«Ich möchte nach Hause», sagte ich.

«Das geht nicht. Komm jetzt, der Lehrer wartet schon», sagte er und ging voran.

Ich sagte nichts und rührte mich keinen Zentimeter.

«Hör mal», sagte er, kehrte zurück, legte jetzt seine Hand zwischen meine Schulterblätter und schob mich mit einiger Kraftanstrengung von der Mauer und vor sich her, «der Tag ist doch schon fast vorbei. Wir werden in null Komma nichts wieder hier draußen sein.»

In der Tür zum Klassenzimmer fiel ich beinahe hin, weil er mich so heftig vor sich her stieß. Ich ging langsam an jedem Tisch vorbei, streifte mit den Fingern jeden einzelnen, bis ich zu meinem Platz gelangte, wo ich den ganzen langen Nachmittag über sitzen blieb, mit schwerem, trübem Kopf.

«Ich hasse es», wiederholte ich auf dem Nachhauseweg wieder und wieder.

«Es wird besser werden.»

«Ja, sicher. Wie kommt es dann, dass ich immer noch genauso dumm bin wie am ersten Tag?»

Ich rannte vor Tony davon, als wäre es seine Schuld. Den ganzen Weg zurück bis ins Haus. Flog herein und durch die Küche, ignorierte meine Mutter, die mit offenem Mund dastand, und lag schon zwischen den Staubflocken unterm Bett, bevor sie mich hätte aufhalten können. Weigerte mich, wieder hervorzukommen. Lag da und zupfte an dem zerschlissenen Teppich herum, der den kalten Betonfußboden halbwegs bedeckte, lauschte auf das gedämpfte Gerede, das durch die Latten der verriegelten Holztür drang.

«Was ist passiert, Tony?», fragte Mam, als er schließlich eintraf.

«Nichts. Ehrlich. Es ist nichts passiert. Ich weiß nicht, was in ihn gefahren ist. Ich kümmere mich um ihn.»

Tony setzte sich ans Bett und brachte mir das Glas Milch und das gebutterte Sodabrot, das meine Mutter mir immer hinstellte, wenn der Schultag vorüber war und bevor wir wieder aufbrachen, um unseren Vater zu suchen und die Arbeit, die er für uns vorgesehen hatte. Tony stellte seinen Teller neben meinen. Als kein Anzeichen kam, dass ich herauskommen würde, schob er meinen Teller noch ein bisschen unters Bett. Ich ignorierte das Essen so lange, wie mein Magen es mir gestattete, dann streckte ich die Hand aus und nahm einzelne Stücke Brot zu mir. Schließlich schob ich den Teller und mich selbst unterm Bett hervor und setzte mich neben Tony. Wir sagten gar nichts. Aßen bloß und betrachteten das Bett meiner Schwestern an der Wand gegenüber. Perfekt gemacht, kein Kissen, keine Decke verrutscht, mit dem gehäkelten Überwurf gleichmäßig darüber gebreitet, den Jenny und May im vorigen Winter angefertigt hatten und der nachts für eine angenehme Schwere und Wärme sorgte.

«Glaubst du, wir sollten uns auch so eine machen?», fragte Tony. «Eine dieser Häkeldecken?»

Ich sah ihn an, als hätte er den Verstand verloren.

«Ich weiß ja, dass Frauen diese Dinge wirklich gut können, aber ich wüsste nicht, warum wir das nicht auch machen könnten. Und im Winter hätten wir es bullig warm.»

«Ich fang doch nicht auch noch an zu häkeln, damit die Leute noch mehr über mich lachen.»

«Halt, halt, großer Mann, so habe ich das nicht gemeint.»

«Oh doch, das hast du, du meinst, das Einzige, wofür ich was tauge, ist Frauenarbeit.»

«So ein Quatsch, Maurice, das habe ich doch gar nicht gesagt. Und außerdem lacht überhaupt niemand über dich.»

«Oh doch, oh doch. Joe Brady hat mich gestern *Dumbo* genannt, als ich einen Fehler beim Buchstabieren gemacht habe.»

«Ach so, deshalb hast du ihn geschlagen», lachte er beeindruckt. «Der ist doch selbst ganz bestimmt kein Genie. Der kann sich nicht mal selbst seine Schuhe zubinden, dieser Blödmann. Und hast du dir mal seine Ohren angeguckt? Ich meine, niemand, der dermaßen abstehende Ohren hat, darf irgendjemand anders *Dumbo* nennen.»

Gegen meinen Willen musste ich lächeln.

«Komm schon, großer Mann. Wir kriegen das hin, okay? Du und ich, zusammen. Du und ich gegen den Rest der Welt, ja?» Er nahm mich sanft in den Schwitzkasten und zerzauste mir das Haar. «Morgen geht es dir schon wieder besser, wirst sehen.»

Aber das tat es nicht. Und von da an mussten sie mich

jeden Morgen aus dem Bett holen, während ich um mich trat und schrie. Mein Vater geriet an seine Grenzen, in einer Weise, die ich von ihm sonst gar nicht kannte.

«Jetzt steh endlich auf, du Heulsuse!»

Er zerrte an mir, bis ich mich nicht mehr am Bettpfosten festhalten konnte und loslassen musste. Ich stand da und weinte mir ins Nachthemd. Schrie meinen ganzen Verdruss heraus, sagte ihnen, ich würde da nie wieder hingehen. Meine Mutter musste mich anziehen, während ich mich so steif wie nur möglich machte. Ich weigerte mich, auch nur einen Krümel zu essen, und ging schließlich trotzig und hungrig zur Schule.

Tag für Tag ging Tony an meiner Seite und versuchte weiterhin unverdrossen, mich zu ermuntern. Während meine Eltern es schon seit langem aufgegeben hatten, mich überreden und antreiben zu wollen, hörte Tony nie auf, mir zu sagen, dass ich doch voller Stärken sei. Damals haben die Leute so etwas eigentlich nicht gemacht, jemanden zu ermuntern und zu unterstützen. Man wurde unter Druck gesetzt, es wurde einem gedroht, damit man der wurde, der man sein sollte. Aber es waren allein Tonys Worte, die mich dazu brachten, jeden Tag den Weg zur Schule einzuschlagen und in der Dunkelheit des Klassenzimmers zu leiden, während mein Verstand vollkommen davon erschöpft war, dass ich die richtigen Antworten nicht wusste. Ich wollte meinen Bruder nicht enttäuschen, verstehst du? Konnte doch nicht zulassen, dass er auch glaubte, was ich schon wusste: dass ich durch und durch dumm war.

Selbst nachdem er die Schule schon verlassen hatte, brachte Tony mich jeden Tag hin und ertrug mein Schweigen. Nur so war ich überhaupt bereit zu gehen. Es war seine Idee gewesen, so lange, wie mein Vater ihm diese zwanzig Minuten gewähren könnte, jeden Morgen den Weg mit mir gemeinsam zu machen. Im Klassenzimmer hob ich nie die Hand, hörte nie den Klang meiner eigenen Stimme. Ich ließ mich so tief in meinen Stuhl sinken, dass ich sicher war, wenn man hinten im Raum stand würde man denken, dass dort überhaupt keiner saß.

Es dauerte noch drei weitere Jahre, bis Master Duggan beschloss, bei unserer Farm aufzukreuzen. Es war nach der Schule, und ich war bereits zu Hause und fütterte die Hühner. Als ich ihn auf dem Hof erblickte, versteckte ich mich hinter dem Hühnerstall. Meine Mutter kam heraus, wischte sich die Hände an der Schürze ab und sah besorgt aus. Sie sprachen kurz miteinander, bevor sie auf das niedriger gelegene Feld zeigte, wo mein Vater und Tony arbeiteten, und schon war Master Duggan auf dem Weg dorthin. Nicht lange danach kam Tony zu mir hoch.

Ich kam hinterm Hühnerstall hervor und lief neben ihm her, während er mit ruhigen Schritten zur Hintertür des Hauses ging.

«Was will er denn?», fragte ich.

«Keine Ahnung. Paps hat gesagt, ich soll zurück ins Haus zum Essen gehen.»

«Zum Essen? Es gibt doch noch gar kein Essen. Es geht um mich, oder?»

«Ich hab dir doch schon gesagt, Maurice, ich weiß es nicht. Ich hab einen Riesenhunger. Hör mal, ich bin gleich wieder draußen. Geh ruhig wieder zurück zum Hühnerstall.»

Ich tat, wie mir geheißen, und lehnte mich an die Stallbretter, um im Kopf die verschiedenen Möglichkeiten durchzugehen. Die schlimmste war, in irgendein Heim für Leute verschickt zu werden, die keine einzige Zeile in einem Buch lesen konnten, ohne ins Schwitzen zu geraten. Ich lief immer wieder um den Stall herum und trat nach einem Huhn, sobald sich eins heraustraute und mir in den Weg kam.

«Mach dir keine Sorgen, großer Mann, es wird schon alles in Ordnung sein», sagte Tony, der nach einiger Zeit wieder herauskam und um dessen Mund noch die Reste des Sodabrotes meiner Mutter klebten. Aber seine Augen konnten seine Besorgnis nicht verbergen, ganz gleich, wie doll er auch lächelte.

«Was immer er sagt, Maurice, es wird schon in Ordnung sein, das weißt du doch. Wir kriegen das gemeinsam hin, ja?»

Ich trat gegen das Stroh und konnte meinen Blick nicht zu ihm heben.

«Großer Mann, jetzt komm schon. Was sage ich immer zu dir?»

Ich trat noch einmal und weigerte mich, mein Schweigen zu brechen.

«Du und ich gegen den Rest der Welt. Oder? Komm schon, sag es, großer Mann. Lass es mich hören.»

«Du und ich …», murmelte ich, den Kopf immer noch gesenkt, wobei meine Schuhsohle über den Boden scharrte, denn ich wollte seinen verdammten Refrain nicht mehr wiederholen. Die Wahrheit war, es gab in diesem Krieg kein «er und ich», es waren bloß ich und meine Dummheit.

«… GEGEN DEN REST DER WELT», sang er und gab mir einen aufmunternden Stoß gegen die Schulter. «So ist das.»

Wir blieben im Hühnerstall, bis mein Vater und der Lehrer in den Blick kamen. Langsam spazierten sie den Hügel herauf, in ein ernstes Gespräch vertieft. Sie blieben an der eingefallenen Mauer stehen, um mit dem, was sie da beschäftigt hielt, zu Ende zu kommen. Dann nickte mein Vater, tippte an seine Kappe und sah Master Duggan nach, wie er den Hof verließ. Anschließend blickte er zu Tony herüber und bat ihn mit einer Neigung seines Kopfes zu ihm. Mich sah er nicht an, sondern drehte sich, mein Schicksal im Schlepptau, wieder dem Feld zu.

Tony legte mir die Hand auf die Schulter und flüsterte: «Erinnere dich an das, was ich gesagt habe: ich und du.»

Und dann folgte er meinem Vater nach.

Eine Stunde später saß die ganze Familie um den langen Küchentisch herum, zu unserem Abendessen, und Tony schien es überhaupt nichts auszumachen, alles noch einmal von neuem durchkauen zu müssen.

«Master Duggan glaubt, es sei für dich das Beste, wenn du Landarbeiter wirst, Maurice», verkündete mein Vater. «Er sagt, du bist groß und stark geworden und dass du einen sehr guten Bauern abgeben wirst, wie dein großer Bruder hier. Na, was denkst du darüber? Du bist ja ohnehin nicht gerade der Bücherwurm. Hab ich recht?»

Ich ließ ein paar Sekunden verstreichen, schluckte das Brot in meinem Mund herunter und stellte mir vor, wie es meine Kehle hinunter und in meinen Magen sank.

«Nein», murmelte ich als Antwort und hob den Blick nicht von meinem Teller. Ich hatte mich so tief hinabgebeugt, dass mein Kopf beinahe daran klebte.

«Na gut, dann hätten wir das ja geklärt. Deine Mutter wird bei den Dollards nachfragen und schauen, ob sie vielleicht ein Paar zusätzliche Hände gebrauchen können. Ab morgen dann keine Schule mehr. Du wirst uns hier auf dem Hof helfen, bis sich etwas anderes ergibt.»

Meine Scham schwebte in der Luft zwischen uns, kreiste um die Teekanne, den Milchkrug und die Schüssel mit den hart gekochten Eiern. Ich hatte Schwierigkeiten, auch nur zu schlucken. Ich schloss die Augen, schlang mein Essen herunter, fraß meine Scham.

«Großer Mann», flüsterte Tony später im Bett, als wir im Dunkeln lagen, «das ist doch eine gute Sache. Schule ist nun mal nicht für jeden etwas. Aber das Land, der Boden, das ist etwas ganz anderes. Schau dir doch mal deine Hände an, dafür sind sie doch gemacht.»

Ich hob meine Hände an die Augen und versuchte, sie in der pechschwarzen Dunkelheit zu begutachten. Ich wusste, er hatte recht, aber ich hätte doch so viel mehr sein wollen, ganz besonders für ihn.

Die Leute haben immer gesagt, das Haus der Dollards sei schön. Von meiner Mutter hab ich das allerdings nie gehört. Sie hat auch da gearbeitet, in der Küche, weißt du. Für einen zehnjährigen Jungen an seinem ersten Arbeitstag war dieses Haus einfach nur gruselig. Als meine Mutter zum ersten Mal mit mir dorthin gegangen ist, hat sie den ganzen Weg über mit mir gesprochen. Aber ich war zu abgelenkt von den Kastanien, die auf unserem Pfad durch die Felder lagen, um ihr richtig zuzuhören. Riesige, perfekte Biester waren das, die ich nur aus ihrer stacheligen Schale pulen musste, um Joe Bradys magere Schätze zu übertrumpfen. Ich bekam immerhin ein paar ihrer Worte mit, etwa «Manieren» und «Respekt». Aber die Härte des Lebens, das nun vor mir lag, dämmerte mir erst, als mich der Verwalter Richard Berk aufmerksam musterte. Ein strenger Mann, dem der Hausherr Hugh Dollard voll und ganz vertraute. In den sechs Jahren in seiner Obhut sah ich oft, wie die beiden ihre Köpfe zusammensteckten, wobei diese sich beinahe berührten, während die Männer miteinander flüsterten. Mit zehn Jahren war ich hoch gewachsen und fast so groß wie meine Mutter, beinahe schon eins sechzig. Ich war breit und genauso stark wie Tony. Berk zögerte nicht, mich einzustellen.

Meine Mutter arbeitete immer vormittags und half der Köchin beim Backen. Zehn Laibe Brot am Tag, hauptsächlich für das Personal. Für die Dollards selbst buk sie Apfelkuchen und Scones und noch viel aufwendigere Sachen, wenn sie Gäste hatten. Auf unserem Weg über die Felder sang meine Mutter. Ihr Lieblingslied war *Goodnight Irene.* Ich sang immer mit. Sie liebe es, mich singen zu hören, sagte sie. Ein paar Jahre zuvor hatte sie mich bei Pater Molloys Chor angemeldet. Ich wurde zusammen mit den anderen Bewerbern, lauter Mädchen, vor den Altar gestellt. Aus meinem Mund kam kein einziger Ton. Ich war schon beim bloßen Gedanken an jegliche Art von öffentlichem Auftritt starr vor Angst. Also wurde ich nach Hause geschickt und sollte nicht wieder kommen. Aber mit meiner Mutter sang ich, wann immer wir zusammen waren. Ich kannte all ihre Lieder: *Boolavogue, I'll tell me Ma, McNamara's band.* In späteren Jahren beeindruckte ich auch Sadie mit meinem Talent. Ich habe dich sogar ein- oder zweimal in den Schlaf gesungen, wenn sie mit ihren Nerven am Ende war. Ich streichelte deine Stirn, und weg warst du. Heutzutage hört mir bloß noch der Wind zu, wenn ich bei Sadie am Grab singe.

Meine Mutter war ein Mensch der leisen Töne. Was sie sagte, war auf den Punkt. Kein Wort zu viel. Sie war auch nicht der Typ, der häufig lächelte. Ich erinnere mich wohl gerade deshalb an ihr Lachen, weil es so selten war. Süß und leise, fast verschämt, weil es aufdringlich wirken könnte. Mein Onkel John, Mams Bruder, brachte einmal, als er zu Besuch kam, eine Banane aus London mit. Wir hatten noch nie eine gesehen. Er legte sie auf einen ihrer Willow-Teller, erinnerst du dich an die? Ich glaube, wir hatten noch ein paar von denen, als du klein warst. Wie auch immer, da lag sie, mitten auf dem Tisch, als wäre sie ein kostbares Schmuckstück. Meine Mutter musterte sie und begann zu lachen. Klar und melodisch war dieses Lachen, sie klang wie eine Nachtigall. Als die Familienmitglieder nacheinander aufkreuzten, um diese seltsam aussehende Frucht zu begutachten, begann meine Mutter jedes Mal wieder von vorn zu lachen. Ich wünschte, dass noch mehr Leute kämen, damit sie nicht aufhörte. Ich rückte so nahe wie möglich an sie heran, um ihr Glück zu schmecken und zu fühlen. Ich erinnere mich, wie ich dabei den Kopf an ihre Schürze lehnte und die Augen schloss, um zu hören, wie sie sich freute, und zu spüren, wie ihr Körper vibrierte. Unwiderstehlich. Aber was auch immer ich vielleicht für Gelegenheiten haben mochte, sie zu Hause lachen zu hören, bei der Arbeit bestand nicht die geringste Chance.

Die Dollards waren nicht freundlich zueinander und schon gar nicht zu denen, die für sie arbeiteten. Mein Vater war überzeugt davon, dass der Grund dafür in ihrem allmählichen Verlust von Reichtum und Macht in den letzten fünfzig Jahren lag.

«Es ist die Pacht, die ihm abgeht. Keiner von denen kann die Tatsache ertragen, dass wir jetzt unser eigenes Land haben.»

Die Enttäuschung darüber, dass der kleine Bauer durch die Irische Landkommission das Recht auf Landbesitz zugesprochen bekommen hatte, lastete schwer auf dem Haus. Vor allem drinnen, jedenfalls dem wenigen, was ich zu sehen bekam, nach zu urteilen. Die einzige Farbe, die man überhaupt ausmachen konnte, war Rot, und auch das nur im dunkelsten Farbton, der möglich schien. Aber am schlimmsten waren die Familienporträts. Kolossale Gemälde von unglücklichen Menschen, in Schwarz und Braun gekleidet, vor grauschwarzem Hintergrund, die genauso gut in einem Bestattungsinstitut hätten hängen können. Ich machte mir Sorgen um meine Mutter, die dem Anblick an sechs Vormittagen in der Woche ausgesetzt war.

«Wir brauchen das Geld, Maurice.» Das war alles, was sie in dieser Sache zu sagen hatte.

Ich erinnere mich an einen Vorfall, da muss ich ungefähr zwölf Jahre alt gewesen sein, höchstens dreizehn, und ich half Pat Cullinane gerade dabei, die Scheite für den Kamin in den hinteren Korridor zu tragen. Im Vorbeigehen hörten wir lebhaftes Geplänkel aus der Küche.

«Passt auf, dass Seine Lordschaft euch nicht bei diesem Geschnatter erwischt», rief Pat zu ihnen herein.

«Der ist fort», antwortete die Köchin, kam herbei und lehnte sich in den Türrahmen.

«So, so. Wenn die Katze aus dem Haus ist, fängt die Maus an zu tanzen, stimmt's?»

«Na ja, allzu oft bekommen wir die Gelegenheit nicht. Was ist mit euch? Kommt doch rein.»

Pat hatte schon angefangen, sich seine Füße an der Matte abzuputzen, als eine Faust dermaßen an die Tür zu den Wohnräumen am anderen Ende der Küche hämmerte, dass die Tür aufflog und an die Wand schlug.

«Ich bezahle euch nicht fürs Lachen», sagte eine Stimme, so laut und so furchterregend, dass ich auf der Stelle mit dem Haufen Holzscheiten in meinen Armen erstarrte.

Es war Mister Dollard selbst, ganz eindeutig nicht fort und ebenso eindeutig sturzbetrunken. Er stand schwankend in der Tür, bis er den Rahmen umklammerte und sich in den Raum stieß. Alle waren augenblicklich verstummt und blickten zu Boden. Versteckt im Korridor, hatten Pat und ich eine Chance zu entkommen. Aber als Pat einen Schritt zurücktrat und dabei gegen mich stieß, ließ ich die verdammten Scheite fallen. Dollard drehte sich zu uns um. Und als wäre er ein agiler, junger Mann und nicht der alte, übergewichtige Klotz, den ich vor mir sah, schoss er quer durch den Raum. Ich sah die Furcht in den Augen meiner Mutter, die sich zu rühren versuchte, aber von den mehlbestäubten Händen der Köchin zurückgehalten wurde. Dollards lauter Schlag brannte auf meiner Wange und warf mich rücklings auf den Haufen Holzscheite.

«Nutzloser Bursche!»

Auch wenn ich benommen war, suchte ich mit den Blicken nach den weißen Händen der Köchin, die meine Mutter am Ellbogen hielten. Zwischen Dollards Beinen hindurch sah ich, wie die Hand meiner Mutter ihren Mund verschloss. Gott sei Dank rührte sie sich nicht. Ich senkte den Kopf und rieb mir die Wange, wo Dollard mich geschlagen hatte, während er immer noch über mir schwankte.

Und dann trat hinter dem massigen Mann ein Junge hervor, der nicht älter war als ich. Ich kannte ihn natürlich vom Sehen und wusste, dass er der Sohn und Erbe, Thomas Dollard, war, aber dies war das erste Mal, dass ich direkt mit ihm zu tun bekam.

«Heb die auf, und zwar sofort!», brüllte er und zeigte auf die Holzscheite.

Seine Spucke rann mir auf die Hände und übers Gesicht, als seine Worte in meinem Kopf widerhallten. Inzwischen war ich nur noch ein einziger, erstarrter Haufen Angst. Ich versuchte aufzustehen, aber meine Furcht führte dazu, dass ich vornüber und ihm vor die Füße fiel. Er trat mir direkt in die Rippen.

«Du Kretin. Beweg dich endlich!»

Ich stand auf und brachte mich, so gut es ging, ins Gleichgewicht. Dann begann ich, die zu Boden gefallenen Scheite einzusammeln, und stapelte sie in meinem Arm. Ich fasste mir ein Herz, schaute nach meiner Mutter und sah, dass die Köchin sie zum Spülbecken gedreht hatte.

«Wenn ich das nächste Mal sehe, dass du das Eigentum meines Vaters beschädigst, kannst du was erleben.»

«Thomas!», lallte Dollard. «Lass gut sein. Ich bin hier der Herr. Du gehst jetzt mal schön wieder hoch und spielst mit den Puppen, die du so magst. Ich regle das, ganz herzlichen Dank.»

«Das sind keine Puppen, Vater. Es sind Soldaten.» Thomas' Stimme zitterte, seine Augen weiteten sich angesichts der Beleidigung durch seinen Vater.

«Für mich sehen sie aus wie Puppen.»

Thomas blinzelte. Lange, gekränkt, wie hypnotisch. Ich war so davon gebannt, dass ich gar nicht bemerkt hatte, dass er seine Aufmerksamkeit wieder mir zugewandt hatte. Er starrte mich jetzt intensiv an, und ich richtete mich auf einen weiteren Schlag ein. Aber er drehte sich bloß um und verschwand durch die Küche. Dollard senior, der meine Erleichterung spürte, packte mich am Kragen und hob mich hoch – mein Gesicht war nun auf Augenhöhe mit seinem, meine Beine baumelten in der Luft. Ich schloss die Augen vor seinem fauligen Atem. Aber als Nächstes ließ mich der Kerl einfach fallen. Ich blickte auf und sah, wie er schwankte und stolperte. Mit einer Hand bedeckte er seine Augen, mit der anderen tastete er nach einer stabilen Wand. Er blinzelte heftig, starrte in die Küche und dann wieder auf mich, als wüsste er nicht mehr genau, wo er war. Immer noch auf dem Boden hockend, wandte ich den Blick von seiner peinlichen Lage ab. Sekunden später hörte ich, wie er durch die Küche stolperte und ein paar Töpfe umstieß, als er ging. Die Tür hinten schlug zu. Eine Sekunde lang herrschte Totenstille, dann stand meine Mutter voller Panik über mir.

«Maurice, Maurice, schau mich bitte mal an.» Sie war auf dem Fußboden, hielt mein Gesicht zwischen ihren Händen, untersuchte den Schaden.

«Hör auf, Mam. Mir geht's gut. Der hat mich ja kaum getroffen», sagte ich und stand auf.

Aber ich wurde trotzdem in der Küche auf einen Stuhl gesetzt und umsorgt, bis Pat genug davon hatte: «Jetzt geht's ihm aber wieder gut. Komm schon, wir müssen hier draußen wieder Ordnung schaffen.»

Danach hat mich Thomas, der Sohn, nicht mehr in Ruhe gelassen. Hat mich windelweich geprügelt. Ich musste diesen Mist jahrelang ertragen. Natürlich hat er die anderen Jungen auch gequält, hat alle herumkommandiert, als wäre er der Chef. Einmal zwang er Mickie Dwyer dazu, einen ganzen Nachmittag lang Heuballen von einer Seite des Hofes zur anderen und wieder zurück zu schleppen. Selbst Berk hatte an jenem Tag genug von ihm und las ihm die Leviten. Aber weil ich Zeuge davon geworden war, wie er von seinem eigenen Vater gedemütigt worden war, erhielt ich eine Sonderbehandlung. Dass ich der jüngste der Arbeiter war, half mir auch nicht. Um die Wahrheit zu sagen, ich hätte ihn mit einem Schlag umhauen können, aber ich habe nie gegen ihn aufbegehrt, mich nie von ihm provozieren lassen. Ich ließ seine Fäuste fliegen, ohne darauf zu reagieren, weil ich wusste, dass ich weder unsere Arbeit noch die Sicherheit meiner Mutter riskieren durfte – sie war es, um die ich mir die meisten Sorgen machte.

Es war nur ein geringer Trost für mich, dass Dollard senior ihn schlug. Wir wussten es alle, jeder, der sich an diesem Ort aufhielt, wusste es. Ich kam oft an einem Fenster vorbei und hörte, wie er gerade dabei war. Ich konnte den Klang von Thomas' Flehen nicht ertragen. Es brachte mich mehr aus der Fassung als die Gewalt seines Vaters. Mitleiderregend. Von mir hätte man solche Laute ganz bestimmt niemals gehört. Manchmal bekam ich auch mit, wie

Rachel, die kleine Schwester, einzuschreiten versuchte und ab und zu dabei auch Erfolg hatte.

«Nein, Daddy. Hör auf!»

Ich stellte mir vor, wie sie an Dollards kräftigem Arm hing, während er nach Thomas schlug. Sogar Mrs Dollard mischte sich manchmal ein, wenn auch nicht oft.

«Hugh! Bitte lass ihn los. Das ist nicht fair, und das weißt du auch», flehte sie an dem Tag, als ich diese Narbe davontrug, genau hier unter meinem Auge. Ich war fünfzehn. Ich ging gerade an einem der offenen Fenster im Erdgeschoss vorbei. Während sich die Spitzenvorhänge nach draußen in die Sommerbrise bauschten, erhaschte ich einen Blick auf Thomas' Gesicht. Es war ganz rot. Die Lippen verzerrt, die Zähne zusammengebissen. Dollard hielt ihn fest im Schwitzkasten. Die Mutter stand ein wenig abseits, mit zuckenden Händen.

«Komm du mir nicht mit solchen Tönen, Amelia», schrie Dollard sie an. «Wag es bloß nicht, mir Vorträge darüber zu halten, was fair ist!»

Ich hatte genug gesehen und gehört, um abhauen zu wollen. Ich hätte es vielleicht sogar geschafft, wenn Berk meine Flucht nicht verhindert hätte, indem er mich zum Ausmisten in die Melkställe schickte. Ich hätte genauso gut auch mitten auf dem Hof stehen und Thomas zurufen können, dass er mich doch fangen solle. Im Nullkommanix saß er mir im Nacken, eine Jagdgerte in der Hand. Als ich mich umdrehte, schlug er schon damit auf mich ein, und die Metallspitze schlitzte mir die Wange auf. Als ich zu Boden fiel und mir das Gesicht hielt, trat er mir wieder und wieder in den Magen. Trat so heftig zu wie nie zuvor. Ich ertrug jeden Tritt, jeden Tropfen seiner Spucke. Kein Laut kam mir über die Lippen.

«Thomas, hör auf!»

Ich hörte Rachels Flehen an der Stalltür.

Ich hatte mich zusammengerollt, hielt eine Hand vor mein Gesicht, versuchte mit der anderen, meinen Körper zu schützen, und wagte es nicht, ihn anzusehen. Ich konnte hören, wie er über mir erschöpft keuchte. Das Blut aus den Wunden, die ihm sein Vater zugefügt hatte, tropfte mir auf die Hand. Ich wartete. Sie wartete. Aber es kam kein weiterer Schlag. Ich sah zu, wie seine Stiefel sich abwendeten und zurück zur Tür, zu seiner Schwester marschierten. Seine blutige Hand ergriff ihre. Sie sah ihn an, als wäre er ein Fremder, ein Mann, bei dem sie nicht sicher war, ob sie ihm folgen könne. Sie gingen ins Haus, aber vorher blickte sie noch einmal zu mir. Nachdem sie gegangen waren, streckte ich meine Hand nach dem Stroh aus und wischte sein Blut und seine Spucke ab, so gut es ging.

Berk brachte die Stiche an. Keine Betäubung, kein Desinfektionsmittel. Ich saß dort, wo ich hingefallen war, als er die Wunde in meinem Gesicht nähte. Er schickte mich volle zwei Stunden früher nach Hause als Kompensation dafür, dass ich so brutal getreten worden war und eine Narbe davongetragen hatte: ein Mahnmal dafür, wie viel Glück ich gehabt hatte, nicht ein Auge verloren zu haben. Meine Mutter wusch die Wunde und reinigte sie, so gut sie konnte. Später, als ich in meinem Bett lag, lauschte ich auf die gedämpften Stimmen meiner Eltern in der Küche und wusste, dass sie über mich sprachen. Tony stand bei mir am Fußende und lehnte sich gegen die geschlossene Tür.

«Er ist ein verdammtes Großmaul, Maurice», sagte er. «Wenn ich den zwischen die Finger kriege, schlage ich ihn grün und blau.»

«Lieber nicht. Sonst verlieren wir noch unsere Jobs.»

«Scheiß auf die Jobs, Maurice. Niemand hat das Recht, dir so etwas anzutun.»

Mein Vater klopfte an die Zimmertür. Tony machte Platz, um ihn hereinzulassen, er trat ein und sah uns beide an. Sein Gesicht verhärmt und ernst.

«So was will ich nicht wieder hören», sagte er schließlich und blickte Tony fest an. Tony weigerte sich, seinen Blick zu heben. Er wusste sehr genau, dass er so viel schimpfen und drohen konnte, wie er wollte, bei Leuten wie den Dollards würde es überhaupt nichts ausrichten. Und erwartungsgemäß stand ich am nächsten Morgen wieder auf und marschierte über die Felder wie immer, bloß dass mein Kopf einbandagiert war.

Monate später ging ich gerade zu der hinteren Koppel und am Herrenhaus vorbei, als ich wieder die Schreie des alten Dollard hörte. Mir sank das Herz in die Hose, das kann ich dir sagen. Ich lief so leise und so schnell wie möglich weiter.

Dieses Mal stand Thomas mit dem Rücken zu einem offenen Fenster im ersten Stock, die Hände zu Fäusten geballt. Als ich unter ihm vorbeiging, öffnete sich eine seiner Hände und ließ etwas fallen, das genau vor mir auf dem Boden aufschlug.

«Aber Vater, ich habe sie nicht genommen. Wirklich nicht!», hörte ich ihn heulen.

Ohne nachzudenken, streckte ich die Hand aus und ergriff das glänzende Ding, das zwischen den Steinen lag, steckte es mir in die Tasche und setzte meinen Weg fort, als wäre nichts geschehen. Wenn ich damals schon gewusst hätte, dass dieser Entschluss die Leben derer dort im Haus für Generationen zerstören würde, allen voran das Leben von Thomas, dann frage ich mich, ob ich einfach so hätte weitergehen können, hinwegsteigen über diesen Zauber, diese Macht. Aber damals dachte ich nur an Rache. Wenn dieser kleine Diebstahl, dachte ich, was auch immer es war, das ich da meiner Tasche hatte, Thomas nur ein klein wenig von dem Schmerz bereiten könnte, den er mir mit seinen Schlägen und seiner Verachtung zugefügt hatte, dann stand mir das auf jeden Fall zu. Trotz der wachsenden Entfernung konnte ich immer noch die Schreie und die panischen Antworten von Thomas hören, während etwas oder jemand zu Boden fiel. Ich blickte nicht zurück. Als ich endlich in Sicherheit war, duckte ich mich hinter einen Baum. Und als ich sie dort aus meiner Tasche nahm, erblickte ich sie zum ersten Mal: eine Goldmünze mit dem Gesicht eines Mannes darauf, den ich nicht erkannte, und mit einer Aufschrift, die ich nicht einmal zu lesen versuchte. Schwer und massiv, ziemlich eindrucksvoll. Ich drehte sie so lange, wie ich mich traute, zwischen meinen Händen. Warf sie ein- oder zweimal hoch, bevor ich sie wieder einsteckte, und lächelte in mich hinein.

Fünf Stunden später, als ich auf demselben Pfad wieder zurückging, schloss Pat sich mir an.

«Jetzt schau dir mal diesen verdammten Idioten an», sagte er. Wir konnten Thomas sehen, der unter demselben Fenster wie vorhin herumkraxelte. «Er hat irgendeine Münze seines Vaters verloren. Der Alte dreht vollkommen durch, sagt, er wird ihn enterben, wenn er sie ihm nicht zurückgibt. Denkt, dass er sie absichtlich gestohlen hat.»

Thomas sah mich an, als wir vorbeigingen. Ich schaute weg wie immer, aber diesmal verspürte ich eine ganz neue Macht. Als wir außer Sichtweite waren, lächelte ich in mich hinein, während ich das Metall, das warm und sicher in meiner Tasche steckte, mit dem Daumen streichelte.

Oh, unter jedem Busch und jeder Pflanze auf dem Gut wurde gesucht, jede erdenkliche Jacken-, Hosen- und Handtasche im Haus wurde umgedreht. An jenem Abend mussten wir uns alle aufstellen, bevor wir entlassen wurden.

Aber ich war ja nicht blöd. Ich hatte die Münze im Astloch eines Baumes versteckt, der nahe bei unserer Grundstücksmauer lag. Dennoch war ich voller Angst, als Berk sich mir näherte. Er stellte sich vor mich und starrte auf meine Narbe. Mein Geständnis kam schon hinter meinen Lippen hoch, während seine Hände in meine Taschen tauchten und über meinen Körper strichen. Aber ich hielt dicht und verriet nie ein Wort davon. Enttäuscht wandte er sich an Mickie Dwyer neben mir.

Am nächsten Tag wurden Mutter und die meisten Küchenkräfte dazu abgeordnet, Thomas' Zimmer und auch den Raum, in dem der Streit stattgefunden hatte, auszuräumen; den Arbeitern wurde befohlen, den Hof zu durchforsten. Die Welt blieb stehen, während wir auf Händen und Knien zwischen Steinen, in Lehm und Gras nach etwas suchten, das wir nie finden würden. Thomas rannte zwischen den beiden Gruppen hin und her.

«Habt ihr sie noch nicht gefunden?», stöhnte er, stand über mir, den Tränen nahe, und raufte sich die Haare.

«Wie sah sie denn aus, Sir?» Ich ging in die Hocke und sah zu ihm auf.

«Aus Gold, du Schwachkopf, aus Gold. Berk, was für Trottel lassen Sie hier eigentlich arbeiten?»

Er lief hinter dem Verwalter her, als erwartete er tatsächlich eine Antwort auf seine Frage. Ich entdeckte eine Drei-Penny-Münze und rannte zu ihm.

«Sir. Ich hab sie gefunden», sagte ich ohne einen Hauch von Schuldgefühl.

Die Erleichterung, die sich auf seinem Gesicht abzeichnete, muss man gesehen haben. Aber dann kehrte das Unglück direkt zurück, als er auf meine Kupfergabe starrte, die den Schlag wert war, den Berk mir auf den Hinterkopf versetzte. Thomas rannte weg und ins Haus hinein.

Auch wenn wir in den folgenden Tagen immer wieder befragt wurden – die Arbeiter von Berk und die Hausmädchen vom alten Dollard selbst –, es geschah ohne Überzeugung. Jeder wusste, dass Dollard seinen Sohn für den Schuldigen hielt. Er wollte keine Verantwortung mehr für ihn tragen, so schien es. Innerhalb weniger Tage schickte er ihn weg und, wie er schon angekündigt hatte, enterbte ihn. Es kam mir seltsam vor, dass das Ganze nie der Polizei gemeldet wurde. Wie sich später herausstellte, konnten sie das einfach nicht tun, wenn man bedachte, wie Dollard an die Münze gekommen war. Aber damals konnte ich das noch nicht wissen.

In den nächsten Wochen war ich voller Angst, dass sie an unserer Tür auftauchen und alles auf den Kopf stellen könnten. Aber Tony hatte an meiner statt schon für alles gesorgt, so wie er sich schon vorher um viele meiner Probleme gekümmert hatte. Er versicherte mir, dass sie die Münze nie unter seinem Kopfkissen entdecken würden: «Wer wird sich mir denn schon nähern, wenn sie erst rauskriegen, dass ich Tbc habe?»

Tony war Anfang des Jahres an Tuberkulose erkrankt. Ich hatte keine Ahnung, dass sein Husten mehr war als die üblichen Begleiterscheinungen des Winters: das Frösteln, die laufende Nase und der kratzige Hals, die uns jedes Jahr auflauerten. Bei Tony ging es diesmal wochenlang so. Ohne zu wanken, ohne zu weichen. Bellender Husten den ganzen Tag über und bis in die Nacht hinein. Manchmal wachte ich davon auf, aber die meiste Zeit litt Tony allein vor sich hin, während ich meine Träume träumte. Damals habe ich immer gut geschlafen. War für die Welt verloren, verpasste alles um mich herum, bis mein Körper beschloss, dass es Zeit war aufzuwachen. Manchmal frage ich mich, ob ich vielleicht, wenn mein Schlaf leichter gewesen wäre, vor zwei Jahren Sadie hätte abfangen können, bevor sie ihren letzten Atemzug tat, und sie zurück zu mir ins Leben hätte holen können.

«Mam, kann man denn nichts gegen Tonys Husten unternehmen?», beklagte sich May eines Tages. «Ich kann nicht mehr schlafen. Ich bin so müde, dass ich den Teig zu Gummi geknetet hab, guck!»

Aber es war gar nicht nötig gewesen, meine Mutter auf Tonys Schwäche aufmerksam zu machen. Ich hatte schon gesehen, wie sie ihn seit Tagen beobachtete: als er langsamer als sonst den Hof überquerte und beim Abendessen hustete und später im Sessel einschlief.

«Du schläfst heute Nacht bei uns im Zimmer, Tony», sagte sie zu ihm an dem Tag, als er sich mit der Hand an die Brust gefasst hatte.

«Mam, mir geht's gut, dieser Honigtrunk, den du mir gemacht hast, wirkt prächtig, wirklich!»

«Egal. Du wirst oben schlafen. Wir nehmen euer Bett. Maurice, du schläfst in der Küche.»

Erst nach Tonys Tod habe ich erfahren, dass meine Mutter dabei hatte zusehen müssen, wie ihr jüngerer Bruder Jimmy an derselben Krankheit gestorben war. Die Leute redeten damals nicht viel über solche Dinge. Tod und Krankheit waren etwas Heiliges und geschahen im Stillen, man stocherte nicht darin herum und rührte nicht daran. Aber es scheint, dass Mam schon seit Jahren auf der Hut gewesen war und uns, wenn wir Husten und Erkältungen hatten, immerzu beobachtet hatte, jederzeit bereit zurückzuschlagen. Bereit, Krieg gegen den Dämon zu führen, der ihr den Lieblingsbruder genommen hatte. Jetzt war ihre Zeit schließlich gekommen.

Sie wusch an jenem Tag die Laken und Daunendecken

unseres Bettes aus. Mein Vater und sie schliefen in voller Kleidung unter einer Decke, bis alles wieder trocken war. Ich rückte mir die Stühle in der Küche zurecht und stellte sie einander gegenüber. Eine Decke und den Wintermantel meiner Mutter wickelte ich um mich herum. In jener ersten Nacht dauerte es eine Weile, bis ich einschlief. Ich lauschte auf Tonys Husten, seinen ununterbrochenen Ruf, während ich herauszufinden versuchte, was diese Veränderung unserer Schlafgewohnheiten bedeuten mochte.

Ich weiß noch, dass der nächste Tag ein Sonntag war. Mein Vater fuhr noch vor dem Morgengrauen mit dem Pferdewagen davon und kehrte zwei Stunden später mit Doktor Roche zurück. Ich sah vom Stall aus zu, wie sie ins Haus gingen. Ich lief an Tonys Fenster, ich wollte zu hören versuchen, was der Befund war. Bald danach kamen Jenny und May heraus. Wir drei Zwangsgeräumten standen im Regenschauer vor dem Haus und warteten.

«Das ist es doch bestimmt», flüsterte Jenny May zu, während wir uns unter dem tropfenden Reetdach aneinanderkauerten und uns so weit wie möglich ins Fenster beugten.

«Sag das bloß nicht, Jenny. Hex ihm das nicht an.»

«Das tue ich doch gar nicht! Ich sag bloß, daran ist der kleine Wall gestorben, und Kitty hat mir gesagt, genau so habe es angefangen.»

«Sei ruhig, Jenny, nicht, dass Tony dich noch hört.»

Später fuhren wir zur Messe nach Duncashel, nicht zu unserer Kirche am Ort, damit wir den Arzt bei sich zu Hause absetzen konnten. Mir tat das Pferd leid, das uns alle so weit ziehen musste. Tony kam nicht mit. Wir fuhren schweigend. In der Kirchenbank beobachtete ich, wie meine Eltern tief versunken beteten. Meine Mutter mit geschlossenen Augen und die Falten vor Anstrengung geschwollen, während ihre geschäftigen Lippen ihre gefalteten Hände streiften.

Als wir wieder zu Hause waren, herrschte weiter Schweigen. Jenny, May und ich tigerten umher und warteten darauf, dass man uns in das Geheimnis einweihte. Von der verschlossenen Tür im ersten Stock, hinter der Tony schlief, hielten wir uns fern. Wir bewegten uns zwischen unserem Zimmer und der Küche hin und her und entschlossen uns schließlich zu der schläfrigsten Partie Twenty Five, die wir je gespielt haben. Nach einer Weile standen die Mädchen auf und halfen Mam beim Abendessen, während mein Vater den Kopf nicht von der Sonntagszeitung hob.

«Tony hat Tuberkulose», sagte er später, während wir auf unsere Teller starrten. «Aber ihr werdet niemandem etwas davon sagen. Habt ihr gehört? Soweit es den Rest der Welt etwas angeht, hat sich der Junge durch einen Sturz auf dem Feld das Bein gebrochen. Verstanden?»

Wir drei Geschwister sahen uns verstohlen an und nickten dann zum Einverständnis.

«Der Arzt wird niemandem etwas sagen. Er möchte, dass wir Tony in den oberen Schuppen verlegen. Er hat Angst, dass wir uns alle anstecken könnten. Aber wir werden ihn hier versorgen. Wir schicken ihn nicht weg …» Mein Vater brach ab, ballte seine Fäuste und schob sie sich tief in die Tasche. «Ihr Mädchen werdet ihn morgens versorgen, wenn Mam arbeiten geht», fuhr er nach einer Weile fort, «der Arzt hat ihr erklärt, was zu tun ist. Ruhe ist die beste Medizin, hat er gesagt. Wir werden ihn nicht verlieren. Wir werden diesen Jungen nicht verlieren.»

Die Nachricht machte die Runde, dass Tony sich das Bein gebrochen hatte. Hätten die Leute die Wahrheit gewusst, wäre es das Aus für uns gewesen. TBC ist so ansteckend wie Klatsch. Die Dollards hätten uns auf der Stelle entlassen. Es stellte sich heraus, dass sich keiner von uns angesteckt hatte, obwohl ich glaube, dass meine Mutter doch was abgekriegt hat und dass sie deshalb so früh starb, nur ein paar Jahre später. Es war schwierig, es geheim zu halten. Leute kamen vorbei. Leute, die ihm gute Besserung wünschen wollten. Nicht oft, aber doch gelegentlich tauchte ein Nachbar auf. Jenny oder May liefen ihnen dann auf dem Hof entgegen und erfanden alle möglichen Ausreden, bevor sie sich dem Haus nähern konnten:

«Heute geht's ihm nicht so gut. Tut mir leid, dass ihr extra hergekommen seid.»

«Er hat wirklich starke Schmerzen. Ich sag ihm aber, dass du vorbeigekommen bist. Das wird ihm unendlich guttun, zu wissen, dass du an ihn gedacht hast.»

«Er versucht da oben gerade, die Übungen zu machen, zu denen ihm der Arzt geraten hat, aber er ist frustriert; besser, wir lassen ihn jetzt in Ruhe.»

Ich bin sicher, dass die Leute nach einer Weile argwöhnisch wurden. Aber niemand hat uns je gefragt.

Die einzige Zeit, in der wir Tony allein ließen, war sonntags, wenn wir zur Messe aufbrachen. Obwohl wir in diesen Stunden fort von ihm waren, ging es doch auch in dieser Zeit nur um ihn. Ich betete für seine Heilung, während ich die Hostie im Mund hielt. Und ich wusste, dass die anderen zu meiner Linken und Rechten dasselbe taten.

Der Arzt sagte uns, wir sollten ihm «nahrhaftes» Essen geben und jeden Tag ein Stout, für seine Eisenwerte. Bei der Aussicht war Tony begeistert. Aber all das kostete natürlich Geld. Nahrhaftes Essen bedeutete damals rotes Fleisch und Gemüse. Wir zogen Möhren, Kohl und Kartoffeln draußen im Gemüsegarten. Und oft war das auch schon alles, was wir hatten. Weißes Fleisch war nicht das Problem, wir hatten ja ein paar Hühner, die auf dem Hof herumliefen. Wenn eins zu alt wurde, um Eier zu legen, nun, dann landete es eben auf unseren Tellern. Rotes Fleisch war schwieriger zu beschaffen. Aber ab und zu konnten wir doch etwas von irgendwoher auftreiben. Wir alle gönnten Tony wirklich jedes Gramm davon, was aber nicht heißt, dass wir uns nicht die Lippen leckten, wenn das Fleisch im Ofen briet. Als ich eines Abends zu ihm hochging, wies er mich in verschwörerischem Ton an, die Tür zu schließen.

«Hier, großer Mann, das ist für dich», sagte er, sobald sich der Riegel gesenkt hatte. In seiner Faust, auf seinem Taschentuch, hielt er ein Stück Rindfleisch.

Er musste es seit dem Abendessen aufgehoben haben.

«Aber Tony, ich kann dir doch nicht dein Essen wegnehmen.»

«Himmel, Mann, ich werde echt gemästet. Viel zu groß, das Stück. Kam mir vor, als würde eine ganze Kuh auf dem Teller hocken. Nimm es. Ich hab's für dich aufgehoben.»

«Die werden mich umbringen.»

«Ich glaube, die beißen selbst ab und zu mal ab. Ich hätte schwören können, dass in dem Stück ein Loch war, als Jenny es hereingebracht hat», sagte er und lächelte mich an. «Um Himmels willen, Mann, du wirst doch sicher jetzt zwei Jobs gleichzeitig haben und mit dem alten Herrn weiterarbeiten müssen, wenn du von denen nach Hause kommst.»

Alle irischen Ärzte hätten eine Herzattacke bekommen, wenn sie gesehen hätten, wie ich das Fleisch aus seinem fleckigen Taschentuch nahm, aber ich sage dir, der Happen schmeckte himmlisch. So kalt und zusammengequetscht er auch war, es war ein unvergleichlicher Geschmack.

Nachdem Tony all die Tage und Jahre mit mir zur Schule gegangen war und mich ermuntert und unterstützt hatte, kam es mir jetzt ganz verkehrt vor, ihn jeden Morgen im Bett zurücklassen zu müssen, um zu den Dollards zu gehen. Ich zögerte es immer bis zuletzt heraus, saß bei ihm und redete und scherzte mit ihm, wenn ihm danach war, bis meine Mutter mich aus der Tür zerrte. Ich ging schweren Herzens und hatte das Gefühl, meine Stiefel wären mit Steinen gefüllt und verlangsamten meine Schritte, die mich fort von ihm führten. Wenn ich die Wahl gehabt hätte, hätte ich ihn versorgt, ihm sein Essen gebracht, hätte mit einer Schüssel bei ihm gestanden, wenn er seine Hustenanfälle bekam, hätte ihm aus dem Bett geholfen und ihn auf den Nachttopf gesetzt, damit er sein morgendliches Geschäft erledigen konnte. Der Rest der Welt hätte sich über mich mokieren und mich verhöhnen können, so viel sie wollten, aber ich hätte das gemacht und noch mehr für ihn, wenn man mich gelassen hätte.

Ich weigerte mich, seine Pflege nur den Frauen zu überlassen. Ich rannte den ganzen Weg von der Arbeit nach Hause, schnappte mir das Tablett mit seinem Abendessen und brachte es hoch zu ihm, bevor irgendeine der Frauen die Gelegenheit dazu bekam. War schon oben, bevor Mam, die längst von der Arbeit zurück war, protestieren konnte. Obwohl ich merkte, dass sie es gut fand, weil ich sie grinsen sah, bevor ich mich aus dem Staub machte. Draußen vor Tonys Tür balancierte ich das Tablett auf einer Hand und klopfte mit der anderen.

«Herein», rief er dann wie ein feiner Herr. Natürlich wusste er, dass ich es war, weil ich mich ihm schon vorher, als ich nach Hause gerannt kam, mit meinem Erkennungszeichen angekündigt hatte – fünf Schläge ans Schlafzimmerfenster.

«Ist der faule Sack immer noch nicht aufgestanden», tönte ich immer schon im Flur, laut genug, damit er es hören konnte, während ich meine Kappe aufhängte.

Ich lächelte dann über seine Antwort und hob den Riegel. Aber der Allmächtige möge es mir verzeihen, jedes Mal, wenn ich sein eingefallenes Gesicht sah, war es ein Schock. Es war immer, immer so, als sähe ich es zum ersten Mal. Das Lachen verging mir, und die Reste meines peinlich berührten Lächelns verrieten, wie schlecht ich darin war, den Anschein aufrechtzuerhalten, dass meinem Bruder, den ich liebte, nichts fehlte; dass er nicht nur noch einen Hustenanfall entfernt davon war, uns zu verlassen.

«Großer Mann», sagte oder spuckte er.

«Markierst du also immer noch den Kranken!»

Ich nahm dann neben seinem Bett auf dem Sessel meiner Mutter Platz, den meine Großmutter für sie gekauft hatte, als sie geheiratet hatte. Wenn Tony genügend Kraft hatte, stellte ich ihm das Tablett auf den Schoß, und er aß selbst. Aber im Lauf der Zeit konnte er sich nicht einmal mehr aufrichten, und so brach ich ihm etwas Brot ab und fütterte ihn, während er auf ein Kissen gebettet dalag. Wenn er in entsprechender Laune war und Spaß daran hatte, hielt ich ihm das Brot sonst wo hin, nur nicht an den Mund. Dann mussten wir beide lachen. Kommt mir nicht besonders lustig vor, wenn ich jetzt daran denke, aber es war alles, was wir hatten.

Oft war er zu schwach, um sich zu meinen abendlichen Berichten darüber, wie mein Tag gewesen war, überhaupt äußern zu können. Ich hatte mich an den Klang meiner eigenen Stimme gewöhnt, wenn ich ihm erzählte, was jenseits der Grundstücksmauer so vor sich ging.

«Was ich verrückt finde, Tony, ist, dass unser eigenes Feld doch gar nicht so anders sein kann als ihrs. Aber du hättest mal sehen sollen, was ich da drüben heute für Steine aus dem Boden geholt habe. Das waren Findlinge! Ich habe mir fast den Rücken gebrochen.»

Die meiste Zeit lag er nur da und hörte zu.

«Der alte Dollard wird immer schlimmer, wenn das überhaupt noch möglich ist. Seit er Thomas des Hauses verwiesen hat, ist er wie eine einzige Dornenhecke. Anscheinend sind Mutter und Tochter keinen Deut besser. Die Köchin sagt, dass sie gar nicht mehr miteinander sprechen. Ich weiß ja nicht, jemanden zu enterben wegen einer einzigen Münze …»

Ich verspürte keinerlei Schuldgefühle, weil ich und die Münze, die jetzt unter dem Kopf meines Bruders lag, es gewesen waren, die Thomas' Verbannung verursacht hatten. Tony war der Einzige, dem ich je davon erzählt habe, was Thomas mir alles angetan hat. Die Schläge. Die dauernde Angst vor weiteren. Ich hatte diese Narbe, die alle sehen konnten, aber niemand, auch nicht meine Mutter, mein Vater oder die Schwestern, hat jemals gefragt, wie es mir damit erging. Und weißt du, was, ich hätte das auch nicht gewollt, ich hätte mich wie ein Vollidiot gefühlt, wenn ich ihnen erzählt hätte, wie weh sie immer noch tat. Aber manchmal, wenn Tony schlief und sein Gesicht vor Schmerz zuckte, strich ich mir über die Narbe.

«Maurice», sagte er einmal spuckend und versetzte mich in Angst und Schrecken, weil ich gedacht hatte, er würde schlafen. «Eines Tages, ächmm, ächmm … eines Tages kriegt dieses Arschloch seine wohlverdiente Strafe.»

«Beruhig dich, Tony. Hier, nimm einen Schluck Wasser. Mam würde es gar nicht passen, wenn du dich so aufregst. Du hättest das sowieso alles gar nicht hören sollen.»

Er packte meine Hand, die den Becher hielt. Er sah mir in die Augen, und ihm ging die Luft aus.

«Maurice … es wird sich so ergeben, wart's mal ab.»

Wenn Tony schlief und ich neben ihm im Sessel schlummerte, kämpfte sein Atem dauernd um hinreichend Luft. Mit jedem Tag, der verging, klang er angestrengter. Ich saß da und sah zu, wie sich Tonys eingefallene Brust hob und senkte, wollte sie zwingen, zur Vernunft zu kommen und wieder zu schwellen. Die Menge an Gebeten, die ich sprach, während ich in jenem Sessel saß, hätte meine Mutter mit Stolz erfüllt; Dekaden um Dekaden des Rosenkranzes, mit fest geschlossenen Augen bat ich Gott darum, ein Wunder zu wirken. Ich blieb dort sitzen, bis ich ebenfalls einschlief und mein Vater kam, um mir auf die Schulter zu tippen und mich in die Küche zu schicken, damit ich selbst etwas zu Abend aß, bevor ich nach draußen musste, um die Arbeiten zu erledigen, die er tagsüber nicht allein geschafft hatte. Dann erhob ich mich und legte Tony die Hand auf die Schulter. Meine Abschiedsworte waren immer dieselben.

«Du und ich, gegen den Rest der Welt, oder? Du und ich.»

Jeden Sonntagabend drängten wir uns alle zusammen in sein Zimmer. In Europa hatte der Krieg natürlich schon seit Jahren gewütet. Und 1946 waren die Zeitungen voll von den Kriegsfolgen und wie sich die Welt verändern würde und dass sich die Gräuel in Deutschland nie mehr wiederholen würden. Die gegenseitigen Schuldzuweisungen und der Wiederaufbau waren in vollem Gange, und mein Vater las uns das alles aus der Zeitung vor, die er nach der Sonntagsmesse gekauft hatte. Auf Stühlen, die wir aus der Küche herbeigeschafft hatten, saßen wir in Tonys Zimmer gequetscht und lauschten auf die Stimme meines Vaters, der uns Geschichten aus der Welt jenseits von uns und jenseits des Geheimnisses von Tonys Krankheit vorlas. Später äußerten wir unsere eigenen Meinungen und Plädoyers zu dem Gehörten, die anderen widersprachen oder bekräftigten, dass de Valera seinen Trumpf richtig ausgespielt hatte. Tony beteiligte sich, wenn er konnte. Aber oft denke ich, er wollte einfach bloß zu den Klängen unserer Stimmen wegdämmern.

Wir wussten, dass wir ihn verloren. Es war, als würde er ins Bett einsinken, so dünn war er geworden. Er verschwand vor unseren Augen. Wir konnten nichts dagegen tun, ebenso wenig wie der Arzt. Sein Leben verebbte trotz unseres Gelächters und unserer Fürsorge. Ich saß weiterhin bei ihm, obwohl es so schrecklich war und trotz meiner Tränen, die manchmal liefen, auch wenn ich alles versuchte, um sie zurückzuhalten.

«Ach Maurice, du großes Mädchen», sagte er eines Abends atemlos, nachdem er aufgewacht war und mich mit verweinten Augen neben sich entdeckt hatte. Er erstickte beinahe an dem schwachen Kichern, das er zustande brachte. Ich lachte, ein lautes herzliches Lachen. Wir waren noch einmal entkommen, lachten die ganze Tragödie einfach weg.

Ich habe meine Mutter nie wieder so dünn erlebt wie in jenen letzten Wochen, bevor er starb. Bei Morgengrauen war sie schon wieder auf den Beinen, obwohl sie wahrscheinlich die ganze Nacht an Tonys Seite gesessen hatte und nur zwischendurch ab und zu eingenickt war. Und dann liefen wir wieder über die Felder, um das Geld zu verdienen, mit dem wir das nahrhafte Essen bezahlen konnten, das Tony retten sollte. Der einzige Morgen, an dem meine Mutter jemals darum gebeten hatte, wieder nach Hause gehen zu dürfen, war der Tag, an dem er starb.

«Ich kann heute auf keinen Fall auf dich verzichten, Hannah!», sagte Amelia Dollard, während sie an den Blumen in ihrem Korridor herumzupfte, wo meine Mutter sie erwischt hatte. «Ich sagte dir ja schon, Thomas kommt nach Hause und bringt die Lawrences mit. Sein Schulfreund und dessen Eltern. Sie sind in dieser ganzen Zeit so gut zu ihm gewesen, haben ihn an den Wochenenden zu sich genommen und so weiter, deshalb dürfen wir ihn jetzt nicht enttäuschen. Der arme Thomas – wir sehen ihn nicht oft, und da Hugh gerade weg ist … also, es ist die einzige Zeit, in der er nach Hause kommen kann. Und wir können ohne deinen Apfelkuchen nicht auskommen. Du hast doch genug gebacken, hoffe ich!» Mit diesen Worten, die weniger eine Frage als eine Forderung waren, schlenderte Amelia Dollard davon und ließ meine Mutter stehen, die auf ihre Hände blickte, die sich über ihrem Bauch mit der Schürze zusammenpressten.

Ich war versucht, sie zu rufen. Ich habe es alles mitgehört, weißt du, durch die geöffneten Eingangstüren. Ich war angewiesen worden, dem Gärtner mit den Blumenkästen in den Fenstern an der Vorderfront behilflich zu sein. Stattdessen sah ich, wie meine Mutter sich umdrehte und ihren Kopf beim Versuch, den Tränenfluss umzukehren, in den Nacken legte und dann zurück in die Küche ging. Es war Jenny, die später eintraf, als meine Mutter, nachdem Sie bergeweise gebacken hatte, gerade ihren Mantel anzog, um zu gehen. Ich hörte meine Mutter schreien. Ihr Wehgeschrei stieg bis zum Dach hinauf, fuhr kreischend über die Schindeln und wieder die Wände hinab, schlug auf meinen Kopf und die Schultern ein, während ich die Bäume an den Seiten der Eingangstür beschnitt. Ich wusste, es war Tony. Mir sackten die Beine weg, und ich streckte die Hand zu einem Ast aus, um mich abzustützen. Genau in dem Moment fuhr ein Wagen vor dem Haus vor. Ich musste gar nicht meinen Kopf wenden, um augenblicklich zu wissen, wer das war. Ich hörte Thomas' Prahlerei, während er aus dem Wagen stieg und zur Eingangstür ging.

«Um 1700 vielleicht? Bin nicht ganz sicher, Vater würde es wissen. Leider ist er heute nicht da. London, Sie wissen ja, Geschäfte. Hier entlang, hier entlang.»

Er nahm mich überhaupt nicht wahr. Kleiner Trost.

Wenn er auch nur in meine Richtung geatmet hätte, hätte ich ihm vielleicht doch noch eine gelangt. Als sich die Tür zur Eingangshalle schloss, spuckte ich hinter ihm auf den Boden und wünschte sie alle zum Teufel. Dann rannte ich, so schnell ich konnte, den ganzen langen Weg nach Hause, ohne auf meine Mutter und meine Schwester zu warten. Ich platzte ins Haus und dann in Tonys Zimmer.

«Nein, Maurice», rief mein Vater und versuchte, mich zurückzuhalten, als ich am Bett ankam. Er hielt meine Arme umklammert, aber ich drängte mich wie ein Besessener immer wieder vor. Schließlich wand ich mich aus seinem Griff, stieß meinen Vater zurück und an die Wand und sank auf Tonys Körper. Er war nur noch Haut und Knochen, kein Fleisch mehr, keine Muskeln. Nichts. Jedes bisschen von ihm war einfach weg. Ich lag da, hielt seine skelettierten Arme, ließ meine Wut aufsteigen wie seine Seele, höher und höher, bis nichts mehr davon übrig war außer einem mitleidigen Flüstern, das sich anfühlte, als käme es gar nicht von mir.

Mein Vater und May zogen mich weg, als sie hörten, dass meine Mutter eintraf. Ihre überlebenden Kinder standen beieinander und sahen zu, wie sie eintrat. Es ist etwas Schreckliches, Zeuge davon zu werden, wie die eigene Mutter weint. Man kann nichts mehr heilen, nichts flicken, kein Pflaster darauf kleben. Es ist qualvoll. Ich wollte mir den Schmerz herausreißen. Es bedurfte aller Selbstdisziplin, die ich noch besaß, um nicht aus dem Zimmer zu stürmen, zurück über das Feld zu rennen und diese Arschlöcher zu verfluchen, diese Hexe und ihren Goldjungen, die meiner Mutter ihren Abschied von Tony verweigert hatten. Mein Vater stand neben Mam und legte ihr eine Hand auf die Schulter und die andere auf den Rücken. Seine gegerbte, geäderte Hand strich ihr den ganzen Nachmittag ohne Unterlass im Rhythmus ihrer Trauer über den Rücken, rauf und runter. Seine eigene Trauer verbarg er. Im Lauf der Jahre habe ich mich gefragt, ob mein Vater, wenn er einmal allein war, angesichts der Last von Tonys Verlust manchmal auf dem Feld einfach stehen blieb und in die Hocke ging. Stützte er sich je mit der Hand auf den Boden, um sich wieder zu beruhigen, weil er am ganzen Körper wegen dieser Ungerechtigkeit zitterte? An jenem Abend jedenfalls waren es die Schreie und das Weinen meiner Mutter, die das Haus erfüllten. Es ging immer so weiter, stundenlang, es warf ihren schmalen Körper hin und her und ließ erst nach, als der Pfarrer kam. Selbst da wurde ihr Schluchzen nur leiser, damit sie die Gebete hören konnte.

Jene Nacht war die längste, die ich je erlebt habe. Ich war schlaflos, bis auf kurze Schlummerphasen, die mit wüsten Träumen erfüllt waren, in denen ich vor etwas oder vor jemandem wegrannte. Ich konnte die Panik in meiner Brust spüren, wenn ich wieder und wieder erschrocken aufwachte, unsicher darüber, wo ich war, um mich dann aus dem Sessel meiner Mutter neben dem Herd hochzustemmen. Schließlich wurde mir bewusst, dass ich zu Hause war, und ich ließ mich an die Kopflehne sinken und starrte in die Dunkelheit, in die Leere eines Lebens ohne Tony – meinen Halt, meinen Fels. Ich kann mich nicht daran erinnern, wie ich mich am nächsten Tag fertig gemacht habe. Kann mir gar nicht mehr vorstellen, wie wir es alle geschafft haben, uns so adrett anzuziehen. Die Beerdigung war still und ernst, wie hätte es anders sein können. Unsere Tränen tropften auf die Holzbänke und auf unsere schwarze Kleidung. Unsere Trauer war ein leises Flüstern, bis die Gebete endeten und wir aufstanden, um Tony zu Grabe zu tragen. Als wir Männer unsere Plätze verließen, stieß meine Mutter ein so verzweifeltes Stöhnen aus, dass ich mich an der Bank festklammern musste, die auf mich zustürzte, als meine Knie nachgaben. Mam stand da, gestützt von Jenny und May, die sie eingehakt hielten, eine hinter ihr und eine vor ihr, eingekeilt zwischen Sitz und Kniebank, und wartete darauf, dass sie hinaustreten konnte, um sich anzuschließen, während wir ihren Sohn anhoben und den Gang hinuntertrugen. Als wir den Sarg aus der Kirchentür trugen, hörte ich auf der Kieseinfahrt Räder knirschen.

Die Dollards.

Der Wagen hielt hinter mir. Zu meinem Entsetzen ließ Pater Molloy unsere Prozession halten, während sich die Schritte näherten. Ich beobachtete, wie er den Kopf vor der Ankommenden neigte.

«Pater», sagte Amelia Dollard.

Das Knirschen setzte sich fort, bis es hinter mir stoppte. Dreist quetschte sie sich zwischen Mutter und Sohn, schon wieder. Sie nahm die schlaffe Hand meiner Mutter und hielt sie, als würde es ihr etwas bedeuten, erzählten mir meine Schwestern später. Aber meine Mutter hob den Kopf nicht und drückte auch nicht ihre Hand. Sie rührte keinen Muskel. In diesen Sekunden, während hinter mir Amelia Dollards Stimme murmelte, dachte ich an meinen Vater. Ich stellte mir vor, wie er seinen Kopf an den Sarg meines Bruders lehnte. Die Augen geschlossen vor der mangelnden Sensibilität und dem peinlichen Auftreten dieser Frau, im Wunsch, er könnte das blonde Haar seines Jungen noch ein letztes Mal berühren, mit schmerzenden Armen und verknoteten Händen, die sich unter der Last des Todes röteten. Ich wollte sie anschreien, sie solle verschwinden und uns ihre Schauspielerei ersparen. Ihre Heuchelei. Und dann war sie fort, einfach so. Der Motor wurde angelassen, und weg war sie. Pater Molloy gab ein Zeichen, und wir gingen weiter.

Ich war sechzehn, als wir Tony in der Hitze von Meath beerdigten. Wir lauschten den Gebeten, stimmten an den erforderlichen Stellen ein, murmelten das Gesätz des Rosenkranzes und sahen zu, wie die Erde ihn aufnahm. Dann verließen wir den Friedhof.

Von dem Tag an war von meiner Mutter nur noch wenig übrig, von diesem sanften Wesen, das sie einmal gewesen war. Sie kehrte nie mehr zu den Dollards zurück, und ich ebenso wenig. Wir kamen ohne ihr Geld aus. Ich arbeitete mit meinem Vater auf dem Feld. Meine Mutter blieb daheim, verließ kaum noch das Haus. Unsere Hochzeiten waren die einzigen Ausnahmen, Mays, Jennys und meine. Sie sagte aber nie ein Wort bei ihnen, zeigte nie ein Lächeln. Wenn ich mir jetzt die Fotos anschaue, sehe ich Mams müdes, leeres Gesicht und wünschte, ich könnte es berühren, sie trösten. Mein Vater stand immer stoisch an ihrer Seite. Seine Hand auf ihrem Rücken, so stelle ich es mir vor, starrte er in die Kamera, als wollte er den Betrachter darauf aufmerksam machen, dass auf dem Gruppenbild ein Gast fehlte. Was wohl zwischen den Eheleuten in den Jahren nach Tonys Tod gesprochen wurde, das habe ich mich oft gefragt. Was hätten Sadie und ich zueinander gesagt, wenn du gestorben wärst und uns allein zurückgelassen hättest, für immer in einer Endlosschleife von Erinnerungen gefangen, deine mögliche Zukunft erfindend, darüber klagend, was du alles nie kennenlernen würdest? Oder vielleicht hätte sich ein Schweigen auf uns herabgesenkt – eine feine Schutzschicht, die uns zusammenhielte, uns vor der hässlichen, schrecklichen Wahrheit von Leben und Tod wie in Watte gepackt hätte, beschützt vor ihrer offenen Wunde, ihrem widerlichen Gestank.

Es ist schlimm genug, seinen besten Freund zu verlieren, aber es erleben zu müssen, wenn man noch so jung ist, ist einfach nur grausam. Ich stand doch erst am Anfang meines eigenen Lebens. Nachdem ich jene kostbaren Jahre mit Tony an meiner Seite verbracht hatte, musste ich mich nun den wichtigsten Jahren ohne ihn stellen. Ohne seine Anleitung, seine Aufmunterung, ohne seine Scherze. Es kam mir ganz unmöglich vor.

«Er wird immer hier sein, Maurice», sagte mein Vater mir, als wir von der Beerdigung nach Hause kamen. Wir standen an Tonys Zimmertür und blickten auf sein leeres Bett, und mein Vater drückte sich die Hand aufs Herz. Als er ging, um sich zu den Frauen in der Küche zu gesellen, legte auch ich meine Hand auf mein Herz. Ich presste so hart, wie ich konnte, versuchte, Tony zu erreichen, den Knopf zu drücken, auf dessen Signal hin er sich melden würde.

«Na, großer Mann, du alter Klugscheißer.»

Laut und deutlich hörte ich ihn.

Da lachte ich mit geschlossenen Augen, lachte bis in meine Stiefel und in meine Finger hinein, die ihn gefunden hatten. Und so wahr wie ich hier sitze und diesen Drink in meinen faltigen, ausgetrockneten Händen halte, er hat mich nie mehr verlassen.

Nachdem Tony gestorben war, war ich es, der das Land erben würde. Eines der besten Dinge, die mir mein Vater beibrachte in der Zeit, in der ich mit ihm zusammenarbeitete, war der Mut, Neues auszuprobieren. Ich sah ihm zu, wie er vor dem Krieg Weidemauern einriss, um Ackerland zu erhalten. Nachdem alles vorbei war, hatte er es im Handumdrehen wieder zu Weideland umgewidmet. Milchbauern brauchte das Land. Auf dem Fell jeder einzelnen Kuh und in jedem Tropfen Milch, den sie gaben, erblickte mein Vater schon die Pound-Zeichen. Er brach mir das Herz mit all seinen Fragen, die er mir darüber stellte, wie die Dollards während der Zeit, in der ich bei ihnen gearbeitet hatte, ihre Milchwirtschaft betrieben hatten. Ich hatte wirklich kein Bedürfnis, mich auch nur an irgendetwas im Zusammenhang mit ihnen zu erinnern, aber er drängte mich so lange, bis er alles in Erfahrung gebracht hatte, was ich selbst noch davon wusste. Und nachdem er sich alles ausgerechnet hatte, besaßen wir schon bald unsere eigene Herde.

«Im Jahr 2000 werden wir die größten Milchbauern in Leinster sein und die Hauptstadt beliefern. Wir sorgen dafür, dass die Leute in Dublin ihre Teepausen genießen können», sagte er zu mir. Er dachte, er würde ewig leben. Manchmal fragte ich mich selbst, ob er der Erste sein würde, dem das gelänge. Er war ein Pferd von einem Mann. Aber am Ende konnte er nicht einmal einen Anflug vom einundzwanzigsten Jahrhundert schnuppern. Er starb 1963. Brach eines Tages beim Zäunebauen auf dem Feld zusammen. Mam hielt bis 1975 durch. Bis kurz nach deiner Geburt lebte sie bei uns. Dann brauchte sie ein Pflegeheim. Sie hatte uns alle vergessen, außer Tony. Sie fragte uns jedes Mal, wenn wir sie besuchten, ob Tony immer noch draußen auf den Feldern sei und wann er denn zurückkomme, sodass sie sein Abendbrot für ihn richten könne. Wieder und wieder fragte sie, und wir machten jedes Mal mit: «Bald, Mam, er ist bald zurück.» Sie lehnte sich dann zufrieden zurück, aber zwei Sekunden später fragte sie erneut: «Und wo ist Tony?» Es wäre gütiger gewesen, wenn der Herr sie früher zu sich genommen hätte. Aber ich frage mich auch, wie sie in all den Jahren nach dem Tod meines Vaters, als sie noch bei Verstand war, mit seinem Verlust zurechtgekommen ist. Ich habe sie nie gefragt, wie sie bloß damit fertigwurde, die Person, die sie am besten kannte, zu verlieren. Die Person, die sie als Mensch mit all ihren Schwächen von Grund auf akzeptierte. Die Person, die sie bedingungslos liebte. Die Person, die immer die Hand über sie gehalten hatte. Jetzt wünsche ich, ich hätte sie gefragt.

Rainsford grenzte direkt an Dublin. Die Transportkosten waren so niedrig, dass wir mit den großen Milchlieferanten konkurrieren konnten. Die Sache lief gut an. Bald konnten wir sogar das Gormanstown Army Camp beliefern. Das war ein richtig großer Auftrag, dessen Verbindlichkeit uns erst recht ins Geschäft brachte und uns die Sicherheit verschaffte, uns weiter vorwagen, Kredite aufnehmen und mehr und mehr expandieren zu können. Obwohl es Jahre nach dem Tod meines Vaters gab, in denen der Milchpreis in den Keller ging. Aber ich kam dennoch durch, hielt mich mit kleineren Landverkäufen über Wasser.

In den späten Fünfzigern hatten wir nämlich damit begonnen, kleinere Parzellen aufzukaufen, wo immer wir sie bekommen konnten. Von Bauern, die auf dem Sprung nach England und bereit waren, alles zu akzeptieren, was man ihnen für ihr Stückchen Land anbot. Wir nahmen Kredite auf, vertrauten darauf, dass die wirtschaftliche Entwicklung schließlich zu unseren Gunsten verlaufen würde. Wir zahlten diese geradezu kriminell niedrigen Summen an die Landflüchtigen und fragten in der Umgebung gleich mal nach, ob vielleicht noch jemand verkaufen wolle. Sobald wir einen Tipp bekamen, suchten wir die Leute auf, tauchten direkt mit Bargeld in der Tasche bei ihnen auf. Manchmal schlugen sie uns angesichts unserer beleidigenden Angebote die Tür vor der Nase zu. Aber andere nahmen, was wir ihnen anboten, bereit, ihr Bauernleben gegen das eines Barkeepers, Arbeiters oder Bergmannes einzutauschen. Ich fragte mich oft, sehnten sich jene Hände, die unser Bargeld einsteckten, jemals wieder nach der Erde, wenn sie ein glattes Glas, den kalten Beton oder die staubige Kohle ihres neuen Lebens berührten? Nachts in ihren Träumen, bewegten sie sich da im Rhythmus der Sense oder streckten die Hand nach dem Fell einer Kuh aus, bevor sie sie molken?

Mein bester Coup, ohne dass ich es damals allerdings gewusst hätte, war der Kauf von diesem Streifen Land am Rande von Dublin, nicht weit vom Flughafen. Das war in den Sechzigern, für einen Apfel und ein Ei habe ich den bekommen. Mein Plan war eigentlich, es als Weideland zu behalten, aber als ich begriff, auf was für einer Goldader meine Kühe standen, beschloss ich, das Land da draußen einfach mal anzubieten und zu schauen, wer anbeißen würde. Am Ende verkaufte ich es für ein kleines Vermögen: erstklassige Lage.

«Maurice, das ist doch exorbitant, willst du es jetzt nicht mal gut sein lassen?», beklagte sich Sadie eines Abends angesichts des Bieter-Wettstreites, der sich um das Flughafen-Weideland entfacht hatte. «Das ist doch beschämend, diese Summen, die da im Gespräch sind. Das sind doch nur ein paar Felder. Kevin kann diesen Wahnsinn auch nicht mehr nachvollziehen. Er meint, der Keltische Tiger steuert geradewegs auf einen Crash zu.»

Na, du kannst dir ja vorstellen, wie ich das fand.

«Ach, meint er das? Das nächste Mal, wenn er aus seinem Elfenbeinturm da drüben anruft, kannst du ihm sagen, dass er mal meinen Arsch ansteuern kann!»

«Bitte keine Schimpfworte in meinem Haus.»

«Hör mir zu, wenn diese Leute die Felder unbedingt haben und einen guten Preis dafür bieten wollen, dann werde ich sie gewiss nicht daran hindern. Ganz gleich, was der kleine Lord Fauntleroy darüber zu sagen hat. Und du, willst du dich ernsthaft beklagen, wenn der Verkauf dir die neue Küche beschert, die du so gern haben möchtest?»

«Du hast schon genug Geld, um für ganz Rainsford neue Küchen zu kaufen, Maurice. Und rede nicht so über deinen Sohn, das hat er wirklich nicht verdient.»

Am Ende habe ich gelogen. Sagte ihr, das Land sei für 500 000 € weniger weggegangen, als ich tatsächlich bekommen habe. Ihr Herz und ihr Gewissen, und deins in diesem Fall auch, hätten die Wahrheit nicht vertragen. Aber ich bin sicher, mein Vater und Tony haben mir applaudiert an dem Tag, als das Geld schließlich auf meinem Bankkonto landete. Reine Zauberei, mein Junge.

Und das ganze Land der Dollards jenseits unserer Grundstücksmauer? Ich war einundzwanzig, als der Leichenwagen Hugh Dollard zu seiner Kapelle fuhr. Ich stand gemeinsam mit der ganzen Stadt an der Hauptstraße Spalier. Alle waren auf der Straße, die Häupter gesenkt in Ehrerbietung vor dem Mann, dem die meisten von uns irgendwann einmal auf die ein oder andere Weise gedient hatten. Die Stadt erstarb, während sich sein Sarg den Weg durch den Korridor bahnte, den wir bildeten. Als er kurz vor mir angelangt war, drehte ich mich um hundertachtzig Grad und blickte auf O'Malleys Schlachterladen.

«Du solltest dich schämen, Maurice Hannigan», sagte Mrs Roche, nachdem die Prozession uns passiert hatte.

«Ich werde mich nicht zum Lügner machen lassen», antwortete ich, «und sehen Sie mich jetzt bloß nicht so an, als hätten Sie sie nicht genauso verflucht wie der Rest von uns in all den Jahren.»

«Deine Mutter wäre entsetzt, wenn sie das wüsste.»

«Oh, sie weiß Bescheid, ich hab ihr gesagt, dass ich das vorhätte», sagte ich und schob mich die Straße hinunter und zwischen den Schaulustigen hindurch, die nacheinander von meiner Untat zu hören begannen. Ich hatte allerdings verschwiegen, dass meine Mutter keine Antwort gegeben hatte, als ich ihr am Morgen erzählt hatte, was ich plante. Sie gab mir bloß ihre Liste mit Fürbitten und kehrte dann wieder ins stille Haus zurück.

«Hast du denn keinen Respekt vor den Toten?», rief Roche hinter mir her, um die Menge aufzuwiegeln und zu ermuntern, sich ihr in ihrem Urteil über mich anzuschließen.

Ich blieb stehen und drehte mich zu ihr um.

«Nur weil Sie sich bekreuzigt haben, als er vorbeigetragen wurde, wird man Sie keinen Deut besser behandeln, Mrs Roche. Sie werden Ihnen weiterhin das gleiche Almosen für die Wäsche zahlen wie vorher.»

«Du bist doch ein Mistkerl. Jemand wird dir eines Tages noch Manieren beibringen, Hannigan.»

«Na, darauf freue ich mich jetzt schon», sagte ich, beendete damit unseren öffentlichen Disput und kehrte ihr den Rücken, um nach Hause zu gehen.

«Du kannst deinem Bruder nicht das Wasser reichen. Der hatte Manieren.»

Angesichts dieses letzten und besonders grausamen Verdikts drehte ich mich nicht erneut nach ihr um, sondern machte mich so lang, wie ich nur konnte, und schlenderte davon. Als ich außer Sichtweite war, schloss ich die Augen. Sie hatte recht, Tony war ein weitaus besserer Mensch gewesen als ich. Ich mochte den Gedanken nicht, dass er sich dort oben für seinen Bruder schämen würde.

«Ich konnte einfach nicht so tun, Tony», sagte ich zu meiner Verteidigung zu ihm und stieg auf mein Fahrrad, mit Mams Fürbitten unterm Arm, und radelte nach Hause.

Schon vor Dollards Tod hatte sein Vermögen begonnen zu schwinden. Manche sagten, es sei das Glücksspiel, andere sprachen von schlechten Investitionen. Für mich war es Vergeltung. 1963 hatten wir bereits Morans Land gekauft, dann das von Byrne und zu guter Letzt Stanleys, bis mein Grundbesitz schließlich an drei Seiten an den der Dollards grenzte. So fraß ich mich langsam in ihren Boden hinein.

Die Strategie, ihr Land zu kaufen, war dieselbe wie bei jedem anderen zuvor. Mache ein niedriges Angebot. Aber bei ihnen fühlte es sich besonders berauschend an. Unweigerlich war der Preis, den ich zahlte, kläglich. Alle paar Jahre verkauften sie mir ein bisschen mehr, und jedes Mal war mein Angebot noch schlechter. Bis zum letzten Angebot.

Eines Abends Anfang der Siebziger öffnete ich meine Tür für einen jungen Mann, den ich noch nie gesehen hatte.

«Guten Abend, Mr Hannigan», sagte er mit einem dermaßen breiten Lächeln, dass ich regelrecht zusammenzuckte. «Ich weiß, dass man solche Dinge normalerweise den Maklern überlässt, aber ich hatte das Gefühl, ich sollte selbst zu Ihnen kommen, um mit Ihnen über Ihr jüngstes Angebot für das Land der Dollards zu sprechen.»

«Und Sie sind?»

«Verzeihen Sie, ich bin Jason. Jason Bruton. Hilarys Mann.»

Er streckte die Hand aus.

«Hilary?»

«Ja, Hilary, Rachel Dollards Tochter.»

Jetzt muss ich noch mal ein Stück zurück gehen, mein Junge. Thomas' Schwester Rachel, die vor all den Jahren da gestanden und zugesehen hatte, wie ihr Bruder mir diese Narbe in meinem Gesicht verpasste, hatte das Haus verlassen, sobald sie alt genug dafür war. War sie überhaupt schon sechzehn? Ich weiß es nicht mehr. Ging fort, um Reggie zu heiraten, irgendeinen englischen Blaublüter. Allerdings kein besonders wohlhabender, wie sich dann herausstellte, und so landeten sie nach ein paar Jahren wieder im Haus bei Amelia, der Mutter, nachdem der alte Dollard gestorben war. Sie hatten eine Tochter, Hilary. Und dieser Jason Bruton war also Hilarys Ehemann. Nachdem ich überhaupt nicht auf seine Erklärung, wer er sei, reagiert hatte, zog er seine Hand zurück, die ich nicht geschüttelt hatte, wobei er sie musterte, als wollte er sichergehen, dass es wirklich eine Hand war, und sprach einfach weiter: «Wie ich schon sagte, dieses Geschäft mit dem Landkauf –»

«Richtig. Da haben Sie es – es ist ein Geschäft, keine Wohltätigkeitsaktion. Falls Sie etwa deswegen zu mir gekommen sind.»

«Sicher. Nun, ich nenne die Dinge auch gerne beim Namen», sagte er und räusperte sich. «Ihr Angebot ist das einzige, das wir erhalten haben. Ich könnte mich hier hinstellen und behaupten, wir hätten einen anderen Käufer. Aber Sie sind ja kein Anfänger. Deshalb bin ich gekommen, um Sie zu bitten, darüber nachzudenken, ob Sie Ihr Angebot nicht erhöhen könnten, nicht zum vollen Wert des Lands natürlich, aber zu einem, der etwas … vernünftiger ist.»

«Also wirklich, Jackson –»

«Jason. Ich heiße Jason.»

«Dann sagen Sie mir mal, warum sollte ich das tun wollen?»

«Darf ich hereinkommen, Mr Hannigan? Um das weiter zu besprechen, in Ruhe», sagte er und blickte sich um, als befände sich mein Haus mitten in einem dicht besiedelten Wohngebiet.

«Nein», antwortete ich und zog die Tür noch näher an mich heran, um meine Haltung zu betonen und dafür zu sorgen, dass Sadie uns nicht hören konnte.

«Verstehe», sagte er, holte tief Luft und lachte dann. «Man hat mir schon gesagt, dass ich bloß meine Zeit verschwende. Rachel und Reggie sagten das. Ich hätte wohl auf sie hören sollen.»

«Wie geht es Ihrem Schwiegeronkel?»

«Meinem Schwiegeronkel? Sie meinen Thomas. Ich habe keine Ahnung. Ich höre nicht viel von ihm. Kannten Sie ihn gut?», antwortete er, klammerte sich an den Strohhalm, den ich ihm hinhielt.

«Das könnte man so sagen.»

«Er ist in London. Hat wieder geheiratet.»

«Tatsächlich? Hat er die erste umgebracht?»

«Ich … äh …»

«Hören Sie, John. Sie haben gar keine Ahnung, wie mutig Sie sind, hierherzukommen und *mich* um mehr Geld für *die* zu bitten», sagte ich und zeigte mit dem Finger in Richtung des Gutshauses. Ich hielt inne, wir sahen einander in die Augen. «Also, wenn Sie mir nicht irgendetwas erzählen können, was ich nicht schon über das Land weiß, kann ich keinen Grund erkennen, warum ich mein Angebot erhöhen sollte.»

Das brachte ihn erstmal zum Schweigen. Dachte ich jedenfalls. Er schluckte angestrengt und richtete sich auf den Kampf ein, den er nie hatte führen wollen.

«Anstand, Mr Hannigan, deshalb. Ihr Angebot ist kriminell, ein anderes Wort gibt es dafür nicht.»

Das hatte ich nicht erwartet.

«Ich dachte, wenn wir von Mann zu Mann darüber reden, würden Sie vielleicht einsehen, dass Sie etwas fairer sein könnten. Aber anscheinend habe ich mich geirrt. Ich weiß, wann ich eine Niederlage akzeptieren muss.» Und damit ging er davon.

Ich mochte ihn.

«Fünf», rief ich in die Dunkelheit.

«Wie bitte?», antwortete seine Stimme, bevor er einen Schritt zurück in den Lichtkegel meiner Verandalampe trat.

«Ich lege fünftausend drauf. Weil Sie klar denken und Eier in der Hose haben. Im Gegensatz zu den sämtlichen Dollards.»

Ich hoffte, Tony würde das hören.

Das Land war viel mehr wert. Das wusste ich genau. Er wusste es auch. Ein Teil von mir wollte ihn hereinbitten, einen Whisky mit ihm trinken und noch ein bisschen mehr drauflegen, aber davon nahm ich schnell wieder Abstand. Er stand da und blickte mich ein wenig benommen an.

«Ich werde morgen früh meinen Makler anrufen und ihm von unserem Gentleman's Agreement berichten. Jetzt gehen Sie und erzählen Sie denen, wie Sie mir das abgerungen haben», fügte ich hinzu. Aber bevor er nur einen Schritt tun konnte, rief ich ihn noch mal zurück. «Sagen Sie doch mal, Jason. Viel Land ist da drüben ja nicht mehr übrig. Was ist denn der Plan, wenn mein Geld diesmal verbraucht ist?»

Er antwortete nicht sofort, sondern sah mich aus zusammengekniffenen Augen an. Schließlich sagte er: «Ein Hotel.»

«Ein *Hotel*? Na Mensch, heiliger Strohsack. Also, das kann diese Stadt ja nun wirklich gebrauchen, wo wir so viele Touristen haben.»

«Lachen Sie nur, Mr Hannigan. Aber wissen Sie, was? Meine Familie ist seit einem Jahrhundert im Hotelgeschäft tätig. Wenn irgendjemand diese gottverlassene Gegend in ein Touristenziel verwandeln kann, dann ich.»

Jetzt gefiel er mir noch besser.

Ich lächelte und schloss die Tür. Ich lehnte mich für einen Augenblick gegen den Türrahmen und bedachte diese neue Wendung im Schicksal der Dollards.

«Wer war das, Maurice?», fragte Sadie, die aus der Küche kam, dich an ihrem Rockzipfel.

«Das, meine Liebe, war Jason, der Hotelier. Er hat große Pläne für diese Stadt. Wir bekommen nun endlich ein eigenes Hotel.»

Als ich deine Mutter kennenlernte, hatte ich das Gefühl, dass sie ein kleines Stück des Loches füllen konnte, das Tony hinterlassen hatte. Ganz sicher nahm ihre Liebe etwas von dem allzu Schmerzlichen, Scharfen seines Verlustes hinweg. Sadie war in gewisser Weise wie Luftpolsterfolie für meine Trauer. Diese Trauer blieb sicher und geborgen in mir, aber ihre Schärfe war verschwunden. So verrückt, wie das klingt, ich nahm es ihr sogar ein wenig übel, dass sie mir dieses kleine bisschen von ihm geraubt hatte.

Hand aufs Herz, in all den Jahren ohne ihn ist kein Tag vergangen, an dem ich nicht mit ihm über die Kühe gesprochen hätte, den Futterpreis oder darüber, ob ich ein Stück Land kaufen oder verkaufen sollte. Das Sonntagsspiel aber, das ist eins von unseren großen Themen. Er sitzt auf meiner Schulter und weist mich darauf hin, wo die Spieler Fehler gemacht haben. Solch ein wahnsinniger Perfektionist, wenn es um Hurling geht. War süchtig danach, als er noch lebte. Spielte Sonntag und jeden Sommerabend auf dem Feld oberhalb der Kirche. Mich schleppte er immer mit, und ich hatte nicht das Herz, ihm zu sagen, dass ich seine Leidenschaft nicht teilte. Ich spielte ganz gut, aber nicht so wie er, nicht mit dieser Beseeltheit, diesem Schwung, als kämpfte er für die Freiheit ganz Irlands.

«Du musst doch nicht mitkommen, großer Mann, wenn du keine Lust hast. Ich hab das schon verstanden», sagte er eines Sonntags zu mir, als wir uns auf den Weg zum Spielfeld machten. Ich muss ungefähr vierzehn gewesen sein.

«Was redest du denn da? Ich würde das auf gar keinen Fall verpassen wollen. Dir dabei zuzusehen, wie du dich auf dem Platz zu einem kompletten Idioten machst, ist mein Highlight der Woche!»

Er klatschte mir auf den Rücken, und dann zogen wir los, die Schläger auf den Schultern.

Neulich erst, als wir das Carlow-Westmeath-Match anschauten, sagte er zu mir: «Du warst gut, weißt du, Maurice, besser als ich, wenn du dich konzentriert hast. Ich hätte alles gegeben, um dein Talent zu haben. Aber du wolltest ja nicht so recht.»

Und dann, eines Abends, fand Sadie mich draußen neben dem Auto ins Leere starren, mit besorgtem Gesicht. Wir müssen da schon eine ganze Weile verheiratet gewesen sein. Ich weiß gar nicht, wo du warst, warst du damals überhaupt schon geboren? Ich dachte, ich wäre dabei, ihn ein für alle Mal zu verlieren. Ich war mit dem Auto auf dem Nachhauseweg gewesen und blickte auf unsere Felder, die sich schon ein ganzes Stück vor der Abfahrt zu unserem Haus an der Straße entlangziehen, als ich ihn sah. Vornübergebeugt, wie er mit den Armen nach irgendetwas buddelt. In seinem alten braunen Hemd, das er immer getragen hatte. Kurz vor unserer Einfahrt trat ich voll auf die Bremse. Ging den Weg zurück, um nach ihm zu suchen, aber er war fort. Als ich das letzte Stück zum Haus hochfuhr, fiel mir ein, dass ich den ganzen Tag und auch den Tag davor nicht an ihn gedacht hatte. Sein Name, sein Geist waren, seit ich aufgestanden war, überhaupt nicht mehr in meinem Kopf aufgetaucht, bis zu dieser Erscheinung auf dem Feld.

«Maurice, was ist denn passiert?», fragte Sadie, die alarmiert aus der Eingangstür kam und mich musterte. Sie musste gehört haben, dass ich vorgefahren war, und mich vom Küchenfenster aus beobachtet haben.

Ich hatte nicht gemerkt, dass ich weinte, bis sie mir mit der Hand über die Wange strich.

«Nichts, nichts», antwortete ich und hustete meine Tränen fort, brachte meinen Kopf aus ihrer Reichweite. «Mir geht's gut. Das ist bloß der Wind.»

Ich konnte ihr nicht ins Gesicht sehen. Ich war überzeugt, dass sie ihn ersetzt hatte. Und ich konnte es nicht ertragen. Konnte nicht ertragen, das wenige zu verlieren, was ich in meinem Kopf noch von ihm bewahrt hatte. Ich ging von ihr weg und zu den Ställen herüber. Tat so, als müsste ich irgendwas erledigen, vielleicht etwas am Traktor nachschauen. Ich wartete, bis sie wieder im Haus war, und dann ließ ich meine Tränen fließen. Eimerweise Tränen. Ich klammerte mich an das Lenkrad, lehnte mich darauf, weil ich das Gefühl hatte, meine Beine könnten nachgeben. Lauschte mit einem Ohr auf die Hintertür, ob sie sich wieder öffnete. Kein Geräusch. Schließlich riss ich mich wieder zusammen und ging ins Haus, um mich an den Abendbrottisch zu setzen und deiner Mutter was von einer Grippe zu erzählen, die meine geschwollenen Augen und meinen erschöpften Körper erklären sollte. Aber den ganzen Abend über konnte ich nicht einmal in ihre Richtung blicken.

Ich zog mich direkt nach dem Essen ins Schlafzimmer zurück, ließ sie mit dem Fernseher allein. Holte meine alte Schuhschachtel unterm Bett hervor. Grub darin herum und kramte all die Fotos von ihm heraus. Dann saß ich da auf dem Fußboden, alte Negative und Bilder um mich herum, und starrte auf mein Lieblingsbild: Darauf sitzen wir vor dem Butterfass draußen vorm Fenster zum oberen Stock des alten Hauses. Ein milchig verwaschenes Foto und so eingerollt, dass ich die Kanten herunterdrücken musste, um ihn deutlich erkennen zu können. Seine linke Hand ist erhoben, um ihn vor der Sonne zu schützen. Ich konzentrierte mich auf sein Gesicht, versuchte, es mir ins Gedächtnis zu brennen. Aber je intensiver ich das versuchte, desto mehr misslang es mir. Ich wurde schließlich so fiebrig, dass Sadie mir Grippostad, Paracetamol und Wick VapoRub hinstellte. Am Ende gab ich auf, nahm das Zeug und ging schlafen. Ich träumte in jener Nacht von dem Bild – Tony auf unserem alten Küchenstuhl und ich dahinter stehend. Meine untere Hälfte halb verdeckt von dem Butterfass, meine Brust gereckt, stolzes Grinsen im Gesicht. Meine Hand liegt Tony schützend auf der Schulter, hält um alles in der Welt an ihm fest und weigert sich, ihn aufstehen zu lassen, obwohl er es versucht. Und dann höre ich seine Worte, so lebendig, als wäre er wirklich neben mir: «In Ordnung, großer Mann, lass gut sein. Ich geh nirgendwo hin.»

Am nächsten Morgen stand ich auf und wusste, dass er mich nie mehr verlassen würde. Sadie war ziemlich erstaunt über meine Blitzgenesung. Fragte mich für zukünftige Krankheitsfälle, wie genau ich die Medikamente dosiert hatte. Noch Jahre später hielt sie an meinen erfundenen Instruktionen für jene angebliche Heilmethode fest, wann immer einer von uns eine Erkältung oder die Grippe bekam.

Aber es ist seine tatsächliche, körperliche Anwesenheit, die ich am meisten vermisse, seit deine Mutter gestorben ist. Und keine noch so vielen Gespräche mit ihm in meinem Kopf können es ersetzen, den Mann wirklich zu sehen, ihn mit Haut und Haar zu berühren und zu hören, wie er im Hartigan's ein Pint trinkt. Was würde ich nur für eine einzige Stunde in seiner Gesellschaft geben! Wir bräuchten uns gar nicht viel zu unterhalten. Unsere Ellbogen auf dem Tresen. Vor jedem von uns eine Flasche Stout. Halb leere Gläser. Auf die Stadt hinausschauen. Mit den Füßen zur Musik aus dem Radio den Takt klopfen oder über die Verrücktheit der Welt lachen. Vertraute Gesellschaft oder die

Gesellschaft der Vertrauten, was? Verstanden zu werden, ohne irgendetwas erklären zu müssen und nicht so tun zu müssen, als wäre alles in Ordnung. Sich einfach als das Wrack zeigen zu können, das man auch ist. Das Gefühl, wie er mir auf die Schulter klopft, wenn er hinter mir vorbeiläuft, um aufs Klo zu gehen. Ist eine simple Auferstehung denn wirklich zu viel verlangt? Trotzdem bin ich dankbar für die Jahre, in denen ich ihn hatte. Und darum hebe ich mein Glas auf ihn. Um einem Menschen zu danken, der mich geprägt, mich angeleitet, sich um mich gekümmert und mir vor allem beigebracht hat, nie aufzugeben. Aber heute ist er wahnsinnig still, mein Junge. Hat mir die ganze Zeit kein einziges Wort ins Ohr geflüstert. Ich frage mich, ob mein Plan ihn schließlich doch so verblüfft hat, dass es ihm die Sprache verschlagen hat.

DRITTES KAPITEL

19:47 Uhr
Zweiter Toast: Auf Molly
Ein Glas Bushmills – 21 Jahre alter Malt

Wenn ich etwas an dieser Hotelbar mag, dann ist es das Licht; allerdings habe ich das Emily nie gesagt. Vielleicht sollte ich ihr dieses Kompliment mal machen. Wie der Abend durch diese vorderen Fenster sickert, das hat einfach was. Es sind nicht mehr die ursprünglichen Fenster. Es sind lange, schmale, rechteckige Fenster, die von ganz oben bis nach ganz unten reichen. Man kann sie nicht öffnen. Sonst habe ich so etwas nur in modernen Kirchen gesehen. Anfangs haben sie mir nicht gefallen, aber jetzt kann ich gar nicht genug davon bekommen, dabei zuzusehen, wie das Licht schräg hereinströmt, den Staub aufleuchten lässt und die Bewegungen an diesem Ort in Szene setzt. Ich könnte stundenlang einfach nur schauen. Es ist geradezu hypnotisch.

Die Bar ist jetzt ziemlich voll. Die Männer nicken in meine Richtung, während sie ihre Drinks bestellen und die Ellbogen ausfahren, um ihren Platz am Tresen zu markieren. Die Kavallerie ist eingetroffen, um Swetlana zu helfen. Emily und ein junger Kerl. Flitzen hin und her. Sie sind nur noch Arme und Hände. Man könnte schwören, dass sie beide mehr als die üblichen zwei haben, wenn sie ein Pint zapfen und zugleich nach einem weiteren Glas greifen, um den Zapfhahn daneben in Gang zu setzen. Ihre Geschwindigkeit und ihre Effizienz sind schlicht bewundernswert. Ich könnte diesem Tanz den ganzen Abend zusehen.

Ich erkenne die meisten Leute. Das würdest du auch, mein Junge. Crimmens gesellt sich zu mir. Stützt sich auf den Tresen, sehr ernst, als würde ihn etwas plagen. Ich nehme einen Schluck von diesem edlen Whisky, bevor ich wieder zu ihm rüberschaue. Es ist bestimmt sein Anzug, der ihm so unangenehm ist. Er sieht aus, als wäre ihm genauso unwohl, wie ich mich in diesem Aufzug fühlen würde.

«Darf ich Ihnen etwas zu trinken bestellen, Mr Hannigan?»

«Nicht nötig. Ich bin ganz zufrieden mit dem, was ich hier habe.»

«Whisky, was?»

«Was ist mit Ihnen? He, Emily, könnten Sie noch ein Pint für Crimmens zapfen?»

«Lassen Sie mal. Ich hatte schon eins zu viel.»

Ich kann mich beim besten Willen nicht an den Vornamen dieses Burschen erinnern. Du wüsstest ihn wahrscheinlich. Ganz bestimmt sogar. Ich laviere mich um meine Gedächtnislücken herum, so gut es geht. Die Gesichter erkenne ich problemlos, aber bei den Namen bin ich ganz ratlos. Er kommt aus Lissman. Vor ein paar Jahren hatten wir geschäftlich miteinander zu tun. Einer von der neuen Sorte, Bio hier und nachhaltig da. Ich hab's ja auch eine Zeitlang versucht. Aber letztlich habe ich es sein lassen, wie alles andere auch. Eins muss ich diesen jungen Bauern doch lassen, sie haben eine Energie und eine Verbundenheit mit der Erde, die meinem Vater eine Freude gewesen wären.

«Kennen Sie sich mit Solarmodulen aus, Mr Hannigan?», fragt Crimmens nach einem Augenblick des Schweigens. «Ich denke darüber nach, mich da zu engagieren. Drüben in England spicken sie ein Feld nach dem anderen mit den Modulen und machen ein Vermögen damit. Was meinen Sie, wäre das verrückt von mir?»

«Es wäre verrückt, wenn Sie es nicht täten. Wenn ich ein paar Jahre jünger wäre, hätte ich schon längst welche angeschafft und würde meine Schafe unter den Modulen grasen lassen.»

«Ach ja? Dann schaue ich mir das wohl mal an», sagt er und nickt vor sich hin.

Und dann verfallen wir wieder in unser nachdenkliches Schweigen. Zufrieden damit, über unser Bauerndasein und all das nachzusinnen, was wir tun, um die Bäuche der Welt zu füllen, und dafür zu sorgen, dass unsere Herzen und Bankkonten ausgeglichen sind. Dann ertönt im Hintergrund plötzlich ein Gong, und ich verschütte beinahe meinen Bushmills. Ich wusste gar nicht, dass die hier einen Gong haben. Und typisch irisch, die Bande ignoriert den Aufruf erstmal komplett. Jede Gruppe muss von den Hotelmitarbeitern eigens dazu ermuntert werden, sich nicht länger an ihren Gesprächen oder am Tresen festzukrallen. Sie treiben sie wie Hütehunde vor sich her, indem sie die Ausgänge und sonstige Fluchtwege versperren, und ihrem Abendessen zu. Gearstick hätte seine wahre Freude daran gehabt und einfach alles gegeben, bis wirklich jeder seinen Arsch auf seinen Sitzplatz gewuchtet hätte.

«Das gilt auch mir, Mr Hannigan.» Crimmens streckt seine Hand aus und schüttelt meine mit einer Kraft, um die ich ihn beneide.

«Viel Glück dann», sage ich, während ich zusehe, wie er und der Letzte aus der Menge die Bar verlassen.

«Können Sie glauben, dass die tatsächlich pünktlich zum Essen gegangen sind?», sagt Emily, stolz darüber, dass alles nach Plan läuft. Eine Strähne ihres Haares hat sich aus ihrem strengen Knoten gelöst. Sie fällt ihr als Locke auf die Wange, was mich an Sadie erinnert.

«Die haben bloß Angst, was Sie machen, wenn sie nicht

spuren», sage ich und grinse, steige von meinem Barhocker und gehe friedlich in Richtung Toilette. «Und trinken Sie bloß nichts davon, wenn ich nicht hingucke», sage ich und zeige auf meinen Bushmills, bevor ich lächelnd durch die Tür gehe.

Ich erinnere mich noch an den Tag, an dem ich meinen ersten Schluck Whisky getrunken habe. Ich war kaum zwanzig, als ich die Idee hatte, es auszuprobieren. Mein Vater hat das Zeug nie angerührt, aber mich hat diese satte Flüssigkeit in den Flaschen hinter der Bar im Hartigan's immer angelockt. Eines Tages verspürte ich den gebührenden Mut und bestellte mir ein Glas. Na ja, es hat mir beinahe die Kehle verätzt. Ich habe nur noch gehustet und gespuckt. Mrs Hartigan fand das zum Schreien komisch. Ich habe an Ort und Stelle geschworen, das Zeug nie wieder zu trinken. Aber in den folgenden Tagen blieb mir der Geschmack im Gedächtnis, und im Lauf der Zeit verlor sich das Widerwärtige so sehr, dass ich tatsächlich noch einen zweiten Whisky trank. Und an dem Tag, als ich den einundzwanzig Jahre alten Malt trank, zog ich in Ehrerbietung vor seiner Herrlichkeit meinen Hut. Dieser Whisky hier, mein Junge, ist für die Schwester, die du nie gekannt hast – Molly.

Eines der Bilder in meiner Jacketttasche zeigt dich an dem Tag deiner Taufe. Du liegst in den Armen deiner Mutter, in den weißen Kokon deines Taufkleids gewickelt. Sie steht vor unserem Haus, direkt bevor wir zur Kirche gingen. Denn damals hatte ich schon unser altes Haus abgerissen und, ein Stück weiter von der Straße entfernt, ein nagelneues Haus gebaut. Ich glaube, ich hatte zu der Zeit einen Ford Cortina, einen roten. Sadie in ihrem rosa Tweed-Kostüm mit dazu passendem Pillbox-Hut. Sie liebte dieses Kostüm, hat es allerdings kaum getragen. Es hing noch bis vor kurzem im Schrank. Jetzt ist es zusammen mit dem Rest ihrer Sachen eingepackt. Auf dem Foto sieht sie auf dich herab, als wärest du der Mittelpunkt der Welt, als würde niemand anderer zählen. Diesen Blick von ihr habe ich nur noch bei einer einzigen anderen Gelegenheit gesehen, das war drei Jahre, bevor du auf die Welt kamst.

Vor neunundvierzig Jahren habe ich Molly gesehen, nur ein Mal und nur für fünfzehn Minuten. Aber seitdem lebt sie in meinem baufälligen Herzen. Es scheint, als wäre es deiner Mutter und mir nicht vergönnt gewesen, mehr als ein Kind zu haben. In dieser Angelegenheit war das Leben nicht auf unserer Seite. Wir haben dich relativ spät bekommen. Ich war neununddreißig, und Sadie, nun, sie muss vierunddreißig gewesen sein. Wir hatten es natürlich immer wieder versucht, von Anfang an. Sahen dabei zu, wie alle um uns herum ein Baby nach dem anderen bekamen, während wir mit keinem gesegnet wurden. Es war hart. Ich trug meine Enttäuschung mit mir hinaus auf die Felder, in die Molkerei, überallhin, nur nicht ins Haus. Unsere stille Last. Monat für Monat, Jahr für Jahr, versanken wir tiefer und tiefer in der stillen Traurigkeit, die das alles mit sich brachte. Sadie wollte nicht darüber reden. Trotz meiner unbeholfenen Versuche, es zu besprechen. Wenn ich ehrlich sein soll, dann war ich eigentlich erleichtert über ihr Schweigen. Was hätte ich denn schließlich auch sagen sollen? Wenn ich schon meinen eigenen Schmerz nicht wahrhaben wollte, wie sollte ich denn mit ihrem umgehen? Aber dennoch verfolgte mich mein Schuldgefühl über jenes Schweigen, während ich meine Furchen und Pfade ablief, den Traktor anließ und mich am Ende der Messe bekreuzigte. Es saß auf meiner Schulter und sorgte dafür, dass ich nie vergaß, dass ich versagt hatte.

Man sagt doch, Frauen reden gern. Wenn das stimmt, dann war deine Mutter die Ausnahme. Ich hatte den Eindruck, dass sie nicht viele Freunde hier in der Gegend hatte; Bekannte schon, aber niemand, der ihr wirklich nahestand. Anfangs, als wir frisch verheiratet waren, hat sie vielleicht mit ihrer Mutter gesprochen, nehme ich an. Aber sicher weiß ich es nicht. Ihre Beziehung kam mir nicht besonders vertraut vor. Sicher, sie liebten einander, aber auf die irische Art, zurückhaltend und irgendwie peinlich berührt von ihrem eigenen Menschsein. Heutzutage wird man ja ständig ermuntert, alles auszusprechen. Sich die Dinge vom Herzen zu reden. Als wäre das so einfach. Vor allem als Mann, zumal als Ire!, kriegt man ständig eins drüber, wenn man in dieser Hinsicht nicht seinen vollen Beitrag leistet. Und wenn du älter wirst, da kann ich dir was verraten, wird's noch schlimmer. Du vergräbst dich noch tiefer in deine Einsamkeit. Löst deine Probleme allein. All die Männer, die allein an Tresen sitzen und immer wieder das gleiche Revier in ihren Köpfen abschreiten. Glaub mir, mein Junge, wenn du jetzt neben mir sitzen würdest, du würdest nichts von all dem hier erfahren. Ich wüsste ja gar nicht, wo ich anfangen sollte. Es ist alles fertig in meinem Kopf, aber es vor aller Welt laut auszusprechen, einem lebendigen Wesen gegenüber? Dazu sind wir eben nicht erzogen worden. Und in der Schule ist es uns auch nicht beigebracht worden. Erst recht nicht von der Kanzel gepredigt. Dann braucht sich keiner wundern, dass wir nicht plötzlich mit dreißig, vierzig oder achtzig damit anfangen können. Ingenieure werden auch nicht mit dem Wissen geboren, wie man eine Brücke baut. Alles muss man lernen. Aber trotzdem verspürte ich damals, wegen all dem Schmerz und dieser Abwesenheit in unserem Leben, den Drang, einen Versuch zu wagen.

«Also, wie geht es dir denn jetzt?», brachte ich eines Tages Sadie gegenüber heraus, wobei ich mit dem Kopf in

Richtung Badezimmer deutete, aus dem ich gerade gekommen war und wo ich den Beweis für ein weiteres Scheitern gesehen hatte, eine blutgetränkte Binde.

«Lass es bitte, Maurice.»

«Sadie …»

«Nein, Maurice. Ich kann das jetzt nicht. Bitte.»

Sie hob die Hand, um jedes weitere Wort von mir zu unterbinden, und verließ einfach die Küche. Ließ mich stehen, und ich plumpste in meinen Sessel und zeichnete mit dem Finger immer wieder die Maserung im Tisch nach. Lauschte auf das unaufhörliche Ticken der Uhr über dem Herd, das mir bis dahin noch nie auf die Nerven gegangen war. Ich musterte die Uhr und überlegte, ob ich den *Meath Chronicle* nach ihr werfen sollte. Es machte mich fertig, dass ich dieses Problem nicht lösen konnte, dieses unfruchtbare Nichts bei uns. Für einen Mann, der es gewohnt war, alles lösen zu können, sobald er nur genügend Geld in die Hand nahm, war dies eine entsetzliche Qual.

Ich hab's danach nicht noch mal versucht, mit deiner Mam zu reden. Von da an wichen wir einander aus. Fanden im Bett zueinander, wenn wir versuchten, uns mit einem weiteren hoffnungslosen Akt von unserer Last zu befreien. Bis sie sich eines Nachts für endlose Wochen von mir abwandte. Keine Versuche mehr unternehmen wollte, erschöpft von unserem gemeinsamem Versagen. Und so wurde das Schweigen tiefer und ausufernder und beherrschte uns irgendwann so, dass es beim Essen am Abend überhaupt nichts mehr zu sagen gab.

Das hielt an, bis Doktor Arthur McRory nach Duncashel kam. Seine Praxis hatte noch keine Woche geöffnet, da saßen wir schon bei ihm im Wartezimmer. Ich hatte keine Ahnung, wo Sadie davon gehört hatte, dass dieser Mann uns mehr helfen könnte als Doktor Matthews bei uns in Rainsford. Aber eines Abends kam ich nach Hause und sah, dass sie an der Tür stand und schon auf mich wartete. Ich war kaum hindurch, da hatte sie mir schon den Mantel und die Stiefel abgenommen. Sie führte mich zum Tisch, wo sie mir bedeutete, mich zu setzen, und neben mir Platz nahm.

«Maurice. Wir werden zu einem Arzt gehen.»

«Ach so?»

«Er ist neu. In Duncashel.»

«Und warum sollten wir da hingehen?», fragte ich und warf einen langen Blick zum Herd hinüber, ob da vielleicht eine hübsche Speckschnitte zum Abendessen auf mich wartete.

«Damit er mal nachschaut», sagte sie und deutete mit dem Kopf auf ihren Schoß.

«Oh, ach so.»

«Kommst du also mit?»

«Denk ich doch.»

«Großartig. Dienstag. Um vier Uhr. Dann musst du also Montagabend dein Bad nehmen.»

Er war jung und voller Selbstvertrauen und begrüßte uns mit einem Mitgefühl, das mich misstrauisch machte. Ich war Güte nicht gewohnt, hatte nie danach gesucht oder sie anderen außer den Meinen je gewährt. Aber Sadie ließ sich ganz und gar auf ihn ein, vertraute und glaubte allem, was er sagte. Sie bestritt für uns das Gespräch. Ich schwieg, während sie eine Frage nach der anderen beantwortete. Er versuchte, mich einzubeziehen, aber es war, als säße in meiner Kehle ein ganzer Felsbrocken, der mich daran hinderte, ihm gegenüber irgendeins dieser intimen Details zu enthüllen, die Sadie nur zu gern preiszugeben schien. Jedes Mal, wenn er eine Frage an mich richtete, legte sie mir die Hand auf das Bein und beantwortete sie für mich. Er entließ uns mit ein paar Anweisungen und dem Versprechen weiterer Handlungsmöglichkeiten, falls und wann immer wir seine Hilfe in Anspruch nehmen wollten.

«Es gibt sehr zuverlässige Tests», sagte er.

Ein Beitrag gelang mir allerdings doch, bevor wir uns voneinander verabschiedeten.

«Und was wird uns das alles kosten?»

Sadie schob mich aus der Tür.

Während der kommenden Wochen und Monate erhielten wir Tabellen und Termine, bis es uns zu den Ohren wieder herauskam. Es trieb mich in den Wahnsinn. Scheiß «Rhythmus» hier und verdammter «Zyklus» da. Ich verstand nichts von alldem. Tat bloß, was man mir sagte. Tat es, wenn es nötig und angebracht war, und dachte nicht mal dran, wenn auf dem Kalender das Datum mit einem dicken Balken durchgestrichen war.

«Nun, es sieht alles sehr gut aus, Sadie, das muss ich sagen», sagte Doktor McRory an einem Frühlingstag strahlend zu ihr. «Die Ergebnisse deuten auf keinerlei Probleme. Wenn wir so weitermachen», (wir? dachte ich), «dann habe ich begründete Hoffnung, dass es bald Neuigkeiten geben könnte. Ja, es sieht alles sehr vielversprechend aus.»

Er hatte nicht gelogen. Drei Wochen nach dieser großen Verkündigung lebten unsere Abendessen wieder auf. Sadie war tatsächlich schwanger. Angesichts dieser Nachricht konnte sie in den folgenden Monaten ihr Glück gar nicht mehr für sich behalten. Ich aber auch nicht. Wo auch immer ich mich hinwandte, überall war die Welt auf einmal schöner. Die Leute waren netter. Ich war netter. Ich scherzte mit Lavin, lächelte Nancy Regan auf der Straße an und zog sogar vor dem Bankdirektor meinen Hut.

Unsere kleine Molly sollte am 9. Januar 1966 geboren werden. Eigentlich konnten wir gar nicht sicher sein, dass es ein Mädchen werden würde. Also, ich zumindest konnte das nicht. Sadie dagegen war von Anfang an davon überzeugt. Sie hatte rosa und gelbes Bettzeug und eine Reihe niedlicher Kleider gekauft, wie sie erzählte, als sie von einer ihrer Fahrten nach Duncashel zurückkehrte. Das kleine Herz schlage perfekt, sagte man ihr bei jedem Arztbesuch. Die Glieder immer in Bewegung, wie ein Tanz, tretend und mit den Ellbogen stoßend, dass es die Mammy in Ekstase versetzte. Es war eine Zeit des Glücks. Man sagt ja, Frauen leuchten, wenn sie schwanger sind. Auf Sadie traf das hundertpro zu. Die Frau strahlte. Alles an ihr wirkte lebendig und triumphierend vor Glück angesichts all dessen, was da kommen sollte.

Was die Arbeit anbelangte, hätten die Dinge für mich auch nicht besser laufen können. Ich strotzte vor Erfolg. Die verschiedenen Geschäftsfelder, die Kühe, die Landkäufe, alles lief besser, als ich gehofft hatte. Zu dem Zeitpunkt hatte ich schon begonnen, Maschinen zu leasen, Mähdrescher und Traktoren. Ich hatte ein paar am Start. Ich investierte eine Menge Zeit, und ich sah, dass es sich auszahlte. Ich hatte ein ganzes Team von Jungs, die für mich arbeiteten, sich um das Alltägliche kümmerten, während ich unterwegs war und dafür sorgte, dass mein Geschäft immer weiter expandierte. Es waren gute Jungs, zuverlässig. Alles fühlte sich so an, wie es sein sollte: eine glückliche Frau, ein neues Zuhause und ein Baby im Anmarsch. Ich machte es allen recht. Sorgte dafür, dass sie sich keinerlei Sorgen über irgendetwas machen müssten und es ihnen an nichts fehlen würde, das dachte ich zumindest.

Eines Abends kam ich nach Hause und fand Sadie in der Küche vor, wie sie ihren acht Monate alten Schwangerschaftsbauch umfasst hielt und darauf starrte.

«Ich spüre sie nicht mehr, Maurice», sagte sie, als sie zu mir aufsah.

«Sie schläft sicher gerade.» Ich ging zu ihr und hockte mich hin, legte meine Hand auf ihre und auf Molly. «Macht ein schönes Nickerchen.»

«Aber doch nicht jetzt, Maurice. Um diese Zeit schlägt sie normalerweise Saltos.»

«Ach, mach dir keine Sorgen. Ich setze Tee auf. Du gehst jetzt mal ins Schlafzimmer und legst dich hin», sagte ich, in Gedanken schon bei der Verabredung, die ich an jenem Abend mit Jim Lowry, einem Rechtsanwalt aus Navan, hatte. Er bot oben in Nord-Meath ein Stück Land im Auftrag der Erbengemeinschaft eines Farmers an, der vor ein paar Wochen verstorben war. Ich hatte hintenrum davon gehört und ihn sofort angesprochen. Ich wollte meine Landmaschinen auch dort anbieten. Zu jener Zeit war niemand in der Gegend im Leasing-Geschäft. Es war keine besonders große Farm. Was mich daran interessierte, waren die Ställe. Groß und modern. Sicher ausreichend für meine Maschinen. Der Ertrag wäre beachtlich, da Cavan, Monaghan und Louth in der Nähe lagen. Eine Chance, die ich nicht verstreichen lassen wollte.

Sadie tat, wie ihr geheißen, lag den ganzen Abend im Bett und starrte auf Mollys Bewegungslosigkeit.

Um acht Uhr steckte ich meinen Kopf in die Schlafzimmertür.

«Ich muss noch mal eben für eine halbe Stunde weg, Sadie. Schlaf ein bisschen, und ich bin im Handumdrehen wieder da.»

Ich wartete ihre Antwort gar nicht ab, reagierte nicht auf ihr besorgtes Gesicht, rauschte einfach davon, um meinen Handel voranzutreiben. Ohne einen Hauch von Schuldgefühl oder Besorgnis drehte ich den Schlüssel im Zündschloss und fuhr die Einfahrt herunter.

Ungefähr um elf Uhr kam ich nach erfolgreichen Verhandlungen wieder nach Hause. Glücklich wie Bolle. Ich schlich ins Schlafzimmer, ging auf Zehenspitzen zum Bett, nur um festzustellen, dass sie immer noch hellwach war.

«Wo warst du?», fragte sie, und ihre Stimme zitterte. «Ich habe jedes Hotel im Land abtelefoniert. Du hast gesagt, du bist nicht lange weg.»

«Es hat ein bisschen länger gedauert, als ich dachte.» Ich saß auf der Bettkante und zog mir die Socken aus.

«Sie ist fort, Maurice.» Ihre Worte waren jetzt bestimmter – beinahe nüchtern. Keine Tränen, keine Hysterie. Schwang da ein Vorwurf mit? Ich kann mich nicht an eine solche Spitze erinnern, selbst wenn sie es so gemeint hätte. Nur das eine – sie ist fort. «Wir sollten besser fahren», fügte sie hinzu.

Ich stand auf und folgte ihr zum Wagen für die Fahrt nach Dublin. Wir sprachen auf der ganzen Strecke kein Wort. Am nächsten Tag wurden die Wehen eingeleitet. Fünfzehn Minuten, so lange durften wir sie halten. Unsere kleine Porzellanpuppe mit ihrem goldenen Haar. Dicke Bäckchen, ein Grübchen im Kinn und ein rotes Muttermal auf der Unterlippe, als hätte sie all die Zeit in ihrer Mammy daran gesaugt. Reglos und still lag sie in Sadies Armen, ohne Atem, dessen Heben und Senken man hätte fühlen können, vor dem man in Ehrfurcht verfallen wäre. Aber das hielt deine Mutter nicht davon ab, sie zu wiegen und ihr vorzusingen. Ihre Tränen fielen auf die gelbe Decke.

«Molly», sagte sie, «das ist sie. Unsere schöne Molly.»

Ich musste sie deiner Mutter aus dem Arm nehmen. Ich wünsche dir, mein Junge, dass du so etwas nie, niemals tun musst. Es fühlte sich an, als hätte jemand meine Eingeweide in der Hand, presste sie so fest wie möglich zusammen und versuchte, mir das Leben und den Willen zu rauben. Ich verspürte einen körperlichen Schmerz, als ich Sadies

Hand sanft löste und dieses kleine, von uns geschaffene Bündel in meiner Armbeuge hielt. Sie war prächtig, dieses kleine Wesen, unsere prächtige Molly. Ich drückte meine Lippen an ihre weiche Wange, und mein Körper zuckte voller Trauer darüber, dass ich sie nie würde kennenlernen können.

«Es tut mir so leid», flüsterte ich ihr ins Ohr, in den frischen Baumwollgeruch der Decke, in die man sie gewickelt hatte. Es tat mir leid, dass ich sie und ihre Mutter nicht in dem Augenblick ins Krankenhaus gebracht hatte, als ich am vorigen Abend durch die Tür gekommen war, dass ich dem kleinen Würmchen die Chance genommen hatte, die es verdient gehabt hatte.

Trotz ihrer geschlossenen Augen und dem Schmerz über meine Schuld lächelte ich sie an und zeigte ihr meine unerschöpfliche, hoffnungs- und bedingungslose Liebe, bevor ich sie der Hebamme übergab. Ich griff nach der Hand deiner Mutter, während unsere Tochter in den Armen einer Fremden aus dem Raum gebracht wurde. Ich kniete an ihrer Seite und legte meinen Kopf in ihren Schoß. Sie strich mit ihren Fingern durch mein Haar, bevor ich spürte, wie sie ihren Kopf auf meinen legte.

Die Beerdigung fand in sehr kleinem Kreise statt. Wir standen neben Molly in ihrem winzigen, weißen Sarg. Deine Mutter ganz nah daran und ich, den Arm um sie gelegt, um sie zu stützen, sollte sie fallen. Meine Mutter war dabei und deine Tante May – die einzige meiner Schwestern, die rechtzeitig herkommen konnte, obwohl auch Jenny einen Monat später kam, um ein paar Tage mit uns zu verbringen –, deine Großmutter Mary, dein Großvater Michael und deine Tante Noreen. Doktor McRory und Robert Timoney senior, unser Rechtsanwalt. Die Kapelle im Untergeschoss des Krankenhauses roch klinisch, obwohl sich die Blumen und Duftkerzen alle Mühe gaben. Durch drei rechteckige Oberlichter fiel das einzige Licht. Es war ein heller, frischer Wintertag – blauer Himmel und strahlend weiße, flaumige Wolken, die über ihn dahinzogen, als befänden sie sich in einem Wettrennen auf etwas Gutes zu, das ich nicht erkennen konnte. Ich erinnere mich, dass ich sie beobachtete, während das Summen der Gebete und der vorbeifahrenden Autos von der Straße oben den Raum erfüllte. Der Krankenhaus-Kaplan leitete den kurzen Gottesdienst zusammen mit Pater Forrester, unserem Pfarrer aus Rainsford. Wir nahmen Molly mit nach Hause, um sie zu beerdigen. Dasselbe Grab, in dem jetzt deine Schwiegermutter liegt, fünf Reihen unterhalb von Tony und meinem Vater. Ich glaube nicht, dass ich auch nur ein Mal den Mund geöffnet habe, nicht zum Lob des Herrn, noch denen gegenüber, die mir die Hand schüttelten, als ich am Grab stand. Der Verlust Mollys hatte mir meinen ganzen Willen geraubt.

Im Jahr darauf begann ich wieder, so viel Zeit wie möglich entfernt vom Haus und Sadie zu verbringen. Meine Schuldgefühle und ich blieben bis nach Mitternacht außer Haus und standen vor Morgengrauen wieder auf. Ich mied ihre Blicke, ihre Vorwürfe, zu denen sie alles Recht der Welt hatte. Was für ein Idiot ich gewesen war, was für ein verdammter, blöder Idiot, dass ich einem Stück Land und einem Handschlag gestattet hatte, über mich zu bestimmen. Dieses «hätt ich doch bloß» bedrängte mich am Tag und raubte mir den Schlaf des Nachts. Raubte mir auch den Atem und verfolgte mich bis in meine Träume hinein. Ich beobachtete Sadie aus dem Augenwinkel, wenn ich dachte, dass sie es nicht merkte. Ich sah zu, wie ihre blasse Haut vor meinen Augen alterte. Die Sorgenfalten, die immer tiefer wurden und sich festsetzten. Ich war machtlos, konnte nichts gegen das Grau tun, das sich in ihr Haar schlich. Ich verschloss die Augen davor und drehte mich um. Es schien, als wären diese Monate voller zufallender Türen gewesen – und ich immer auf der anderen Seite, auf der Flucht vor dem, was ich getan hatte.

Ich frage mich, ob sie mich wohl auch beobachtet hat. Und wenn sie das tat, was sah sie da? Ich konnte vor lauter Angst, was ich wohl sehen würde, nicht einmal mehr in den Spiegel schauen. So überzeugt war ich davon, dass mir die blanke Gier aus jeder Pore und in die dunklen Schatten unter meinen Augen und die Schrunde meiner Narbe triefte. Es fühlte sich an, als hätte meine Stimme ihre magische Kraft verloren und als würde ich stattdessen nur noch krächzen.

«Wir kommen schon zurecht, Doktor», sagte ich, als Doktor McRory das erste Mal vorbeikam und mich auf dem Hof abpasste, den Arztkoffer in der Hand. Es muss ein paar Wochen, vielleicht einen Monat nach der Beerdigung gewesen sein. Ich hob nicht mal den Kopf. Konzentrierte mich auf den Schaufelstiel in meiner Hand. Schlug damit gegen meinen Stiefel. Wartete, bis er die Andeutung verstand, dass er wieder gehen solle.

«Ich würde sie gern sehen, Maurice. Um mich zu vergewissern, dass alles in Ordnung ist. Ich gehe davon aus, dass Sie nichts dagegen haben, wenn ich jetzt hineingehe.»

Der Stock schlug noch lauter und länger gegen den Stiefel. Natürlich hatte ich etwas dagegen. Himmel, konnte der Mann uns nicht mit diesem Unglück allein lassen, das schon unseres gewesen war, bevor er aufgetaucht war und seine Nase in alles hineingesteckt hatte? Aber am Ende wies ich doch mit dem Schaufelstiel auf das Haus und gab ihm die Erlaubnis, um die er gebeten hatte, und dann ging ich schweigend zu den Feldern hinunter.

Fairerweise muss ich sagen, dass seine Absichten durch

und durch lauter waren und dass er nie aufgab. Wenn er nicht so entschlossen gewesen wäre, dann weiß der Himmel, wohin das am Ende geführt hätte. Ich fand die Spuren seiner Hausbesuche überall bei uns, wenn es nichts mehr gab, was mich hätte ablenken und daran hindern können, nach Hause zu kommen. Broschüren lagen neben dem Wasserkessel oder auf dem kleinen Tisch neben meinem Armsessel, wo ich meinen Tee und die Kekse dazu abstellte. Sie blieben ungelesen, von Krümeln und den Spuren meiner Tassenränder übersät. Aber je hartnäckiger ich sie ignorierte, desto mehr davon schienen überall herumzuliegen. Schließlich tauchte eine davon in meiner Jacketttasche auf. Eines Tages zog ich sie, als ich nach einem Lappen suchte, im Traktor heraus: *Wie Sie Ihre Trauer bewältigen können.* Nicht etwa: *Wie Sie Ihre Schuldgefühle bewältigen können.* Ich knüllte die Broschüre zusammen. Knüllte haufenweise von ihnen zusammen, wann immer ich sie im Hause entdeckte.

«Ich möchte es noch mal versuchen», sagte Sadie in die Dunkelheit, als ich einige Wochen später in unser Bett kroch. Es war spät, bestimmt zwei Uhr morgens. Ich war erst nach Mitternacht nach Hause gekommen, dann vorm Fernseher eingeschlafen und von diesem grässlichen Summen aufgewacht, das es damals noch gab, als der 24-Stunden-Sendebetrieb noch gar nicht existierte.

«Gut», antwortete ich, als wäre das kein Problem. Dabei war es mir zu viel. Ich wollte kein Kind mehr, möge der Herr mir verzeihen. Ich wollte dich nicht. Was für ein Wahn hatte sie überkommen?, fragte ich mich, als ich da in die Dunkelheit starrte. Wusste sie nicht mehr, mit wem sie das Bett teilte? Ich war ein Mann, dessen Gier schwerer wog als das Leben seines Kindes. Wollte sie im Ernst so jemanden noch mal Vater eines Kindes werden lassen, sofern es wie durch ein Wunder seinen Weg zu uns fand?

Aber ich verweigerte mich ihr nicht. Ich war es ihr schuldig.

Am nächsten Abend war ich so nervös, als ob es mein erstes Mal gewesen wäre. Schlimmer noch. Ich zitterte, konnte mich gar nicht kontrollieren. Wartete wie ein Nervenbündel auf sie, während sie sich im Badezimmer zurechtmachte. Als sie schließlich kam, zwang ich mich, sie anzuschauen und ihr tief in die Augen zu blicken. Damit bat ich sie, mich so zu nehmen, wie ich war, mir meine Last zu nehmen. Sie legte mir die Hand auf die Wange, beugte sich mit ihrem Gesicht zu mir und küsste mich und gewährte mir eine solch tiefe und ehrliche Vergebung, dass ich mit Tränen der Erleichterung und Dankbarkeit zu kämpfen hatte. Ihre Güte durchtränkte mich, rettete mich, gab mir mein Zuhause zurück.

Die neunmonatige Wartezeit auf dich war die härteste in meinem ganzen Leben, jedenfalls dachte ich das damals. Ich wusste nicht mehr, ob ich kam oder ging. Und das meine ich ganz wörtlich. Ich war morgens schon halb die Einfahrt herunter und kehrte wieder um, um sicherzugehen, dass es Sadie gutging. Oder ich rief sie unentwegt von dort an, wo ich gerade war. Wie an dem Abend, als ich das Telefon im Royal County Hotel blockierte, nachdem sie mir erzählt hatte, dass sie sich übergeben hatte.

«Um Himmels willen, Maurice. Das war bloß der Bacon, den wir zum Abendessen hatten. Der ist mir einfach nicht bekommen. Dass ich mich jetzt ständig von der Couch hieven muss, um ans Telefon zu gehen, ist das größere Problem», sagte sie nach meinem vierten Anruf.

Ich hatte gar nicht zu dem verdammten Termin gehen wollen, aber Sadie bestand darauf und schob mich beinahe durch die Tür. Und dann war da das Wochenende, an dem sie beschloss, ihren Vater zu besuchen und ein paar Tage dortzubleiben. Ich fuhr sie hin und wollte nach einer Tasse Tee eigentlich wieder nach Hause fahren. Aber ich konnte den Wagen einfach nicht wieder anlassen. Am Ende blieb ich auch.

Und die Arztbesuche – ich ging mit zu jedem einzelnen.

«Maurice! Auch schon wieder da?», sagte Doktor McRory bei einem unserer wöchentlichen Besuche, auf denen ich bestand.

Schließlich hast du es gepackt. Stark wie ein Ochse. Kamst am 20. Februar 1969 schreiend in unser Leben, als würdest du Raum für zwei brauchen. Vielleicht hat Molly ein bisschen was von ihrem Atem da drin gelassen, für ihren kleinen Bruder. Jedenfalls hat Sadie das gesagt, und dabei hat sie gelacht und dich fest an sich gedrückt. Und ich sah Molly aufwachsen, an deiner Seite. Mit jedem deiner Meilensteine habe ich mir auch ihre vorgestellt. Ihre ersten Schritte. Ihre ersten Worte. Ihren ersten Schultag. Ihren ersten Schulball. Natürlich habe ich Sadie nie erzählt, dass unsere Tochter die ganze Zeit in meinem Kopf weiterlebte und ihr Leben liebte; ein Abbild ihrer Mutter. Allerdings blond und das Haar ein wenig wellig, worum Sadie sie beneidet hätte. Schlank, aber nicht zu zart, sondern genau richtig. Entschlossen. Tatkräftig und zielgerichtet, was immer sie sich vornahm. Mit einem untrüglichen Sinn dafür, was auf der Welt richtig und was falsch ist. Bei ihr gibt es kein «Ja, aber». Keine Grauzonen. Das mag ich an ihr. Aber ihrem ganzen Mut zum Trotz hat sie auch eine Verletzlichkeit, und ich möchte dafür sorgen, dass die Welt gut zu ihr ist.

Verrückt, oder? Da warst du, mein lebendiger Sohn, genau vor meiner Nase, der darauf wartete, dass ich mich ihm widmete, aber stattdessen beschäftigte ich mich in Gedanken mit einem Geist. Mein Herzschlag war immer ein klein wenig verzögert. Im Endeffekt meiner Mutter gar nicht so unähnlich.

Ich gab mir nicht allein die Schuld an Mollys Tod, weißt du. Auch unserer Schöpfer musste sich diesem Vorwurf stellen. Die Wahrheit ist, dass mein Glaube schon geprüft wurde, als Tony starb, aber als der Herr auch Molly zu sich nahm, also, da war es für mich gelaufen. Deine Mutter aber behielt ihren Glauben. Ich brachte sie immer zur Messe und bis an die Kirchentür, und dann trennten sich unsere Wege. Ich schlenderte draußen herum oder setzte mich wieder ins Auto. Ich konnte nicht hineingehen. Ich wollte IHM diese Freude nicht bereiten.

Ich habe mit IHM, wie man so sagt, meinen Frieden geschlossen, nachdem du geboren wurdest. Aber ganz verzeihen konnte ich IHM nicht. Ich habe nie wieder so glauben können wie früher. Ich kenne die ganze Glaubenstheorie: Derlei Dinge werden uns zugemutet, um uns zu prüfen, mit einer Hand nimmt ER und so weiter. Aber all diese Worte aus der Bibel und die Beschwichtigungen Pater Forresters konnten die Ungerechtigkeit von Mollys Tod niemals beschönigen. Ich bin nur noch für Beerdigungen über die Schwelle seines Hauses getreten – für die von Noreen, ganz zu schweigen von der deiner Mutter, aber das ist etwas anderes. Ich habe das nur für Sadie getan, und das hatte überhaupt nichts mit IHM zu tun. Inzwischen gibt es zwischen uns beiden, IHM und mir, eine ungeschriebene Vereinbarung. ER lässt mich mein Leben leben, so wie es mir passt, und dafür spreche ich im Gegenzug ab und zu in meinem Kopf ein Gebet. Unsere Absprache funktioniert. Kürzlich haben wir ein neues Gentleman's Agreement getroffen, seine bislang größte Prüfung. Aber das kann ich jetzt noch nicht ausführen. Es gibt eine Reihenfolge, in der ich das hier tun möchte. Hör mir nur noch ein bisschen länger zu.

Emily erinnert mich an Molly. Klein, blond und bezaubernd. Als sie an jenem ersten Tag vor mir stand, sah ich meine Tochter vor mir. Ich war überwältigt. Brachte kaum ein Wort heraus, um die Zimmer zu reservieren. Habe ich dir diese Geschichte schon erzählt, über den Tag, an dem ich Emily kennenlernte?

Es war so. Jason Bruton, Hilary Dollards Ehemann und Emilys Vater, hat damals, eine ganze Weile nach deiner Geburt, Wort gehalten und das Haus der Dollards in ein Hotel verwandelt. Es wurde 1977 eröffnet. Wir wurden zur Eröffnung eingeladen, aber ich habe die Einladung mit Absicht vor deiner Mutter versteckt. Sie hätte unbedingt hingehen wollen. Ich hatte Jason seit unserem Gespräch damals an der Haustür im Lauf der Jahre immer mal wieder im Dorf gesehen. Er nickte dann in meine Richtung oder äußerte ein sehr knappes «Hallo». Immer in Eile irgendwohin. Im Gegenzug hob ich dann meinen Zeigefinger, natürlich nicht zu hoch. Reue ist vielleicht ein zu starkes Wort, aber ich wünschte doch, ich hätte mir die Mühe gemacht, ihn kennenzulernen. Es hatte so etwas Vertrauenswürdiges in seinem mutigen Auftritt an jenem Abend gelegen, als er einfach bei mir angeklopft und mich darum gebeten hatte, mehr Geld für das Land der Dollards auf den Tisch zu legen. Aber selbst wenn ich über meinen Schatten gesprungen und irgendwann einmal stehen geblieben wäre, um mit ihm zu plaudern, ich bezweifle, dass er sich darauf eingelassen hätte. Ich hätte es an seiner Stelle nicht getan. Am Ende war er von uns beiden vermutlich einfach der bessere Mensch. Es war deine Hochzeit, neunzehn Jahre später, im Jahr 96, die das klarmachte.

«Mr. Hannigan, es ist mir eine große Freude, Sie im Rainsford House Hotel begrüßen zu dürfen», sagte er, stand an seiner Rezeption und streckte mir ein weiteres

Mal die Hand entgegen, als wir zur Besichtigung kamen. «Wir hatten so unsere Zweifler, aber hier sind wir nun, entgegen allen Erwartungen, bereit, Ihr Geld auszugeben», sagte er mit einem breiten Grinsen auf dem Gesicht.

Oh, das war ziemlich gut. Es war, als hätte er seit Jahren auf diesen einen Augenblick gewartet. Ich musste einfach lächeln. Aber du warst es, der ihm die Hand schüttelte und ihn gleich ins Gespräch verwickelte. Wie ich so dastand und euch zwei beobachtete, fiel mir auf, dass sein Anzug zu locker saß und seine Wangen eingefallen waren. Als ich ihn das erste Mal getroffen hatte, war er ein junger Mann gewesen, gutaussehend und kräftig, aber jetzt sah man ihm mehr als nur die Spuren des Alters an. Er wirkte so zerbrechlich, als würde er in sich zusammensacken, wenn ihn nur jemand ein bisschen anstupste. Er hatte Krebs, aber das wusste ich damals natürlich nicht. Er starb drei Monate später.

«Die Hochzeit! Was ist mit der Hochzeit, Maurice?», schrie deine Mutter mich entsetzt an, als sie von Jasons Hinscheiden erfuhr. «Sie werden doch trotzdem alles weitermachen, oder? Ich meine, Hilary wird doch das Hotel weiter betreiben, oder nicht?»

«Können wir den Mann nicht vielleicht erst mal seine Ruhe finden lassen, Sadie? Gib seiner Frau eine Chance, sich zu berappeln, bevor du ihr gleich zusetzt.»

«Danke, Maurice. Vielen Dank auch, dass du mich stoppst, weil ich ja schon auf dem Weg war, um sie direkt darauf anzusprechen. Für was für einen Menschen hältst du mich eigentlich, Maurice Hannigan?»

Wenn sie mich mit meinem vollen Namen anredete, wusste ich, dass es Zeit war, den Mund zu halten.

«Ich rufe erst mal Kevin an. Wie spät ist es da drüben? Ich kann mir das nie merken. Maurice? Maurice, wie spät ist es drüben in den Staaten?»

Es folgte eine Welle von Anrufen, immer hin und her. Alle möglichen Szenarios wurden diskutiert für den Fall, dass das Hotel jetzt schließen würde – bis hin zu, Gott bewahre, Festzelten in unserem Garten. Als das aufkam, wurde ich in meinem Sessel sehr unruhig. Aber nach drei Wochen der Spekulationen und Sorge und einer gewaltigen Telefonrechnung war der Spuk vorbei. Das Hotel lief weiter wie normal, sehr zu meiner Verzweiflung.

«Maurice, interessiert dich denn die Hochzeit deines einzigen Kindes gar nicht? Es ist, als würde es dich nicht einmal stören, wenn das ganze Hotel in Rauch aufginge.»

«Ach, könnten Träume nur *wirklich* in Erfüllung gehen, Sadie.» Ein kluger Mann hätte so etwas nicht gesagt. Stattdessen hätte er protestiert, wie man ihm eine solche Ungerechtigkeit anhängen könnte, und seine fraglose Unterstützung für die Wünsche seines Sohnes verkündet.

«Du und deine blöden Kleinkriege. Du bist ein kleinkarierter, kleiner Mann, der nicht sehen kann, was direkt vor ihm liegt. Dein Sohn, unser schöner Junge, heiratet und möchte das in jenem Hotel tun, und du kannst bloß darüber nachdenken, wie schlimm sie dich behandelt haben, als du damals für sie gearbeitet hast. Also, jetzt hak es doch endlich mal ab. Chefs können nun mal nicht nett sein. Aber weißt du, wer wirklich nett sein sollte? Ein Vater. Ja, liebevoll und gütig sollte der sein. Gelingt dir gerade wirklich gut, findest du nicht?»

Sie erhob sich aus ihrem Sessel, schmiss ihre Näharbeit auf das Sofa, lief an mir vorbei und knallte die Wohnzimmertür hinter sich zu. Danach gab es sieben Tage lang kein Mittag- oder Abendessen, auch keinen Tee in unserem Haus. Keine Eintöpfe, keine Scones, kein frisch gebackenes Sodabrot, obwohl ich eines Tages nach Hause kam und sein Duft durch die Luft wehte. Aber als ich kein

Anzeichen für seine Existenz entdecken konnte, kam ich zum Schluss, dass meine Sehnsucht mir hier einen Streich gespielt hatte. Wie sich allerdings herausstellte, verspeiste sie, während ich gekaufte Sandwiches auf dem Sofa aß, das Sodabrot in unserem Schlafzimmer. Denn dorthin hatte sie sich aus Protest zurückgezogen. Die Tür abgeschlossen und das Radio angestellt. Ich schlief in deinem Zimmer. Wie sie ohne den Fernseher überlebt hat – keine Ahnung. Allerdings vermute ich, dass sie, die sich besser als ich mit dem Videorecorder auskannte, abends alles aufzeichnete und tagsüber ihre Sendungen guckte, wenn ich nicht da war. Eine schlaue Frau. Eine Frau, in deren Händen ein Groll etwas galt und gehegt und genährt wurde. An Tag sieben hisste ich die weiße Fahne.

Es hatte mich die ganze Woche gekostet, um mir etwas einfallen zu lassen, das den Krieg beenden könnte. Ich grübelte in allen Einzelheiten darüber nach und ging bei jeder Option das Für und Wider mit beiden, Tony und Molly, durch. Blumen und Schokolade würden es diesmal nicht tun. Aber nach einem Glas Whisky bei Hartigan's hatten wir es gefunden. Ich schob den Umschlag unter der Schlafzimmertür hindurch und ließ dabei eine Ecke auf meiner Seite herausschauen, sodass ich sehen würde, wann sie ihn aufhob. Und als ich ihn verschwinden sah, ging ich runter und nahm meinen Platz auf dem Sofa ein. In weniger als einer Minute war sie unten. Setzte sich neben mich und legte ihren Kopf auf meine Schulter. Wir sagten eine Weile lang gar nichts, aber unsere Hände fanden sich. Schweigend schauten wir hinüber auf das Familienfoto von uns dreien über dem Kamin, das bald ersetzt werden würde. Das war mir bereits mitgeteilt worden; sobald Rosaleen ihr «Ja, ich will» gesagt hatte.

«Du bist ein guter Vater.»

«Man kann immer noch dazulernen», antwortete ich, erleichtert über meine Begnadigung.

«Hast du es ihnen schon gesagt?»

«Natürlich, ich habe sie schon am Donnerstag angerufen. Es ist alles arrangiert. Sie kommen in drei Wochen für ein Verwöhnwochenende im Hotel. Es ist alles bezahlt.»

«Und das hast du alles selbst arrangiert?»

«Ich bin ein erwachsener Mann, Sadie.»

«Ich weiß, aber das war sicher nicht leicht für dich, da allein hineinzugehen und so.»

«Ach, das war kein Problem. Hat nur fünf Minuten gedauert, die Zimmer zu reservieren.»

«*Die* Zimmer? Maurice, du weißt aber schon, dass die beiden da drüben längst unter einem Dach leben?»

«Da drüben können sie machen, was sie wollen. Aber hier bei uns werden sie für drei Nächte getrennte Zimmer beziehen.»

Natürlich war das alles ein wenig geflunkert: Es hatte mich geplagt, sogar sehr, da freiwillig hineinzuspazieren. Aber meine Verzweiflung gab mir den Ansporn, am Empfangstisch zu stehen und für euch beide einen Wochenendtrip nach Hause zu arrangieren. Als das Mädchen aus dem Büro dahinter herauskam und sich mir näherte, musste ich mich festhalten.

Da war sie – meine Molly – oder zumindest die, die ich mir immer vorgestellt hatte, voller Selbstvertrauen und lächelnd, aber mit einem überaus sympathischen Hauch von Bescheidenheit, der gleichzeitig mitschwang. Ich musste schwer schlucken, während sich meine Hände am Tresen festkrallten, bis ich meine Fassung wieder zurückgewann. Denn ich sah nicht nur Molly, sondern erkannte auch diese anderen Leute sofort in ihr wieder, verstehst du.

«Also, Sie müssen eine Dollard sein», sagte ich.

«Nein, ich bin eine Bruton. Emily Bruton. Meine Großmutter war allerdings eine Dollard, Rachel Dollard.»

Damals war sie nicht älter als zwanzig und hatte ein wunderschönes Lächeln. Ihre Stimme war süß und hoch, beinahe unschuldig.

«Dann sind Sie also Jasons Tochter?»

«Ja, das stimmt: Jasons und Hilarys.»

«Ich mochte Ihren Vater.»

«Er war ein sehr guter Mann …» Sie nickte und blickte auf ihre Hände herunter und lächelte, als wäre ihr ein besonders schöner Erinnerungsmoment ins Gedächtnis gekommen. «Entschuldigen Sie, ich kenne leider Ihren Namen nicht. Ich lerne erst allmählich alle kennen. Da ich auf dem Internat und an der Universität war, habe ich ein bisschen den Kontakt verloren. Und jetzt, nun ja, wegen Daddy, bin ich nach Hause gekommen, um auszuhelfen.»

Sie sah mich mit ihren lieben, braunen Augen an. Ich lächelte sie an, im Wissen, dass sich die Stimmung in dem Augenblick verändern würde, in dem sie meine Antwort vernahm.

«Hannigan. Ihr Nachbar.»

Ich hielt inne, damit sie diese Neuigkeit verdauen konnte.

«Ah. Mr Hannigan.» Blitzschnell trübten sich ihre hellen Augen vor Misstrauen und Missfallen dem Mann gegenüber, der das Land ihrer Familie aufgekauft hatte. Sie schob sich das Haar hinters Ohr, hustete, um sich mehr Zeit zu verschaffen. «Ich verstehe. Wie kann ich Ihnen behilflich sein?»

Anfangs dachte ich, dass ich womöglich ein wenig verrückt wurde, wenn ich meinte, sie sei genau wie Molly. Aber im Lauf der Monate, während ich sie besser kennenlernte, veränderte sich dieses Gefühl nicht. Es wurde im Gegenteil immer stärker. Ich denke, es lag an ihrem Charakter. An ihrer Anmut, ihrer Courage, sich dem Leben zu stellen. Dem Leben, das sie in dieses Hotel gezwungen hatte. Ihr schon so früh die Wahlmöglichkeiten genommen hatte. Hier stand sie nun, Vater verstorben und Mutter gebrochenen Herzens, mit einem Hotel, das geführt werden musste. Ihre Mutter Hilary hatte keinen Funken Interesse daran, wie Emily mir später erzählte. War von Anfang an komplett dagegen gewesen, das Haus überhaupt in ein Hotel zu verwandeln. Als sie Jason damals in Dublin kennengelernt hatte, in seinem familieneigenen Hotel, hatte sie im Gegenteil geglaubt, sie hätte nun endlich ihren Ausweg gefunden. Einen Weg aus diesem hinfälligen Haus. Rachel und Reggie, ihre Eltern, schienen es ebenso sehr zu hassen wie sie selbst.

«Wenn es das ist, was er will, dann lass ihn doch machen», hatte Rachel zu ihrer Tochter gesagt, als sie das erste Mal von Jasons Plänen hörte. «Ehrlich, es ist mir egal, was er macht, ich möchte bloß endlich mal Wärme an diesem verfluchten Ort haben, es bloß endlich einmal warm haben. Wenn ihm das gelingt, kann er meinetwegen auch einen beschissenen Zoo daraus machen.»

Nun war es Emilys Erbe – das Rainsford House Hotel.

Hätte sie gelebt, Molly, meine ich, ich glaube, sie hätte ihr Leben so wie Emily geführt, immer alles mit genau dieser Selbstlosigkeit in Ordnung gebracht, ausgeglichen. Bestimmt hätte sie auch ihren Vater unter ihre Fittiche genommen. Ich wäre vielleicht ein ganz anderer Mensch geworden.

«Ich bin nicht das Monster, als das ich immer dargestellt werde, wissen Sie», hatte ich bei jener ersten Begegnung gesagt, als ich Emily gegenüberstand. Sie senkte den Kopf und blickte auf den Computer, um die Buchung für euren Aufenthalt zu machen.

«Das habe ich auch nicht gesagt.»

«Das mussten Sie auch gar nicht.» Ich hielt inne, blickte ihr suchend ins Gesicht und fragte mich, ob sie sich überhaupt auf mich einlassen würde. Es war ein merkwürdiges Gefühl, diese Sorge darüber, was ein anderer wohl über mich dachte. «Es war alles bloß geschäftlich, wissen Sie, das Land zu kaufen. Nichts Persönliches.» Dann hustete ich und hatte das Gefühl, hilflos herumzuzappeln, wie ein Fisch, den es an den Strand gespült hatte. Aber irgendwie riss ich mich wieder zusammen und sagte dies: «Es kann nicht leicht für Sie sein, jetzt, wo Ihr Vater verstorben ist.»

Sie unterbrach, was sie da gerade tat, und sah mich an, für die Dauer von etwas, das mir wie eine Ewigkeit vorkam, als versuchte sie herauszufinden, was ich wohl für einer war. Sie sagte nichts. Ich war ein bisschen verlegen, weil ich nicht wusste, wie es von hier aus weitergehen könnte. Da erst bemerkte ich ihre Tränen. Sie stützte sich mit den Ellbogen auf den Tisch und schluchzte. Es ist seltsam, an was man sich in solchen Augenblicken der Panik hält, oder? Es war das Geräusch von klimpernden Münzen. Ich muss die Hände in meinen Taschen gehabt haben und mit meinem Geld geklimpert haben, während ich dastand und sie anblickte wie ein dummer alter Trottel.

«Aber, ach», habe ich vielleicht gesagt. Oder vielleicht habe ich auch meine Hand über den Tresen geschoben, um es mit irgendeiner nutzlosen Trostgeste zu versuchen. Nach einer Weile jedenfalls, daran erinnere ich mich verlässlich, als es nicht danach aussah, dass sich die Dinge irgendwie zum Besseren wenden könnten, da sagte ich zu ihr: «Warten Sie, ich bin gleich wieder da.»

Ich ging zur Bar und kehrte mit zwei Gläsern Bushmills zurück, nur um festzustellen, dass sie weg war. Dreist ging ich um den Tresen herum und klopfte an die Bürotür. Ich wartete gar nicht erst auf eine Reaktion, sondern öffnete einfach die Tür, und da saß sie an ihrem Schreibtisch, den Kopf immer noch in den Händen.

«Trinken Sie das», sagte ich und hielt ihr den Whisky hin. «Das wird Sie beruhigen.»

Sie blickte auf das Getränk, dann auf mich. Schließlich nahm sie den Whisky aus meiner ausgestreckten Hand, roch daran, nahm einen Schluck und verzog das Gesicht.

«Man muss sich tatsächlich erst ein bisschen daran gewöhnen», sagte ich und nahm einen kräftigen Schluck aus meinem eigenen Glas.

«Meine Familie hasst Sie, Mr Hannigan», sagte sie, nachdem sie ihren zweiten Schluck genommen hatte. «Sie haben ihnen viel zu wenig für viel zu viel bezahlt. Das hat man mir immer und immer wieder erzählt.»

«Da haben sie nicht unrecht. Ich bin ein Geschäftsmann. Dafür werde ich mich nicht entschuldigen.»

Überraschenderweise schenkte sie mir ein kleines Lächeln. Sie hatte sich wieder gefasst, lehnte sich zurück und deutete auf einen Stuhl ihr gegenüber auf der anderen Seite des Schreibtisches. Ich setzte mich, während sie mit ihren Fingernägeln an ihr Glas tippte, und sah zu, wie die Flüssigkeit unter dieser Attacke erbebte.

«Es hat ihn umgebracht. Dieser Ort, sein verdammter Traum. Das hat meinen Vater umgebracht», fuhr sie fort und sah mich nicht an, sondern den Whisky, bevor sie ihn herunterkippte, schauderte und das Glas vor sich auf den Tisch stellte. «Wir stecken bis zum Hals in Schulden», fügte sie hinzu und sprach zu dem leeren Glas. «Und meine Mutter, tja, was soll ich sagen … ihr Herz ist gebrochen, sie ist völlig weggetreten. Sie kann sich diesem ganzen Chaos einfach nicht stellen. Wie wir in einer Tour Geld verlieren durch ein Hotel, das niemand kaufen wollen wird.»

«Sie wollen es verkaufen?»

«Oh, es ist nicht auf dem Markt. Jedenfalls noch nicht. Deshalb bin ich ja hier. Um den Versuch zu machen, es alles irgendwie zu verstehen und hinzukriegen. Mutter ist völlig zugedröhnt. Also hängt jetzt alles an mir. Es hängt alles an mir, wissen Sie.» Sie blickte sich um, betrachtete ihr Reich. «Und nun schauen Sie mal, wie toll ich das alles mache», lachte sie, während ihre Hand enthusiastisch in meine Richtung wies und sie mich mit ihren großen, klaren Augen ansah. «Ich plaudere ausgerechnet dem größten Feind der Familie alles aus. Macht Sie das glücklich, Mr Hannigan?», fragte sie und beugte sich über den Schreibtisch, näher zu mir. «Zu wissen, dass wir endlich dabei sind zu fallen?»

Was hatte ich denn anderes von ihr erwartet? Dass sie mir vergab, was ich ihrer Familie angetan hatte? Dass sie mir die Befriedigung verzieh, die ich empfunden hatte, als jedes Stück Land, das sie verloren hatten, zu meinem geworden war? Oder dass ich im Bezirksamt alle Jahre wieder ins Grundbuch geschaut hatte, um mich zu vergewissern, dass mein Name als Besitzer dessen dastand, was einst ihnen gehört hatte? Hatte ich erwartet, dass dieses junge Mädchen, das ich mir vor nicht einmal zehn Minuten als meine eigene Tochter vorgestellt hatte, mir sagte, all das spiele keine Rolle? Dass der Tod ihres Vaters nichts mit mir zu tun habe? Ich saß da und ließ die Stille zwischen uns den Raum ausfüllen. Ich schwenkte den Rest der Flüssigkeit in meinem Glas, sah zu, wie sie auf die Seiten traf und zu Boden sank, bevor ich es wieder schwenkte, wieder und wieder, wie ein Kind mit einem Kreisel, von seiner Einfachheit fasziniert. Und als schließlich der Zeitpunkt gekommen war, um entweder ohne dein Überraschungswochenende zu gehen oder die Kröte zu schlucken und zu antworten, blickte ich sie an, trank den Rest meines Whiskys aus und sagte: «Ich habe hier einmal gearbeitet, wissen Sie.»

«Ja, Mutter hat das erwähnt.»

«Es war kein besonders angenehmer Ort. Ihr Urgroßvater Hugh war ein schwieriger Mann. Und was Ihren Großonkel Thomas anbelangt … Ich will es mal so ausdrücken: Diese Männer wussten, wie man zuschlägt. Dies hier, schauen Sie», ich deutete auf meine Narbe, «das war er.»

«Oh Gott.» Ihr kurzer Blick und ihr Zucken, als sie mein Gesicht musterte, reichten aus, damit sie ihren Kopf erneut senkte und ein Seufzen ausstieß, das sich hoffnungsloser anhörte als irgendeines ihrer Wörter zuvor. Sie hielt sich ihre Faust vor den Mund und blickte einer Zukunft entgegen, so stellte ich es mir vor, die sie weder gewollt, noch um die sie gebeten hatte. Ich sah wieder, wie ihre Tränen aufstiegen und in ihren Augen schimmerten. Es war in diesem Moment, dass ich Reue verspürte, sie in eine Geschichte hineingezogen zu haben, die gar nicht ihre war, und auf eine Schuld angespielt zu haben, die sie nicht begleichen konnte.

«Wie viel brauchen Sie?», fragte ich.

Es überraschte sie ebenso sehr, wie es mich selbst überraschte. Aber ich hatte die Frage gestellt.

«Wie viel brauche ich wofür?», fragte sie, ließ sich wieder zurück in ihren Stuhl fallen und wischte sich die Augen.

«Damit dies hier weiterlaufen kann. Sie sagten, Sie wollten verkaufen. Wie viel brauchen Sie, damit Sie es nicht tun müssen?»

Und so hat mein Ausflug in das Hotelgewerbe angefangen. So einfach war das. Robert, mein Anwalt, war fix und fertig, als er es hörte, und versuchte, mich zum Umdenken zu bewegen.

«Sind Sie verrückt, Maurice? Niemand investiert in Hotels. Jedenfalls nicht in dieser Gegend. Bleiben Sie bei den Landmaschinen, Mann.»

Aber er konnte mich nicht davon abbringen.

«Machen Sie es einfach», sagte ich, und meine Faust landete auf seinem Schreibtisch, was uns beide zu Tode erschreckte. Er hat mir nie wieder widersprochen.

Emily, Robert und ich haben die Sache für uns behalten. Sadie, du und Hilary, ihr alle habt nie etwas davon erfahren. Aber Molly, Molly wusste es. Ich habe es ihr erzählt. Ich traf sie bald, nachdem die Verträge unterzeichnet worden waren, auf einem meiner Spaziergänge durch die Felder. Sie tauchte neben mir auf, lief dann an mir vorbei. Ich würde sagen, sie war vielleicht zwölf, älter bestimmt nicht. Das ist so bei ihren Besuchen, ich weiß nie, wie alt sie gerade ist. Ich erzählte es ihr, als sie um mich herumwirbelte, ihre Augen geschlossen, sich drehte und drehte und über den Schwindel lachte. Ich dachte, sie hätte mich vielleicht gar nicht gehört. Aber bevor sie ging und wieder in ihr Nichts zurückwirbelte, lächelte sie und reckte den Daumen. Das genügte mir schon.

Ich besitze einen Anteil von neunundvierzig Prozent an diesem Hotel. Neunundvierzig Prozent von dem Hocker, auf dem hundert Prozent von meinem Arsch sitzen. Neunundvierzig Prozent für diese Narbe auf meinem Gesicht, für eine gestohlene Kindheit und für Thomas Dollard, einen Feind fürs Leben. Was hättet ihr alle wohl gedacht am Abend der Hochzeit, hättet ihr das gewusst, als wir damals über seine Böden tanzten und das Essen aßen und ihr, das glückliche Paar, in seinem Bett schlieft? Es war mein dunkles, beschämendes Geheimnis. Nichts, auf das man stolz sein konnte. Nichts, mit dem man angeben konnte. Nichts, von dem ich wollte, dass die Welt davon erfuhr. Ich habe mich davon ferngehalten, weil ich nicht daran erinnert werden wollte. Darauf haben Emily und ich uns geeinigt. Ich habe es ihr überlassen. Als beispielhafter, stiller Teilhaber.

Emily hat das Hotel über die Runden gebracht. Selbst als die Rezession vor sechs Jahren einschlug, gelang es ihr noch, den Kurs zu halten. Robert hat immer meine Interessen vertreten und mir so gestattet, mich gänzlich herauszuhalten. Und dafür gesorgt, dass ich nie in etwas hineingezogen wurde.

Aber sosehr mein Entschluss über die Jahre auf mir gelastet hat, ich hatte immer das Gefühl, dass es für Emily viel schlimmer war. Schließlich war die einzige Person auf meiner Seite, die sich von dieser Sache angegriffen fühlen konnte, nur ich selbst, und ich schien damit bis zu einem gewissen Grad zurechtzukommen. Aber für Emily, nun ja, war es ein anderes Paar Schuhe. Für sie war es sicher auch eine Frage von Betrug. Hatte sie an dem Tag, an dem sie mir die Hand schüttelte, das Gefühl, ihr Vater würde sich in seinem Grab umdrehen? Später haben wir eigentlich nie mehr darüber gesprochen. Irgendwie fühlte es sich schäbig an. Diese Situation, in der wir uns wiederfanden, war etwas, das vielleicht nie geschehen wäre, wenn menschliche Schwäche uns nicht in die Quere gekommen wäre. In den Jahren, die folgen sollten, blieben wir für uns, so wie wir unser Geheimnis für uns behielten. Und in dieser ganzen Zeit sprachen wir nie wieder darüber, bis zu dem Tag, an dem Robert mich aufsuchte.

Das war 2006. Irland erlebte gerade den Höhepunkt seines Booms. Das Geld kam uns zu den Ohren wieder heraus, jedenfalls sagte man so. Persönlich konnte ich mich nicht beklagen. Meiner Familie ging es gut, in der Tat sogar mehr als gut. Rosaleen und du hattet Adam bekommen, und Caitríona war unterwegs. Deine Mutter und ich waren an unserem Lebensabend angekommen und kamen so gut zurecht, wie wir uns das erhofft hatten. Also wollte ich überhaupt nichts davon wissen, als Robert mir plötzlich wegen des Hotels auf die Pelle rückte.

Er hatte mich auf einer Farm in Balnaboy aufgespürt, wo Francie ein paar Hektar bewirtschaftete. Ich war hingefahren, um nachzusehen, ob alles in Ordnung war. Es ist immer wichtig, alles selbst im Auge zu haben. Ganz gleich, wie gut deine Jungs sind, es schadet nicht, hin und wieder nach dem Rechten zu schauen. Ich hatte gerade mein Gespräch mit Francie beendet und war auf dem Weg zum Jeep am entfernten Ende des Feldes, als ich sah, wie Roberts Range Rover vorfuhr. Ich sah zu, wie er ausstieg, zu meinem Jeep herüberging und sich an meine Fahrertür lehnte. Er winkte mir zu. Ich machte mir nicht die Mühe, darauf zu reagieren.

«Was gibt's?», fragte ich, als ich in seiner Hörweite war.

«Maurice. Wie läuft's hier so?»

Ich ging zu ihm und stellte mich an die Hecktür. So blieben wir für eine Weile stehen und blickten auf die gepflügten Reihen vor uns. Sie sahen aus wie ein schlecht rasierter Schädel. Überall ragten die Stoppeln aus der Erde. Aber das Gold, das oben am Rand der Felder auf die Hänger gepumpt wurde, war schon ein ziemlicher Anblick: Es war eine prächtige Ernte. Als ich sah, wie das Getreide wie ein mächtiger Wasserfall den Trichter hinabrauschte, flatterte mein Herz ein wenig. Dabei war es gar nicht mein eigenes Getreide. Aber der Anblick einer solchen Fülle verschaffte mir doch immer eine gewisse Erregung. Robert zupfte an einem einzelnen Stängel und begann, die Überreste davon zu zerrupfen. Ich sah zu, wie er ihn auseinandernahm, bis nur noch Flocken übrig waren, die aus seiner Hand in die Reifenspuren herabfielen.

«Emily war bei mir. Sie fragte, ob du wohl heute Abend für ein Gespräch vorbeikommen könntest.»

Ich sah ihn an und dann auf die Felder hinaus.

«Nein», sagte ich.

«Eine Stunde. Mehr will sie nicht.»

Ich sah zu, wie Francie den Mähdrescher wendete, um eine neue Reihe Hafer in Angriff zu nehmen. Zentimeter um Zentimeter wurde das Korn verschlungen. Als er ein Viertel der Wegstrecke absolviert hatte, hatte ich genug davon, dass Robert darauf wartete, dass ich meine Meinung änderte. Ich beschloss, es sei Zeit, mich wieder auf den Weg zu machen. Ich stellte mich vor ihn.

«Hör zu», sagte ich, «es ist deine Aufgabe, mit ihr über das Geschäftliche zu reden. Dafür bezahle ich dich.»

Ich wedelte mit der Hand, damit er meine Wagentür freigab. Aber er blieb, wo er war.

«Hilary ist weg. Da brauchst du dir keine Gedanken drum machen.»

«Na, dann ist ja gut. Denn wir wissen ja alle, was für ein schlimmer Mensch ich bin, immer nur auf Ärger aus.»

«Ach, hör doch auf, Maurice. Eine Stunde. Es wird dich nicht umbringen. Um sieben, sagte sie.»

Und damit entfernte er sich von meiner Tür und öffnete seine eigene. «Ich schicke ihr jetzt eine SMS, dass du kommen wirst, und zwar pünktlich», sagte er, lehnte sich aus dem offenen Wagenfenster, während seine Finger bereits die Handytasten drückten. Er wandte sich mit einem Lächeln zu mir, drückte noch eine letzte Taste, zwinkerte und fuhr davon.

Ich traf um Viertel nach sieben ein. Es war viel los im Hotel. Um den Rezeptionstresen herum herrschte ein bisschen Gedränge, und so dauerte es eine Weile, bis ich meinen Ellbogen darauf stützen konnte.

«Ist sie da?», fragte ich.

«Ja natürlich, Mr Hannigan», sagte der junge Mann zu mir. Ich hatte keine Ahnung, wer er war, und war ein wenig verblüfft, dass er mich kannte. «Ich zeige Ihnen den Weg. Wenn Sie mir folgen möchten.» Er hatte einen Akzent, den ich nicht zuordnen konnte. Mit einem breiten Lächeln kam er um den Tresen herum. Meine Hände fanden wieder den Weg in meine Taschen, und ich folgte ihm. Er führte mich in ein großzügiges Besprechungszimmer. Lange, auf Böcken stehende Tische waren an die Seiten geschoben worden, sodass in der Mitte nur ein runder Tisch stand, der für ein Abendessen eingedeckt war.

«Wenn Sie hier bitte Platz nehmen möchten. Ich werde Miss Bruton wissen lassen, dass Sie eingetroffen sind.»

Er zog einen der Stühle für mich hervor, aber ich winkte ab. Er machte eine höfliche Verbeugung und ging.

Ich schlenderte zum Tisch und betrachtete ihn eingehend. Das Einzige, was sie nicht hingestellt hatte, waren romantische Kerzen. In der Mitte stand ein Umschlag mit meinem Namen darauf an einer Blumenvase. Ich nahm ihn hoch, drehte ihn ein- oder zweimal hin und her, bevor ich ihn wieder zurückstellte und zur Fensterfront ging, um auf die Straße zu blicken. Ich atmete tief ein, als könnte ich die Abendluft draußen riechen, aber was mich erreichte, war der Geruch nach Geschäft. Die frische, reine Luft von Effizienz, gewaschenen Textilien und gesaugten Teppichen, die sich mit dem überaus dezenten Duft des Gebindes auf dem Tisch vermischte. Ich beobachtete die Autos, die über die Brücke fuhren. Am entfernten Ende konnte ich sehen, wie zwei Leute das Hartigan's betraten, aber ich konnte sie nicht zuordnen. Zu meiner Linken gingen die Lichter in Lavins Zeitungsladen aus. Ich sah, wie sich die Tür auf der Rückseite des Ladens schloss, die zu seinen Privaträumen führte, den letzten Rest von Licht verschluckte und den Ort in Dunkelheit zurückließ. Die Vorderfront des Ladens wirkte nackt ohne die Postkarten und das Plastikspielzeug, die normalerweise am Metallgestänge der Markise hingen. Als ich hörte, wie sich hinter mir die Tür öffnete, drehte ich mich ein wenig in die Richtung und meinen Kopf zur Seite.

«Sie wissen aber schon, dass ich ein glücklich verheirateter Mann bin», rief ich in den Raum hinein.

«Ihnen auch einen guten Abend», antwortete sie.

Ich wandte mich noch einmal zur Straße.

«Wollen Sie den ganzen Abend dort stehen bleiben, oder möchten Sie sich vielleicht zu mir setzen?»

Jetzt drehte ich mich ganz zu ihr um.

«Also, ich habe wirklich Hunger.» Sie hatte sich gesetzt und deutete mit einer Hand einladend auf den Platz ihr gegenüber.

Ich ging, die Hände in der Tasche, zurück zum Tisch und nahm Platz, aber ich fühlte mich, als wartete ich auf einen Bus, der gleich kommen sollte. Ich spürte ihren Blick.

«Soll ich Sie vielleicht von Ihrem Elend erlösen, Mr Hannigan, und Ihnen sagen, was es mit dieser Einladung auf sich hat?», fragte sie.

Ich zuckte mit den Schultern.

«Es ist zehn Jahre her. Zehn Jahre, seit Sie mir das … seit wir Geschäftspartner geworden sind.»

Das hatte ich mir gar nicht klargemacht. «Ist das so?», fragte ich, zog die Hände aus der Tasche, nahm meine Kappe ab und fuhr mir durch das Haar.

«Und angesichts der Tatsache, dass dieses Hotel nun endlich auch profitabel ist, fand ich es angebracht, das mit Ihnen zu feiern.»

Ich hob eine Augenbraue.

«Robert erzählt mir, dass Sie nie nach dem Hotel fragen. Dass Sie sich nicht einmal nach Ihrer Rendite erkundigen, so geringfügig die im Lauf der Jahre auch gewesen ist.»

Ich weiß nicht, was sie damals eigentlich von mir erwartete. Ich überlegte fieberhaft, was ich sagen könnte, aber ich konnte mich zu nichts durchringen. Hinter ihr öffnete sich die Tür, und hinein trat ein Kellner, auch er keiner, den ich kannte, mit zwei Tellern und stellte sie vor uns hin. Ein zweiter Kellner folgte mit jeweils einer Flasche Rotwein und Bushmills. Er goss Emily den Rotwein ein und mir den Bushmills und ließ die Flaschen auf dem Tisch stehen. Emily lächelte die Kellner an, während sie sich eine Serviette in den Schoß legte.

«Vielen Dank», sagte sie im liebenswürdigsten Ton zu den beiden jungen Männern, als sie wieder gingen. Und dann zu mir: «Es gibt Steak», während das starke Aroma schon das Seinige tat, um mich zu locken. «Ich habe mich gegen eine Vorspeise entschieden. Ich dachte, wenn es mir gelingt, Sie für einen Gang hierzubehalten, wäre das schon ein Erfolg. Bitte», sagte sie und deutete auf meinen Teller.

Ich griff erst mal nach meinem Glas und trank einen ordentlichen Schluck daraus, was mich beruhigte. Dann spielte ich mit dem Essen herum. Ich hatte kaum noch Platz dafür, vor nicht einmal einer Stunde hatte Sadie ein Omelett für mich zubereitet. Aber es schien mir unhöflich, gar nichts zu essen, also schnitt ich das Steak an. Das Blut lief heraus, das Fleisch hüpfte beinahe bei der Berührung durch das Besteck. Es hatte nicht die verkohlte Kruste, die mancherorts üblich ist. Ich habe diese irische Obsession, ein dickes Stück Rindfleisch bis zur Unkenntlichkeit zu verbrennen, noch nie verstanden.

«Da ist etwas für Sie», sagte sie und unterbrach das

Schweigen. «Nur dieses eine Mal möchte ich, dass Sie sehen, was Sie bewirkt haben. Öffnen Sie ihn», fügte sie hinzu, tupfte ihren Mund mit der Serviette ab und beobachtete mich.

Ich legte meine Gabel ab, hob kurz den Kopf und griff nach dem Umschlag. Emily folgte mit eifrigem Blick meinen Fingern, während sie sich mühten, den Brief zu öffnen. Einen Moment lang dachte ich, sie würde ihn mir vielleicht aus der Hand nehmen, weil ich offenkundig langsamer vorankam, als sie gehofft hatte. Schließlich zog ich den Inhalt heraus. Es war ein Scheck.

«Es war unser bislang bestes Jahr, Mr Hannigan. Das ist Ihr Anteil.»

Ich blickte sie an, bevor ich den Scheck wieder in seinen Umschlag schob und ihn neben meinen Teller legte. Ich rutschte unbehaglich auf meinem Stuhl hin und her und lehnte mich dann zurück, um darüber nachzudenken.

«Ich dachte, Sie wären froh. Es ist eine beträchtliche Summe. Ich meine, ich habe so hart gearbeitet und, also, ich –»

«Emily», sagte ich schließlich und deutete auf den Raum. «Diese ganze Sache, diese Investition – dabei ging es mir nicht ums Geld.»

Damit überraschte ich mich selbst. Es war, als lauschte ich jemand anderem, jemandem, der sich tief in seinem Inneren nicht für Reichtum interessierte. Ich saß da und fragte mich, wie ich jemals die vielen wahren Gründe erklären sollte, die Motivation hinter dem, was ich zehn Jahre zuvor getan hatte, als ich es selbst nicht ganz verstanden hatte. *Ich habe es getan, weil Sie mich an einen Geist erinnert haben …* Wie hätte sich das angehört?

«Es war die Hochzeit», sagte ich stattdessen. «Wenn Sie damals einfach den Laden dichtgemacht hätten, hätte

Kevin keine anständige Hochzeit bekommen. Das wäre undenkbar gewesen. Am Ende hätte ich wahrscheinlich mit einem verdammten Festzelt in meinem Vorgarten vorliebnehmen müssen.»

Ich lächelte sie an. Sie schien sich zu entspannen, schien mir diese halbe Wahrheit abzukaufen. Sie begann wieder zu essen und lachte ein wenig, worüber, war mir nicht ganz klar, während sie sich durch all die Köstlichkeiten auf ihrem Teller arbeitete. Als wir die Mahlzeit beendeten, wobei ich mich schon wieder selbst überraschte, weil ich das ganze Steak aufgegessen hatte, nahm ich den Umschlag und gab ihn ihr wieder zurück.

«Ich möchte es nicht.»

Sie nahm ihn und sah mich an, dachte wohl über mich und diesen Wahnsinn nach, der über mich gekommen war. Es kam mir nicht recht vor, etwas zu nehmen, das ich nie gewollt oder worauf ich nie gewartet hatte.

«Aber das geht nicht», sagte sie. «Sie können es nicht *nicht* nehmen.»

Die Kellner kamen erneut, und Emily überspielte ihre Verwirrung mit einem anmutigen Lächeln. Sie füllten wieder unsere Gläser, bevor sie die Teller abräumten und gingen. Emily hielt den Umschlag in ihrer Hand, als wäre er ein schlechtes Schulzeugnis, das sie sich nicht anzusehen traute.

«Hören Sie», sagte ich, «investieren Sie das Geld doch wieder ins Hotel.»

Sie ließ den Umschlag wieder sinken und sah perplex und ein bisschen traurig aus. Wie eine Tochter, die verletzt ist, weil ihr Vater sie nicht genügend gelobt hat für ein Bild, mit dem sie sich solche Mühe gegeben hat. Nun, was soll ich sagen, das setzte die Alarmglocken in meinem Kopf in Gang. Ich fürchtete mich vor dem, was ich tun oder sagen müsste, um sie zu beschwichtigen und dazu zu bringen, dieses wunderbare Lächeln wieder zu lächeln. Ich musste meine Verletzlichkeit schnell wieder im Keim ersticken und mich davor hüten, abermals irgendeine verrückte Investition zu tätigen.

«Okay, die Wahrheit ist, ich könnte es eines Tages vielleicht doch nötig haben, dass Sie mir meinen Anteil wieder abkaufen», log ich, «daher wäre es alles in allem das Beste, wenn Sie das behielten, für alle Fälle», sagte ich und deutete mit einem Kopfnicken auf den Scheck.

«Warum? Sind Sie in Schwierigkeiten?»

«Ich will damit bloß sagen, dass man nie weiß, was an der nächsten Ecke auf einen wartet.»

Ich musterte sie und fragte mich, ob sie irgendetwas davon schluckte. Sie legte den Scheck dort ab, wo ihr Teller gestanden hatte, und blickte immer noch darauf, als ergäbe all das gar keinen Sinn. Ich wollte sie von ihrem Unbehagen erlösen, ihr etwas anbieten, das sie für mich tun könnte, um ihr die Last zu nehmen. Ich dachte schnell nach, und schließlich war es dies, was mir einfiel: «Es gibt da aber etwas, das Sie für mich tun könnten. Als Entschädigung, wenn Ihnen das hilft.»

Da hob sie ihren Kopf in hoffnungsvoller Erwartung, dass das Rätsel, das ich ihr aufgegeben hatte, doch noch gelöst werden könnte.

«Sie könnten mir erzählen, warum Thomas Dollard wegen dieser Münze enterbt worden ist, die vor all den Jahren verlorengegangen ist.»

Ihre Züge fielen so schnell in sich zusammen, dass es mich regelrecht bestürzte.

«Ernsthaft?», fragte sie.

«Nun ja», sagte ich. «Ich wollte Sie das schon seit Jahren fragen. Das hat für mich nie irgendeinen Sinn ergeben.»

Sie atmete tief ein. Nahm einen langen Schluck von ihrem Getränk, hielt das Glas anschließend eine Weile hoch und starrte auf die Reste. Ich wusste nicht, wohin sie oder ihr Lächeln verschwunden waren, saß da und wünschte, ich wäre gar nicht erst gekommen. Ich war natürlich versucht gewesen, genau das zu tun, einfach zu Hause zu bleiben, die Füße hochzulegen, neben meiner Frau auf dem Sofa. Nichts schien jetzt verlockender, als mich von einer Folge von Sadies Seifenopern berieseln zu lassen. Ich nahm einen Schluck von meinem Drink und wartete ab. Nach einer Weile stellte Emily ihr Glas wieder hin und blickte auf die Tischkante, strich mit dem Finger daran entlang. Ihre Nägel waren dunkelviolett lackiert.

«Es ist Edward VIII.», fuhr sie fort, ihre Hände hielten jetzt ihre Serviette, und ihre Finger strichen an den Falten entlang. «Sie wissen schon, der Edward von *Edward und Mrs Simpson.* Das war er auf der Münze.»

«Ach so?»

«Es heißt, dass anlässlich seiner Krönung 1937 sechs Münzen geprägt werden sollten. Aber anscheinend hat er sich an dem Tag, an dem er dafür Modell saß, nicht zur richtigen Seite gedreht und dann außerdem noch eine siebte Münze gefordert, für seine Geliebte Wallis Simpson.»

«Was soll das heißen, ‹zur richtigen Seite gedreht›?»

«Laut Onkel Thomas war es Tradition, dass der neue Thronerbe jeweils in die andere Richtung blickt als sein Vorgänger. Aber Edward fand sein linkes Profil attraktiver und weigerte sich rundheraus, sich von rechts zu präsentieren. Er hat wohl den Münzmeister ziemlich unter Druck gesetzt und dafür gesorgt, dass er seine siebte Münze bekam. Anscheinend plante er, sie Wallis am Tag seiner Krönung zu geben. Aber das ist natürlich nie geschehen. Er wollte sie heiraten, verstehen Sie, aber sie war geschieden.

Damals war es einem König nicht gestattet, eine Geschiedene zu heiraten. Schließlich verzichtete er für die Liebe auf den Thron. Sehr romantisch, nicht wahr?» Sie hing ihren Gedanken nach.

«Aber wie ist Ihre Familie denn an die Münze gelangt?»

«Ach ja. Also, dann muss ich Ihnen wohl noch ein paar Familiengeheimnisse mehr verraten. Vielleicht sollte ich flüstern, manchmal glaube ich, diese Wände haben Ohren.» Sie beäugte alle vier Wände, bevor sie weitersprach. «Urgroßvater Hugh war ein Spieler. War ewig in London, und wenn er dort war, verbrachte er seine Zeit in einer ganz speziellen Lasterhöhle, in der auch einer von Edwards Dienern verkehrte. Er war es, der Urgroßvater von dem Zerwürfnis zwischen Edward und dem damaligen Premierminister erzählte, wie hieß er noch? Fängt mit B an, glaube ich. Balford, Bal…»

«Baldwin?»

«Ja, genau der. Anscheinend hat Edward versucht, das Parlament davon zu überzeugen, Wallis einen Titel niedrigeren Ranges zu verleihen und nicht den einer Königin, wenn er König werden würde, aber der PM wollte nichts davon wissen. Eines Abends hat es eine letzte Auseinandersetzung zwischen den beiden gegeben, nach der Edward nicht an sich halten konnte und die Münze in seinem Arbeitszimmer auf den Boden geschleudert hat. Zu dem Diener sagte er, er solle das Ding wegschmeißen. Der aber hat es eingesteckt. Dieser Diener hatte Schulden bei meinem Urgroßvater, und zwar anscheinend eine ganze Menge. Und um die zu begleichen, hat er ihm dann diese Münze gegeben. Onkel Thomas zufolge wusste Urgroßvater sofort, was er da in der Hand hielt. Und was noch wichtiger ist, er wusste, dass sie in der Zukunft von unschätzbarem Wert sein würde. Er nahm sie mit nach Hause, und dann, also ja, dann passierten all diese Scheußlichkeiten mit Thomas, als er sie verloren hat. Es scheint, als wäre er genauso besessen davon gewesen wie sein Vater. Hatte eine regelrechte Obsession, was alte Sachen und Antiquitäten anbelangte, und verbrachte Stunden damit, sie sich anzuschauen, obwohl das Urgroßvater so ungeheuer aufregte. Niemand hat so recht verstanden, warum. Ich meine, Thomas wollte doch niemandem damit schaden.» Sie machte eine Pause, lächelte mich traurig an und fuhr dann fort: «Onkel Thomas hat es nie verkraftet, dass er enterbt worden ist. Er hat den Rest seines Lebens damit verbracht, nach dieser Münze zu suchen. Ich meine, nicht auf dem Boden, obwohl ich ihn, wenn er mal nach Hause kommt, immer dabei ertappe, wie er umherläuft und den Boden an der Stelle absucht, wo sie anscheinend heruntergefallen ist. Aber nein, er sucht in der ganzen Welt danach. Er hat sie nicht mehr alle, wenn Sie verstehen, was ich meine. Armer Onkel Thomas.»

In dem Moment wurde ihr klar, mit wem sie da eigentlich sprach, und senkte den Blick, weil sie meinem Feind gegenüber ihr Mitgefühl gezeigt hatte. Aber mich interessierte jetzt etwas ganz anderes.

«Die Familie hat an dem Tag, als die Münze verlorenging, nicht die Polizei verständigt», sagte ich, «und die Sache auch nie vor Gericht gebracht. Wir konnten nicht verstehen, warum.»

«Nun, dann wissen Sie es jetzt. Damit hätte Großvater doch einen Skandal riskiert. Er hätte das Ding ja gar nicht erst besitzen dürfen.»

«Diese Münze hat manches Schicksal zerstört, was?»

«Sie wissen ja nicht mal die Hälfte davon.» Ihre Hand lag auf dem Tisch und war damit beschäftigt, lauter unsichtbare Knitterfalten in der perfekt gebügelten Tischdecke zu glätten. «Aber ich denke, für heute Abend sind genügend Leichen aus dem Keller gekommen.»

Und dann hob sie ihr Glas und sah mich an: «Ein letztes Mal, Mr Hannigan. Auf uns.»

Ich lächelte und hob ebenfalls mein Glas.

Danach blieb ich nicht mehr lange. Und ich muss zugeben, ich hatte es eilig, von dort wegzukommen, um über all das nachzudenken, was sie mir erzählt hatte. Und so erhob ich mich und dankte ihr für die Gastfreundschaft, bevor ich ging und wieder nach Hause fuhr.

Sadie guckte im Wohnzimmer immer noch Fernsehen, aber ich blieb nicht lange bei ihr sitzen und ging bald ins Schlafzimmer. Nachdem ich ein bisschen in der Schublade der Frisierkommode herumgewühlt hatte, zog ich die Münze hervor, die dort unberührt gelegen hatte, seit deine Tante Noreen sie ein paar Jahre zuvor in die Finger bekommen hatte, aber darauf komme ich noch zurück. Ich betrachtete das trotzige Antlitz des Königs und bedachte, wie tief es in Ungnade gefallen war: von der Pracht der englischen Royalty in die Mittelmäßigkeit eines Milchbauern im County Meath. Auf dem Bett sitzend, drehte ich sie unter dem Licht der Nachttischlampe, um einen guten Blick auf ihn zu erhaschen – den König. Wie musste es sich angefühlt haben, fragte ich mich, wegen der Liebe all das hinter sich zu lassen? Hätte ich dasselbe getan, wenn unsere Rollen vertauscht gewesen wären? Ich kicherte, als ich mir vorstellte, wie ich dort säße, in einem prachtvollen englischen Schloss und er dafür hier, umgeben von Dreck und Heu. Als ich das Gewicht der Münze in meiner Hand spürte, kam mir der Gedanke, dass dieses kleine Schmuckstück inzwischen durchaus mein rechtmäßiger Besitz sein könnte, wenn man bedachte, dass ich es praktisch durch meine Anteile am Hotel erworben hatte. Nach einer Weile legte ich die Münze wieder zurück in die Schublade und ging ins Bett, aber der ganze Wahnsinn dieser Geschichte ging mir noch länger durch den Kopf. Selbst im Schlaf ließ sie mich nicht mehr los. Die Schönheit und der Wert der Münze führten mich durch herrschaftliche Räume und Kuhställe. Ich geriet in verwirrende Szenerien und wieder heraus, Gesichter tauchten auf, von denen ich manche kannte und andere nicht, an keines konnte ich mich erinnern, als ich mit einem Ruck erwachte.

«Was willst du denn von mir?», fragte ich die Münze, als ich meine Augen für die letzten paar Stunden Schlaf schloss, mit Sadie an meiner Seite.

Am nächsten Tag lernte ich ein neues Wort kennen: Numismatik. Jawohl. Das sei der Name für das Studium von Münzen, wie mir der Mann im Antiquitätenladen in Dublin erklärte. Ich fand dieses Geschäft an der Ecke der Sackville Row. Barringers hieß es, glaube ich. Hatte es in den Gelben Seiten entdeckt. Beschloss, die Tour zu machen und zwei Fliegen mit einer Klappe zu schlagen, weil ich außerdem noch einen Blick auf ein paar Hektar in Richtung Sword werfen musste.

«Edward VIII.», sagte ich und setzte mich einem Mann gegenüber, nicht älter als ich selbst, aber mit einem dermaßen gewaltigen Bauch, dass man davon ein kleines Dorf hätte versorgen können. «Da wurden Sovereigns geprägt. Wissen Sie etwas davon?»

«Ach, Sie meinen ‹die Münzen, die nie geprägt wurden›, wie es mal in der Zeitung hieß. Ja, sicher, das konnte man ja gar nicht verpassen.»

Als ich wieder ging, hatte William Shaw nicht nur die Existenz der Münzen bestätigt und ihren ungefähren Wert beziffert, sondern auch erwähnt, dass es Gerüchte von einer siebten Münze gäbe, die noch wertvoller sei wegen ihres ursprünglichen Zwecks – sie sei für Wallis Simpson bestimmt gewesen. Ich hatte sie natürlich nicht dabei, wollte ja schließlich auch keinerlei Panik auslösen. Sie lag zu Hause, hinten in der Schublade unserer Frisierkommode.

«Man kann natürlich nicht sicher sein, dass diese siebte überhaupt existiert. Außer wenn sie auftaucht, das ist ja klar. Die anderen sechs sind zu diesem Zeitpunkt alle nachgewiesen», erzählte er mir mit einem breiten Lächeln. Er war ein angenehmer Mann an einem Ort, an dem ich das nicht erwartet hatte. Ich hatte mich auf Snobismus und Kälte eingestellt. Am Ende war ich es, der diese Rolle spielte, während er einfach nur anständig und freundlich war.

«Wer sollte die denn korrekt einpreisen können?», sagte er, nachdem ich nach dem Wert dieser möglichen siebten Münze gefragt hatte. «Eine sechsstellige Summe wäre das auf jeden Fall. Aber Folgendes wird passieren, verstehen Sie, wenn die auftaucht: Das öffentliche Interesse wird sich immer weiter steigern, und wer weiß, in welche Höhen der Preis dann klettert, bis der Hammer fällt. Sind Sie selbst ein Mann der Münzen, Mr …?»

«Rogers. Nein, das interessiert mich nicht besonders. Ich bin eher ein Mann der Kühe», sagte ich.

Ich verabschiedete mich und dankte ihm für seine Zeit.

Ich habe Sadie nie die Wahrheit über den Abend mit Emily im Hotel erzählt. Hab ihr in Wahrheit gar nichts davon erzählt, nicht einmal die Geschichte über Thomas. Sie hätte darauf bestanden, dass ich die Münze auf der Stelle zurückgebe, und das war nun mal nicht mein Plan. Ehrlich gesagt war ich mir gar nicht sicher, was ich eigentlich damit tun wollte. Einerseits hatte ich das Gefühl, dass die Dollards und ich quitt waren, da ich geradezu fürstlich, wenn ich das so sagen darf, für den Wert der Münze bezahlt hatte, indem ich mich ins Hotel eingekauft und das Geld einer bedürftigeren Dollard gegeben hatte. Aber dann begann dieses verdammte Ding, an das ich seit Jahren nicht mehr gedacht hatte, mich doch wieder zu plagen.

Und dann saß ich eines Tages in meinem Wagen, dachte wieder einmal über all das nach, was Emily mir erzählt hatte, und blickte dabei hinunter auf Mollys Hügel, wie ich ihn getauft hatte. Es gab ein paar Orte, die ich für mich entdeckt hatte, wenn ich etwas Ruhe brauchte: abgelegene Winkel und Verstecke und freie Flächen, an denen die Stille mich kurierte und meinem müden Kopf ein wenig Frieden brachte – Mollys Hügel war der schönste von ihnen. Seine fruchtbaren, grünen Felder senkten sich zu einem bewaldeten Tal hinab. Ich saß oberhalb davon im Wagen auf der Straße und beobachtete Molly, wie sie sich im Gras bewegte, rennend und lachend, manchmal schlendernd und singend. Es war ihr Lieblingsort, um mir zu erscheinen. Bei einer einzigen Gelegenheit konnte ich sie mitunter in verschiedenen Phasen ihres Lebens sehen, als Kind, das umherrannte, als nachdenklicher Teenager, der kaum sichtbar zwischen dem Bewuchs hockte, in seine Kümmernisse versunken, oder sogar als Mutter, die hinter meinem Enkel herlief. In einem bestimmten Moment blieb sie dann immer stehen, um mir oben zuzuwinken. Das war mein allerliebster Augenblick. An jenem Tag aber kam keinerlei Winken. Stattdessen saß sie im hohen Gras, wandte sich in meine Richtung und hielt sich den Arm schützend vor die Stirn, damit sie mich anschauen und dabei die Sonne ausblenden konnte.

«Sie gehört dir nicht, Daddy», sagte sie. Es war ein Flüstern an meinem Ohr. Schlicht und einfach. Ihre Worte waren mit der Brise zu mir hochgeweht, die das Gras in meine Richtung bog.

«So wie es aussieht, gehört sie denen auch nicht», antwortete ich.

Aber da war nichts zu machen. Meine Tochter wusste wie immer, was richtig war und was falsch.

«Eine letzte Sache muss sie noch erledigen», waren ihre abschließenden Worte in dieser Angelegenheit. Sie lächelte, dann erhob sie sich und ging davon, stieg tief hinunter ins Tal, bis ich sie nicht mehr sehen konnte.

VIERTES KAPITEL

20:35 Uhr
Dritter Toast: Auf Noreen
Eine Flasche Stout

Jetzt sind Swetlana und ich wieder ganz allein. Sie räumt die Gläser aus der Geschirrspülmaschine. Das Klirren unterbricht das Schweigen zwischen uns. Emily ist gegangen, um unten beim Dinner den korrekten Ablauf zu überwachen. Ich kriege selbst ein wenig Hunger.

«Meinen Sie, ich könnte einen Toast Spezial kriegen, Swetlana?»

«Was für einen Toast?»

«Spezial?»

Sie blickt mich an, als hätte ich auf Gälisch danach gefragt.

«In der Küche wissen sie schon, was das ist.»

«Ich frage», sagt sie, sieht ein wenig genervt aus von allem und verschwindet durch die Bartür.

Ich bleibe mit meinem Spiegelbild zurück. Wirklich, ich wünschte, es wäre nicht da. Es erinnert mich bloß daran, dass dieser Abend noch nicht einmal zur Hälfte rum ist. Und hat so einen Blick à la: «Glaubst du wirklich, dass du das bringst, großer Mann?» Ich ignoriere es. Was zum Teufel weiß es denn schon?

«Sie sagen Ja, aber zwanzig Minuten.» Swetlana ist wieder da und lehnt sich mit ihren Ellbogen vor mir auf den Tresen, als würde sie hier schon jahrelang arbeiten. «Sie machen gerade die Abendessen, deshalb sehr beschäftigt. Okay? Ich bestelle?»

«Bestellen Sie, bestellen Sie. Und wenn Sie schon dabei sind, hätte ich gern noch eine von Ihren guten Flaschen Stout.»

Stout erinnert mich natürlich immer an Tony, aber es war mein Vater, der mich überhaupt erst dazu gebracht hat, das Zeug zu trinken. Er war allerdings kein großer Trinker. Ab und zu brachte er sich mal eine Flasche mit, wenn er das Gefühl hatte, es an diesem Tag verdient zu haben. Noch seltener trat der Fall ein, dass er in eine Bar ging. Natürlich nicht in diese, selbst wenn es sie damals schon gegeben hätte, mein Vater wäre niemals über ihre Schwelle getreten. Hartigan's, das war sein Wasserloch.

«Ich glaube, wir haben uns eins verdient, mein Junge», sagte er dann und ging mit mir über die Brücke, wenn wir von einem guten Markttag kamen. Es bedurfte keiner weiteren Aufforderung. Ich hockte an seiner Seite, lächelte und entwickelte einen gewaltigen Durst.

«Dieses Goldstück hier, mein Junge, denk immer daran, das ist Narrengold.»

Er sah zu, wie sich der Schaum im Glas setzte, betrachtete das Stout wie eine junge Kuh, von der man weiß, dass sie auskeilt. Zögerte den ersten Schluck noch ein wenig länger heraus, holte stattdessen seine Pfeife aus der Tasche und begann, sie ordentlich zu stopfen, wobei sein Daumen den Tabak fest in den Pfeifenkopf drückte. Und danach, wenn er schließlich den ersten Schluck genommen hatte, stieß er einen Seufzer aus, als hätte er den ganzen Tag gegen Winterwinde angekämpft und stünde jetzt vor einem lodernden Feuer.

«Wenn du je zu Geld kommen solltest, mein Junge», fuhr er fort, «fall nicht auf dieses Teufelszeug herein. Es wird dir die Taschen leeren und einen besoffenen Idioten aus dir machen.» Dann zündete er sich die Pfeife an und zog daran, bis ein oranges Leuchten aus dem Dunkel drang, und dann schmauchte er, schmauchte und schmauchte so lange, wie es anhielt.

Wenn die Predigt vorüber war, konnte ich mein Bier in Frieden trinken und Mrs Hartigan beobachten und diejenige ihrer Töchter, die gerade da war und in einigem Tempo die vielen durstigen Kehlen des Tages versorgte. Wir sprachen mit niemandem. Aber ich liebte es, all den Gesprächen zu lauschen. Und mein alter Herr war auch genau darauf aus – die Leute zu belauschen und Informationen abzugreifen, die wir irgendwie zu unserem Vorteil verwenden konnten. Auf diese Weise sind wir auch Jahre später an das erste Stück Land gekommen, das wir je gekauft haben. Aber wenn das Geplauder uninteressant war, ließ ich meine Blicke schweifen. Oft blieben sie an den Spinnweben haften, die dick wie Seile von der Decke hingen.

«Bist du fertig?», fragte mein Vater nach einer Weile. Dann zogen wir unsere Kappen vor der Wirtin und verließen den Pub.

Natürlich traute mein Vater niemandem außerhalb der Familie. Blut ist dicker als Wasser, daran hielt er sich. (Wie er bei dieser Einstellung jemals an eine Ehefrau gelangt war, blieb mir ein ewiges Rätsel.) Sein Misstrauen begleitete ihn auch auf den Viehmarkt, wo er so lange feilschte, bis er den besten Abschluss gemacht hatte, auf den ein Farmer nur hoffen konnte.

«Halten Sie mich für einen Trottel, Mann?»

Manchmal senkte ich den Kopf, weil er mir so peinlich war. Aber wenn seine Schroffheit dazu führte, dass seine Einnahmen stiegen, passte ich gut auf. Er war ein Meister der Manipulation. Ich beobachtete seinen Gesichtsausdruck und lauschte auf seine Pausen, zählte die Sekunden, bis er wieder sprach. Schaute mir seine Standardsätze, seine Gesten, seine Haltung ab. Ich konnte das alles bald auswendig. Und als die Reihe an mir war, da war ich bereit. Es gab viele, die es hassten, wenn ich auftauchte, die mir aber zugleich die Qualität der Ware nicht absprechen konnten, mit der ich kam. Wir hatten bestens versorgte Kühe und Schafe, mit dem besten Getreide und Gras aufgezogen. Die Krankheiten eingedämmt, bevor sie sich ausbreiten konnten. Ich stand an der Stalltür und wusste, dass niemand in der Gegend was Besseres zu bieten hatte. Ich erwartete einen guten Preis dafür und blieb standhaft, bis ich ihn bekam. Aber es gab Zeiten, in denen selbst das Beste, was ich zu bieten hatte, nur niedrige Preise erzielte. Nicht immer konnte ich, sosehr ich mich auch bemühte, die ökonomischen Schwankungen ausgleichen. Ich war genauso ein Opfer dieser Marktlaunen wie mein Nebenmann. Aber anders als er stand ich früher auf, behielt alles länger im Blick und schlug schneller zu.

Trottel, der ich war.

Dieses Pint hier, mein Junge, trinke ich auf deine Tante Noreen. Wenn es sie nicht gegeben hätte, dann hätte dein Großvater Michael mich niemals so akzeptiert, wie er es am Ende tat. Und sie war es auch, die einen weiteren Teil des Rätsels dieser Münze löste. Aber vor allem auch deshalb, weil deine Mutter sie geliebt und so mit ihr gerungen hat. Noreen war jemand, wegen dem sich deine Mutter immer schuldig gefühlt hat.

Nicht lange, nachdem Sadie und ich angefangen hatten, miteinander auszugehen, lernte ich Noreen und den Rest der Schwiegerfamilie kennen. Wir waren erst seit ein paar Monaten zusammen, als wir den Bus bestiegen, der uns rumpelnd in den Nordwesten, nach Annamoe in Donegal, brachte. Dein Großvater Michael begrüßte uns, ein Mann größer als de Valera und breiter als Churchill. Sadie umarmte ihn, als wäre er ein knuffiger Teddybär, und verlor sich zwischen seinen Mantelschößen, bis nur noch ihre Schuhe bewiesen, dass er sie nicht am Stück verschluckt hatte. Als sie sich schließlich voneinander lösten, hielt sie weiter seine Hand und zog mich mit der anderen nach vorn, um mich ihm vorzustellen. Ich schüttelte ihm fest die Hand und blickte ihm in die Augen, die nicht lächelten.

«Mr McDonagh», sagte ich.

Als Antwort erntete ich bloß Schweigen. Er nickte, dann ließ er meine Hand los. Das Spiel war aus, da war ich mir sicher. Er wusste genau, wie alle Väter, was für Gedanken mich in Bezug auf seine Tochter umtrieben. Still flehte ich ihn um Gnade an und versprach, solche Gedanken nie wieder zu hegen. Ich war so abgelenkt, dass ich gar nicht wahrnahm, wie er seine Hand ausstreckte, um meinen Koffer zu ergreifen, dessen Griff ich angstvoll umklammerte. Sein Arm zog, und seine Augenbraue hob sich, aber ich ließ den Koffer noch immer nicht los. Wir müssen bei diesem Tauziehen grotesk ausgesehen haben, ich noch mehr als er.

«Maurice! Daddy möchte bloß den Koffer nehmen. Willst du ihm den denn nicht geben?» Sadies Worte drangen schließlich durch und erreichten mein panisches Hirn.

«Der Koffer? Ja. Richtig», sagte ich und blickte auf ihn hinunter. Und doch blieb er dort, immer noch fest an meine verschwitzte Hand geheftet. «Ich werde ihn in den Pferdewagen legen. Wo stehen wir denn?» Mit einer närrischen Entschlossenheit, die einfach nur mitleiderregend war, marschierte ich wer weiß wohin. Ich kann immer noch die Schweißtropfen in meinem Nacken spüren, die sich ausbreiteten, als ich begriff, dass ich überhaupt keine Ahnung hatte, was ich hier eigentlich tat.

«Maurice!»

Ich blieb stehen, schloss die Augen, fasste mich und drehte mich um. Sadie sah so verwirrt aus, wie ich mich fühlte, deutete nach rechts und auf ein Auto. Ein Auto! Grundgütiger. Damals besaß niemand ein Auto, musst du wissen. Aber da stand eins, fleckenlos sauber und ohne ein Anzeichen dafür, dass es auf dem Land gefahren wurde, und Sadies Vater selbst stand an seinem offenen Kofferraum wie ein gelangweilter Taxifahrer, der darauf wartet, dass seine Fahrgäste sich endlich verabschieden und verdammt noch mal einsteigen.

«Noch besser», lobte ich wie ein Mann, der sich auskannte, der wusste, wo es langgeht. Ich legte den Koffer schließlich vorsichtig in den Kofferraum und wagte nicht einmal einen Blick in seine Richtung.

«Sadie, du kannst dich nach vorne setzen. Maurice, du sitzt hinten – ich hoffe, du magst Hunde.»

Ich bestritt die Fahrt zu ihrem Zuhause gemeinsam mit Dinky, dem Schäferhund, der ein ähnlich gutes Wesen besaß wie Gearstick und an meiner statt peinlich berührt aussah. Ich suchte in seinem einen silbernen und dem anderen braunen Auge nach Unterstützung, aber er rührte keine Pfote für mich.

Dankenswerterweise hätte der Empfang im Haus nicht unterschiedlicher ausfallen können: Deine Großmutter umarmte mich, als wäre ich ein Kriegsheld. Lachte und wusste wahrscheinlich aufgrund des sechsten Sinns irischer Mütter, was davor geschehen war, und wollte es wiedergutmachen.

Als wir im Wohnzimmer saßen, richtete Michael kein Wort an mich, sondern nur an seine Tochter, fragte sie nach ihrer Gesundheit und ihrer Arbeit. Sie antwortete begeistert und erfreute ihn mit ihren Erwiderungen. Im Bemühen, eine Brücke zwischen den beiden Männern in ihrem Leben zu bauen, sprach sie von meiner Familie, die sie inzwischen natürlich kannte.

Tatsächlich hatte meine Mutter wenig Interesse daran gezeigt, sie kennenzulernen, als ich es das erste Mal vorgeschlagen hatte. Mein Vater war allerdings ziemlich begeistert von der Idee gewesen und bestand darauf, uns mit dem Pferdewagen abzuholen. Sadie saß vorn neben ihm. Ihr Gespräch, den ganzen Weg bis zu uns hinaus, erfüllte mich mit Stolz. Meine Schwestern hatten das Haus auf Hochglanz gebracht. Und der Duft von frisch gebackenem Brot kam hinzu. Sie flatterten um deine Mutter herum, als wäre sie ein Filmstar, bewunderten ihren Sommermantel, blau war er, glaube ich, ihr Kleid und ihre Perlen.

«Ach, nicht doch», sagte sie. «Das sind ja keine echten. Meine Tante Maura hat sie mir geschenkt, als ich zu Hause ausgezogen bin. Es geht ihr gut, das schon, aber das Geld reicht nicht für echte. Sie tun's trotzdem, oder? Ich trage sie aber nur bei besonderen Gelegenheiten.»

Jenny und May lachten über diese Ehre. Und ich war sicher, dass der Anflug eines Lächelns über die Lippen meiner Mutter huschte, als sie sich bückte, um noch einen Holzscheit in die Küchenhexe zu legen, wobei sie die Ofentür mit ihrer Schürze umfasste. Sie sagte nur wenig zu Sadie, aber sie schien dem Gespräch dennoch genau zu folgen und runzelte die Stirn oder lächelte an den passenden Stellen. Wir saßen am Tisch, der mit unserem besten Tischtuch, dem Willow-Porzellan und dem Hochzeitsbesteck meiner Eltern gedeckt war. Ich konnte mich nicht daran erinnern, dass das Sodabrot und der Tee jemals so gut geschmeckt hätten. Teller mit Schinken und Tomaten, hart gekochte Eier und Frühlingszwiebeln, Rote Beete und Käse wurden lachend hin und her gereicht. Für den Abschluss unseres Mahls standen Apfelkuchen oder Sandkuchen zur

Auswahl. Sadie probierte beide. Dabei kicherte sie, hantierte grazil mit ihren schmalen Fingern mit der versilberten Gabel und aß winzige Bissen, bis ihr Teller leer war. Später beschlossen wir, noch einen Spaziergang die Straße entlang zu machen. Als meine Schwestern abzuräumen begannen, verzögerte Sadie unseren Aufbruch, weil sie zu helfen versuchte, aber sie scheuchten sie lachend aus der Tür.

«Die zwei sind ja wirklich nett», sagte sie lächelnd und hakte sich bei mir unter, während wir zur Hauptstraße liefen.

«Sie sind nicht die Schlechtesten, denke ich.»

«Was bist du denn für einer? Kann ein Mann sich bessere Schwestern wünschen?»

«Ich würde liebend gern die Küchenbank gegen ihre Betten eintauschen.»

«Was du brauchst, ist ein Anbau, ein kleines Schlafzimmer für dich hinten am Haus. Das könnte Wunder wirken.»

«Ist das so? Hast also schon ein Auge auf das Haus geworfen?»

«Das würde dir so passen.»

«Wie auch immer, sie ziehen bald aus. Nach Bristol. Wir haben eine Cousine dort, die in der Cadbury's-Fabrik arbeitet.»

«Die Glücklichen.»

«May fährt zuerst und Jenny kurze Zeit später.»

«Ich war noch nie in England.»

«Um Mam mache ich mir Sorgen. Dann hat sie nur noch mich, und Dad natürlich.»

Als wir zurückkehrten, wurden mit breitem Lächeln und festem Händedruck Abschiedsgrüße ausgetauscht. Nur Mam hielt sich zurück. Obwohl sie ihre Hand höflich hob, um die von Sadie zu schütteln, lehnte sie sich schnell wieder an die Kopfstütze des Sessels, verlor sich in ihrer eigenen Welt und ignorierte Sadie beinahe. Jenny und May lenkten Sadie ab, indem sie ein großes Theater veranstalteten, als sie ihr ein paar Stücke Kuchen in ein Geschirrtuch einwickelten, damit sie sie mit nach Hause nehmen konnte. Dann standen sie mit meinem Vater im Eingang und winkten, als wir im Licht des Sommerabends auf dem Pferdewagen davonfuhren.

Als ich zurückkehrte, fand ich meine Mutter allein vor, immer noch in ihrem Sessel. Ich stand einen Moment nur so da und fragte mich, was ich tun sollte. Aber schließlich nahm ich all meinen Mut zusammen.

«Also, Mam, was denkst du?»

«Tony hätte sie geliebt, mein Junge.»

Ich stand neben ihr, mit dem Rücken zum Herd, und lehnte mich an den Geschirrtuch-Halter.

«Er hätte sie geliebt», wiederholte sie.

Ihre Hand überraschte mich, als sie meine sanft und schnell tätschelte.

«Das hoffe ich, Mam.»

Schweigen senkte sich über uns während wir beide ohne Zweifel an ihn dachten.

«War er mal in jemanden verliebt, Maurice, bevor er gestorben ist? Gab es da jemanden, der ihm den Kopf verdreht hat?», fragte sie nach einer Weile.

«Er hat nie ein Wort darüber zu mir gesagt», antwortete ich, «aber ich habe immer gedacht, dass er und Kitty Moran ein großartiges Paar abgegeben hätten.»

«Eine nette Familie, die Morans. Wäre das nicht etwas Schönes jetzt? Die beiden verheiratet. Die kleinen, blonden Babys, die sie vielleicht hätten.» Ihre Stimme zitterte ein wenig.

«Ach, Mam, hör doch auf damit. Das tut dir wirklich gar nicht gut.»

«Ich weiß, mein Junge. Ich weiß, aber manchmal …», sie unterbrach sich, und ihre Blicke begannen im Zimmer umherzuschweifen, «glaubst du, dass er je ein Mädchen geküsst hat?»

«Mam!»

«Ich würde nur gern glauben, dass er gewusst hat, wie sich das anfühlt, bevor er gehen musste, das ist alles. Es hat doch etwas Magisches, oder nicht?» Kurz und schüchtern lächelte sie in meine Richtung, bevor ihr Blick wieder auf ihre Hände in ihrem Schoß fiel. Ich war ratlos und konnte an nichts denken, was ich hätte antworten können. Tony hatte so viel versäumt, und in diesem Augenblick verspürte ich ein tiefes Schuldgefühl wegen meiner Liebe zu Sadie. Wenn ich eine Scheibe davon hätte abschneiden und für ihn opfern können, ich hätte es getan. Ich ging in die Hocke und legte meine Hände auf die meiner Mutter, während die Uhr aus der Ecke tickte.

«Alles in Ordnung, in Ordnung», sagte sie nach einer Weile. «Es ist ohnehin Zeit, ins Bett zu gehen.»

Sie zog ihre Hände aus meinem Kokon heraus und ließ eine Hand für eine Sekunde auf meiner liegen, bevor sie aufstand.

Ich setzte mich in ihren Sessel, spürte die Wärme, die sie hinterlassen hatte, und sah zu, wie sie durch die Tür verschwand; ihr Gang war in den letzten Monaten erkennbar gebeugter geworden. Ich fragte mich, wie schwer es für sie sein musste zuzusehen, wie ein Sohn die Meilensteine des Lebens passierte, während ihr anderer, in seinem kalten Grab, nie die Chance dazu bekommen hatte. Ich war ein bisschen pikiert, wenn ich ehrlich bin, über die Art, wie sie sich an diesem Abend benommen hatte. Da war ich, loyal und hart arbeitend, hatte gerade die hübscheste Frau auf dieser Seite der Irischen See mit nach Hause gebracht, die bezaubernd und klug war, und sie sprach allein von Tony. Natürlich verspürte ich erneut Schuldgefühle, als mir dieser Gedanke in den Kopf kam. Ich saß da und quälte mich eine Weile damit herum, bevor ich ihn abschüttelte, angeekelt von mir selbst, von meiner Mutter und von der ganzen Welt.

Erst nach der Hochzeit, als Sadie einzog und der untere Raum unserer wurde, da meine Schwestern inzwischen fort waren, begann Sadie zu sehen, wie der Verlust Tonys in allem, was wir an diesem Ort taten, mitschwang. Er hing in der Luft, sein Name klang in jedem Satz nach, den wir sagten, bis zu dem Tag, an dem meine Mutter starb und sie seine Wirkungsmacht mit sich nahm. Wir blieben zurück mit einer Trauer über ihr Hinscheiden und über Tonys und das meines Vaters, und es war eine Trauer, die sich normal anfühlte, wenn du verstehst, was ich meine – eine schlichte, unkomplizierte Trauer.

Bei jenem ersten Besuch in Donegal war ich stolz, Sadie von meiner Familie und unserem Leben sprechen zu hören, als ob wir etwas Besonderes wären. Ihre Bemühungen, ihren Vater zu beeindrucken, schienen allerdings eine sehr geringe Wirkung zu entfalten. Und um ehrlich zu sein, ich konnte all diese Lobhudeleien auch nicht gut ertragen. In einem Versuch, sie davon abzubringen, fragte ich nach ihrer Schwester Noreen.

«Und Noreen ist nicht da? Ist sie in der Stadt?»

Und hier ist jetzt das Problem, das ich mit allem hatte, was dann folgte: Wäre eine meiner Schwestern psychisch instabil gewesen, dann hätte ich, denke ich doch, die Zeit gefunden, es deiner Mutter zu sagen, bevor sie in den Fettnapf trat und sich vor meinen Eltern bis auf die Knochen blamierte. Ich hatte ihr schließlich auch von Tony erzählt, und sie wusste, dass sie vorsichtig sein musste. Aber nein, bei all ihrer Voraussicht hatte sie mir nichts über Noreen erzählt. Meine dumme, unschuldige Frage hing in der Luft wie eine Handgranate, deren Zünder gerade gezogen worden ist. Ich konnte die Panik regelrecht sehen. Michael sah mich an, als wäre ich ein ganz neues, bis dahin unbekanntes Exemplar von Dumpfbacke. Sadie konnte nicht einmal ihren Kopf wenden, sondern starrte auf den Tee in ihrer Tasse, und ihre Hände krallten sich um die Untertasse in ihrem Schoß, während ihre Mutter ihre Tochter finster anstarrte und sich fragte, wie sie solch einen Mann in ihr Haus bringen konnte.

«Ich habe es dir gesagt, Maurice, ich habe dir doch gesagt, dass unsere Noreen ein wenig schwach, ein wenig anders ist», flüsterte sie, sobald ihre Eltern das Zimmer verlassen hatten.

Von der ganzen Angelegenheit peinlich berührt, waren sie aufgestanden, um ihre Mäntel und die Sachen für den nachmittäglichen Besuch in Saint Catherine's zu holen, wo deine Tante Noreen anscheinend lebte.

Ich war wütend. «Ja, schon, aber ich dachte, du meinst sensibel, empfindlich, weißt du. Und du hast mir vor allem nicht gesagt, dass sie in einer psychiatrischen Anstalt lebt!» Das kam etwas lauter heraus, als ich eigentlich vorgehabt hatte.

«Kannst du bitte mal leiser sprechen?» Sadies Hände schlugen nach mir, während sie ängstlich auf die halb offene Tür starrte. «Ich dachte, das hätte ich. Ehrlich!», fuhr sie fort und flüsterte wieder. «Und fairerweise muss man sagen, dass das erst kürzlich geschehen ist, kurz bevor ich dich kennengelernt habe. Ich habe mich auch gerade erst an den Gedanken gewöhnt. Mammy kam einfach nicht mehr mit ihr zurecht. Wegen ihrer Ausraster und all dem. Und weil Daddy zur Arbeit gehen muss und ich weg bin, na ja, da hatten sie keine andere Wahl.»

«Was hat sie denn überhaupt?», fragte ich, und meine Verärgerung ließ nach und meine Stimme wurde sanfter, als ich hörte, was die Familie durchgemacht hatte.

«Sie nennen es Melancholie. Und frag mich nicht, was das bedeuten soll. Ich weiß bloß, dass sie sehr schwermütig wird und handgreiflich werden kann, wenn die Dinge nicht so laufen, wie sie will. Als sie klein war, war sie wunderbar, eine wirklich süße, kleine Schwester. Ich wünschte, es gäbe ein Foto, auf dem ich dir das zeigen könnte, aber wir haben nur dieses eine Familienfoto. Darauf ist sie dreizehn», sagte sie, durchquerte das Zimmer und nahm ein Foto herunter, das auf dem Kaminsims stand. Sie betrachtete es, als hätte sie es lange nicht mehr gesehen, und reichte es dann mir. «Man sieht es ihr an, oder? Diese Zerstreutheit, dass sie nicht ganz da zu sein scheint.»

«Wann hat sie angefangen, so zu sein? Ist sie zur Schule gegangen?»

«Für ein Jahr oder so. Aber sie wurde immer so wütend über die anderen. Wenn jemand ihren Bleistift oder ihr Radiergummi benutzte, konnte sie es einfach nicht ertragen. Das reichte dann schon. Da wussten sie, dass sie leichte Beute war. Sie waren grausam. Sie bewarfen sie mit Sachen auf dem Spielplatz oder auf dem Nachhauseweg, bloß um sie zu provozieren. Sie wurde wütend, weinte und schrie. Es war zu viel für sie, und für mich auch, um dir die Wahrheit zu sagen. Der Tag, an dem Mammy und Daddy beschlossen haben, sie nicht mehr dorthin zu schicken, war der glücklichste in meinem Leben. Ist es nicht schrecklich, so etwas zu sagen? Aber ich hätte gar nicht erleichterter sein können. Dass ich sie nicht mehr verteidigen und beschützen musste. Ich konnte einfach … frei von ihr sein.»

Jene letzten Worte wurden so leise ausgesprochen, dass ich sie beinahe überhörte. Ein kleines, leises Wimmern drang ihr zwischen den Fingern hervor, die sie an die Lippen gehoben hatte. Ich legte ihr den Arm um die Schultern, zog sie an mich und küsste sie auf den Kopf. Die Geräusche ihrer Eltern, die sich entfernt von uns bereit machten, kamen stetig näher. Sadie rannte aus dem Zimmer, durch die anschließende Küche und die Hintertür hinaus. Ich erhob mich, um ihr zu folgen, aber ich war nicht schnell genug.

«Also gut. Wir sollten jetzt gehen», sagte ihre Mutter, an der Wohnzimmertür stehend, und Michael stand hinter ihr. «Noreen erwartet uns gewöhnlich um drei Uhr. Sie hat es gern, wenn wir pünktlich sind. Wo ist Sadie?»

«Sie ist gerade in den Garten gegangen. Sagte, sie ist gleich wieder da.»

«Nun, solange sie draußen ist», sagte ihre Mutter, die sich neben mich stellte. «Michael und ich haben gerade darüber gesprochen, dass es vielleicht nicht das Beste für Noreen ist, wenn sie Sie gleich heute kennenlernt. Sie kann bei neuen Leuten ein wenig verstört reagieren. Wir erzählen ihr, dass Sie da sind, und sehen, wie es läuft, in Ordnung? Sie können auf dem Flur warten oder in den Anlagen spazieren gehen, wenn Sie möchten. Die Nonnen haben gar nichts dagegen. Sie haben schöne Anlagen dort, oder nicht, Michael?»

«Genau, schöne Anlagen.»

«Ich wollte das bloß nicht vor Sadie sagen. Sie kann sich wegen Noreen sehr aufregen.»

«Natürlich. Ich möchte niemanden verärgern oder aufregen. Was immer Sie für das Beste halten, Mrs McDonagh.»

«Sagen Sie doch Mary, Maurice. Möchten Sie sie vielleicht selbst holen, seien Sie so gut, damit wir loskönnen», schlug sie vor und deutete mit einem Kopfnicken auf die Hintertür.

Ich fand sie hinterm Schuppen.

«Deine Eltern möchten fahren», sagte ich, streckte meine Hand nach ihrem Arm aus und beugte mich vor, um ihr Gesicht zu mustern. «Bist du so weit?»

«Ja», sagte sie und blickte so entschlossen drein, wie es ihr möglich war. Sie wischte sich die Spuren ihrer Tränen ab, hob beide Hände an ihr Gesicht und versuchte, sich die Verzweiflung wegzureiben. Ich legte ihr sanft meinen Arm um die Taille, um sie zum wartenden Auto zu führen.

Als wir dort angelangten, saß ihr Vater bereits im Wagen, und ihre Mutter stand mit Sadies Mantel da. Als sie sie erblickte, gab sie keinen Kommentar zu ihren Tränen ab, reichte ihr einfach ihre Sachen, bevor sie darauf bestand, dass ich vorn neben deinem Großvater sitzen sollte.

«Dinky, raus!», verlangte sie von meinem früheren Gefährten. Er protestierte nicht, sondern kletterte pflichtschuldig aus dem Wagen, und mit eingeklemmtem Schwanz und gesenktem Kopf sah er zu, wie wir alle einstiegen und sich meine Vordertür schloss. Sadies Mutter plapperte die ganze Fahrt über; ihre Stimme wirkte während der fünf Meilen langen Fahrt zu Noreen wie Radiogeplänkel im Hintergrund, tröstlich und willkommen, aber etwas, dem wir anderen wenig Aufmerksamkeit schenkten.

Als wir ankamen, trennte ich mich auf dem Parkplatz von der Familie, nahm den Pfad, der um den Rasen vor der Anstalt herumführte, und spazierte so weit, wie ich konnte, bevor ich mich umdrehte, um zurück auf das Gebäude zu blicken. Es war riesig, regelrecht monströs. Bestimmt zehn Mal so groß wie das Haus der Dollards. Lang und breit, mit siebzig, vielleicht achtzig Fenstern, die auf mich herunterblickten. Und auf dem Dach so viele Schornsteine, dass ich sie nicht einmal zählen konnte. Erkertürme und Spitzen und große Flügeltüren auf der Vorderveranda. Große, schwere Holztüren. Zu einer anderen Zeit und mit einer anderen Klientel hätte man diesen Ort vielleicht als schön bezeichnet. Aber damals war er einfach nur hässlich. Grau und dunkel und aus jeder Spalte triefend vor Verlassenheit. Die Dinge mussten sich ziemlich schlimm für Sadies Eltern entwickelt haben, dass sie ihre Tochter an einen solchen Ort verbannt hatten, und wenn er über noch so schöne Anlagen verfügte. Ein großes, rundes Stück Rasen mit einem Baum in der Mitte – das war der Höhepunkt. Dennoch, dachte ich, wenn es mein eigenes Kind gewesen wäre, hätte ich vielleicht auch in diesen einfachen Dingen Trost gefunden.

In Gedanken versunken, hörte ich Rufe in der Ferne, aber es dauerte eine Weile, bis ich begriff, dass es gar kein Insasse war, sondern Sadie, jetzt schon auf halbem Weg über den Rasen, die versuchte, meine Aufmerksamkeit zu erlangen.

«Das errätst du nie», sagte sie breit lächelnd, als sie mich erreichte. «Noreen möchte, dass du hochkommst. Sie hat gesehen, dass du mit uns angekommen bist, und war aufgebracht, als du nicht erschienen bist. Sie sagte die ganze Zeit: ‹Er, er, bring ihn her›, und zeigte nach draußen. Schau, da oben, das ist ihr Zimmer. Ist das nicht großartig? Mammy ist begeistert, kommst du mit rein?»

«Natürlich», antwortete ich, und wir waren schon wieder auf dem Weg zurück über den Rasen.

Ich gebe zu, ich hatte Angst. Drinnen war das Gebäude genauso dunkel und trostlos, wie man es schon hatte erwarten können. Lange, schmale Korridore, an jeder Seite geschlossene Türen und ein gruseliges, anhaltendes Summen von Maschinen und Stimmen, ab und zu konterkariert durch einen lauten Schrei oder ein Lachen. Am

Ende jedes Korridors versammelten sich die Bewohner in Gemeinschaftsräumen, vollgestellt mit Stühlen und wenig anderem. Einige saßen, während andere hin und her gingen. Einige wiegten sich, während andere vor sich hin murmelten. Und wieder andere standen vollkommen regungslos da. Menschen im Pyjama, in ihrem Zusammensein doch vollkommen isoliert voneinander. An der Tür zu einem dieser Räume saß eine Frau mit ihrem Koffer.

«Haben Sie Frank gesehen?», fragte sie und streckte ihren Arm aus, um mich aufzuhalten, als ich vorüberging. «Haben Sie ihn gesehen? Er sagte, er sei auf dem Weg. Er werde heute kommen, sagte er. Ist er schon unten? Er bringt mich nach Hause, wissen Sie. Mein Bruder Frank, haben Sie ihn gesehen?»

Ihr Lippenstift war achtlos aufgetragen. Und das Rouge auf ihren Wangen wirkte großzügiger, als es zu der Zeit üblich war.

«Frank? Nein, ich fürchte, ich kenne ihn nicht», sagte ich. «Er holt Sie ab? Ich bin sicher, er ist bald da.»

«Er bringt mich heute nach Hause. Frank. Haben Sie ihn gesehen?»

«Nein, Teresa, wir haben ihn nicht gesehen», warf Sadie ein, nahm mich am Ellbogen und eilte mit mir weiter. Weil sie mich so festhielt, drehte ich mich unbeholfen um und hob die Hand, um Teresa zum Abschied zuzuwinken. Aber sie sah mich gar nicht, hatte sich bereits wieder umgedreht, um jemand anderen zu finden, den sie fragen konnte.

«Sie wartet jetzt schon seit fünfzehn Jahren auf ihren toten Bruder», raunte Sadie mir zu. «Jeden Tag wartet sie dort, sagt Mammy. Stellt allen, die vorbeigehen, dieselben Fragen. Die Antworten hört sie gar nicht.»

An jeder Tür sah ich anschließend Teresas angemaltes Gesicht. Die Hoffnungslosigkeit ihres Schicksals verfolgte mich, während ich Sadie orientierungslos hinterherlief. Den gelb gesprenkelten Korridoren mal hierhin, mal dorthin folgend, bis ich beinahe mit ihr zusammenstieß, als sie schließlich stehen blieb, um an Noreens Tür zu klopfen.

«Wir sind's nur», rief sie, als wir eintraten.

Ich folgte ihr ängstlich und erwartete, eine jüngere, traurigere Version von Sadie vorzufinden. Aber die Frau, die da am Fenster saß, war deiner Mutter überhaupt nicht ähnlich. Sie lächelte breit und sah vollkommen anders aus. Ihr dunkles Haar hing ihr gerade bis auf die Schultern, und sie trug einen Pony. Sie war rundlich und hatte eine blasse Haut und braune Augen, die eine beinahe fremdländische Jugend und Schönheit ahnen ließen.

«Maurice!», sagte sie, erhob sich aus ihrem Sessel und kam auf mich zu, um mich zu umarmen, als wären wir alte Freunde. Ich blickte zu den anderen hinüber, damit sie mir einen Wink gaben, aber sie sahen mich alle vollkommen perplex an. Ich tätschelte ihr zaghaft die Schultern.

«Schön, dich kennenzulernen, Noreen. Es scheint dir gutzugehen.»

Sie sagte nichts. Hielt mich aber weiter umarmt, den Kopf auf meiner Schulter.

Es war Sadie, die schließlich kam, um sie von mir zu lösen, nachdem sie länger in dieser Position verharrt hatte, als angenehm war. Sie protestierte nicht, aber ihre Blicke ließen auch nicht von mir ab. Sie blieben an mir haften. Sie bestand darauf, dass ich mich auf ihr Bett setzte, während sie am Fenster Platz nahm. Und auch wenn sie sonst nur sehr wenig sagte, streckte sie doch ab und zu ihre Hand nach meinem Arm aus, ließ sie dort liegen und ertastete den Stoff meines Hemdes. Es störte mich nicht, ihre Berührung beruhigte mich sogar, sodass ich, als ich sah, dass Sadie aufstehen wollte, um zu intervenieren, ihr ein Zeichen gab, sitzen zu bleiben. Ich sah zu ihren Eltern, die ebenso wie Sadie nervös wirkten. Sie saßen auf ihren Stuhlkanten, angespannt und jederzeit bereit vorzupreschen.

Aber nach einer Weile entspannten sie sich, und das Gespräch entwickelte sich in ganz natürlichen Bahnen. Ich saß da und lauschte den Neuigkeiten aus dem Dorf, verlor mich ganz darin und genoss es, alles Mögliche über Annamoe und all jene, die dort wohnten, zu erfahren. Ab und zu verspürte ich ein leichtes Klopfen oder etwas wie ein Kitzeln an meinem Bein. Zunächst beachtete ich es gar nicht, weil es so flüchtig war. Aber dann begann es, mich zu stören, und ich sah hinunter, um zu verjagen, was ganz sicher eine Fliege zu sein schien.

«Noreen, nein! Mammy! Sie macht es schon wieder. Noreen, nimm deine Hand da raus», protestierte Sadie.

Die Entrüstung war so groß, dass ich sie zunächst gar nicht mit mir in Verbindung brachte, aber als ich Sadies Blicken folgte, entdeckte ich, dass Noreen ihre Hand aus der Tasche meines Jacketts zog, das ich über mein Bein gelegt hatte. Sie hielt sich ihre Hand vors Gesicht, spähte auf das, was sie herausgenommen hatte, und lachte. Natürlich kannst du erraten, was sie da hatte, du kanntest ihre Spielchen ja gut genug.

«Glitzer, Glitzer», sagte sie, wie ein kleines Mädchen, das ein Geheimnis flüstert.

«Noreen! Oh, Maurice, es tut mir so leid. Das macht sie immer. Sie liebt Geld. Münzen! Vor allem die silbernen. Zu Hause hat sie unentwegt in unseren Taschen gestöbert. Also Noreen, jetzt gib die Maurice wieder zurück, das sind nicht deine», sagte Sadie. Sie hatte sich inzwischen erhoben, stand vor Noreen und schimpfte mit ihr.

«Glitzer, Glitzer», sagte Noreen trotzig, wandte sich zum Fenster und ignorierte ihre Schwester. Sie starrte auf den

Shilling, den sie in der Hand hielt, und ließ die Kupferstücke fallen.

Sadie und ihre Mutter sprangen auf, um meine Viertelpennies und Halfpennies zu bergen, als sie auf den harten Boden fielen.

«Maurice, es tut mir so leid. Wir haben versucht, es ihr beizubringen», versicherte mir Sadies Mutter.

«Das ist doch nicht der Rede wert, Mrs McDonagh. Machen Sie sich keine Sorgen», sagte ich und krabbelte auf der Suche nach meinen paar Pennies ebenfalls mit gesenktem Haupt herum.

«Aber Noreen, das ist nicht deiner. Gib ihn zurück.» Die gedämpft vorgebrachte Anweisung erreichte ihre Tochter, die allerdings überhaupt nicht darauf reagierte. Ich wandte mich mit einem amüsierten Grinsen an den dunkelhaarigen, kleinen Teufel neben mir.

«Du magst die glänzenden, was? Na, du bist ja eine ganz Schlaue, dass du dich gleich auf die wertvolleren stürzt. *Du* solltest in der Bank arbeiten, und nicht deine Schwester», sagte ich und lachte ein bisschen.

Noreens Lachen explodierte regelrecht. Warf mich beinahe um, so kräftig war es. Endlich mal jemand, der meinen Humor zu schätzen weiß, dachte ich, bevor mir klarwurde, dass sie gar nicht gehört hatte, was ich gesagt hatte. Ihre überschäumende Freude bezog sie auf die Münze, nichts anderes. Während die anderen sich wieder auf ihre Stühle setzten, hielt ihr manisches Lachen an. Sie saßen so angespannt da wie zuvor, wie Läufer, die auf den Startschuss warten. Mrs McDonagh blickte ihren Mann an und neigte den Kopf in Richtung Tür und der Hilfe, die vielleicht auf der anderen Seite zu bekommen war. Es kam mir alles ein wenig extrem vor. Aber was sie schon wussten und ich zu diesem Zeitpunkt noch nicht, war, dass eine Rückgabe des Shillings nur nach einem harten Kampf möglich wäre, sollte ich darauf bestehen. Plötzlich und ohne Vorwarnung hörte Noreen wieder auf zu lachen, und ihr abruptes Schweigen war so verblüffend wie ihr Ausbruch. Dann griff sie mit ihrer freien Hand wieder nach meinem Arm und begann erneut, den Stoff zu befühlen. Trotz aller besorgten Blicke legte ich meine Hand auf ihre.

«Behalt du den mal, Noreen. Ich habe vielleicht nicht immer einen für dich, aber den kannst du jetzt als Geschenk von mir behalten. Glitzer, Glitzer, was?» Ich tätschelte ihr die Hand.

«Glitzer, Glitzer», antwortete sie und legte ihren Kopf an meine Schulter.

Bis auf den heutigen Tag, trotz all der Gespräche über dieses Thema, konnte niemand so recht erklären, warum Noreen so auf mich reagiert hatte. Keinem anderen Fremden war je ein solches Kennenlernen vergönnt gewesen.

«Das muss mein unwiderstehlicher Charme sein. Der hat schließlich auch bei ihrer Schwester gewirkt, oder?», bot ich als Erklärung an, als wir nach unserem Besuch nach Annamoe zurückfuhren, warf einen verstohlenen Seitenblick auf deinen Großvater zu meiner Rechten und stieß innerlich einen erleichterten Seufzer aus, als ich sah, dass er grinste.

Noreen hatte an jenem Tag ein Wunder bewirkt: In den Augen meines zukünftigen Schwiegervaters war ich als Verurteilter in jene Anstalt eingetreten, und als Held kam ich wieder heraus. Sie hatte alles verändert. Von da an schenkte er mir seine Aufmerksamkeit. Lauschte auf das, was ich zu sagen hatte. Stimmte mir gelegentlich sogar zu. Ich spürte, dass ich nach diesem Besuch seinen Respekt hatte. Und so war es auch, als ich zu ihm kam, um um die Hand deiner Mutter anzuhalten. Er sagte: «Ihre Mutter würde mich umbringen, wenn ich nein sagte, ganz zu schweigen von ihrer Schwester. Du hast meinen Segen, Maurice.»

Wir heirateten am dritten Oktober 1959. Noreen sollte Trauzeugin sein, was die Hochzeit zu einer etwas angespannten Angelegenheit machte. Wir hatten alle eine Unzahl Novenen gebetet, dass wir nicht das Pech haben würden, sie an einem schlechten Tag zu erwischen, vom drohenden Regen ganz zu schweigen. Es war Sadie, die die Idee hatte, dass ich sie am Morgen mit dem Wagen abholen sollte. Sie habe diese Spritztouren immer schon geliebt, sagte sie, und so wurde ich um sieben Uhr morgens losgeschickt, um sie zur Kirche abzuholen, für die Zeremonie, die eine Stunde später stattfinden sollte. Damals wurden Hochzeiten morgens gefeiert, verstehst du.

Unsere Gebete schienen erhört worden zu sein. Noreen war bezaubernd. Sie lachte den ganzen Weg. Ich hatte keinen Schimmer, was sie so erheiterte, aber sie steckte mich dennoch mit ihrer Fröhlichkeit an. Als wir die Kirche erreichten, sprang ich aus dem Wagen, sehr zur allgemeinen Erleichterung der Familie, die sich anscheinend die gesamte Stunde darüber Sorgen gemacht hatte, ob wir beide wohl lebend ankommen würden.

Da Tony nicht mehr lebte, war es McDonaghs Nachbar Diarmuid Row, der als mein Trauzeuge fungierte. Ich wusste nur sehr wenig über ihn. Er war ein paar Jahre älter als ich und hatte einen Wagen. Frag mich nicht, wieso die in Annamoe alle so reich waren, aber jeder in der Gegend schien ein Auto zu haben, und so wirkte er wie die perfekte Wahl, da er die Familie zur Kirche fahren konnte, während ich Noreen abholte. Wenn mich nicht alles täuschte, sah ich allerdings auch so ein Schimmern in seinem Blick, als er Sadie an jenem Morgen anschaute. Zugegeben, sie sah atemberaubend aus. Ich hatte so meine Vermutungen.

«Ach, so ein Quatsch», sagte sie, als ich das später erwähnte. «Der ist doch mit Annie Mulligan verlobt.»

«Ich sage dir bloß, was ich gesehen habe.»

Der Tag verlief perfekt, bis es Zeit war, Noreen wieder nach Hause zu bringen. Nach der Zeremonie waren wir zum Frühstück zurück nach Annamoe gefahren und, wie sich dann herausstellte, auch zum Mittagessen. Der Morgen ging allmählich in den Nachmittag über, und die Dinge näherten sich langsam dem Ende, als die Gäste sich auf den Heimweg machten, einschließlich meiner Eltern (mein Vater hatte sich für den Tag ein Auto geliehen, ich hatte keine Ahnung, von wem). Bloß Noreen hatte ihre eigenen Pläne, was ihre Rückkehr nach St. Catherine's anbelangte. Als ihre Mutter sich erhob, um sie fertig zu machen, klammerte sie sich an mich, dann an den Türrahmen und schließlich an den Küchentisch. Am Ende musste ihr Vater sie wegzerren. Sie muss sich mit aller Kraft gesträubt haben, denn sie wurden beide gegen die Wand geschleudert, als es ihm schließlich gelang, sie loszumachen. Er war dort eingeklemmt unter ihrem Gewicht. Wir sprangen ihm zu Hilfe, waren aber nicht schnell genug, um sie daran zu hindern, sich umzudrehen und ihm ihre Fingernägel ins Gesicht zu graben. Es bedurfte aller drei, ihrer Mutter, Sadie und mir, um sie wegzuziehen. Da lief ihm schon das Blut auf seinen Anzug herab, der nur Sekunden zuvor noch mit seiner Frische geglänzt hatte, weil er gerade erst gereinigt und gebügelt worden war. Er griff in die Tasche und holte sein Taschentuch heraus, um den Blutfluss zu stoppen.

«In den Sessel. Setzt sie in den Sessel.»

Wir rangen, um sie dorthin zu verfrachten, wie ihre Mutter geraten hatte. Sie war wirklich stark.

«Nein!», schrie Noreen, schlug und trat mit Händen und Füßen nach uns.

Inzwischen saß der Vater mit dem Kopf zwischen den Händen erschöpft da und hielt sich das Taschentuch ans Gesicht. Seine Frau blickte zu ihm hinüber, um zu ermessen, wie schlimm seine Wunde war.

«Michael!», rief sie über Noreens Protestschreie hinweg. «Hol Doktor Kenny. Michael!»

Benommen blickte er sie an, nickte und stand dann auf.

«Soll ich lieber fahren?», schlug ich vor, als ich sah, in welchem Zustand der Mann war.

«Nein. Du bleibst», sagte Mary, die beobachtete, wie er fortging, mit leiser Stimme, «er muss mal von hier wegkommen. Er kann es nicht ertragen. Sobald er auf der Straße ist, geht es ihm besser.»

Und dann geschah ein Wunder. Mary beugte sich tief bis an Noreens Ohr hinunter und begann zu flüstern. Und sie hörte nicht mehr auf damit, bestimmt fünf Minuten lang, bis Noreens Schreie durch das Gemurmel allmählich schwächer wurden.

«Ist gut, meine Kleine. Ist schon gut.» Die leisen Worte schienen die Verzweiflung ihrer Tochter zu besänftigen, ihre Wut allmählich in ein Wimmern zu verwandeln. «Ist gut.»

Sie machte weiter und weiter und schläferte selbst mich beinahe ein, ganz zu schweigen von Noreen. Ich stand völlig gebannt da, während Marys Hand auf dem Kopf ihrer Tochter hin und her strich und ihn im Rhythmus ihres Refrains streichelte. Noreen hielt dagegen wie eine Katze und wiegte sich zu den Wellen ihrer Worte. Die Zeit verstrich, während wir alle dastanden und zuschauten. Michael mag vielleicht zehn Minuten fort gewesen sein, aber es fühlte sich viel länger an, bevor wir das Geräusch des Wagens hörten, der zurückgekehrt war, hörten, wie sich die Türen öffneten und schlossen.

«Maurice!», warnte mich Sadie, als sie bemerkte, dass ich meinen Griff um Noreens Arm gelockert hatte. «Halt dich bereit!»

Sobald sich die Tür öffnete und der Arzt mit seinem Notfallkoffer erschien, wurden wir wieder von Noreens Wutanfall in Beschlag genommen. Als hätte es gar keine Beschwichtigung gegeben, keine Flaute, bäumte sie sich auf, wilder und bösartiger als zuvor. Sie schrie alle möglichen Schimpfwörter, während sie nach uns trat und mit allen Gliedmaßen gegen uns focht. Sie blickte den Arzt wütend an, während er die Spritze aufzog. Er kam an meine Seite.

«Jetzt ganz fest halten», wies er mich an.

Mit aller Kraft presste ich Noreens Hand auf die Armlehne. Die Spritze drang ein, wurde, während sie weiter schrie, in ihren Arm gedrückt. Ihre Blicke wandten sich dem Arzt zu, bohrten sich, rot vor Wut, wie man sich den Blick des Teufels selbst vorstellen mag, in ihn hinein. Sie spuckte und fluchte und wand sich hin und her. Dann begann sie, ruhiger zu werden, aber nicht wie zuvor. Nein, diesmal war sie voller Angst. In Panik, dass sie den Kampf verlor, dass etwas Mächtigeres, Gefährlicheres die Führung übernahm. Mein Griff lockerte sich und wandelte sich in ein Streicheln, und in jenem Moment traf ihr Blick den meinen und flehte um Hilfe. Es ist etwas Scheußliches, sich machtlos zu fühlen, aber noch viel schlimmer ist es, sich wie ein Kollaborateur vorzukommen. Scheußlich ist das, Kevin, einfach scheußlich. Schließlich verstummten ihre Schreie. Einer nach dem anderen ließen wir los, während sich ihre Augen schlossen. Keiner von uns verspürte Erleichterung. Alle standen wir da und blickten sie an, von Schuld geplagt.

Als ich deine Mutter kennenlernte, hatte sie eigentlich vorgehabt, wieder nach Hause zu Noreen zurückzukehren, um dort zu sein und helfen zu können. Sie hoffte, sich irgendwann nach Donegal versetzen lassen zu können. Aber ich durchkreuzte ihre Pläne. Da wir nicht umziehen konnten, war es später Sadies Wunsch, dass Noreen bei uns in der Nähe wohnen sollte, wenn deine Großeltern einmal verstorben wären. Einmal sagte sie zu mir, sie hoffe, dass die Medizin bis dahin so weit sei, dass Noreen milder werde und schließlich doch noch die verhätschelte kleine Schwester, nach der sie sich sehnte. Nur einer der Wünsche wurde erfüllt, als Noreen 1974 nach Meath zog. Deine Großmutter Mary starb als Erste, und der Vater musste die täglichen Fahrten nach St. Catherine's fortan allein unternehmen. Es war die Grippe, die ihn am Ende hinwegraffte. Heutzutage hört man nur noch selten, dass jemand an der Grippe stirbt, aber sie fällte diesen Stier von einem Mann. Zur allgemeinen Überraschung schien Noreen gar nicht aufgebracht von der Aussicht, Hunderte von Meilen entfernt in das brandneue und sehr schicke Pflegeheim in Duncashel zu ziehen. Im Gegenteil, als wir kamen, um sie abzuholen, strahlte sie uns an, schien kein bisschen geplagt vom kürzlichen Verlust ihres Vaters und war entzückt von der Aussicht auf ein neues Zimmer.

«Neues Zimmer, neues Zimmer», wiederholte sie regelmäßig, während wir an der Küste von Donegal entlang gen Süden fuhren und dann in östlicher Richtung nach Hause.

Sadie schwieg. Ich stellte mir vor, dass sie von einem ganzen Schwall von Emotionen aufgewühlt war, die in ihr toben mochten. Trauer darüber, dass sie ihren Vater verloren hatte, Angst davor, dass Noreen sich nicht eingewöhnen würde, und Sorge darüber, dass sie, die große Schwester, vielleicht wieder nicht zur Stelle wäre. Du weißt ja, wie sehr sich deine Mutter immer über alles und jedes Sorgen machte; in den Wochen vor dem Umzug wusste sie oft nicht mehr ein noch aus: «Maurice, was, wenn sie es hasst? Was, wenn das zu einem ihrer Anfälle führt und sie sich davon nicht mehr erholt? Ich weiß nicht, was ich dann tun würde. Müssten wir sie dann bei uns im Haus aufnehmen, oder was? Wir könnten sie sicher nicht wieder zurück nach Donegal bringen. Ach, denkst du, es ist das Richtige?»

Am Tag von Noreens Umzug saß sie auf dem Beifahrersitz und starrte wie ein ängstliches kleines Mädchen vor sich hin, das diese Frau erklären und verteidigen musste, die fröhlich auf der Hinterbank vor sich hin schwatzte. Ich streckte meine Hand nach ihren Händen aus, die sich in ihrem Schoß krümmten.

«Sadie, wir stehen das gemeinsam durch», sagte ich leise.

Ich glaube, sie nickte. Ich ließ ihre Hände nicht los, bis die kreischenden Gänge nach ihrem Recht verlangten. Dann spürte ich, wie ihre eigene Hand unter meinen linken Oberschenkel glitt, wo sie für den Rest der Fahrt verblieb, bis wir auf die gekieste Einfahrt des Duncashel Care Home fuhren. Ich hatte kaum den Wagen angehalten, als Noreen schon draußen und an der Schwester vorbei war, die dort stand, um uns zu begrüßen. Wir rannten hinter ihr her, während sie die Korridore entlanghastete.

«Neues Zimmer! Neues Zimmer!», zwitscherte sie, lauter und lauter, bis die Schwester sie schließlich eingeholt hatte und sie zu dem gelb tapezierten Zimmer mit seinem hübschen Einzelbett und Schrank führte. Und mit einem großen Fenster, an dem Noreen die meiste Zeit ihres weiteren Lebens verbringen sollte, auf den Parkplatz hinausschauend und darauf wartend, dass wir kamen, zumindest hat deine Mutter das immer angenommen.

Sadie weinte an jenem Abend, als wir wegfuhren, eimerweise Tränen der Erleichterung.

Danach wurde es zur Tradition, dass Noreen jeden Samstag zu uns nach Hause kam. Meistens, abhängig von ihrer Stimmung, blieb sie über Nacht, besuchte am Sonntag die Messe mit uns und aß dann noch mit uns zu Mittag. Damals warst du ungefähr fünf Jahre alt. Du nanntest sie Tante No-no.

«No-no», quiekte sie und du dann auch, wenn ihr euch gesehen hattet.

Sie hat sich allerdings auch dir gegenüber nicht immer wie eine Heilige benommen. Kannst du dich an die Streitereien erinnern? Es war, als hätten wir ein zweites Kind. Sie war so eine Schnüfflerin, sie liebte es, überall ihre Nase hineinzustecken. Eben saß sie noch bei uns, und einen Augenblick später war sie verschwunden und konnte das auch eine ganze Weile bleiben, ohne dass wir es mitkriegten. Sie war ausgebufft, was ihre kleinen Fluchten anbelangte. Anfangs ließen wir sie zu oft unbeobachtet herumwandern.

«Tante No-no, NEIN!», hörten wir dich vom Ende des Korridors schreien.

Wir kamen und entdeckten irgendetwas aus Lego, das du gebaut hattest, in alle seine Einzelteile zerlegt auf dem Fußboden. Deine Mam blieb dann bei dir, um dir zu helfen, alles wieder zusammenzubauen, während ich Noreen da wegzog und wieder ins Wohnzimmer brachte, wo sie bei mir saß, das Spiel mit mir zusammen guckte und an meinem Ärmel zupfte. Am Ende mussten wir deine Tür abschließen, wenn sie über Nacht blieb. Du hast dir dann immer etwas Spielzeug aus dem Zimmer mitgenommen, damit du etwas hattest, solange sie da war, Sachen, bei denen es dir nichts ausmachte, wenn sie sie in die Finger kriegte. Es schien sie nicht zu stören, dass dein Zimmer verbotenes Terrain war. Dennoch prüfte sie jedes Mal, ob deine Tür verschlossen war, für den Fall, dass wir es vergessen hatten.

Ihr habt endlos Monopoly zusammen gespielt.

«Nach was für Regeln spielen die beiden das eigentlich?», fragte ich deine Mutter einmal, als ich nach Hause kam. Ihr beide lagt ausgestreckt auf dem Wohnzimmer-Fußboden, während im Hintergrund im Fernsehen «It's a Knockout» lief. Du hattest überall Hotels und Häuser, im Gefängnis, dem Parkplatz, in der Mitte des Spielbretts.

«Nach ihren eigenen», sagte sie, lächelte mich an und stellte mir den Samstagabend-Braten hin.

Es endete mit Tränen, als Noreen begann, das Bügeleisen und den Hut einzusacken und dann auch noch den Hund, den du am liebsten mochtest.

«Gehst du bitte mal und schaust, wo sie ist?», sagte Sadie eines Sonntags, als es etwas zu still im Haus war. Sie bückte sich da gerade, um den Bräter im Herd zu drehen. Der Duft des Fleisches zog durch die Küche und ließ meinen Magen knurren. Widerstrebend legte ich den Sportteil des *Sunday Independent* auf den Küchentisch und zog los.

«Irgendwo No-no gesehen, Kev?», fragte ich, als ich den Kopf in die Wohnzimmertür gesteckt und entdeckt hatte, dass du allein warst und Fernsehen gucktest, ganz absorbiert tatest du so, als wärest du Teil der Handlung des Cowboy-Films auf der Mattscheibe.

«Pass auf, dass deine Mutter dich nicht oben auf der Couchlehne entdeckt», sagte ich, um dich zu warnen, als ich dich verließ. «Noreen», rief ich dann, als ich den Korridor hinunter zu den Schlafzimmern ging, «bist du hier?»

Ich hörte ein Geräusch und folgte ihm bis in unser Schlafzimmer. Als ich die Tür öffnete, wünschte ich auf der Stelle, ich hätte es nicht getan.

«Glitzer, Glitzer», hörte ich vom Fenster, an dem unser Frisiertisch stand. Der Tisch war Sadies Stolz und Freude. Wir hatten ihn mit einem Haufen Geld drüben bei Shaw's in Duncashel erworben.

«Oje! Was hast du jetzt gefunden?», fragte ich und betrachtete das Durcheinander, das sie verursacht hatte.

Das Zimmer sah aus, als wäre ein Hurrikan hindurchgefegt. Mäntel und Jacken, die selten vor die Tür kamen und von denen ich einige ziemlich sicher noch nie gesehen hatte, lagen verstreut auf Bett und Fußboden und überall sonst, wo sie hängen bleiben konnten. Schubladen waren aufgezogen, und ihr Inhalt lag halb drinnen, halb draußen.

«Glitzer, Glitzer!», antwortete sie.

«Verdammtes Glitzer, Glitzer! Deine Schwester bringt dich um, wenn wir das hier nicht in null Komma nix wieder aufgeräumt kriegen. Noreen! Hörst du mir überhaupt zu?»

Wo genau Dinge in unserem Haus eigentlich eingeräumt wurden, war mir allerdings ein Rätsel. Wir wohnten in einem wohlgeordneten Haus, das durch und durch Sadies Domäne war. Und jetzt stand ich hier in diesem Haufen Chaos ohne irgendeine Ahnung, wo ich anfangen sollte. Ich hatte die Wahl: entweder die Herrin des Hauses zu holen oder selbst einen Versuch zu unternehmen. Aus Gründen, die ich nicht ermessen kann, entschied ich mich für Letzteres. Und während ich also tapfer loslegte, Dinge faltete, aufhängte und in Schubladen drückte und quetschte, die offenkundig zu klein waren, stand Noreen weiterhin mit dem Rücken zu mir, ganz bezaubert von dem, was sie da hatte. Selbst wenn ich hätte wissen wollen, was es war, hätte ich sie gar nicht erreichen können, so groß war der Berg von Chaos zwischen uns. Ich hätte einen Sherpa gebraucht, um mich da hindurchzuschleusen.

Meine Abtrünnigkeit von der Sonntagszeitung, die

durchaus länger angehalten hatte als erwartet, hatte offensichtlich Misstrauen erregt, und ehe ich michs versah, hörte ich, wie Sadie sich näherte. Trotz meiner Unschuld an diesem Verbrechen fühlte ich mich so schuldig, wie Noreen sich hätte fühlen sollen, als Sadie das Zimmer betrat. Ich hätte beinahe «mea culpa» gerufen.

«Jesus, Maria und Joseph. Maurice, was in Gottes Namen …»

Also, ich möchte bloß festhalten, dass dies eine Premiere war – nie in ihrem ganzen Leben hat deine Mutter je so geflucht wie an diesem Nachmittag. Im Allgemeinen war das eigentlich mein Part. Ich glaube nicht einmal, dass ich alles, was sie sagte, wiedergeben könnte. Wäre ich nicht selbst so panisch gewesen, wäre ich ziemlich stolz auf ihre Bandbreite gewesen.

«Ich war das nicht. Das war deine Schwester!», sagte dieser Trottel, der ich war, und zeigte auf deine Tante.

«Noreen. Sieh mich mal an», bellte Sadie. «Noreen!»

Ich schloss die Augen, weil ich den Zorn, den die arme Frau jetzt aushalten musste, nicht ertragen konnte, sosehr sie ihn auch verdient haben mochte.

«Glitzer, Glitzer, Sadie.» Noreen drehte sich um und hielt den Schatz hoch, den sie ausgegraben hatte.

«Du und diese verdammten Münzen! Noreen, was hast du dir dabei gedacht? Schau dir dieses Chaos an! Schau es dir an … Und wer wird das alles wieder aufräumen? Also ich nicht, das kann ich dir sagen. Wenn du alles ausräumen kannst, kannst du es auch wieder einräumen. Und damit kannst du auch gleich anfangen! Maurice, komm mit raus, komm schon. Klettere einfach da rüber, und hör auf, hier herumzuwuseln. Das soll sie doch selber machen. Kein Mittagessen, bis das erledigt ist. Hast du mich verstanden, Noreen?»

Kein Mittagessen, bis das erledigt war! Ich war zu verängstigt, um zu fragen, ob diese «Mittagessen»-Strafe sich auch auf mich erstreckte – sicher hätte das bedeutet, dass wir dieses wunderbare, große Stück Rindfleisch erst zum Tee oder noch später essen würden. Mein Magen war das nicht gewohnt. Ich war ein Ein-Uhr-Mann, immer schon gewesen. Dies war eine Katastrophe. Mein Schock bedeutete, dass mein Abgang langsamer vonstattenging, als es Sadie passte. Aber bei meinem zögerlichen Rückzug hatte ich Zeit zu sehen, was das ganze Debakel verursacht hatte. Nun erinnere dich daran, mein Junge, das war Jahre, bevor Emily mir die Geschichte von der Münze erzählt hat, die ich den Dollards gestohlen hatte. Zu diesem Zeitpunkt hatte ich sie seit über zwanzig Jahren nicht mehr gesehen, aber hier war sie. Noreen, die mein Interesse bemerkt hatte, hielt sie mir hin.

«Wunderschöner Glitzer. Goldener Glitzer!», rief sie begeistert und in der Hoffnung, ich würde ihre Freude teilen.

«Gold?», sagte ich. Da ich damals nicht wusste, was ich jetzt weiß, hätte ich nie geglaubt, dass das Ding aus echtem Gold war, aber es war nicht der passende Zeitpunkt, um darüber zu debattieren. «Wo hast du das gefunden, Noreen?»

«Hier.» Noreen zeigte auf eine kleine Schublade in der Kommode, links neben dem Spiegel. Ich konnte mich beim besten Willen nicht daran erinnern, die Münze da hineingelegt zu haben. Und was schlimmer ist: Wenn ich vorher danach gefragt worden wäre, ob es da überhaupt eine Schublade gab, ich hätte es nicht gewusst.

«Das ist nicht meine, Noreen … na ja, in gewisser Weise ist sie es schon. Aber du kannst sie nicht haben, verstehst du, ich kann sie nicht weggeben. Die hier musst du zurückgeben.»

«Maurice' Glitzer?»

«Ja. Na ja, nein. Es ist kompliziert. Aber du musst sie wieder zurücklegen.»

«Noreen wird auf Maurice' Glitzer aufpassen und es dann zurücklegen. Okay? Ich passe bloß darauf auf, Maurice. Okay?»

«Du versprichst, sie wieder zurückzulegen, Noreen? Ich muss es später nachprüfen, bevor du nach Hause fährst. Du wirst sie zurücklegen – ja?»

«Noreen legt sie zurück.»

Sie nickte und lächelte. Ich verließ das Zimmer voller Zweifel. Es war das erste Mal, dass ich ihr eine Münze verweigert hatte, aber aus irgendeinem Grund kam es mir falsch vor, ihr diese hier zu überlassen. Als ich wieder in die Küche kam, fand ich meine arme Frau vor, den Kopf auf ihre Hände gestützt.

«Was war das denn überhaupt für ein Ding, das sie da gefunden hat?», brachte sie schließlich heraus, nachdem wir schon eine Weile am Küchentisch gesessen hatten, wobei ich ihr in dem Bemühen, ihr meine Unterstützung zu zeigen, den Arm um die Schulter gelegt hatte, während mir gleichzeitig der Magen schon entsetzlich knurrte.

«Mammy, ich habe Hunger, wann gibt es Essen?», sagtest du, als du in diesem Augenblick durch die Tür kamst, während aus dem Nebenzimmer die Geräusche von einer Attacke der Komantschen drangen.

«Warte bitte noch ein kleines bisschen, Kevin. Was war das, Maurice?»

«Aber Mammy …»

«Ach, das», sagte ich. «Das war die Münze, die ich vor langer Zeit mal gefunden habe. Du weißt schon, die von den Dollards. Ich habe dir sicher davon erzählt. Hab ganz vergessen, dass ich die habe. Ich habe ihr gesagt, dass sie sie nicht behalten kann. Sie sagte okay, aber du weißt ja selbst.»

«Kevin, hörst du mal auf, hier herumzuzappeln und an mir zu zerren?», sagte Sadie. «*Die* Münze? Ich dachte, ich hätte dir schon vor langer Zeit gesagt, du sollst sie zurückgeben. Jetzt haben wir den Salat. Sie wird sie immer wieder haben wollen.»

Alles war plötzlich zu meinem Fehler geworden. Ich blickte auf meine Zeitung, während ich in meiner Empörung zugleich den Duft des Roastbeefs einsog und mir selbst aus vollem Herzen leidtat.

«Was meinst du, wie lange sollen wir sie da drin lassen?», fragte Sadie, und in ihrer Stimme lag keine Spur von Reue darüber, dass sie mich so unfair behandelt hatte. «Kevin, hörst du mal auf zu nörgeln? Ich kann deinen Vater gar nicht verstehen. Das Essen muss eben noch warten.»

«Aber ich habe Hunger», batest du jetzt dringlicher. Ich hätte dich küssen können.

«Nichts für ungut, Sadie, aber ich meine, mein Magen hält auch nicht mehr sehr lange durch», fügte ich mutig hinzu.

«Also gut», sagte sie und erbarmte sich beim kläglichen Anblick ihrer beiden Männer und erhob sich, um das Fleisch aus dem Ofen zu holen. «Wir werden das alles nach dem Essen aufräumen. Aber sie wird uns helfen.» Sadie beugte sich über das Fleisch auf der Anrichte und drohte mir mit dem Tranchiermesser, als hätte ich vor, dagegen zu protestieren. «Kevin, deck den Tisch, und Maurice, geh und hol Noreen.»

Noreen half tatsächlich später beim Aufräumen, auf ihre eigene Weise. Und zu meiner Verwunderung hielt sie auch Wort, was die Münze anbelangte. Sie lag wieder in der Schublade, als sie sich an jenem Abend auf den Heimweg machte. Kein Kampf, kein Gebrüll, keine Spritze. Im Lauf der Jahre brauchte es eh immer weniger von denen, Gott sei Dank. Als sie älter wurde, wurde sie tatsächlich milder, oder vielleicht schwanden ihr, wie uns allen, einfach auch nur die Kräfte.

Swetlana stellt mir den Toast Spezial hin.

«Entschuldigung für Verspätung. ‹Tollhaus› sagt Koch, ich weiß nicht, was das ist, aber bitte schön, das hat er gesagt. Alles okay für Sie? Brauchen Sie Soßen?»

«Nein, alles in Ordnung», sage ich und sehe zu, wie sie wieder durch die Tür geht und in der Küche verschwindet.

Ich betrachte den Toast und frage mich, was ich mir dabei nur gedacht habe. Da der Abend vorangeschritten ist, habe ich eigentlich keine Lust oder Neigung mehr, noch etwas zu essen. Aber da ich es nicht verschwenden will, nehme ich doch versuchsweise einen Happen, vorsichtig, damit ich mich an der heißen Tomate nicht verbrenne. Als ich kaue, merke ich, dass es keinen Sinn hat. Ich lege den Happen wieder zurück und schiebe den Teller mit diesem Zeug, meinem letzten Abendmahl, wieder weg.

Erst siebenundzwanzig Jahre später habe ich von der Herkunft dieser Münze erfahren, durch Emily bei jenem speziellen Abendessen, das sie arrangiert hatte. Aber sie hat mir damals noch nicht alles erzählt. Erst ein Jahr danach habe ich die wahren Konsequenzen des Diebstahls erfahren. Und ob du es glaubst oder nicht, nur wegen Noreen.

Es war ein Sonntag und Essenszeit, und Sadie, Noreen und ich waren zum Lunch auf den Markt gegangen. In jenen Tagen hatten wir begonnen, sonntags essen zu gehen. Damals waren wir schon in unseren Siebzigern und hatten es uns verdient, uns auch mal verwöhnen zu lassen, jedenfalls hatte deine Mutter mir das so erklärt. Und so waren wir also unterwegs und diskutierten, wo es hingehen sollte.

«Hotel», forderte Noreen von der Rückbank aus. Sie wollte immer bloß ins Rainsford. Ich gebe dir und deiner Hochzeit die Schuld daran. Das war einer der glücklichsten Tage in ihrem Leben.

«Und was ist mit Kenny's drüben in Duncashel, wäre das nicht noch besser? Du magst doch die Pommes dort», sagte ich.

«Hotel», kam als Antwort, diesmal ein bisschen nachdrücklicher. Es war keiner ihrer guten Tage.

«Wie wär's mit Murtagh's?»

«Hotel», brüllte Noreen.

«Ach, um Himmels willen, Maurice, musst du sie denn so ärgern? Wir fahren zum Hotel, Noreen, mach dir keine Sorgen.»

Sadies energische Worte hätten allein schon ausgereicht, um das Lenkrad zu drehen. Ich ließ sie dort vor der Tür raus und machte mich auf die Suche nach einem Parkplatz. Um so viel Zeit wie möglich zu schinden, ging ich noch zu Lavin rein, um mir eine Zeitung zu holen.

«Hannigan höchstpersönlich!», polterte Lavin, als ich die Zeitung vor ihm hinlegte.

«So ist es.»

«Schöner Tag heute. Sind Sie zum Lunch reingekommen? Ich hab gesehen, dass Sie sie drüben abgesetzt haben. Das Steak dort ist unschlagbar. Das würde ich Ihnen empfehlen. Wie lief es mit den Schafen am Donnerstag?»

«Mit den Schafen? Die Schafe sind meine Sache und gehen Sie gar nichts an, Lavin.»

«Ich erzähl's doch niemandem.»

«Soll ich die Zeitung nun bezahlen, oder krieg ich sie umsonst?»

«Halten Sie mich eigentlich für einen Trottel, Hannigan?»

«Das sei ferne von mir, Lavin … Hier, dann aber nächsten Sonntag umsonst», sagte ich und legte ihm einen Five-Pound-Schein auf den Verkaufstresen, bevor ich ging.

Als ich ins Foyer kam, konnte ich gleich sehen, dass die Umstände ungünstig waren. Es war rammelvoll. Sadie stand an der Tür zum Speisesaal und blickte sorgenvoll hinein, vielleicht gab es keine freien Plätze mehr, dachte ich. Noch Hoffnung für mich. Ich riskierte ein Lächeln. Aber es hielt nicht lange an, denn mir fiel ein, dass heute der dreißigste Jahrestag der Hoteleröffnung war. Robert hatte es mir erzählt, aber ich hatte es glatt wieder vergessen. Mein Magen drehte sich um, als ich bedachte, dass es sehr wohl möglich wäre, dass Thomas aus diesem Anlass aus England gekommen sein könnte. Ich duckte mich wie ein Blödmann hinter irgendeine prächtige Pflanze in der Lobby und spähte vorsichtig dahinter hervor. Mit einem Mal war ich nicht mehr der gutgebaute Schrank von einem Mann, sondern der verängstigte zehnjährige Junge, der sich noch immer vor seinem Herrn fürchtete. Dann kam ich wieder zur Vernunft und warf die Pflanze beinahe um, als ich hervortrat. Ich wollte mich eigentlich hinsetzen, ließ meine Blicke schweifen und tat so, als würde mich die Ausstattung besonders interessieren. Dabei fiel mir ein Foto von Rainsford in seiner Glanzzeit auf, das in der Nähe an der Wand hing. Ich hatte es noch nie gesehen, bei deiner Hochzeit hatte es ganz sicher noch nicht dort gehangen, sonst hätte ich es bemerkt. Ich beugte mich vor, um einen besseren Blick darauf erhaschen zu können. Da stand auch ein Datum – 1925, etwas vor meiner Zeit. Ein Mann stand im Vordergrund und blickte den Fotografen direkt an. Sein Gesicht wirkte vertraut, aber ich konnte ihn nicht einordnen. Gewiss ein Dollard, aber keiner, den ich erkennen konnte. Ich stand einige Zeit in Gedanken versunken da und rätselte darüber, entnervt, dass ich es nicht herauskriegen konnte, bis die aufgebrachte Sadie mich entdeckte.

«Es ist voll. Anscheinend eine geschlossene Gesellschaft. Was machen wir denn jetzt? Sie wird nicht glücklich sein. Du solltest es ihr sagen. Von dir akzeptiert sie so etwas eher.»

«Wie vorhin im Auto, meinst du? Sie ist deine Schwester, sag du es ihr.»

Sadie wandte sich ab, fühlte sich im Stich gelassen. Ich blickte ein letztes Mal auf das Foto und prüfte noch einmal mein Gedächtnis, ob es nicht einen Namen auswerfen könnte, aber nichts tat sich, also entfernte ich mich. Als ich Sadie wieder fand, stand sie am Eingang zur Bar, vollkommen verwirrt, und blickte sich suchend um.

«Na, wo steckt sie denn?»

«Wenn ich das wüsste, Maurice, dann würde ich wohl kaum hier allein stehen, oder?»

Ich hatte mich wieder fest im Griff und blickte mich suchend in der Menge um, aber in dem ganzen Gewusel konnte ich sie nicht ausmachen. Doch dann erklang plötzlich ein vertrautes Geräusch.

«Glitzer, Glitzer!»

Wir reagierten schnell. Durch die Menge eilend, folgten wir dem Mahnruf und fragten uns, wessen Taschen Noreen wohl durchwühlt oder wessen Kleingeld sie diesmal gestohlen hatte und wie wir uns da wieder herausreden könnten. Wir gerieten genau hierhin an die Bar, wo ich jetzt sitze, und stießen auf niemand anderen als Thomas Dollard, der versuchte, Noreen eine Münze aus der Hand zu reißen. Sie wollte das natürlich nicht akzeptieren und wehrte ihn mit kräftigen Hieben ab.

«Madam! Das gibt's doch nicht. Geben Sie mir sofort meine Münze zurück. Madam!»

Wäre Sadie Noreen nicht zu Hilfe geeilt – oder vielleicht galt ihre Sorge sogar eher Thomas –, wäre ich gern stehen geblieben und hätte mir diese Vorstellung bis zum Schluss in aller Ruhe angeschaut. Unbezahlbar. Ein ausgewachsener Kerl, aus der Fassung gebracht von einer Frau, die nur halb so groß war wie er, aber, wie es aussah, die Schlacht für sich entschied.

«Noreen!» Die flehentlichen Rufe meiner armen Frau holten mich aus meinen Tagträumen, in denen Noreen Dollard junior mit der Faust ins Gesicht schlug.

«Noreen, gib das her. Das gehört dir nicht. Noreen! Maurice! Könntest du mir bitte helfen?»

Aber bevor ich noch einen Schritt auf sie zumachen konnte, stand Noreen schon vor mir, war hinübergehüpft und noch aufgeregter, als sie ohnehin schon war, wenn sie eine ihrer Entdeckungen gemacht hatte.

«Schau mal! Dein Glitzer! Dein Glitzer, Maurice», sagte sie und hielt mir ihre Faust viel zu dicht vor die Nase.

«Mein Glitzer? Noreen, wieso ist das mein Glitzer?» Ich legte ihr lächelnd und ganz ruhig den Arm um die Schulter und drücke ihre Faust herunter, sodass ich mich auf das konzentrieren konnte, was sie da hielt.

«Komm hierher und zeig es mir», sagte ich und führte sie an einen Tisch in der Nähe; die Leute, die dort gesessen hatten, waren schnell verschwunden, um uns Platz zu machen.

Sadie wusste instinktiv, dass sie Thomas jetzt zurückhalten sollte, und warf ihm einen warnenden Blick zu, dass er mich in Ruhe lassen möge. Wütend zappelte er an der Bar herum und hielt seinen Blick unverwandt auf mich gerichtet.

«Gut, Noreen, dann zeig mir mein Glitzer, ja?»

Sie löste ihre Finger, und da sah ich meine oder, besser gesagt, Thomas' Münze. Die Zeit blieb stehen, während ich schlucken musste. Ich dachte, jetzt hätte er mich ertappt. Irgendwie war er in mein Haus eingebrochen und hatte es durchwühlt, bis er das einzige Beweisstück für meinen Diebstahl sichergestellt hatte – die Münze selbst. Eine andere Erklärung konnte es gar nicht geben. Die Polizei war möglicherweise in diesem Augenblick schon draußen und wartete darauf, mich abführen zu können. Oder vielleicht war etwas noch Finstereres im Gange, vielleicht wollte Thomas endlich das zu Ende bringen, was er wirklich wollte – mich töten nämlich, wie ich immer schon geglaubt hatte –, und hatte endlich eine Rechtfertigung dafür gefunden. Ich legte meine Hände über Noreens und schloss sie, wollte, dass das Ding verschwand, wollte, dass die Zeit mich wieder zurückversetzte, sodass ich diesmal einfach weitergehen würde und mich gar nicht erst gebückt hätte, um das verdammte Ding aufzuheben.

«Onkel Thomas, was ist los?» Emily ging an mir vorbei und näherte sich Thomas, was uns allen für einen Augenblick eine Ablenkung und damit Erleichterung verschaffte.

«Dein Glitzer, Maurice, in meiner Tasche», fügte Noreen aufgeregt hinzu.

Sie entzog ihre Hände meinem Griff und begann, mir mit einer Hand an die Brust zu klopfen, während sie mit der anderen in ihrer Tasche wühlte. Ich begriff nicht, was sie meinte, gar nichts begriff ich.

«Onkel Thomas, bist du in Ordnung? Du siehst gar nicht gut aus. Was ist denn los?» Emilys Blicke folgten denen ihres Onkels bis dorthin, wo ich saß. «Oh, Sie sind es, Mr Hannigan.»

«Diese, diese … diese Wahnsinnige hat meine Münze genommen, Emily. Die Familienmünze! Das ist eine Verrückte.»

Es erstaunte mich, dass der Mann mich nicht wiedererkannt hatte. Nicht einmal mein Name löste irgendetwas bei ihm aus. Nach all jenen Jahren, in denen er mich grün und blau geschlagen hatte, hatte er überhaupt keine Ahnung mehr, wer ich war. Mein Name, mein Gesicht hatten am Ende gar keine Rolle gespielt für ihn. Einen Moment lang war ich sogar regelrecht empört, aber dann begriff ich, dass seine Ignoranz für mich von Vorteil war. Ich war jetzt bereit, alles einzusetzen. Ich lächelte, als ich mich erhob und mich dieser vernünftigen Frau näherte, die dieses Monster, das sich da hinter ihr aufbäumte und schnaubte, im Zaum hielt.

«Emily», sagte ich beschwichtigend, «machen Sie sich bitte keine Sorgen –»

«Wir sollen uns keine Sorgen machen? Also bitte –»

Ich hob eine Hand, um Thomas' Protest zu unterbinden.

«Wie schon gesagt, *Emily*, ich bringe das wieder in Ordnung. Ich brauche bloß einen Augenblick mit meiner Schwägerin hier, und die Angelegenheit ist wieder erledigt. Sie … wenn ich Sie nur eben einmal dort drüben unter vier Augen sprechen könnte», schlug ich vor, nahm sie am Arm und führte sie in die Ecke der Bar, wobei ich Sadie ein Zeichen gab, meinen Platz bei Noreen einzunehmen. «Wie schon gesagt, meine Schwägerin ist, wie soll ich sagen, ein wenig … ein wenig langsam, wenn Sie verstehen, was ich meine, und sie liebt alles, was glänzt, tja, vor allem glänzende Münzen und …»

«Oh Gott, Sie brauchen gar nicht weiterzusprechen, Mr Hannigan. Es ist dieser verdammte Sovereign, oder? Ich hatte gehofft, er hätte ihn wenigstens ein Mal zu Hause gelassen. Aber ich habe vorhin schon gesehen, wie er damit herumstolziert ist. Wenn ich noch ein einziges Mal hören muss, wie wertvoll er ist und wie wir ihn verloren und wiedergefunden haben, dann drehe ich durch.»

«Ihn wiedergefunden?», fragte ich und versuchte immer noch, ganz ruhig und gefasst zu bleiben, aber es gelang mir zweifellos nicht. «Was meinen Sie damit, dass er ihn wiedergefunden hat? Sie haben mir gar nicht erzählt, dass er ihn wiedergefunden hat.» Ich hatte nicht vorgehabt, so eine energische Antwort zu geben, aber ich war so verwirrt, dass ich nicht anders konnte.

«Ach, das ist doch jetzt auch egal», sagte sie und sah nun auch ein wenig in die Enge getrieben aus. «Was brauchen Sie, um Ihrer Schwägerin dieses Ding wieder zu entreißen?»

«Wir brauchen nur einen Raum für uns allein», sagte ich und versuchte, so zu klingen, als hätte ich alles unter Kontrolle, wobei ich hoffte, dass meine Stimme mich nicht verriet. «Höchstens fünf Minuten, Emily, dann hat er seine Münze wieder.»

«Gut, folgen Sie mir.»

Sie blieb kurz stehen, um «Onkel Thomas» die Situation zu erklären, was mir Zeit gab, mir Noreen und meine Frau zu schnappen. Kurze Zeit später waren wir drei in dem Konferenzzimmer, das ich von jenem Abendessen mit Emily her kannte. Diesmal waren die Tische in Hufeisenform arrangiert. Neben jedem Platz mit «Rainsford House Hotel»-Schreibblock stand eine kleine Flasche Sprudelwasser. Sobald sich die Tür geschlossen hatte, ließ ich mich in einen Stuhl fallen, als wäre ich gerade einen Marathon gelaufen. Ich hyperventilierte, zerrte am Hemdkragen und versuchte, meine Krawatte zu lockern. Es gelang mir, aufzustehen und ein Fenster zu öffnen.

«Maurice, um Gottes willen, ist alles in Ordnung?» Das war deine Mutter. «Oh Gott! Ich hole Hilfe.»

Aber ich hielt sie mit aller Kraft zurück.

«Setz dich», befahl ich ihr, öffnete eine der Wasserflaschen und nahm auch selbst wieder Platz. Ich trank gierig. Eigentlich hasse ich Sprudelwasser.

«Sadie, hast du ihm gesagt, wer wir sind? Glaubst du, er hat irgendeine Ahnung?», fragte ich, inzwischen ein bisschen ruhiger geworden.

«Was meinst du denn jetzt damit, Maurice, wem soll ich was gesagt haben?»

«Der Mann da bei dir, das war Thomas. Der Mann, dem Noreen die Münze weggenommen hat.»

«Der ist das? Das ist der Mann, der dich vor vielen Jahren so tyrannisiert hat?»

«Und das ist auch seine beschissene Münze, die Noreen da in der Hand hat.»

Wir sahen zu ihrer Schwester herüber, die sich sofort ans Fenster verkrümelt und keine Augen für irgendetwas anderes hatte als das große Glitzer in ihrer Hand.

«Nichts hab ich gesagt. Aber Maurice, hast du ihm die Münze denn zurückgegeben? Ich dachte, du hättest sie noch? Und zwar trotz meiner Meinung dazu. Ich habe immer gesagt –»

«Aber das ist genau der Punkt, Sadie, ich hab sie ihm nicht zurückgegeben. Und außerdem erkennt er mich anscheinend gar nicht wieder.»

«Aber Maurice. Das ergibt doch gar keinen Sinn. Wie kann er die Münze denn haben, wenn sie immer noch bei uns zu Hause liegt?»

«Ich weiß es nicht!», brüllte ich sie an, stand auf und begann, im Raum auf und ab zu gehen.

Ich würde herauskriegen, was dieser Mann für ein Spiel trieb, und wenn ich dafür den ganzen Tag hier sitzen bleiben, schickes Sprudelwasser trinken und mir Noreens bescheuertes «Glitzer, Glitzer»-Gerede wieder und wieder anhören musste. Es bedurfte all meiner Selbstkontrolle, um sie nicht anzuschreien, als ich hinter dem Stuhl vorbeiging, auf dem sie saß und das beschissene Ding ehrfürchtig betrachtete. Ich blickte hinunter und formte mit den Lippen einen Fluch auf sie und die Münze. Und dann musste ich die Rückenlehne packen, um mich festzuhalten, weil ich Angst hatte umzukippen. Ich beugte mich vor, um sicherzugehen, dass überhaupt stimmte, was ich da eben zu sehen geglaubt hatte. In ihrer Hand hielt sie *zwei* identische Münzen. Ich blinzelte und sah sie wieder und wieder an, während sie sie hin und her drehte. Zwei Goldmünzen, mit denselben Köpfen und Aufschriften. Es war nicht zu leugnen, sie waren identisch.

«Noreen», sagte ich, als mein Sprachvermögen schließlich wieder zurückkehrte, «du hast ja *zwei* Münzen.»

«Maurice' Glitzer und Noreens Glitzer.»

«Maurice' Glitzer?»

«Ja. Noreen hat Maurice' spezielles Glitzer ausgeliehen, und jetzt hat Noreen ihr eigenes Glitzer.»

«Okay. Also, Noreen, ich will das bloß richtig verstehen, du hast dir meine Münze aus meiner Schublade geliehen, und dann hast du die andere von dem Mann draußen bekommen, ist das richtig?»

Sie nickte.

«Noreens Glitzer», fügte sie hinzu.

Schließlich fiel der Groschen, und ich ließ mich mit allergrößter Erleichterung in den Sessel neben ihr sinken. Lachend wischte ich mir die Sorgen weg und erklärte alles meiner verwirrten Frau. Noreen, sagte ich zu ihr, musste das Hotel mit meiner Münze in ihrer Tasche betreten haben, die sie sich aus meiner Schublade ‹geliehen› hatte, und war dann auf Thomas Dollard gestoßen, der, wie Emily gesagt hatte, herumstolziert war und allen an der Bar eine exakte Replik der Münze gezeigt hatte. Was für ein Typ, dachte ich.

Einer, der nie zurückstecken wollte. Der nie eine Niederlage zugeben wollte – hatte sich einfach eine Kopie von dem Ding besorgt, die allerdings ziemlich gut gearbeitet war.

«Das ist die von Maurice. Und diese hier ist Noreens.»

Sie gab mir ‹meine›, vermutlich. Woran sie den Unterschied erkennen konnte, wusste ich nicht.

«Also Noreen, du weißt aber schon, dass du deine Münze wieder zurückgeben musst.»

«Noreens», stellte sie fest und versteckte die Münze vor mir in den Falten ihres Mantels.

Ich sah zu Sadie und erkannte ihre Panik. Sie umrundete den Tisch und setzte sich auf die andere Seite ihrer Schwester. Noreen war nun flankiert von beiden Seiten, und wir begannen unsere Verhandlungen. Zehn Minuten später spazierten wir mit einer Abmachung in der Tasche wieder aus dem Raum. Die Münze sollte Thomas zurückgegeben werden, und dafür durfte Noreen meine behalten, wobei das so geregelt war, dass sie für immer in ihrer Nachttischschublade in unserem Haus verbleiben würde. Versüßt wurde diese Abmachung noch durch drei Fünfzig-Pence-Stücke, die wir aus meinem Portemonnaie und Sadies Handtasche zusammenklaubten.

«Wo ist der Herr?», fragte ich Emily, sobald ich sie gefunden hatte, wobei ich seine Münze zwischen meinen Fingern zwirbelte.

«Er war eben noch da. Ich sehe, es ist Ihnen gelungen, sie zurückzubekommen. Ich kann sie Onkel Thomas zurückgeben, Mr Hannigan, während Sie und Mrs Hannigan auf unsere Kosten Ihren Lunch einnehmen. Ich lasse Ihnen einen Tisch im Nebenraum decken. Da werden Sie es nett und ruhig haben.» Auf ihrem Gesicht sah ich die Sorge darüber, was wohl passieren würde, wenn wir Männer noch einmal aufeinanderstießen.

«Ich nehme Ihr Angebot für den Lunch wirklich gerne an. Aber wenn ich verspreche, mich zu benehmen», sagte ich, so charmant, wie ich nur konnte, «würden Sie mir gestatten, die Münze Ihrem Onkel persönlich zurückzugeben? Es ist wichtig für mich.»

Sie blickte mich an und suchte in meinem Gesicht nach einem Beweis für meine Glaubwürdigkeit. Ich lächelte im Gegenzug und hoffte, dass das, was meine Lippen da zustande brachten, ausreichte, um sie davon zu überzeugen, dass hier ein Mann stand, der Wort hielt; ein Mann, der ihren Jubiläumstag sicher nicht ruinieren würde. Sie wirkte nicht vollständig überzeugt, wandte sich dann aber an Sadie und Noreen und geleitete sie in den Nebenraum, wobei sie ihnen erzählte, was auf der Karte stand. Aber gerade als ich die Bar betreten wollte, um meine Suche zu beginnen, war sie schon wieder an meiner Seite, flüsterte mir ins Ohr und packte mich nachdrücklich am Arm.

«Mr Hannigan, bitte, diese Münze hat meinem Onkel das Leben zur Hölle gemacht. Wir haben in dieser Familie hinreichend gelitten. Wenn er erfährt, wer Sie sind, oder wenn Sie anfangen, ihn zu verhöhnen, dann weiß ich nicht, was er tun wird. Bitte, Mr Hannigan, geben Sie sie ihm einfach zurück und sagen Sie sonst gar nichts.»

«Wer ich bin, Emily? Was meinen Sie mit ‹wer ich bin›?», fragte ich. Vielleicht war ich mit der Sache doch nicht einfach so davongekommen. Vielleicht wusste sie doch von irgendwoher, was ich vor all den Jahren mit der Münze gemacht hatte.

«Das Land, die … Sie wissen schon, was ich meine. Wir müssen das doch jetzt nicht noch mal alles durchgehen. Bitte sagen Sie ihm einfach nicht, wer Sie sind, geben Sie ihm die Münze zurück, und dann lassen Sie es gut sein.»

«Ah, ich verstehe. Das *Land*. Ich werde ihn nicht gegen

mich aufbringen. Anscheinend sind zu viele Frauen hier, die mir das niemals verzeihen würden. Ich werde mich benehmen, Sie haben mein Wort.»

Ich tätschelte ihr die Hand und pflückte sie dann von meinem Arm ab, ließ sie aber noch nicht gehen.

«Nur noch eine Sache, Emily. Was war das für eine Geschichte, dass Ihr Onkel die Münze ‹wiedergefunden› hat?»

Sie blickte mich an, und ich erkannte, dass sie zu müde und zu erschöpft von allem war, um jetzt und hier darauf einzugehen. Und ich hätte sie auch wirklich in Ruhe lassen sollen. Aber ich drückte ihre Hand und machte ihr meine Neugierde dadurch noch ein wenig nachdrücklicher klar. Auf ihrem Gesicht zeichnete sich nun Resignation ab.

Sie sah sich um, dann flüsterte sie: «Es ist nicht die echte Münze, nicht die, die er verloren hat, meine ich. Es ist eine von den sechs anderen. Er hat sie vor ungefähr zehn Jahren gekauft. Bevor mein Vater gestorben ist. Hat das Erbe seiner zweiten Frau dafür benutzt Als sie herausgefunden hat, was er getan hat, hat sie sich von ihm scheiden lassen. Wir waren gezwungen, uns Geld zu leihen, um den Prozess abwenden zu können, mit dem sie drohte.»

«Ist das wahr?»

«Ich erwarte nicht, dass Sie irgendein Mitgefühl für ihn entwickeln, aber es geht ihm wirklich nicht gut. Er hat die Wahrheit vollkommen ausgeblendet. Glaubt steif und fest, dass die Münze, die er hat, die Originalmünze vom Urgroßvater ist. Er hat sich eine Phantasiewelt erschaffen, in der Urgroßvater ein guter Vater war und er der stolze, loyale Sohn. Wir sprechen nie über die Enterbung. Vielleicht hätten wir alle das Gleiche getan, wenn uns … na ja.»

Sie brach abrupt ab und schloss die Augen, vielleicht, weil sie etwas anderes nun wirklich nicht mehr erzählen wollte. Sie rieb sich mit der Hand die Stirn.

«Also, als ich Sie damals das erste Mal getroffen habe», sagte ich mit Nachdruck, «als Sie mir von den Schulden erzählten, war das wegen dieser Anleihe? Brauchten Sie deshalb das Geld?»

Ich musste einfach lächeln über die Ironie des Ganzen. Ich hätte damals auch einfach die Münze zurückgeben und mir selbst die Mühe ersparen können, mein Geld in das Hotel zu investieren. Emily musterte mich, und ihr Gesichtsausdruck wurde ernst.

«Warum, hätten Sie sich anders entschieden, wenn Sie gewusst hätten, dass es wegen ihm und der Münze war?», fragte sie.

Darauf hatte ich keine Antwort. Jedenfalls damals nicht. Und auch jetzt nicht, wenn ich ehrlich bin.

«Geschehen ist geschehen, denke ich», sagte ich. «Aber Sie haben mir erzählt, dass er immer noch nach der Münze sucht, wenn er zu Hause ist. Warum sollte er das denn tun, wenn er jetzt eine hat?»

«Ich vermute, dass er immer noch Hoffnungen hegt.» Sie schenkte mir ein schmallippiges Lächeln.

Ich nickte und tätschelte ihre Hand, ohne mit der Wimper zu zucken, und blickte mich schon suchend nach Thomas um. Ich brauchte bloß dem lauten Lachen und dem grauen Haarschopf zu folgen, der die Menge überragte. Ich packte Thomas wortlos am Ellbogen, zog ihn beiseite und von dem Mann weg, mit dem er gerade noch gesprochen hatte.

«Guter Mann, für wen halten Sie sich eigentlich?», protestierte er und stolperte, als er sich zu mir umdrehte, wobei er seinen Wein verschüttete. Er hatte ein altes Gesicht. Aus der Nähe konnte ich seine Verletzlichkeit erkennen, eine Erschöpfung, die mich berührte. Ich hatte damit gerechnet, Hass zu verspüren, nicht Mitleid. Seine Augen verengten sich misstrauisch, und ich war wieder mein altes Selbst. Ich sah ihn fest an und hielt ihm die Münze dicht vor sein Gesicht.

«Ah, also doch! Ich dachte schon, ich müsste die Polizei holen. Wenn die junge Emily nicht gewesen wäre, ich hätte es getan, das sollten Sie wissen.»

«Sie ist keine Wahnsinnige.»

«Was? Worüber reden Sie da, Mann?»

«Noreen, meine Schwägerin. Sie ist keine Wahnsinnige, und ich wäre Ihnen dankbar, wenn Sie sie nicht noch einmal so nennen würden.»

Ich konzentrierte meinen Blick auf seinen und versuchte, so viel Hass hineinzulegen, wie mir überhaupt nur möglich war. Ich fragte mich, ob er mich vielleicht jetzt erkannte. Erkannte er seine Handschrift in der Narbe auf meinem Gesicht? Erkannte er das Kind, das sich zum Mann entwickelt hatte, der in der Lage war, ihn Glied für Glied in Stücke zu reißen? Es machte nicht den Anschein.

«Ich verspüre keinerlei Neigung, sie noch einmal wiederzusehen», sagte er und sah auf mich hinunter im Versuch, eine gewisse Würde zu wahren. «Wenn es nach mir ginge, würde ihr der Zugang zu unserem Hotel in Zukunft verwehrt werden.»

Da war er wieder – der eingebildete Tyrann von früher.

«Ihr Hotel ist das also?» Das Blut kochte in mir hoch, während ich erwog, ihm zu erzählen, wessen Hotel das war, aber dann erinnerte ich mich an das Versprechen, das ich Emily gegeben hatte, keinen Aufruhr zu verursachen. Stattdessen sagte ich ihm eine andere Wahrheit. «Ihr Hotel? Und nicht das Ihrer Großnichte, die sich dafür aufreibt? Die dieses heruntergekommene Haus mit Glück und geliehenem Geld zusammenhält? Wo waren Sie denn die letzten fünfzig Jahre? Sind in ganz Europa herumgezogen, oder?

Nur wegen diesem jungen Mädchen und dessen Vater ist dieses Haus nicht schon längst verschwunden, lassen Sie sich das gesagt sein, Mann!»

Er stand da mit offenem Mund, und meine Blicke blieben auf ihm haften, solange es physisch möglich war, bis ich mich umdrehte und mich wieder den Frauen anschloss.

Während des Lunchs wurde kein Wort mehr über dieses Thema gesprochen. Wir gingen, sobald wir unser Essen verzehrt hatten. Aber als wir zu Hause waren, wollte Sadie die Sache nicht auf sich beruhen lassen: «Kannst du sie denn nicht einfach zum Teufel noch mal loswerden, Maurice? Was für einen Nutzen hat diese Münze denn noch für dich? Sie bedeutet uns doch nichts, während dieser Mann offenbar geradezu besessen davon ist.»

«Er hat mich fertiggemacht, als ich jung war, aber jetzt kann er das nicht mehr tun.»

«Wie alt bist du denn, zehn? Noreen hat mehr Verstand als du manchmal. Bring sie ihm zurück und erzähl ihm, dass du sie vor ein paar Jahren auf dem Feld gefunden hast oder so, und erst als du ihn und seine Münze heute gesehen hast, sei dir das wieder eingefallen.»

«Ja, gut, und du erklärst in der Zwischenzeit Noreen, dass wir unsere Abmachung nicht einhalten? Denn eins sage ich dir – ich werde das nicht tun.» Ich hämmerte mit der Faust auf den Tisch, sodass der Tee aus unseren Tassen in die Untertassen schwappte.

Dann sahen wir uns schweigend das Sonntagsspiel an, und bis zum Ende ihres Lebens erwähnten wir das Ganze mit keinem Wort mehr. Inzwischen saß Noreen mit ihrem neuesten Schatz, einem unter vielen, in ihrem Zimmer, und hatte keine Ahnung, was für ein Gewitter sie da heraufbeschworen hatte.

Ich weiß nicht sicher, was Noreen tagein, tagaus mit diesen Münzen machte. Vermutlich schüttete sie sie alle auf den Boden, pflügte sie mit den Fingern durch und warf sie wieder in ihr Glas. Sie hatte eine richtige Sammlung. Ein Glas neben dem anderen, voll bis zum Rand. Anfangs waren es ganz normale Gläser, aber im Laufe der Zeit wurden sie immer raffinierter. Sadie kam oft vom Einkaufen nach Hause und hatte ein besonders schönes entdeckt, das sie einwickelte, aber nicht ohne vorher noch ein Fifty-Pence-Stück hineinzulegen oder was zu der Zeit gerade besonders schön glänzte.

Du hast ihre Obsession geliebt. Erinnerst du dich daran, dass du, als du klein warst, darauf bestanden hast, dass Tante No-no Taschengeld bekam, genau wie du? Du hast es ihr dann samstags gegeben, wenn du dein eigenes bekommen hast. Und natürlich mussten wir jedes Jahr vor Weihnachten die spezielle Tour nach Dublin machen, damit wir ihr ein besonders schönes Glas kaufen konnten. Du warst immer so stolz, wenn du mit dem neuesten nach Hause kamst.

«Also, das ist wirklich mal ein schönes», sagte ich, wenn du es mir am Abend in der Küche zeigtest.

«Das ist das allerschönste», strahltest du.

Und du hattest recht, jedes Jahr war es so. Und jedes Jahr erfüllte Noreen deine Erwartungen und quiekte vor Lachen, öffnete das Glas und schaute hinein, um zu sehen, welche Münze sie bekommen hatte. Und als du fortgezogen bist, hast du sie nicht vergessen. Es wurde genauso ein Zeitvertreib für dich wie für Noreen – die Gläser und die Jagd nach neuen und fremden Münzen, zumal du da ja schon alle möglichen interessanten, ausländischen Münzen in die Hände kriegen konntest. Wenn du ein besonders ungewöhnliches Exemplar hervorzaubern konntest, dann warst du in ihren Augen in diesem Augenblick einfach der Größte. Ich spürte oft, wie mein Heiligenschein ein wenig an Glanz verlor, wenn sie dich umarmte.

Als sie starb, hinterließ sie uns als Vermächtnis beinahe hundertfünfzig Gläser voller Münzen. Zu ihren Lebzeiten reiste sie nie, ohne ihre drei Lieblingsgläser mitzunehmen: ein altes Marmeladenglas, das ihre Mutter ihr geschenkt hatte, als sie fünf war; ein Glas, in das ihr Name eingraviert war und das Sadie ihr zu ihrem fünfzigsten Geburtstag geschenkt hatte, und schließlich jenes, das Rosaleen und du ihr anlässlich eurer Hochzeit gegeben habt. Es war ein Prachtstück, das muss ich schon sagen: vorne drauf ein Foto von euch dreien. Du und Rosaleen jeweils an ihrer Seite, aufgenommen auf dem Sofa bei uns im Wohnzimmer, als ihr euch verlobt habt. Es war bis zum Rand voller Dimes und Quarters. Du musstest sie seit Jahren gesammelt haben. Es ihr dann auf der Hochzeit zu schenken, war eine geniale Idee. Es wartete auf ihrem Platz am Ehrentisch auf ihr Eintreffen. Wir standen alle erwartungsvoll da, um ihre Reaktion zu beobachten. Selbst ihr beiden wart hereingeschlüpft, um das zu erleben. Sie enttäuschte dich auch diesmal nicht und umarmte euch beide, bis ihr euch regelrecht herauswinden musstet, um wieder nach draußen zu gehen und euren offiziellen Einzug zu halten.

Natürlich lebten wir in ständiger Angst, dass diese kostbaren Gläser zerbrechen könnten. Sadie machte sich dauernd Sorgen darum, und ich tat es auch. Wir waren wie Eltern, die gequält sind vom drohenden Verlust des Lieblingsteddys ihres Kindes, weil es genau das ist, was es abends unbedingt braucht, um einschlafen zu können. Ich erinnere mich noch, dass ich daran dachte, als der kleine Adam Jahre später, damals war er wahrscheinlich nicht älter als drei, sein Kuscheltier bei einer Einkaufstour in

Dublin verloren hat, als ihr zu Besuch wart, «Ducky», so eine flauschige Ente. Kannst du das je vergessen?

«Sie haben überall angerufen, wo sie gewesen sind, Maurice», erzählte mir Sadie, als ich später am Abend nach Hause kam. «Aber niemand hat das Stofftier gesehen. Kevin musste zu jedem einzelnen Laden zurückgehen, bis er es gefunden hat, es lag neben einem dieser elektrischen Schaukelpferde im Shopping Centre, du weißt schon, dieser große am Stephen's Green. Es war, als hätten sie im Lotto gewonnen, als Rosaleen gesehen hat, wie er damit reingekommen ist. Du meine Güte, ich habe es selbst kaum ausgehalten», sagte Sadie und hielt sich die Hand ans Herz.

Danach durchforstete Rosaleen das Internet, um möglichst noch so ein Exemplar zu finden, aus Angst, das Gleiche könnte noch mal passieren. Am Ende brauchte sie es gar nicht, aber irgendwann hat sie mal gesagt, sie wird die Ente behalten und Adam geben, wenn er *sein* erstes Baby hat. Sadie fand, das sei eine ganz wunderbare Idee. Aber Rosaleen hätte ohnehin kaum etwas tun können, mit dem Sadie nicht einverstanden gewesen wäre. Ungewöhnlich, oder? Mütter und Schwiegertöchter, die sich so gut verstehen.

Am Ende kauften wir ein Köfferchen für Noreen und ihre drei besonderen Gläser. Und da lagen sie dann, gut eingewickelt in Luftpolsterfolie und bereit zu jeder erdenklichen Reise. Noreen stolzierte mit dem Köfferchen über den Parkplatz, wenn wir mit dem Auto kamen, um sie über das Wochenende nach Hause zu holen, während Sadie mit ihren Sachen hinter ihr herlief, die Sadie, nicht Noreen selbst, eingepackt hatte. Sie war wirklich eine Nummer. Eine Frau für sich, wie man so sagt. Sie hat unser Leben ziemlich beherrscht, aber es war nur eine leichte Last, ganz ehrlich.

Noreen starb 2007, nicht lange nach jenem Vorfall im Hotel. Sie war siebzig. Stürzte auf dem Weg zum Frühstück mit ihrer Betreuerin an ihrer Seite, mit der, die sie am liebsten mochte, hieß sie nicht Susan? Fiel der Frau einfach in die Arme. Blutgerinnsel im Gehirn. Der Verlust traf deine Mam hart. Sie verlor sich in einem Schweigen, das ich seit Mollys Tod nicht mehr bei ihr erlebt hatte. Es dauerte Monate, bis sie wieder richtig lächeln konnte oder in der Lage war, über die Dinge zu lachen, zu denen Noreen fähig gewesen war.

Du wirst dich erinnern, ihr Begräbnis war eine Zeremonie im kleinen Kreise. Nur wir, du und Rosaleen, einer an jeder Seite von Mam, ihr habt ihr die Hand gehalten, ein paar Nachbarn waren da und einige der Pfleger aus dem Heim, und natürlich kamen Jenny und May aus England. Wir brachten Noreen zurück nach Annamoe, um sie bei ihren Eltern beizusetzen. Ich glaube, das setzte Sadie am meisten zu, weil sie nun von ihnen allen getrennt war. Anfangs fuhren wir jedes zweite Wochenende zu ihren Gräbern. Dann wurde es im Lauf der Zeit weniger, auch weil wir älter wurden. Ich weiß, dass Sadie ihr ganzes Leben lang ihr Bestes für sie getan hat, aber ich bin mir nicht sicher, ob sie mir da zustimmen würde. Sie war so verschlossen, dass ich manchmal glaube, das ganze Ausmaß ihres Schmerzes und ihrer Schuldgefühle gar nicht erkannt zu haben. Ich tat mein Bestes, um achtsam zu sein. Aber da ich mein halbes Leben damit verbracht habe, mich von dem ablenken zu lassen, was draußen passierte – meine Geschäfte, mein Imperium –, vergaß ich oft zu sehen, was ich drinnen hatte und wie kostbar es war.

FÜNFTES KAPITEL

21:20 Uhr
Vierter Toast: Auf dich, Kevin
Jefferson Select

Du hast mir immer die besten Whiskys geschickt. An meinem Geburtstag konnte ich jedes Mal damit rechnen, dass auf dem Küchentisch ein ungewöhnliches Prachtstück auf mich wartete, wenn ich hereinkam. Sadie stand in der Regel voller Stolz daneben, als hätte sie die Flasche selbst über den Atlantik eingeflogen.

«Schau mal, was da für dich gekommen ist», sagte sie dann. Immer dieselben Worte. Ihre Blicke sprangen freudig hin und her, ihr Lächeln war hell und warm wie ein Sommertag.

Sie saß da und schaute mir beim Auspacken zu. Und dann kam ihr «Ooh» und «Aah», sobald die Holzkiste geöffnet war. Sie strich mit ihren Fingern über die Flasche und das Etikett, dann blieben ihre Hände auf der seidigen Stoffverkleidung liegen, in die die Plastikverpackung eingeschlagen war. Sie nahm sie zwischen ihre Fingerspitzen und rieb sanft mit ihrem Daumen darüber. Da gab es diese eine Flasche, bei der die Stoffverkleidung grellorange war, vielleicht erinnerst du dich selbst daran.

«Ist das nicht regelrecht opulent, Maurice?», sagte sie. «Man möchte sich glatt reinlegen.» Manchmal fragte ich mich, was im Kopf meiner Frau vor sich ging. Kann mich nicht mehr daran erinnern, zu welcher Flasche dieser Stoff gehörte. Sie hat die Kisten alle behalten, kannst du dir das vorstellen? Hatte sie alle hinten in ihrem Schrank aufgestapelt. Ich hatte keine Ahnung davon, bis ich auf den ganzen Berg gestoßen bin, nachdem sie gestorben war. Ich saß am Morgen, als ich sie entdeckt hatte, auf dem Bett und starrte bloß darauf. Fünfzehn insgesamt. Der ganze Stolz, verstaut hinter ihren Mänteln. Noch Tage und Wochen danach war ich damit beschäftigt, wie ich aus dem, was diese Kisten offenbar für Sadie bedeutet haben, etwas Dauerhaftes, Haltbares machen könnte. Leitern. Stufen. Darauf bin ich am Ende gekommen – dass man ganz besonders hübsche, kleine Stufen für Adam oder Caitríona daraus machen könnte. Als Trittleitern. Also holte ich sie heraus und setzte mich auf das alte Fußbänkchen, das Sadie immer benutzte, wenn sie ihre Seifenopern guckte, erinnerst du dich daran? Eine alte, hölzerne Verpackungskiste, in die irgendwann mal ein Ersatzteil für den Traktor gekommen war.

«Brauchst du die noch?», hatte sie gefragt, als sie eines Tages mit einem Brief, der für mich gekommen war, die Scheune betrat.

«Die da?» Ich zeigte auf die Holzkiste. «Wollte ich eigentlich auseinandernehmen und im Kamin verfeuern.»

«Ich nehme sie. Ich habe noch ein Stück alten Teppichboden, mit dem man sie schön beziehen kann.»

«Wofür das denn?»

«Eine Fußbank. Was die da drüben in Duncashel dafür nehmen, ist einfach irrwitzig. Nein, das hier tut es auch sehr gut.»

Seit vierzig Jahren haben wir jetzt diese Fußbank. Immer noch perfekt. Bezogen mit Resten von dem blauen Teppich in deinem Zimmer. Da saß ich also drauf in der Nacht, als ich den Schrank ausgeräumt habe. Bei jeder Kiste, die ich herausholte, nahm ich mir Zeit und versuchte, mich daran zu erinnern, wann du sie geschickt hattest. Als ich die Kiste öffnete, die diese orange Stoffverkleidung darin gehabt hatte, konnte ich sehen, dass sie weg war. Die opulente Auskleidung war entfernt worden. Das Plastikinnere lag entblößt da, wie ein gerupftes Hühnchen. Ich konnte mir keinen Reim darauf machen. Ich saß bloß da und musterte die Kiste, drehte sie um, als ob dieser Akt mir vielleicht irgendeinen Aufschluss darüber geben könnte, warum Sadie den Stoff herausgenommen hatte. Und dann fiel mir ein, dass ich dieses orange Material irgendwo anders gesehen hatte. Ich brauchte eine Weile, um es meinem Gedächtnis zu entlocken. Aber am Ende musste ich einfach nur meinen Kopf zum Frisiertisch drehen, und da lag es. Ein Täschchen, in dem sie ihre Haarnadeln aufbewahrt hatte. Genau das hatte sie daraus gemacht – etwas Praktisches, bei dem sie zugleich jeden Abend diese opulente Weichheit berühren konnte. Ich habe es aufgehoben. Es vor den Aufbewahrungskisten gerettet. Ich habe es jetzt bei mir, in meinen ausgebeulten Taschen, zusammen mit der Pfeife meines Vaters. Falls mich jetzt jemand filzen sollte, würde der sich schwer wundern, was ich für einer bin.

Francie baut die Trittleitern für die Kinder für mich. Jetzt gerade arbeitet er daran. Sie werden rechtzeitig fertig werden, bis du kommst, was jetzt nicht mehr lange dauern kann – sicher nur eine Frage von Tagen.

Für mich waren nicht bloß das Getränk, sondern auch die Texte über das Destillieren der Whiskys wichtig. Jedes Heftchen las ich von vorne bis hinten. Ich fragte mich, wie es sich anfühlte, ein Destillateur zu sein und solch ein perfektes Erzeugnis geschaffen zu haben. Wunderwerke zu erzeugen, bei denen Männer ins Seufzen geraten. Meister ihres Fachs, alle. Ich dachte über ihr Leben nach, ihre Namen: Dan und Rust und Carter, stellte ich mir vor. Ich sah sie alle als schweigsame Männer, zufrieden mit ihrem einfachen Leben, auf Veranden oder in Schaukelstühlen sitzend, Radio hörend und den Grillen lauschend, während der Abend zur Nacht wurde. Hände groß wie Schaufeln, aber geschickt wie die eines Steinmetzes. Bevor ich den ersten Schluck nahm, prostete ich ihnen immer zu, da drüben auf ihren Veranden – Männern, mit denen ich sehr gern meine Zeit verbracht hätte. «Gott segne die Hände», sagte ich immer, wenn ich ihr Werk hob und zusah, wie es sich anmutig und gleichmäßig in meinem Waterford-Kristallglas drehte, einem Hochzeitsgeschenk von Sadies Tante Maura, was Sadie immer mit ihrer besorgten Stimme festzustellen bemüht war, wenn ich es in die Hand nahm.

Letzte Weihnachten hast du mir diese Flasche achtzehn Jahre alten Jefferson Malt geschenkt. Sie verbirgt sich schon den ganzen Abend in dem Beutel zu meinen Füßen.

«Hier, stellen Sie das hinter die Theke», sage ich zu Swetlana und gebe ihr die Flasche, als sie kommt, um meinen Teller abzuräumen, den ich kaum angerührt habe.

Sie sieht mich an, als hätte ich den Verstand verloren.

«Ich möchte einen Schluck davon, wenn ich wieder da bin.»

Ich versuche, vom Barhocker zu hüpfen, aber es wird eher ein Kippen in Zeitlupe. Dennoch schaffe ich es, sicher auf festem Boden zu landen, und schon bin ich auf dem Weg. Als ich mich nach Swetlana umschaue, starrt sie immer noch sehr besorgt auf die Flasche.

«Ich habe das mit Ihrer Chefin geklärt, Sie verlieren schon nicht Ihren Job.» Natürlich habe ich die Flasche Emily gegenüber mit keinem Wort erwähnt, aber ich bin sicher, dass sie nichts dagegen hätte. Und selbst wenn – es wäre mir egal.

Swetlana sieht mich an und lächelt ein Lächeln, dem ich entnehme, dass sie weiß, dass ich lüge, aber sie nimmt die Flasche dennoch und stellt sie unter den Tresen.

«Wissen Sie, diese Leute bei den Awards sind schon beim Dessert, ja? Wirklich, wieso habt ihr Iren nicht alle … Dings. Verstopfung. Ihr esst viel zu schnell.»

Es ist schon eine komische Sache, diese Flure entlangzulaufen. Das Gebäude hat sich seit meiner Zeit sehr verändert – zig Renovierungen und Anbauten seither. Aber es gibt immer noch Teile, die ich sofort wieder erkenne. Wie diese Ecke hier. Da ist eine winzige Delle. Man muss aber genau hinsehen, um sie überhaupt zu sehen. Das war ich. Eines Tages, als die Dollards knapp an Hauspersonal waren, baten sie mich, Holz in den Salon zu bringen. Ich musste meine Schuhe ausziehen, bevor sie mich reinließen. Dankenswerterweise hatte meine Mutter meine Socken gerade erst in der vorigen Woche gestopft, sodass ich sie zum Glück nicht vor aller Augen diskreditierte. Während ich die Korridore entlangging, wurde ich von Möbeln abgelenkt, die so groß waren wie ich selbst, und Gemälden, mächtigen, gewaltigen Schinken, die die ganzen Wände bedeckten, auf denen Männer in roten Mänteln und auf Pferden zu sehen waren. In der Diele stand eine riesige Uhr, von der ich meine Blicke gar nicht mehr abwenden konnte. Ich konnte nicht glauben, dass man so große Uhren bauen konnte. Zu Hause hatten wir eine Uhr über dem Herd, ein kleines Ding, das nie sonderlich viel Eindruck auf mich gemacht hatte. Anders als diese. Ich sah zu, wie das Pendel schwang, wie es so klar und deutlich tickte, so großartig – und damit der ganzen Welt seine Bedeutung kundtat. Ich hätte da vermutlich den ganzen Tag gestanden, wenn der Korb nicht so schwer gewesen wäre. Als ich ihn wieder hochhievte und weitereilte, da ausgerechnet beschloss Big Ben, dass es Zeit war zu läuten, und es schlug zur Stunde. Tja. Vor lauter Schreck machte ich einen Satz. Die Wand bewahrte meinen Korb davor herunterzufallen, aber nicht ohne sich diese kleine Delle hier dabei einzuhandeln. Ich erinnere mich noch, wie ich an ihr herumrieb, so gut ich konnte. Ich weiß gar nicht, was ich damit eigentlich erreichen wollte, ich machte es vermutlich nur noch schlimmer. Aber dann stob ich ganz schnell davon, bevor mich noch jemand erwischte und aufhängte. Das muss überhaupt auch der Tag gewesen sein, an dem ich mich verlief und aus Versehen die Tür zu Dollards Bibliothek öffnete.

«Nicht hier, nächste Tür auf der Linken», sagte er und hob den Blick vom Schreibtisch.

«Sorry, Sir», brachte ich heraus, bevor ich rückwärts wieder herausging. Und wenn ich jetzt so daran denke, dann war es das einzige Mal, an das ich mich erinnern kann, bei dem er mich nicht zu Tode erschreckt hat. Er wirkte beinahe normal, und wenn mich meine Erinnerung nicht trügt, glaube ich, dass er sich sogar erhob und versuchen wollte, mir mit der Tür zu helfen. Aber ich war so schnell wieder weg, dass er das gar nicht brauchte. Na, also das ist doch jetzt mal denkwürdig. Ist es nicht interessant, was sich unser Geist zu merken entschließt – oder eben zu vergessen?

Robert sitzt an der Bar, als ich zurückkomme.

«Nun, Maurice, läuft alles nach Plan? Nein danke, ich bleibe nicht.» Er drückt meine Hand herunter, die ich schon für das Mädchen erhoben habe.

«Ich kann anscheinend heute Abend niemanden auf einen Drink einladen.»

«Nein, ehrlich, Maurice, ich kann jetzt nicht», fährt er fort, als ich noch einen Versuch mache. «Yvonne braucht mich zu Hause. Ich bin nur auf ein Stündchen zu den Awards gekommen. Hab noch ein bisschen was Geschäftliches zu erledigen, weißt du, dachte, dass ich ein paar von den Jungs bei der Party erwische.»

«Na, du bist ja der Traum aller Frauen, kommst nach Hause, und der Abend fängt erst an.»

«Ach, Maurice. Und du, bist du noch nicht auf Champagner umgestiegen?»

«Noch nicht. Das hattest du doch selbst so arrangiert.»

«Richtig. Und nun sag mal, haben sie schon gemerkt, dass du es bist?»

«Was meinst du damit, dass ich es bin?»

«Na, sie glauben vermutlich, es ist jemand, der eigens zu diesen Awards kommt. Ich wünschte, ich könnte dabei sein, wenn sie begreifen, dass ihr VIP niemand anderes ist als Bauer Hannigan in seinen schmutzigen Gummistiefeln.»

«Wie kommst du auf schmutzige Gummistiefel, ich habe doch extra meinen feinsten Sonntagsstaat an?»

«Da hast du vollkommen recht. Sehr elegant, durchaus.»

Ich streiche mir mit der Hand vorn über meinen grünen Pullover.

«Hör mal, hast du die Nachsendeadresse von deinem neuen Heim, für die Unterlagen und so?», fragt er.

«Habe ich sie dir noch nicht gegeben? Ich bringe sie dir morgen vorbei, bevor ich losfahre.»

«Sehr gut», sagt er und tritt von dem Hocker weg, auf dem er in den letzten paar Minuten eher gelehnt als gesessen hat. Und dann, mit einem übertriebenen Zwinkern: «Na, dann genieß den Rest des Abends. Wir reden morgen weiter. Du kommst vorbei, bevor du fährst, ja? Sehr gut.»

Und mit einem Klaps auf meinen Rücken geht er weg.

«Swetlana», ruft er noch, klopft auf den Tresen und winkt ihr zu, während sie am anderen Ende steht und irgendwas mit ihrem Handy macht.

Sie winkt zurück, bevor er durch die Tür verschwindet.

«Kennen Sie den jungen Mann, den jungen Robert?», frage ich und nicke ihm hinterher.

«Oh, Robert, ja, ja», sagt sie enthusiastisch und kommt zu mir, was mich dazu bringt, meine Frage zu bereuen. «Er hat mir bei Problem geholfen, das ich hatte. Er ist sehr nett, sehr freundlich.»

«Das ist er. Dann sind Sie nicht von hier?»

«Ich? Nein!», sagt sie, als wäre es Wahnsinn zu glauben, irgendein normaler Mensch könnte hier geboren und aufgewachsen sein und dann immer noch hier leben.

«Lettland», sagt sie so stolz, dass ich lächeln muss.

«Wie finden Sie es denn dann, hier zu arbeiten, im Hotel?», frage ich, entschlossen, sonst nichts herauszulassen.

«Ja. Es ist nett. Viel zu tun. Emily ist sehr netter Mensch.»

«Ah, Emily. Ja, eine wahre Lady.»

«Ja. Emily ist Lady», stellt sie fest, als wäre sie verwirrt, dass ich womöglich ihr Geschlecht verwechseln könnte.

Ich lächele mehr in mich hinein als an sie gerichtet und denke, was für ein noch reicherer Mann ich sein könnte, wenn ich ihren Mumm in Flaschen abfüllen und verkaufen könnte.

Als du klein warst, bestimmt nicht älter als vier, kam ich eines Abends spät nach Hause. Die Küche war leer. Blitzblank und sauber, wie immer um diese Zeit. Ich wusste, dass Sadie vor nicht einmal einer Stunde noch, die Hände bis zu den Ellbogen in Seifenlauge, da gestanden hatte, um alles wieder auf Hochglanz zu bringen. Mein Platz am Tisch war gedeckt. Als ich den Topfdeckel von meinem Abendessen hob und es dann in den Herd schob, konnte ich eure Stimmen vom anderen Ende des Flures hören. Ich setzte mich hin, schnappte mir den *Meath Chronicle* und überflog die Kleinanzeigen. Sosehr ich mich auch bemühte, es zu überhören, am Ende war euer Gelächter doch interessanter, und ich legte die Zeitung weg und ging in eure Richtung.

Die Badezimmertür stand offen, und im Vorbeigehen sah ich, dass die Badewanne immer noch ein Viertel voll war, mit ein paar Schaumecken, die sich noch gehalten hatten, und einer gelben Gummiente, die dazwischen trieb. Ich blieb im Flur stehen und spähte hinein zu euch zweien, in dein Schlafzimmer eine Tür weiter.

«Kevin, ich liebe dich. Deine Mammy liebt dich», sagte Sadie und unterstrich jedes Wort mit einem Kuss auf dein Bäuchlein, während du auf dem Boden lagst und abgetrocknet wurdest. «Sie liebt jedes Stück von dir, weißt du das?»

«Mhm, mhm», hast du geantwortet und glücklich dabei zugesehen, wie aus der Johnson's-Dose mit dem Babypuder jedes Mal kleine Wölkchen aufstiegen, wenn sie in der Mitte drauf drückte.

«Und liebt Kevin Kevin auch?» Ein weißer Pulverstoß nach dem anderen stieg in die Luft. *Liebt Kevin Kevin auch?*, wiederholte ich in meinem Kopf.

Du hast nicht geantwortet. Stattdessen hast du das Talkumpuder einfach umgedreht und es dir entschieden auf deinen Bauch und auf den Fußboden geschüttet.

«Denn wenn du diesen kleinen Jungen hier liebst», fuhr sie fort und verteilte das Puder über deinen ganzen Körper, «und immer freundlich zu ihm bist und versuchst, ihn zu verstehen, dann wird er der glücklichste kleine Mann auf der ganzen weiten Welt werden.» Sie klopfte leicht auf den Teppich, um das Puder zu zerstäuben. «Willst du das tun? Willst du Kevin für mich lieben? Machst du das, ja? Du kleiner Schlingel?», fragte sie und kitzelte dich wieder, was noch mehr quiekendes Gelächter nach sich zog.

Ich habe euch nicht gestört, sondern bin weitergegangen in unser verdunkeltes Schlafzimmer und habe mich auf die Bettseite gesetzt, von der aus man auf die Silhouette unserer Bäume und der Hügel vorm Abendhimmel blicken konnte, erhellt von einem der größten Monde, die ich je gesehen habe. Es war selbst für mich, einen Mann von dreiundvierzig, kaum möglich, zu verstehen, was Sadie da gesagt hatte. Wie sollte erst ein Kind von vier Jahren das kapieren? Dich selbst lieben? Allein schon der Gedanke. Ich tastete nach dem Schalter der Nachttischlampe, zog dann die Vorhänge zu und blickte auf die braunen Blumen mit ihren orangen Punkten in der Mitte, eine nach der anderen, Reihe um Reihe. Meine Finger wanderten nach oben, um dem Muster ihrer Blütenblätter zu folgen. Mein geschwärzter Fingernagel und die dicken Schichten von Hornhaut, die nicht hoffen konnten, den Vorhangstoff zu spüren, drehten trotzdem ihre Kreise.

«Oh, du bist zu Hause?», sagte Sadie von der Tür hinter mir.

«Dachte, ich zieh mich mal eben um», sagte ich, nahm meine Hand von dem Blumenmuster und tat so, als wollte ich mir den Pullover ausziehen.

«Einmal ist immer das erste Mal, nehme ich an. Ich habe dir dein Abendessen hingestellt.»

«Das habe ich gesehen.»

«Der kleine Mann ist im Bett.» Ihr Kopf deutete in Richtung deines Zimmers. «Gehst du rein und sagst ihm gute Nacht?»

«Ja, ich komme.»

Wie oft hat Sadie so mit dir gesprochen?, frage ich mich jetzt. Und bist du deshalb der Mann geworden, der du bist? So sicher und glücklich in deinem Leben?

Du wolltest nie den Hof übernehmen, warst überhaupt nicht daran interessiert. Ich habe es versucht. Habe dich mitgenommen auf die Felder, schon von klein auf, in deinem Regenzeug und deinen Stiefeln. Sadie hätte dich in Luftpolsterfolie eingewickelt, wenn ich sie gelassen hätte. Lieben Kinder nicht angeblich Dreck und Schlamm und machen sich wahnsinnig gern schmutzig? Du nicht. Es gab Zeiten, da war ich vollkommen frustriert. Immer dieses Genörgel. Du warst todunglücklich draußen. Nass und todunglücklich. Stochertest mit deiner Forke im Heu herum, als wäre es ansteckend.

«Komm schon. Streng dich ein bisschen mehr an», sagte ich und zeigte dir, wie es richtig ging. Du hast die Forke dann ein paarmal ein bisschen beherzter geschwungen, aber das war's auch schon. Bald darauf hast du wieder nur am Rand herumgestochert.

«Geh rein», sagte ich dann, «hau schon ab. Dann macht ich's eben verdammt noch mal selbst.»

Und weg warst du, bist wieder nach drinnen und hast geweint. Ich habe dann durch das Küchenfenster gesehen, wie Sadie dich getröstet und dich aus all deinen Schutzschichten herausgeschält hat.

Ich musste mir gar nicht erst anhören, was sie in dieser Sache zu sagen hatte. Ich kannte es schon auswendig. «Ach, Maurice, er ist doch noch so klein, kannst du nicht ein bisschen netter zu ihm sein?» Ich wusste dann immer, dass es besser wäre, wenn ich noch etwas länger draußen bliebe, dass ich lieber noch nicht wieder reingehen sollte, selbst wenn ich das eigentlich vorgehabt hatte. Ich schuftete weiter, fluchte, dass du so verzärtelt warst. Nach ein paar Jahren gab ich es auf. Überließ dich deinen Büchern.

«Wie kannst du all diese Dinger lesen?», fragte ich dich einmal. «Allein schon der Umfang.» Du musst da schon auf dem Gymnasium gewesen sein. Hast am Küchentisch gesessen, als ich hereinkam, immer über deinen Büchern.

«Weiß nicht. Ich mach's einfach», sagtest du. «Sie sind

interessant. Dieses hier handelt von den Mongolen. Eine ihrer stärksten Waffen war, dass sie stanken. Ernsthaft, es heißt, dass niemand je in Windrichtung dieser Typen gegen sie kämpfen wollte. Das ist einfach urkomisch.»

«Ja. Urkomisch», sagte ich, ging wieder weg und fragte mich, wie ich überhaupt an einen wie dich geraten war.

Und dann, erinnerst du dich an den Abend, als du plötzlich in die Scheune gekommen bist und angefangen hast auszumisten? Du warst vielleicht fünfzehn. Hast dich richtig ins Zeug gelegt. Nach all den Jahren, in denen du Mist und Dung bloß gehasst hast, hast du plötzlich den ganzen Abend lang geschuftet. Ich musterte dich aus dem Augenwinkel, um zu sehen, was mit dir los war. Wartete die ganze Zeit auf eine Frage oder etwas, das diesen Gesinnungswandel erklären konnte. Aber es kam nichts.

«Soll ich mit dem Hacken anfangen, Dad?», fragtest du und zeigtest auf den Holzstapel, der neben dem Block bereitlag.

«Nur zu», sagte ich und freute mich etwas bösartig bei der Vorstellung, wie du mit der Axt zu kämpfen hättest. Auch wenn es keine schöne Aussicht wäre, deiner Mutter berichten zu müssen, dass du einen Finger verloren hast. Aber du kleiner Scheißer, du hast das Ding einfach in die Hand genommen und so sicher geschwungen, als hättest du dein Leben lang nix anderes gemacht, ein kleines Wunder. Hast die Scheite so kundig gestapelt, als wärest du ein echter Holzfäller.

«Noch was, Dad?», fragtest du, als du mit dem Haufen fertig warst.

«Nein, alles bestens. Komm, wir machen jetzt mal Schluss.»

Ich ging hinter dir über den Hof und fragte mich, wann sie denn nun endlich kommen würde: die große Beichte.

«Tee?», fragte ich, als wir die warme Küche erreicht hatten, und begann den Kessel zu füllen. Du schenktest mir ein äußerst warmes Lächeln, als hätte ich dir gerade einen Hundert-Pound-Schein überreicht.

«Für mich lieber Kaffee», hast du gesagt und dich in einen der Küchenstühle gefläzt.

«Seit wann trinkst du denn dieses Zeug?»

«Carl Bernstein trinkt nur Kaffee.»

Ich öffnete die Schranktür, stand da und blickte auf sein Inneres, als betrachtete ich ein Strickmuster. Ich nahm den Tee heraus und begann dann, auf der Suche nach Kaffee die Suppentüten, Marmeladen- und Geleegläser hin und her zu schieben.

«Carl Bernstein, einer der größten lebenden Journalisten. Nixon und das alles, Watergate?», sagtest du und hobst wegen des Geklappers deine Stimme ein wenig. «Bernstein war einer der Typen, die die Geschichte losgetreten haben.» Du warst jetzt von deinem Stuhl aufgestanden und lehntest direkt neben mir an der Anrichte. «So jemand möchte ich auch sein. Also, wenn ich sage, wer ich sein möchte, meine ich –»

«Hab schon verstanden», sagte ich und klaubte eine blaue Nescafé-Dose heraus. Ich blickte sie an und ging um dich herum, um an den Kessel zu kommen.

«Wusstest du, dass man Journalismus jetzt am College studieren kann?»

«Einen Löffel oder zwei?»

«Einen. Es gibt eins in Dublin, Rathmines, wo man den Abschluss machen kann.»

Der Kessel klickte zum Zeichen, dass das Wasser kochte.

«Milch?»

«Nein, ich trinke ihn schwarz.»

Ich brachte die Becher mit einer Handvoll Keksen zum

Tisch und bemühte mich nicht um einen Teller, weil ich wusste, dass deine Mutter nebenan vor dem Fernseher gerade bügelte und nicht reinkommen würde, um einen Aufstand wegen der Krümel zu machen. Donnerstag war Bügel-Tag.

«Jedenfalls dachte ich, ich könnte mir das mal genauer ansehen. Die Aufnahmekriterien und so.»

Ich saß da und starrte auf die Hintertür, während du die dunkle Flüssigkeit zu schlürfen begannst. Ich konnte die ganze Zeit deinen Blick auf mir spüren. Im Hintergrund stieß der Kessel, während er abkühlte, kleine Klickgeräusche aus, wie Seufzer nach seiner ganzen Anstrengung.

«Ach, so ist das», sagte ich schließlich. «Und denkst du, es erhöht deine Chancen, dass du deinen Kaffee schwarz trinkst?»

Mein Sohn, der Journalist. Ich meine, wie zum Teufel konnte das passieren? Ich kriege es gerade so hin, die Fußball-Ergebnisse und die Preise der Supermarktwerbung in der Zeitung zu lesen, Himmel noch mal, aber ganze Seiten zu schreiben und meine Meinung der Welt kundzutun – völlig jenseits meiner Vorstellungskraft.

«Ich höre, unser Sohn will Journalist werden?», sagte ich später zu Sadie, als wir uns bettfertig machten.

«Was hast du gesagt?», fragte sie und schaute in den Spiegel, ganz konzentriert darauf, eine Haarsträhne, die sich gelöst hatte, zurück in den Lockenwickler zu stecken.

«Kommt plötzlich zu mir, um mir beim Ausmisten zu helfen – und nur, weil er Journalist werden will.»

«Dann hat er es dir also erzählt. Ich habe mich schon gefragt, wann er es dir endlich sagen wird.»

«Wie lange weißt du das denn schon?»

«Ach, Maurice, du weißt doch, er hatte es immer schon mit dem Lesen und Schreiben.»

«Ja, weiß ich, aber einen Beruf daraus zu machen? Kriegt man da überhaupt einen Job?»

«Dieser Tage gibt es sowieso so gut wie gar keine Stellen. Das erzählen die Lehrer ihnen doch andauernd. Dass sie auswandern müssen. Kannst du dir das vorstellen, Maurice?», fragte sie und drehte sich mit einem entsetzten Ausdruck zu mir um, während ich mich auf dem Bett niederließ. «Unser kleiner Mann geht fort.»

«Der wird doch keinen Penny mit dieser Sache verdienen.»

«Hast du mich nicht gehört? Es geht hier nicht um Geld, Maurice. Wir werden ihn verlieren. Er geht nach England oder Amerika.»

Sie wandte sich mit einem ihrer entnervten Seufzer ab.

Als du dann aufs College gingst, hielt ihre Trauer wochenlang an. Obwohl du nur ein paar Meilen entfernt in deiner Studentenbude wohntest, wo du jeden Abend angerufen wurdest und von wo du jedes Wochenende mit einem Koffer voller Wäsche nach Hause kamst. Aber am Samstag, das muss ich dir lassen, standest du immer noch früh auf, um mir auf dem Hof zu helfen.

«Und?», fragte ich dann. «Wie sind die Bücher so?»

«Dick», sagtest du einmal, als du wegen der Prüfungen, die nur noch ein paar Wochen entfernt waren, ein wenig mitgenommen warst.

«Siehst du. Habe ich dir nicht gesagt, das ganze Wörter-Geschäft ist zu aufgebläht?»

Als deine Prüfungen begannen, hast du aufgehört, mir zu helfen. Da habe ich dich merklich vermisst. Hab ich dir nie erzählt, aber es war nicht mehr das Gleiche ohne dich. Und als du beschlossen hast, 89 nach Amerika zu gehen, nachdem du deinen Abschluss gemacht hattest, und dich den Tausenden von anderen anzuschließen, die dasselbe taten, also, da dachte ich, Sadie würde sich nie mehr davon erholen.

«Aber Maurice», sagte sie eines Abends beim Essen zu mir, bevor du ausgewandert bist – du hattest bereits deinen Flug gebucht –, «du musst doch jemanden in Dublin kennen, der ihm eine Stelle besorgen kann. Du erzählst doch immer so viel von deinen Beziehungen.»

«Eine Herde Rinder könnte ich ihm besorgen, Sadie. Aber zufällig kenne ich keinen von diesen Magnaten, die die Zeitungen in Dublin oder London leiten.»

Dabei hatte ich tatsächlich bei allen rumgefragt, von denen ich wusste, dass sie auf vielen Hochzeiten tanzten, nur für den Fall der Fälle, dass da irgendwo auch eine Zeitung dabei gewesen wäre. Es war vollkommen nutzlos. Ich habe das deiner Mutter aber nie erzählt. Ich habe es versucht. Aber ich wollte ihr keine falschen Hoffnungen machen.

Du hast uns direkt nach deinem Abschluss verlassen. Deine Mutter weinte die ganze Abschlussfeier hindurch und jede Nacht, bis du abgereist bist. Der Flughafen war ein Schock für sie. Weißt du noch, wie sie sich an dich geklammert hat? Dass du ihre Arme von deinem Hals abpflücken musstest, als wir vor den Sicherheitsschleusen standen?

«Ich komme doch wieder, Mam. Es ist ja nicht für immer», sagtest du immer wieder und tätscheltest ihr den Rücken. Das hast du gut gemacht, ich hätte auch geflunkert.

Wir sahen zu, wie du dich in der Schlange voller junger Leute, manche von ihnen noch Teenager, Stück für Stück von uns entferntest. Winkten, bis du hinter der Glasscheibe verschwunden warst. Aber deine Mutter wollte nicht gleich wieder fahren, ganz egal, wie oft ich sie an das Geld für das Parken erinnert habe.

«Nur noch einen Augenblick, Maurice», sagte sie. «Falls er etwas vergessen hat.»

Also warteten wir, bestimmt fünfzehn Minuten. In Wahrheit, das wusste ich, hoffte sie, du würdest deine Meinung noch einmal ändern.

Du bist doch für immer geblieben. Und so beschloss deine Mutter, dass sie, wenn du schon nicht nach Hause kommen wolltest, eben so oft wie möglich zu dir fahren wollte. Sie begann, Gefallen an diesen Reisen zu finden. Liebte es, zu dir rüberzufliegen, wenn nicht jedes Jahr, dann doch mindestens jedes zweite. Ich bin nur das eine Mal mitgekommen. Ein Jahr nach eurer Hochzeit. Da hattest du schon das Haus. Wie groß es war! Man konnte schwören, du hättest vor, zehn Kinder zu bekommen. Fünf Schlafzimmer, ganz zu schweigen von dem Keller, der so groß war wie unser ganzes Haus. Aber so ist das da drüben, oder? Zimmer in der Größe von Doppelhaushälften in Dublin. Ich ziehe die Gemütlichkeit und Sicherheit kleiner Räume vor. Es liegt eine Wärme in ihnen, und dann der Komfort, der darin besteht, alles gleich neben sich zu haben.

«Hast du je darüber nachgedacht, die Wand zwischen der Küche und dem Wohnzimmer einzureißen, Dad?», fragtest du vor ungefähr zehn Jahren, als du gerade zu Hause warst. Wir saßen alle um den Küchentisch herum. Auch Rosaleen war da. War Adam überhaupt schon geboren?

«Und warum sollte ich das tun?»

«Um einen größeren Raum zu haben.»

«Meinst du, Kevin?», antwortete Sadie an meiner statt und betrachtete die Wand, hinter der unser Wohnzimmer lag.

«Es wäre luftiger und großzügiger, weißt du.»

«Du hast recht», sagte ich. «Das Wohnzimmer ist total vollgestopft, wenn deine Mutter und ich beide dort drin sind und gleichzeitig Fernsehen gucken. Ich kann gar nicht die Fernbedienung heben, ohne ihr den Ellbogen in die Seite zu rammen. Und wenn sie den Tee reinbringt, muss ich natürlich auf den Flur raus.»

Ich vermute, das war doch ein bisschen zu harsch, mein Junge. Aber du hast das mit Anstand genommen, jedenfalls kam es mir so vor. Allerdings warst du auch sehr gut darin, deine Frustration über mich zu verbergen.

Ich mochte das Postamt in deinem Ort da drüben. Als wir bei dir waren, ging ich jeden Morgen dorthin. In einer Hitze, die sich schon um sechs Uhr früh wie ein Sommertag in Irland anfühlte, machte ich mich auf meinen Spaziergang die Einfahrt hinunter und nach links die Mervin Avenue hoch, bis ich auf die Kirche stieß, die Bank und das Postamt. Und da setzte ich mich dann draußen auf die Bank. Das Postamt war ein Holzhaus, weiß und makellos. Ich musste einfach ein Foto davon machen. Wenn ich wieder zurück war, wollte ich Lavin zeigen, wie ein anständiges Postamt aussah, nicht dieser Abklatsch davon, den er hinten in seinem Zeitungsladen in eine Ecke gequetscht hat. Drinnen war es ordentlich und sauber, mit einem glänzenden Geländer, das sich durch den Raum bis zum Schalter schlängelte. Ich war nur einmal tatsächlich drinnen, weil ich mich angeboten hatte, die Briefmarken für die Postkarten zu holen. Anscheinend gab es mindestens zwanzig Leute zu Hause, die unbedingt über unsere Ausflüge zu den Shopping Outlets unterrichtet werden mussten. Ich saß gern auf der Bank und sah zu, wie diese fremde Welt früh am Morgen erwachte. Ich konnte nie allzu lange bleiben, weil ich für den jeweiligen Ausflug, der für den Tag geplant war, zurück sein musste. Dann zuckelte ich hinter Sadie und Rosaleen oder hinter dir her, abhängig davon, wer von euch beiden sich den Tag gerade hatte frei nehmen können. Alles, was ich wollte, war der nächstgelegene Platz im Schatten und eine Tasse Tee, wobei das Anstehen dafür und die endlosen Fragen, wie ich meinen Tee denn trank, auch ziemlich anstrengend waren. Medium, normal, Milch in der Tasse oder im Kännchen – so viel Brimborium um eine Tasse Tee. Aber ich schlenderte gern in den fremden Straßen umher und lauschte den fremden Stimmen. Ich wusste gar nicht, dass ich andere Menschen so gern belauschte. Hätte den ganzen Nachmittag an diesen Straßenecken herumlungern können, wenn man mich gelassen hätte. Es half mir zu begreifen, dass wir uns gar nicht so sehr von unseren amerikanischen Cousins unterscheiden. Auf der ganzen Welt zählen doch dieselben Dinge: das Gesicht wahren und Geld sparen.

Und dann diese schicken Restaurants. Dieses eine – Rolinsky's in New York. Rosaleen fuhr uns hin, und wir trafen dich da. Du kanntest den Besitzer. Es war der gleiche Mann, dem auch die Zeitung gehörte, für die du arbeitetest. Es war brandneu. Toiletten so groß wie Schlafzimmer, Baumwollhandtücher für die Hände. Man konnte sich am Tisch nicht kratzen, ohne dass die Kellner gleich neben einem standen und fragten, ob alles zur Zufriedenheit sei. Und die Speisekarte war auch riesig. Ich war schon erschöpft, bevor ich sie auch nur aufgeschlagen hatte. Ich legte sie ab und versuchte es gar nicht erst.

«Willst du nicht einen Blick auf die Karte werfen, Maurice?», fragte Rosaleen.

«Nein. Ich weiß schon, was ich will.»

«Schau doch mal rein. Du solltest mal sehen, wie groß die Steaks sind. Sie machen diese Surf-and-Turf-Burger, die sind –»

«Ich möchte Hähnchenbrust mit Kartoffelbrei und Soße.»

Du strecktest deine Hand aus und legtest sie entschlossen auf die von Rosaleen.

Ich bekam mein Hähnchen.

«In der Pfanne gebratenes Hähnchen auf einem Bett aus Püree in Ahornjus», sagte der Kellner, als er den Teller vor mir abstellte.

Ich starrte eine Weile diesen Teller an, so groß wie eine Radkappe. Ich weiß, dass ihr alle auf mich geschaut habt, wie ich auf den Teller schaute. Dann kratzte ich diesen braunen Saft vom Hähnchen und verpflanzte, was davon übrig war, auf meinen Beilagenteller. Als Nächstes schöpfte ich den durchtränkten, äußeren Rand des Kartoffelbreis mit meiner Gabel ab, hob alles Weiße, was noch darunter zu finden war, heraus und legte es neben das Hähnchen. Die Radkappe, die schob ich in die Mitte des Tisches, begann, mein Dinner vom Beilagenteller zu essen, und weigerte mich, auch nur einen von euch anzusehen.

«Ist alles zu Ihrer Zufriedenheit?», fragte der Kellner, als er nach einer Weile zu uns zurückkehrte.

«Prima», antwortete ich.

«Ausgezeichnet. Ich nehme dies schon mal mit», sagte er und griff nach dem einsamen Riesenteller in der Mitte des Tisches. Ohne mit der Wimper zu zucken. Professionell bis zum Gehtnichtmehr.

Nach dem Dessert, einer sehr sahnigen Angelegenheit, soweit ich mich erinnere, wollte ich wirklich nur noch raus. Ich brauchte dringend frische Luft. Aber du wolltest mich nicht spazieren gehen lassen.

«Ich dachte, dies sei eine der sichersten Städte der Welt?»

«Aber lass uns heute Abend bitte keinerlei Risiko eingehen, okay, Dad? Der Kaffee kommt ohnehin gleich.»

Ich wollte schon protestieren, als Len oder Lenny oder Lev kam, wie hieß er noch, der Chef. Er zog sich einen Stuhl heran, setzte sich neben mich und schien mächtig interessiert daran, was ich über diesen Ort dachte.

«Es ist großartig», sagte ich zu ihm und flocht auch ein Lächeln ein, weil ich wusste, dass ich auf dem Präsentierteller saß. Zu meiner Linken schwärmte Sadie genug für uns beide, sodass ich mich zurücklehnte und ihr das Reden überließ, während ich mit den Fingern auf die Serviette trommelte.

«Ihr Sohn hier hat was drauf», sagte Lev, zeigte auf dich und zeigte mit einem Lächeln seine perfekten weißen Zähne. «Der wird mal ein ganz Großer. Glauben Sie mir, der Junge wird noch rumkommen.»

Sadie klatschte entzückt in die Hände. Du strahltest und lachtest, und Rosaleen streckte ihre Hand nach deiner aus. Und ich? Ich nickte dem Tischtuch zu und fragte mich, wann wir endlich gehen würden. Aber ich wünschte jetzt, ich hätte dich angelächelt und dir zugezwinkert, als wollte ich sagen: «Klar, das weiß ich doch längst.»

Und dann hast du mich mit Chuck Hampton verkuppelt. Anscheinend war das Levs Idee gewesen, der meinte, dass ich vielleicht gern seinen Freund den Farmer kennenlernen würde. Wir fuhren eines Morgens sehr früh los, an der Bank vor dem Postamt vorbei, und es war noch nicht mal hell. Wir müssen zwei oder drei Stunden unterwegs gewesen sein, lauschten schrillen Radiosendern, die interessierter daran zu sein schienen, einem was zu verkaufen, als zu informieren, bevor wir bei ihm ankamen. Ich war mir nicht einmal sicher, ob wir noch in New Jersey waren.

«Seien Sie herzlich willkommen, Sir.»

Ich war kaum aus dem Auto, als ich den freundlichen Gruß schon hörte. Ich blickte mich um und sah einen Mann um die sechzig, der sich mir mit ausgestreckter Hand näherte. Diese Hand sagte mir alles, was ich wissen musste. Die raue, schwielige Haut und der feste Händedruck waren wie ein Stück Zuhause für mich. Er verbrachte den Tag mit uns, na ja, eigentlich mit mir. Du hast mit deinem Laptop auf der Vorderveranda des Mannes gesessen. Irgendwann kamst du zu uns in eine seiner rot gestrichenen Scheunen herübergerannt und sagtest, dass du für eine Stunde oder so wegmüsstest, um einen besseren Internetzugang zu finden.

«Fahren Sie zu Sully's Café. Drei Meilen nach Norden, dann am Baumstumpf links.»

Du schautest Chuck mit einem fragenden Lächeln an.

«Sie erkennen es schon, wenn Sie es sehen. Fahren Sie nur los, in diese Richtung.»

«Mach dir keine Sorgen, Junge», sagte ich zu dir, während du davonliefst und uns mit einer Hand zuwinktest, den Laptop in der anderen. «Nimm dir ruhig Zeit. Ich hab's nicht eilig.»

Dann wandte ich mich wieder Chuck zu und allem, was er mir gerade über den Mähdrescher erzählte, der vor mir stand.

Wir fuhren über sein Land. Manchmal gingen wir auch ein Stück zu Fuß. Hoben eine Faust voller Erde auf und rochen daran.

«Was Sie hier sehen, ist die Frucht unseres guten Pike-County-Wetters. Die richtige Mischung von Sonne und Regen. Keine Pestizide, nur Liebe und Arbeit.»

Ich griff nach dem Brocken Erde, den er vom Feld gehoben hatte, und zerrieb sie. Sie war nicht so gut wie meine eigene; trockener und nicht so dicht, aber ich konnte dem Mann die anständige Qualität seines Bodens nicht absprechen. Wir spazierten zwischen Maispflanzen und Weizen und Gras entlang, um seine Herden dahinter zu begutachten. Du hättest mich für den Rest der Reise auf jenen Feldern lassen können, und ich hätte mit einem Lächeln auf den Lippen unter den Sternen von Pike County geschlafen.

Den fremden Geräuschen jener Welt lauschend. Kojoten statt Füchsen, Zikaden statt Eulen. Es war schon Nachmittag, bis wir zum Haus zurückkehrten, wo ich Chucks Frau kennenlernte und eine sehr willkommene Schüssel Suppe bekam, und dann etwas, das sie «Kekse» nannten. Dabei waren es Scones, das stellte ich gleich richtig.

Du kamst ungefähr um vier zurück und entschuldigtest dich in einem fort.

«Ich wollte den Mann schon zur Arbeit einteilen», sagte Chuck lachend, als er von der Vorderveranda herunterkam, um deine Hand zu schütteln

«Ich habe versucht anzurufen, aber ich hatte keinen Empfang.» Du recktest dein Handy in den Himmel.

«Tja, hier draußen ist es mal so, mal so. Kommen Sie doch rein und lassen Sie sich auch etwas zu essen geben.»

Wir saßen noch eine weitere halbe Stunde oder so auf der Vorderveranda, während ich den armen Mann zu Preisen und Genossenschaften und Saatgut löcherte.

«Die großen Player haben den Sack zugemacht, Maurice, wenn Sie mir den Ausdruck gestatten. Wir dürfen unser eigenes Saatgut nicht mehr benutzen. Sie verklagen jeden, der es noch wagt. Wir müssen ihres kaufen. Ein Freund von mir, Kurt Lettgo, ein Saathändler Richtung Mission, wurde komplett aus dem Geschäft gedrängt. Seine Familie hatte seit vier Generationen nichts anderes gemacht.»

«Mr Hampton, damit ich das jetzt richtig verstehe», unterbrachst du und zücktest schon einen Stift und das Notizbuch, das du immer bei dir hattest. «Sie werden *gezwungen*, das Saatgut von anderen zu kaufen?»

«So sieht's aus. Ist kein Geheimnis. Sogar gesetzlich so geregelt, das können Sie alles nachlesen.»

Das hast du gemacht, und für deine Story, «Ungesäte Samen», hast du dann ja zwei Jahre später diesen großen

Preis bekommen. Du hast uns ein gerahmtes Bild davon geschickt, wie du ihn überreicht bekommst. Überflüssig zu sagen, dass es den besten Platz neben dem Fernseher bekommen hat. Auf die Rückseite hast du geschrieben: *Für Dad voller Dankbarkeit. Ohne Dich hätte ich den hier nie bekommen.*

Es ist in einer der Aufbewahrungsboxen, Kevin. Eingepackt und sicher verstaut.

«Also, das ist wirklich ein interessanter Urlaub», sagte ich, als ich wieder in den Wagen stieg und Chuck zuwinkte, während wir zurücksetzten. Chuck, der versprochen hatte, dass er mal nach Irland kommen würde, damit ich die Gastfreundschaft erwidern könnte. Ist natürlich nie gekommen. Aber wir haben uns jedes Jahr Weihnachtskarten geschickt. Seine Frau ist vor einiger Zeit gestorben, ein paar Jahre vor Sadie. Er lebt immer noch auf der Farm, allerdings hat sie jetzt sein Neffe übernommen. Ich hätte nichts gegen eine Auffrischung unserer Bekanntschaft, um zu sehen, wie es ihm ergangen ist. Um zu sehen, ob er mit dem Verlassenwerden besser zurechtgekommen ist als ich.

Als unser Urlaub vorbei war, schüttelte ich dir die Hand an den Sicherheitskontrollen im Flughafen so nachdrücklich wie nur möglich. Ein Händeschütteln von der Art, wo man den anderen auch noch am Ellbogen fasst. Wir standen einen Moment lang so da, bis es unbehaglich wurde.

«Wir sehen dich doch sicher bald wieder zu Hause», sagte ich.

«Absolut. Weihnachten hoffentlich. Ich sage euch Bescheid.»

«Mach das.» Ich tätschelte deine Hand und ließ sie los, drehte mich um, um den Arm um Sadie zu legen, die den ganzen Weg durch die Sicherheitskontrollen hindurch schluchzte.

Sadie lebte für deine Artikel. Was immer du schriebst oder sagtest, sie erzählte es allen weiter. Ging in die Bücherei, um noch mehr zu erfahren und bestätigen zu können, wie klug du warst. Waldbrände in Kalifornien, Hubble, der Kauf von Alaska. Und ich? Ich habe nie nach deiner Arbeit gefragt.

«Na, zeig mal her», sagte ich, wenn sie die Zeitung hervorzauberte, für die du jetzt gerade wieder arbeitetest. Ich legte das Blatt vor mich über den Teller mit meinem Abendbrot und las die Überschrift. Ich kann immer noch den kalten Schweiß auf meiner Stirn fühlen, als ich damals so dasaß und mir wünschte, es ginge um etwas so Schlichtes wie den Preis von Spanferkeln. Sieh mal, ich habe euch meine Legasthenie nicht unter die Nase gerieben. Ja, vor zehn Jahren habe ich herausgefunden, dass ich doch nicht so dumm bin, wie ich immer dachte. Das hat mir eine junge Frau an einem Beratungstelefon gesagt, wo ich angerufen habe, nachdem ich Pat Kenny im Radio darüber hab reden hören. Zehn Prozent der Bevölkerung sind Legastheniker, sagte sie. Kannst du dir das vorstellen? Es ist nicht so, dass ich überhaupt nicht lesen könnte, ich kann es so lala, in meiner eigenen Geschwindigkeit und wenn mir keiner über die Schulter guckt. Ich bin immer irgendwie zurechtgekommen. Ich war grandios darin, im entscheidenden Moment meine Brille verlegt zu haben oder mich über die zu kleine Schrift zu beklagen.

«Also, das ist doch wieder großartig», sagte ich dann, schob deinen Artikel weg, nachdem ich eine vertretbare Zeit darauf geguckt hatte. Das konnte ich nämlich auch ziemlich gut – lügen.

«Wo hat er nur den Verstand für all das her?», schwärmte Sadie dann vielleicht.

«Da wärest dann wohl du zuständig.»

«Glaubst du wirklich?», sagte sie und schenkte mir ihr bestes, bescheidenes Lächeln.

Du bringst mir immer noch deine Artikel mit, wenn du nach Hause kommst. Legst sie mir auf die Couch oder auf die Fußbank. Meistens, wenn ich nicht im Zimmer bin. Aber du sagst nie etwas dazu. Fragst nie, ob ich sie gelesen habe.

Seit deine Mutter gestorben ist, ist mir aufgefallen, dass du häufiger nach Hause kommst. Inzwischen zwei- oder dreimal im Jahr. Schaust bei mir nach dem Rechten, was? Meistens allein, aber manchmal auch mit Rosaleen, Adam und Caitríona. Wenn du allein kommst, dann nur übers Wochenende oder so. Ich mache in deinem alten Zimmer dann immer die Heizung an und sorge dafür, dass es die Nacht vorher gut gelüftet ist, und ich lasse den Heizstab an, damit du immer heißes Wasser hast, wenn du möchtest. Sobald du wieder auf der Einfahrt bist und Richtung Westen fährst, stelle ich ihn natürlich ab.

Es ist schwer gewesen, meine Pläne vor dir geheim zu halten, jetzt, wo du so regelmäßig hier warst. Aber du hast nicht gefragt, wenn du die eine oder andere Kiste hier und da herumstehen sehen hast. Ich nehme an, du denkst, es sind alles ihre Sachen, also die deiner Mutter. Vielleicht wolltest du nicht darüber nachdenken. Wie ich sie wegpacke, sie auf diese Weise loswerde. Ich habe mit dem Packen deines Zimmers gewartet, bis ich ganz sicher war, dass du vor heute wohl keinen weiteren Besuch planen würdest.

Freust du dich eigentlich, wenn du nach Hause kommst, mein Junge? Ich gebe zu, die Idee, ein lebendes Wesen bei mir im Haus zu haben, jetzt, da Gearstick sich ja weigerte hereinzukommen, war in letzter Zeit sehr angenehm für mich. Und jedes Mal habe ich mir geschworen, dass es dieses Mal anders sein würde, dass ich über meinen Schatten springen würde. Dass ich dich nach deiner Arbeit fragen würde und woran du gerade sitzt. Ich nahm mir vor, dir mit der größtmöglichen Konzentration zuzuhören. An deinen Lippen zu hängen. Und dann vielleicht sogar noch eine Frage zu stellen. Aber sobald du durch die Tür kamst, war es doch wieder, als falle mir ein Riegel vor den Mund. Und wie du auch immer reinstürmst, mit deinem ganzen Kram und deiner Betriebsamkeit! Landest auf der Couch mit einem breiten Grinsen im Gesicht, als kämest du geradewegs von den Bahamas. Gibst mir die Flasche Whisky und sitzt vorgebeugt da, rutschst nach vorn auf die Kante, die Ellbogen auf den Knien, Hände verschränkt, und schaust dich um, dann schaust du mich an und sagst so etwas wie: «Und, was gibt's Neues?»

«Ach, eigentlich gar nichts.»

«Haben die Jungs im Finale nicht Dresche bekommen? Was für ein Spiel. Der Außendreiviertel. Kirwan, oder? Der hat was drauf.»

«Keine schlechte Mannschaft im Moment.»

«Und wie läuft's mit der Farm? Kaufst du immer noch alles um dich herum auf und verkaufst es dann wieder?»

«Es geht mir nicht schlecht.»

«Ist das mit dem Stück Land drüben in Lissman gut gelaufen?»

«Was soll da gewesen sein?»

«Du weißt doch noch, letztes Mal, da hat der Typ versucht, den Preis zu drücken.»

«Ach, das. Das habe ich geregelt.»

«Alles in Ordnung mit den Bradys?»

«Keine Probleme.»

«Und Tommy Brady ist jetzt in Australien?»

«Tatsächlich?»

«Hab es auf Facebook gesehen. Da ist inzwischen ein Haufen Leute von hier gelandet. Ein ganzer Trupp. Die

Zeiten haben sich geändert; zu meiner Zeit ging man in die Staaten; jetzt nach Down Under.»

«Tja, so läuft das eben.»

Ich sah dann, wie deine Fingerspitzen aneinandertrommelten.

«Rosaleen und den Kindern geht es gut?», gelang es mir zu fragen.

«Großartig. Adam ist jetzt richtig im Rugby eingestiegen. Es wird allmählich auch in den Staaten populär. Spielt jeden Mittwoch und Samstag. Hier, ich hab ein paar Fotos.»

Du tippst auf deinem Handy herum, dann hockst du dich neben mich und wischst mit deinem Finger, sodass ich Adam in Aktion sehen kann, mitten im Sprung, ein Bild echter Entschlossenheit. Dann Caitríona und Rosaleen, die hinten auf der Veranda sitzen und Eis essen. Caitríonas Augen sind geschlossen, und ihre Zunge ist rausgestreckt, und sie versucht lachend, das Eis auf ihrer Nase zu erreichen.

«Das war am Labour Day», sagst du.

Ich nicke und lächele. Ich würde sie gern noch ein bisschen länger anschauen, aber ich mag nicht das Telefon in die Hand nehmen. Und wenn du fertig bist, setzt du dich wieder hin wie gehabt und schaust dich im Raum um. Lässt dir noch ein paar Fragen einfallen. Wenn du anfängst, mich nach Lavin zu fragen, dann weiß ich, dass du gleich mit deinem Latein am Ende bist.

«Ich glaube, ich mach noch einen Spaziergang über die Felder», sagst du irgendwann und stehst auf, ganz gleich, wie spät es ist. Als Gearstick noch da war und wenn es noch hell war, schaute ich dir vom Küchenfenster aus nach. Gearstick, wie er begeistert neben dir herumsprang, so aufgeregt wegen der Geschwindigkeit und der Strecke, die ihr zurücklegtet. Du warfst einen Stock, und er sprang hinterher, glücklich, Zeit mit einem jüngeren Menschen zu verbringen. Armer alter Gearstick, als ich am Ende allein hier war, musste er wohl ständig auf mich warten.

Wenn du hier warst, aßen wir außerhalb. Natürlich gab es dann immer Streit, wer für das Essen bezahlen würde.

«Dad, du hast letztes Mal bezahlt.»

«Unsinn.»

«Doch, sicher, weißt du das nicht mehr? Das war doch erst gestern, und es war genau hier, Himmel noch mal. Hier, ich werde die Kellnerin fragen.»

«Wenn du das tust, gehe ich nie wieder mit dir essen.»

«Ich möchte nur wenigstens ein Mal bezahlen.»

«Kannst du nicht morgen bezahlen?»

«Damit du morgen wieder schwörst, dass du dran bist?»

«Kann ein Vater denn nicht mal seinen Sohn zum Essen einladen?»

Abends essen wir zu Hause eine Suppe. Ich weiß noch, wie du mal was Frisches vom SuperValu mitgebracht hast. Habe ich natürlich brav gegessen, aber die Tütensuppen sind einfach besser.

Du drehst eine Runde durchs Haus. Schaust in allen Zimmern nach feuchten Stellen, Rissen, ob es irgendwo zieht oder klemmt. Ich fürchte mich davor. Der liebe Gott segne dich, aber das Heimwerker-Gen hast du nun wirklich nicht. Dennoch verbringst du deine Tage hier damit, Sachen zu reparieren. Ich kann da gar nicht zuschauen. Da wird mehr geflucht und sich die Finger gequetscht als bei der Bezirksmeisterschaft. Ich muss dann sofort nach draußen und irgendetwas versorgen, und wenn es nur meine geistige Gesundheit ist, wenn ich dich mit dem Werkzeugkasten aufkreuzen sehe.

«Wo willst du denn mit dem Ding hin?», fragte ich am ersten Tag, als ich dich damit durch die Hintertür kommen sah.

«Im Badezimmer ist ein Regal ein bisschen locker.»

«Das ist doch schon immer so gewesen.»

«Aber wir wollen doch nicht, dass es dir auf den Kopf fällt.»

«Ach, das wollen wir nicht?»

«Wenn ich schon mal hier bin, kann ich mich doch auch nützlich machen, Dad.»

«So nennst du das also», sagte ich zu mir selbst, während du durch die Küchentür verschwandest.

Und dann deine Listen! Immer zeigst du mir eine Liste von allem, was du erledigt hast, bevor du wieder fährst – «sodass ich meinen Seelenfrieden habe, weil ich weiß, dass sie erledigt sind», sagst du. Und dann ist da die Liste mit den Dingen, die ich «doch die Jungs erledigen lassen soll», als hätte ich sie nicht mein Leben lang selbst erledigt. Aber ich beiße mir auf die Zunge. Später, wenn du wieder zu Hause in den Staaten bist, kommen die Anrufe: Ob ich das in Auftrag gegeben habe? Wie lange es gedauert hat? Ob es teuer war? Manchmal lass ich die Sachen reparieren, und manchmal lüge ich und lass das, was kaputtgegangen ist, einfach kaputt sein, bis kurz vor deinem nächsten Besuch. Wenn mir die Zeit knapp wird, dann lasse ich Francie kommen. Es ist aber immer wieder erstaunlich, dass trotz all dieser Reparaturen schon wieder eine neue Liste steht, kaum dass du durch die Tür bist.

Findest du, dass sich die Dinge zwischen uns im Lauf der Jahre verbessert haben? Ich kann es nicht beurteilen.

Du erwähnst nie deine Arbeit, wenn du nach Hause kommst. Du arbeitest einfach weiter an deinem Computer, «Fernzugriff», sagst du bloß. Weißt du noch, wie du dafür gesorgt hast, dass wir einen Internetzugang bekommen haben?

«Was ist das denn?», habe ich immer wieder gefragt.

«Warte, Dad, warte», sagtest du und bist von dem pulsierenden Licht an diesem Kästchen in der Diele weggetreten.

Erstaunliches Ding. Die ganze Welt hier drinnen mit nur einem Tippen der Taste. Ich bin natürlich nicht so schnell wie du, du hämmerst einfach auf den Tasten herum wie nichts Gutes, aber ich krieg es auch hin. Ich mache mir normalerweise etwas Wasser heiß für eine Tasse Tee, und dann baue ich mich vor dem Gerät auf, mit Brille und allem, bevor ich schließlich online bin. Aber du bist völlig absorbiert und am Arbeiten. Ganz still, bis auf das Tippen. Vornübergebeugt mit deinem ernsten, schlauen Kopf. Ich konnte dir stundenlang zusehen aus meinem Armsessel in der Küche, wie du dort am Tisch in deinen Laptop starrtest, als hätte der dich irgendwie in seinen Bann geschlagen. Ich schwöre, ich kann sehen, wie über deinem Kopf der Rauch aufsteigt, bei allen diesen Gehirnzellen, die du da verbrennst.

Vielleicht wäre ich glücklicher gewesen, wenn aus dir ein Dummkopf geworden wäre. Mir wie aus dem Gesicht geschnitten. Dann hätte ich vielleicht mit dir reden können. Ach, verdammt, mein Junge, mit mir hast du wirklich den Kürzeren gezogen. Ein übellauniger Vater, der nicht mal lesen kann.

Vor zwei Jahren, als ich meinen Plan zu hegen begann, machte ich eine Liste aller Dinge, die ich dafür erledigen musste. Ich begann sie einzuteilen in Sachen, die ich an diesem Tag, in der nächsten Woche, im nächsten Monat und so weiter tun konnte, du verstehst schon. All dieses Organisieren trieb mich an, brachte mich sogar derart in Fahrt, dass ich eines Morgens beinahe im Pyjama aus dem Haus gegangen wäre. Stell dir das mal vor! Die Hauptstraße runterzugehen in meinem schicksten Schlafanzug. Das war nur ein paar Monate nach der Beerdigung deiner Mutter. Bloß der Spiegel in der Diele hat mich davor bewahrt. Ich unterbrach meinem Galopp, um mich anzuziehen und mir eine Tasse Tee und eine halbe Scheibe Toast am Küchentisch zu bereiten, auf dem ich meine Listen ausgebreitet hatte.

Auf der Liste für jenen Tag standen zwei Punkte:

1. Immobilienmakler

2. Emily/Münze

Eine Stunde später marschierte ich ins Hotel. Meine Hand in der Hosentasche, in der ich die Münze immer wieder umdrehte. Verstehst du, obwohl Molly schon sechs Jahre zuvor darauf bestanden hatte, hatte ich es immer noch nicht fertiggebracht, das Ding zurückzugeben. An jenem Tag war ich allerdings fest entschlossen, die Sache nun endlich zum Abschluss zu bringen. Aber als ich in die Lobby trat, verspürte ich den heftigen Drang, wieder umzudrehen und wegzurennen. Ein kleiner Teil von mir schien überhaupt nicht willens, das Ding zurückzugeben. Irgendwie fühlte es sich so an, als würde sie ebenso zu mir gehören wie zu dem abgedankten König oder zu Hugh Dollard, ganz zu schweigen von Thomas. Sie war schließlich länger bei mir gewesen als bei irgendeinem von denen.

«Fragen Sie sich, wer das ist?»

Emilys Frage schreckte mich auf. Ich hatte gar nicht gemerkt, dass ich wieder vor jenem alten Bild von Rainsford House stehen geblieben war – das mit dem geheimnisvollen Mann, den ich immer noch nicht einordnen konnte.

Ich drehte mich um, um sie anzusehen, ließ den Blick einen Moment auf ihrem Profil ruhen und verschaffte mir ein bisschen Luft vor dem, was da kommen musste.

«Es muss wohl ein Dollard sein, denke ich – die Nase

und das lange Gesicht», sagte ich schließlich, und meine Finger deuteten langsam in seine Richtung.

«Das ist Thomas' Vater.»

«Wirklich? Ich habe Hugh Dollard viel breiter gebaut in Erinnerung, auch mit … irgendwie vollerem Gesicht.»

Sie antwortete mir nicht, sondern blickte schnell von dem Bild weg, als bereute sie, dass sie überhaupt angefangen hatte, darüber zu sprechen.

«Und was verschafft mir das Vergnügen, Mr Hannigan?», fragte sie schließlich und lächelte mich an. «Normalerweise kommen Sie nicht zu uns zum Frühstück oder überhaupt zu irgendetwas, muss man wohl sagen. Sie sehen gut aus.»

Emily deutete auf einen Sessel in der Empfangshalle, aber ich ging in die Bar und suchte dort einen der Tische in der Ecke der Lounge aus. Ich musste vorsichtig sein, man wusste schließlich nie, wer in der Nähe war und lauschen könnte, trotz der frühen Morgenstunde. Da saß ich dann, rieb mir mit der Hand übers Kinn und fragte mich, wo ich anfangen sollte.

«Da ist noch etwas offen zwischen uns beiden, mir und Ihnen», sagte ich. «Na ja, eigentlich zwischen mir und Ihrer Familie.»

«Das klingt jetzt aber gar nicht gut. Wollen Sie Ihren Kredit zurückfordern?», fragte sie, setzte sich mir gegenüber und sah mächtig besorgt aus.

«Nein, darum geht es nicht. Nein, nein, das reicht noch viel weiter zurück.»

Ich versuchte die Worte, die mir in den Sinn kamen, in eine vernünftige Ordnung zu bringen. Aber sie rasten durch meinen Kopf wie eine Herde verschreckter Schafe, von denen keines mutig genug war, die Führung zu übernehmen. Ich beäugte die Flasche Bushmills auf dem Regal hinter der Bar und überlegte, ob es wohl unhöflich wäre, um diese Zeit um ein Glas zu bitten. Aber ich besann mich. Ich konnte hören, wie meine Finger auf den Tisch trommelten, und in der Ferne die Töpfe und Pfannen, die in der Küche klapperten. Ab und zu passierte eine Silhouette das Milchglasfenster der Tür. Ich blickte Emily ein letztes Mal an, wie sie auf ihrem Sessel hin und her rutschte, die Hände unter dem Kinn verschränkt, den Oberkörper angespannt vorgebeugt, die Ellbogen auf dem Tisch, und darauf wartete, dass ich es nun endlich ausspuckte. Am Ende griff ich einfach nur in meine Tasche und ließ die Münze schließlich frei. König Edward VIII. lag vor ihr auf dem Tisch.

Ich sah sie an und sah sie zugleich nicht an, wenn du verstehst, was ich meine. Ich musterte sie verstohlen, schaute ab und zu, wie sie schwieg und ihre Blicke zwischen der Münze und mir hin und her wanderten. Meine Hände zuckten zwischen meinen Hosentaschen und der Tischkante. Ich spitzte meine Lippen und begann, irgendetwas Irres zu pfeifen. Ich fühlte mich wie ein stotterndes Nervenbündel, wie an dem Tag, als ich in der Reihe der Angestellten vor Berk gestanden hatte, als die Münze damals verlorengegangen war. Emily nahm sie schließlich in die Hand und musterte sie gründlich.

«Aber das, das …»

Ihr Blick bohrte sich in meinen und hielt ihn jetzt fest.

«Ja. Das ist die Originalmünze. Die, die Thomas verloren hat.»

«Oh, mein Gott!» Sie ließ den Sovereign fallen, und er rollte unter den Tisch. Emily stand abrupt auf, als hätte sie einen Stromschlag bekommen. Sie starrte immer wieder auf die Stelle, wo die Münze gelegen hatte, und wich zurück, ihre Hand vor dem Mund, ohne mich wahrzunehmen. Ich wäre am liebsten sofort gegangen. Abgehauen, um nie wieder dort aufzukreuzen. Aber verstehst du, das hat dieser Ort eben so an sich. Dieses verdammte Haus, es zieht mich immer wieder hinein, und ich wehre mich doch nicht. Nach einer Weile näherte sie sich ein wenig, dann wich sie wieder zurück. Sah aus, als würde sie ein Tänzchen einüben.

Ich streckte die Hand aus, um die Münze aufzuheben. Nicht so geschwind wie das erste Mal, als ein Dollard sie fallen gelassen hatte. Ich hielt mich mit einer Hand am Tisch fest, schob die andere unter den Tisch, und meine Finger tasteten herum, um sie zu lokalisieren. Ich wusste, wenn ich mich auf die Knie herunterlassen müsste, bestünde die Gefahr, dass ich nicht wieder hochkäme, jedenfalls nicht in einer würdigen Haltung. Arthritis in den Knien. Als ich an das Metall stieß, packte ich sie und legte sie wieder mitten auf den Tisch.

«Ich war es, der sie genommen hat. Ich hatte sie all diese Jahre. Ich hatte nicht geplant, sie zu stehlen, Emily.» Ich sah sie an. «Ich wusste nicht einmal, was das verdammte Ding überhaupt war oder wie wertvoll es war. Es war nichts als schlichte, kindische Rache.» Ich wartete, um zu sehen, ob sie vielleicht irgendetwas sagen wollte, aber sie schwieg, und ich versuchte es noch einmal. «Er war kein sehr netter Mensch, Thomas, damals …»

Ich berührte die Narbe unter meinem Auge; hustete, ein bisschen beschämt über meinen kindischen Versuch einer Erklärung, die mich entlasten könnte; stand auf, um hinter den Tresen zu gehen und mir etwas Wasser einzugießen, denn der Bushmills schien mir immer noch ein bisschen zu verfrüht. Ich schluckte die kalte Flüssigkeit herunter, und als kein Tropfen mehr übrig war, kehrte ich langsam an meinen Platz zurück, wobei ich zwei volle Gläser mitnahm und bei jedem zweiten Schritt nach Emily lugte. Ich stellte die Gläser ab.

Aber Emily regte sich immer noch nicht.

«Trinken Sie», befahl ich.

Sie betrachtete mich einen Moment lang, bevor sie wieder zu mir kam. Ich beobachtete ihre Füße, bis sie unter dem Tisch verschwanden, als sie sich hinsetzte. Ich gebe zu, ich konnte ihr nicht in die Augen sehen und blickte stattdessen auf das hohe Fenster am Ende des Raumes, um zu beobachten, wie der Ort allmählich zum Leben erwachte. Lavin stand in seiner offenen Ladentür und hob eine Hand zum Gruß für den Zeitungszulieferer, der auf der Hauptstraße gerade in seinem Lastwagen davonruckelte.

«Aber all diese Zeit, Mr Hannigan», begann Emily schließlich und holte mich aus meinen Betrachtungen zurück, «all diese Zeit mit dem Hotel und mir wussten Sie, dass Sie sie hatten, und haben nie ein Wort gesagt.» Sie starrte mich weiter an, ihre Blicke bohrten sich in mich, als wäre ich eine mächtige Enttäuschung. Ich nippte von meinem Wasser und nahm Lavin wieder in den Blick, der seine Zeitungen in das Geschäft verfrachtete. «Und selbst als ich Ihnen die Geschichte darüber erzählt habe, was dieses verdammte Ding uns angetan hat, Onkel Thomas angetan hat, selbst da haben Sie kein Wort gesagt? Nicht ein Wort. Haben mich einfach weiterplappern lassen wie eine Idiotin.»

Sie sah weg, konnte mich nicht ertragen.

«Emily, ich habe Sie nie für eine Idiotin gehalten, ich habe wirklich nur die größte –»

«Aber das waren wir Dollards doch immer nur für Sie – die Idioten, die man für alles einspannen konnte, was Sie in Ihre gierigen Hände kriegen konnten.»

Ich starrte auf den Tisch und spürte, wie die Wut in mir hochstieg. Gierig. Ich hatte sie gut verstanden, genau das hat sie gesagt: gierig. Die Münze sah jetzt klein aus. Das

Ding, das sich in all den Jahren schwer in meiner Hand angefühlt hatte, war plötzlich wie ein Halfpenny, der sich vor der Gefahr klein machte. Ich tippte mit dem Glasboden auf den Tisch. Immer wieder. Mein Fuß begann, im Rhythmus zu wippen, während das Wasser in meinem Glas an den Seiten hochschwappte. Ich dachte an Tony, der in seinem Bett gestorben war und die Münze unter seinem schweißgetränkten Kopfkissen versteckt hatte. Seine Beerdigung. An meine Mutter und meinen Vater, die Angst davor hatten, alles zu verlieren. An die Schläge. Und an Molly und dich. An Sadie. Oh Gott. Sadie. Alles, was ich verloren hatte, fiel mir wieder ein. Ein großer Tsunami aus Hass und Trauer. Wie sehr tat ich mir in diesem Moment selber leid. Draußen in der Eingangshalle hörte ich die Stimmen der Rezeptionisten, die Gäste begrüßten und Instruktionen gaben, wie man zum Frühstück in den Speisesaal kam. Bacon-Geruch drang in meine Nase. Mein Magen knurrte, aber ich wippte weiter mit dem Fuß. Meine Zahnprothese, mit der ich mir auf die Lippen biss, ich behielt alles für mich.

«Ich meine, wir haben alle beinahe den Verstand verloren wegen dieser Sache. Wegen Ihnen.»

Emily schnipste die Münze in meine Richtung. Ich sah zu, wie diese, ungewollt wie sie jetzt war, sich aufbäumte, auf mich zukullerte, meinen Ellbogen traf und wieder abprallte, bevor sie genau auf der Tischkante liegen blieb. Diese Prägung, die verdammt noch mal nie existiert hatte – wie sehr ich mir in diesem Moment wünschte, dass das wahr gewesen wäre.

Ich schäme mich für das, was ich im nächsten Augenblick tat, aber ich war plötzlich so aufgebracht wie ein wütender Stier. Ich nahm dieses beschissene Ding in die Hand, ließ es einmal hüpfen und warf es dann quer durch den Raum, wobei es den Bartresen traf und von dort wieder auf den Hartholzfußboden knallte.

«Sie werden mir verzeihen, Emily», schrie ich, hievte mich in den Stand und schlug mit der Faust auf den Tisch. «Sie werden mir verzeihen, wenn ich damit beschäftigt war, meine Frau zu beerdigen, und einmal in meinem verdammten Leben nicht über die Dollards nachgedacht habe!»

Ich stieß die Worte hervor, während ich mich über den Tisch beugte, ihr direkt ins Gesicht sehend. Mein Blut wallte auf, die Adern schwollen an, ich war am Rand einer wütenden Kernschmelze. Aber dann kamen mir die Tränen. Ich schluchzte hemmungslos. Packte die Tischkanten, damit ich nicht hinfiel. Und ich sah sie an, durch meine überfließenden Augen, hilfloser Narr mit eingestürzten Schutzwällen, der ich war.

Dann öffnete sich die Tür hinter der Bar.

«Entschuldigen Sie die Störung, Miss Bruton, aber jemand von Kerrigan's ist am Telefon und fragt nach der Bestellung», sagte eine junge Frau.

Kerrigan's, am Arsch. Die Lüge dieser Heldin, die gekommen war, um ihre Chefin zu retten, wartete auf eine Reaktion. Meine Hände hoben sich an mein Gesicht, und ich wischte weg, was ich konnte, während ich meinen Kopf pochen spürte, als wäre jemand dadrinnen und versuchte, sich herauszukämpfen. Ich fiel rückwärts wieder in den Sessel.

«Ich rufe später zurück, Donna», sagte Emily, ohne das Mädchen auch nur anzusehen.

«Ist alles in Ordnung?», fragte die junge Donna leise und blickte auf den Hinterkopf ihrer Arbeitgeberin und dann auf mich.

Emily blickte mich ebenfalls an. Genau wie Molly, genau

wie beim letzten Mal, als ich sie gesehen habe. Schöne, gütige, weise Augen.

«Es ist alles in Ordnung, danke», sagte Emily, stand auf, sammelte die Münze vom Fußboden auf und wandte sich dem Mädchen zu. «Keine Sorge. Gehen Sie wieder ins Büro. Sagen Sie allen Anrufern, ich sei in einer Besprechung.»

Dann kam sie zu mir zurück, behutsam, legte die Münze vor sich hin, und eine oder zwei Minuten herrschte Schweigen. Ein Schweigen, während dessen ich meine Augen so fest wie möglich zudrückte, sodass nur Sadie und ich darin eingeschlossen waren.

«Das mit Sadie tut mir leid», hörte ich sie sagen. Mollys süße Stimme. «Ich war dort, bei der Beerdigung. Ich habe nicht hallo gesagt, ich wollte mich nicht aufdrängen. Bei Beerdigungen bin ich nicht die Beste, aber ich habe eine Karte geschickt.»

Ich stützte mich am Tisch auf meine Ellbogen und dachte an deine Mutter. Fragte mich, was sie jetzt wohl von mir denken würde. Über diese Show, die ich hier mit ihr in der Hauptrolle veranstaltete. Ein Seufzen, das direkt von meinen Füßen aufzusteigen schien und durch meinen Körper schwallte, beruhigte mein Herz, das wie verrückt raste.

«Ja. Ich hab sie bekommen, die Karte. Danke.»

Ich betrachtete ihre Finger, die auf dem Tisch ruhten.

«Kaffee», sagte sie schließlich. «Ich glaube, ich brauche jetzt einen Kaffee.»

Ich hatte nicht die Energie, um ihr zu sagen, dass ich das Zeug nicht trank. Also ließ ich sie gehen, damit sie klappern, klirren und aufbrühen konnte. Die ganze Zeit über sah ich nicht hin, sondern starrte nur auf meinen Zeigefinger hinunter, der auf dem Mahagoni-Tisch Kreise malte, während der Name deiner Mutter in meinem Kopf widerhallte.

Der Löffel klapperte auf der Untertasse, die sie vor mir abstellte.

«Oh, verdammt, Milch», sagte Emily und wollte sich umdrehen und zurückgehen.

«Nicht wegen mir», antwortete ich. «Ich trinke ihn schwarz.»

Und dann lachte ich still in mich hinein, als ich an dich und dein Kaffeetrinken dachte.

Sie setzte sich wieder auf ihren Platz.

«Sollen wir noch mal von vorn anfangen?», fragte sie und sah mich an, wie sie vielleicht ein Kind anblicken würde, das sich gerade den Kopf gestoßen hatte.

Ich nickte und wartete, konnte und wollte die Anstrengung aber noch nicht machen.

«Warum wollen Sie sie jetzt zurückgeben?» Ihre Stimme war so sacht, beinahe ein Flüstern.

Ich hustete und wartete und sagte dann: «Ich habe gestern Abend Sadies Sachen ausgeräumt und bin dabei auf sie gestoßen. Hatte vergessen, dass ich sie hatte, und hier ist sie nun.» Ich brauchte diese Lüge, um ihr eine logische Erklärung zu bieten.

«Aber Sie waren es doch, der mich all die Jahre danach gefragt hat.»

Ich sah sie an und stellte mir die Schuld vor, die sie auf meinem Gesicht sehen konnte. Aber ich bot ihr dennoch keine weitere Erklärung an, die entschuldbar gewesen wäre. Sie beobachtete mich und hoffte wohl trotzdem darauf.

«Und was soll ich jetzt damit machen?», fragte sie, als sie schließlich begriff, dass nichts mehr kam. «Wie haben Sie sich das gedacht? Soll ich sie behalten», sagte sie, nahm sie in die Hand und sah mich an, «oder soll ich es ihm sagen?»

Ich nahm einen Schluck Kaffee und zuckte zusammen, ich meine, bitte, wie kannst du das Zeug trinken? An diesem bitteren Dreck ist doch gar nichts schön. Aber ich hielt durch, froh, dass mich diese Quälerei noch einen Moment ablenken würde. Und so verrückt wie das klingt, ich hatte das Gefühl, als hätte ich ein Stück von dir dabei, einen Verbündeten, vermute ich.

«Das ist Ihre Entscheidung», sagte ich. «Ich bin damit durch.»

Ihr Gesicht sah jetzt traurig und besorgt aus.

«Er ist sehr krank, wissen Sie. Onkel Thomas. Lungenentzündung. Er liegt im Krankenhaus. Mummy und ich fahren bald rüber. Ich denke, ich könnte sie ihm mitbringen.» Sie sah mich an, als wäre ich der Weisere von uns beiden. Der, der alle Antworten hatte. Wollte sie nicht begreifen, was für eine Enttäuschung ich in dieser Hinsicht war?

«Was immer Sie für das Beste halten.» Selbstsüchtigerweise fühlte ich mich jetzt leichter, als wäre eine Last von mir genommen und hätte Platz für meine eigenen Pläne gemacht. Ich versank für ein, zwei Augenblicke in Gedanken an diese Pläne und trank weiter meinen Kaffee. Und als nur noch die Hälfte von dem schwarzen Gesöff in meiner Tasse verblieb, brachte ich die Worte heraus, die ich schon vor langer Zeit hätte aussprechen sollen.

«Es tut mir leid, dass ich sie genommen und behalten habe. Das alles tut mir leid.»

Sie sagte nichts, nickte bloß und sah noch einmal, bevor ich mich verabschieden konnte, hinunter auf den König, der nie gewesen war.

Danach hörte ich einige Wochen lang nichts von Emily. Aber eines Abends läutete mein Handy. Ich hatte auf einen Anruf von Anthony gewartet, meinen frisch ernannten Immobilienmakler, und so nahm ich den Anruf entgegen, begierig, von seinen Fortschritten zu erfahren, mich an den Meistbietenden zu verkaufen.

«Er ist tot, Mr Hannigan. Onkel Thomas ist tot», war alles, was sie sagte. «Können Sie vorbeikommen?»

Ich parkte den Jeep draußen vor dem Hotel noch schlechter, als es in letzter Zeit meine Gepflogenheit war. Ich kann die Abstände nicht mehr so gut einschätzen, bin ein paarmal beinahe irgendwo angestoßen, aber solange ich nicht tatsächlich irgendwo gegenfahre, mache ich mir nicht allzu große Sorgen. Als ich nach drinnen kam, führte mich Donna, die junge Frau vom letzten Mal, durch das Rezeptionsbüro und einen Kaninchenbau unterschiedlicher Korridore, bis ich die Orientierung verlor. Sie brachte mich in einen gemütlichen, von mehreren Lampen erleuchteten Raum.

Ich nahm Platz in einem Sessel, der noch aus der alten Zeit stammen musste. Er wies immer noch Spuren des vergangenen Luxus auf. Seine rote Blumen und der cremefarbene Hintergrund hatten nicht ihre Farbe verloren, aber die Armlehnen hatten im Lauf der Jahre begonnen zu verschleißen, und die porösen Fäden rollten sich unter meinen Fingerspitzen leicht zusammen. Ich ließ sie los. Da ich nicht zum Untergang dieses feinen Möbelstücks beitragen wollte, stand ich langsam und unbeholfen auf. Der niedrige Sessel hätte mich mit seinem Komfort beinahe verschluckt. Ich ging ans Fenster, um mir eine gewisse Orientierung zu verschaffen. Ich konnte diesen Raum beim besten Willen im Haus nirgendwo einordnen. Aber vergebens. Es war stockdunkel draußen, ich hätte die Lampen ausschalten müssen, um etwas zu erkennen.

«Es ist die alte Speisekammer, die ein bisschen erweitert worden ist», sagte Emily, als sie eintraf und mich dabei ertappte, wie ich aus dem Fenster schielte, die Hände im

Versuch, das Licht auszublenden, schützend über die Augen gehalten. «Daddy hat sie umgewandelt. Der Raum ist winzig, aber er passt mir gut. Das war sein Büro.»

Sie sah blass und erschöpft aus, wie sie da mitten im Raum stand und zwei Gläser in der Hand hielt.

«Hier, die werden wir brauchen», sagte sie und stellte sie auf den niedrigen Tisch, der zwischen dem Sessel, in dem ich gesessen hatte, und einer exakten Kopie davon gegenüber stand. Ich ging wieder zurück und griff nach dem Bushmills.

«Ich kann mich nicht gut an die Speisekammer erinnern», sagte ich, sah mich um und schob das Unvermeidliche noch ein bisschen länger auf, «aber meine Mutter hätte es getan. Sie hat auch hier gearbeitet, wissen Sie.»

Ich ließ mich müde in den Sessel sinken.

«Ja, das haben Sie mir erzählt.»

«Natürlich. Eine der vielen Fallgruben des Alters: Das Gehirn weiß nicht mehr, wie oft es dieselbe Geschichte erzählt hat.»

Ich nahm einen anständigen, tiefen Schluck und ließ, was immer der Whisky in mir durchströmte, von ihm wärmen. Ich seufzte angesichts des Genusses.

«War es die Münze, die das bewirkt hat, Emily?», packte ich den Stier bei den Hörnern.

Sie sah auf ihren Drink hinunter, und die Luft im Raum begann, sich an den Rändern zu kräuseln, während Emily in ihrem Sessel ihr Gewicht verlagerte. Sie hob ihre Hand an den Mund, den Ellbogen auf die Armlehne gestützt. Ihre Finger zupften an ihren Lippen.

«Er hat sie anfangs nicht gesehen», begann sie und sah immer noch nicht mich an, sondern den geblümten Teppich, der den rosa Teppichboden schonte, der allerdings schon bessere Jahre gesehen hatte. «Ich hielt sie in meiner

Hand und versuchte, sie ihm zu zeigen, aber er guckte nicht hin. Ich musste ihm zurufen: *Onkel Thomas, guck mal. Guck, was wir gefunden haben.* Aber er hatte nur Augen für Mummy. Am Ende musste ich seine Hand nehmen und ihm die Münze auf die Handfläche legen. Da hat er sie sofort erkannt. Sofort. Aber er war dann so aufgeregt. Bäumte sich im Bett auf, warf den Kopf von einer Seite auf die andere und wimmerte wie ein Baby. *Emily, was ist das, was hast du ihm gegeben?*, fragte Mummy immer und immer wieder und begann, sich ähnlich aufzuregen. Mir dämmerte, dass er zu überprüfen versuchte, ob ich ihn nicht zum Besten hielt. Er suchte nach seiner eigenen Münze, die er unter seinem Kissen versteckt hatte. Ich holte sie aus ihrem schwarzen Samtetui, sodass er schließlich beide sehen konnte, Seite an Seite. Er weinte. Ich beobachtete ihn. Er lächelte nicht, wie ich es mir erhofft hatte. Sein Gesicht verzerrte sich einfach in tiefem Schmerz, nicht Erleichterung oder Freude, sondern Schmerz. Er schloss seine Fäuste um die Münzen, hielt sie sich ans Herz und weinte, lange, bebende Schluchzer, bis …»

Sie schwenkte ihren Drink und sah zu, wie er seine Kreise drehte, nahm dann einen Schluck. Ich trank einen Schluck von meinem eigenen in dieser Pause, in der wir schwiegen. Als die Flüssigkeit sich wieder beruhigt hatte, fuhr sie fort.

«Bis keine Tränen mehr kamen, kein Schmerz, kein Atem mehr. Er starb auf der Stelle. War sofort tot. Herzattacke. Es hat ihn so umgebracht, wie wir es immer erwartet haben. Ich wusste nicht, was ich tun sollte. Mutter schrie und heulte mir ins Ohr. Ich rannte bloß heraus, um mir jemanden zu greifen, der ihn zurückholen, ihn wiederbeleben könnte, bewirken könnte, dass ich ihn nicht getötet hatte. Irgendwo in meiner Naivität hatte ich gehofft, dass die Wiederauferstehung der Münze, ihre Rückkehr, ihm Frieden schenken würde.»

Sie lachte ironisch und sagte mit einem Seufzen: «Stattdessen hat es ihn gequält und in den Tod getrieben.»

Sie holte das schwarze Etui heraus und legte es zwischen uns. Ich blickte hinunter, wissend, was darin lag, wollte es aber nicht sehen. Sie setzte ihr Glas ab und öffnete das Etui, und ich hielt sie nicht zurück, sosehr ich das auch gewollt hätte. Dort, mir gegenüber, saß der abgedankte König, zwiefach trotzig.

Ich wusste nicht so recht, was ich sagen sollte. War ich hier, um für Thomas' Tod zur Verantwortung gezogen zu werden, war es das, was Emily gewollt, warum sie mich hergerufen hatte? Es hatte Zeiten in meinem Leben gegeben, in denen ich mir gewünscht hatte, dass der Mann tot sei, das gebe ich zu – ich hatte ihm einen schrecklichen, schmerzhaften Tod gewünscht. Aber als ich da saß und Emily sah, die vor Schuldgefühlen und Trauer zuckte, wobei ihr unaufhörlich die Tränen liefen, da fühlte ich keinen Trost, keine Freude darüber, dass er schließlich gestorben war.

Vor einem Jahr etwa, mein Junge, beobachtete ich einen Volkswagen Golf mit Dubliner Kennzeichen, der unsere Straße entlangfuhr. Es war Abend, ungefähr sieben. Als er unser Tor erreichte, bremste er ab, fuhr ganz langsam vorbei und beschleunigte dann wieder. Mir gefiel das Ganze überhaupt nicht. Diese Raubüberfälle, mein Junge, man hört ja immer wieder davon – Gangs aus Dublin, die alte Leute auf dem Land in ihren Häusern überfallen, weil sie hinter Bargeld her sind, das ist einfach nicht recht. Am nächsten Tag, als ich im Wohnzimmer stand, in einer Hand einen Becher Suppe, ein Stück Brot in der anderen, da fährt der doch glatt wieder vorbei. Frech wie Oskar. Am helllichten Tag. Ich rief sofort Higgins an. Natürlich läutete es ewig. Budget-Kürzungen. Wahrscheinlich war er drüben auf der Duncashel-Wache. Als ich Roberts Nummer wählte, fuhr der Typ doch schon wieder vorbei, diesmal langsamer. Hielt direkt vor dem Tor. Saß da, während der Motor lief, und starrte auf das Haus.

«Irgendein Typ mit Dublin-Kennzeichen ist da draußen und mustert mein Haus», erzählte ich Roberts Mailbox. «Kann Higgins nicht erreichen. Ruf mich zurück.»

Hinter den Spitzenvorhängen hervorspähend, sah ich, wie er langsam weiterrollte und dann in das Tor zum gegenüberliegenden Feld einbog. Direkt rein und gut geparkt. Die Tür öffnet sich, und er steigt aus. Er kommt über die Straße, und seine Hand tätschelt seine linke Tasche. Aus der anderen holt er sein Handy. Er klettert über das Rindergitter, läuft weiter die Einfahrt hoch, dreht sich einoder zweimal um sich selbst.

Ich trat vom Fenster weg, griff nach meinem Gewehr und ging zur Hintertür. Da hockte ich mich zu Gearstick herunter, sah ihm ins Auge und hielt ihm die Schnauze zu, sodass er wusste, dass er still sein sollte. Und dann gingen wir los, bogen nach rechts, hinten am Haus entlang und dann an der Seite wieder hoch. Gearstick an meiner Seite, während ich die Waffe fest gepackt hielt. An der Hausecke blieben wir stehen. Ich an die Wand gepresst und Gearstick dicht neben mir, wobei mein Herz so heftig schlug, als würde ich gerade rennen, um den 109er nach Dublin zu erreichen. Ich schob kurz meinen Kopf um die Ecke.

«Ja, das ist das richtige Haus», hörte ich den Mann sagen, der jetzt vor meiner Haustür lungerte. «Sieht alles ganz ruhig aus. Ich ruf dich zurück.»

Ich sah zu, wie er am Wohnzimmer einen Blick durchs

Fenster warf. Die Hände über den Augen, musterte er alles gründlich. Dann ging er zu den Schlafzimmerfenstern. Ich zog mich ein Stück zurück, während er dahin kam, wo ich schon wartete, wobei er auf seinem Weg in jedes Fenster schaute. Langsam entsicherte ich die Waffe und hob das Gewehr. Gearsticks hechelnder Körper presste sich an mich. Ich malte mir aus, wie sich seine Ohren aufstellten. Ich hörte, wie die Schritte näher kamen, drei noch, dachte ich und drückte mir den Schaft an die Schulter. Drei, zwei, eins.

«Was zum Teufel wollen Sie?» Meine Hand, ruhig wie ein Fels.

«Himmel!», schrie er und sprang zurück.

Gearstick ließ das schärfste Gebell hören, das er zustande brachte, und schob den Kerl vor sich her, bis der stolperte und auf seinen Hintern fiel. Stand über ihm, die Zähne entblößt, bereit zu schnappen, wenn ich ihm den Befehl gab.

«Rühren Sie sich nicht», schrie ich, als er versuchte, seine Hand in seine Windjacke zu schieben.

«Nein, Mann. Nein. Alles cool.»

«Nenn mich nicht ‹Mann›, verdammt noch mal.»

«Hören Sie, Mann, ich meine, Sir. Sie kriegen das in den völlig falschen Hals. Ich bin David Flynn vom Seniors' Club in Duncashel. Ich habe einen Ausweis und Flyer dabei.»

In meiner Tasche läutete mein Handy.

«Wird aber mal verdammt Zeit», sagte ich zu Robert und klemmte es mir zwischen meinen Kopf und die freie Schulter, «ich könnte hier draußen schon tot sein. Dieser Kerl hier sagt, sein Name sei David Flynn, vom Senior Irgendwas in Duncashel. Prüf das mal nach und ruf mich wieder an. Du solltest dich vielleicht beeilen, mein Finger am Abzug ist schon ganz schwitzig.»

Ich blickte den Jungen an. So kam er mir jetzt vor, wie ein verängstigter Junge. Ich ließ die Waffe ein Stück sinken. Gearstick, der, so schien es, auch nicht mehr daran interessiert war, ihn zu Tode zu erschrecken, begann, an seinen Schuhen zu schnüffeln.

«Was macht dieser Seniors' Club denn, wenn er zu Hause ist?», fragte ich, während wir warteten.

«Wir leiten Gruppen.»

«Gruppen?»

«Gruppen. Wie Freundschaftsgruppen. Und sorgen dafür, dass Leute bei einem vorbeikommen, um zu sehen, wie es einem geht. Obwohl das vielleicht nicht gerade Ihr Ding ist», sagte er mit einem Blick auf das Gewehr. «Dann gibt's noch Bingo. Und Yoga. Und Ausflüge und …»

Mein Handy klingelte. Robert wieder.

«Aha. Gut», sagte ich, als er damit fertig war, mir alles zu erzählen, was ich über diesen guten Jungen auf dem Boden wissen musste. Ich drückte auf den roten Knopf und beendete das Gespräch.

«Und jetzt sagen Sie mal, ist es das, was sie euch drüben in Duncashel so beibringen, wie man seinen zukünftigen Klienten eine Scheißangst einjagt?» Ich senkte die Waffe ganz. David ließ den Kopf sinken, während Gearstick jaulte und ihm das Ohr leckte. Und so wahr, wie ich hier sitze, der Junge streckte sein Hand aus und streichelte ihn.

«Ich bin neu», erwiderte er, als ich ihm meine Hand hinhielt, um ihn hochzuziehen.

Wenn ich nicht das Gefühl gehabt hätte, ihm etwas schuldig zu sein, hätte ich nie das Centre in Duncashel aufgesucht. Ich beschloss, dass Bingo wahrscheinlich die beste Wahl wäre. Sie boten mir an, den Bus vorbeizuschicken, um mich abzuholen, aber ich wollte kein Risiko eingehen. Immer wichtig, eine Fluchtmöglichkeit zu haben. Ich saß eine Weile draußen im Auto, nachdem ich dort angekommen war, und fragte mich, was zum Teufel in mich gefahren war. Die Einsamkeit brachte mich dazu, Dinge zu tun, die ich im Traum nicht gemacht hätte, solange deine Mutter noch lebte. Wie etwa die Nachrichten aus der Gemeinde am Schwarzen Brett im SuperValu zu lesen:

Senioren-Bridge – Duncashel Amenity Centre.
Donnerstags 10:00 Uhr.

Trauerfall-Begleitung, Gruppentreffen freitags 19:00 Uhr.
Presbyterian Church Hall – Anna anrufen

Pilgerreise nach Medjugorje – August 2014

Selbst vor diesem Ding hinter den Kassen zu stehen war riskant. Jeder hätte mich sehen können. Ich musste so tun, als würde ich in den Laden schauen, um ganz sicherzugehen. Ich habe mich im Geiste bei jeder dieser verdammten Veranstaltungen gesehen, mein Junge. Sah mich, wie ich unter lauter Fremden dasaß, nickte, Smalltalk über das Wetter und die Preise und den Fluch der Computer machte. Oder schlimmer noch, mir die Augen ausweinte. Ich verspreche dir, ich habe mich wirklich gezwungen, dieses ausgelaugte Leben weiterzuleben. Ich habe sogar «Anna» angerufen. Hat mich ermuntert, wenigstens eines der Treffen zu besuchen. «Wie wäre es mit nächsten Freitag?», fragte sie. «Ich werde darüber nachdenken», sagte ich. Am nächsten Freitag sah ich zu, wie die Uhr auf dem Kaminsims weitertickte. Der Zeiger stand auf halb, dann fünfundzwanzig vor, dann zwanzig vor. Mein Herz pochte, ich rieb mir die Stirn und hatte mir eine neue Sorgenfalte reingerieben, als der Zeiger Viertel vor erreichte. Im Hintergrund gab der

Wettermann seine Vorhersage im Fernsehen zum Besten, Glatteis und Schneeregen. Aha, na also, sagte ich zu mir selbst, diese Straßen sind mir zu riskant.

Und als ich dann in meinem Jeep in Duncashel saß und darauf wartete, zu David und seinem Senioren-Bingo hineinzugehen, fragte ich mich, ob ich es diesmal wirklich tun würde. Würde ich den Sprung wagen in eine Welt, die mir auf meine alten Tage noch Hoffnung geben sollte? Da kam mir die Idee, dass David vielleicht vom Himmel gesandt war. Vielleicht war das eine Tat deiner Mutter. Vielleicht hatte sie ihn geschickt, damit er mich zwang, es auch allein zu versuchen. Als Nächstes stellte ich fest, dass ich schon auf dem Weg durch die Tür war. Meine Hand lag auf dem Schild: «Fáilte, Willkommen, Bienvenue.»

«Maurice! Schön, Sie zu sehen, Mann», rief David, der zu mir kam, um mir die Hand zu schütteln.

«David», antwortete ich. «Sie haben sich von der Sache neulich erholt, hoffe ich.»

«Was? Ah ja, kein Ding, Mann. Klar, mein Dad hat sich scheckig gelacht, als ich ihm davon erzählt habe. Sagte, er würde gern mal ein Bier mit Ihnen trinken.»

«Tatsächlich?», fragte ich und musterte den Presbyterianer-Saal, in dem ich noch nie vorher gewesen war. Vier hohe, vergitterte Fenster lagen einander gegenüber, ein abgewetzter Holzfußboden, der aussah, als hätte er im Laufe der Jahre eine Party zu viel erlebt. Deprimierende, rote Samtvorhänge, an den Rändern orange und ausgefranst, hingen paarweise vor jedem Fenster. Oben auf der Bühne, hinter der weißen Bingo-Maschine, war ein Gewirr von ungenutzten Stühlen und Bänken aufeinandergestapelt.

«Sie kommen aber nicht hier aus der Gegend?», fragte ich, obwohl ich fürchtete, dass ich ihn das womöglich schon bei unserer ersten Begegnung gefragt haben könnte.

«Ich? Nein. Aus Finglas. Wir sind hierhergekommen, nachdem meine Ma vor drei Jahren gestorben ist. Mein Dad sagte, es sei einfach nicht mehr dasselbe ohne sie. Wollte eine Veränderung, verstehen Sie, was ich meine?»

Zwanzig schwarze Plastikstühle oder so, von der unbequemen Sorte, waren vorn im Saal aufgereiht. Und dort, in Grüppchen von zweien und dreien, davor und daneben, stand meine große Hoffnung: meine Kollegen. Diejenigen, die mich aufsammeln und wieder zusammenbauen sollten. Mein Magen drehte sich um, und mein Herz schlug langsamer, so mühsam fand ich die ganze Situation.

«Warum arbeiten Sie denn überhaupt hier?», brachte ich heraus. Ich atmete den Modergeruch des Saals ein, er kratzte mir in der Kehle.

«Das kam durch Dad. Er hat darüber im *Duncashel Topic* gelesen und begann, jeden Donnerstag hierherzukommen. Dann gab es das auch noch dienstags, und klar, am Ende hätte er auch gleich einziehen können. Ich habe ihn immer hergefahren. Ab und zu kam ich mit rein und half ein bisschen beim Aufstellen der Stühle und begann, mit den Leuten zu reden. Fidelma, die Chefin, hat mich vor einem Monat hergeholt.»

«Und ist er hier, Ihr Vater?»

«Dad? Nein. Er ist letztes Jahr gestorben. Denke mal, der hat einfach aufgegeben. Kam ohne Ma einfach nicht klar, wissen Sie.» Er blickte mich ganz verlegen an, als überlege er, ob er mir ein Geheimnis anvertrauen könne. «Ich rede die ganze Zeit mit ihm in meinem Kopf. Bescheuert, ich weiß, aber …»

Ich sah ihn an, mein Junge, und ich schwöre bei Gott, ich hätte ihn umarmen können. Ein Mann, der wusste, was es hieß, mit Geistern zu reden.

«Das ist also der Lone Ranger.» Eine Frau von wenig

mehr als eins fünfzig und beinahe derselben Breite verkündete das, während sie sich mir vom Eingang des Saals her näherte. Ihre Schritte ließen die Dielenbretter erzittern, während sie direkt auf mich zukam.

«Ich bin Fidelma Moore, Mr Hannigan. Ich hoffe, Sie haben das Gewehr heute zu Hause gelassen.» Sie packte meine Hand, obwohl ich sie gar nicht ausgestreckt hatte. «Wir haben im Büro wirklich sehr darüber gelacht. Was ist denn in Sie gefahren?»

Ich bedachte sie mit einem starren Blick und hörte David neben mir nervös scharren. Ich sah ihn an, dann wieder sie.

«Dann leben Sie wohl nicht allein», sagte ich, «irgendwo am Arsch der Welt, wo Sie nur ein Gewehr haben, um sich vor den Gangs zu schützen, die Ihnen Ihr Kleingeld stehlen und Sie dann halb tot liegen lassen?»

Sie legte eine Hand an die Brust, während sich ihre Augenbrauen hoben und sich ihre Stirn in Falten legte. «Verzeihen Sie, also, ich wollte Sie ganz sicher nicht verletzen ...»

«Nein», sagte ich und beugte mich zu ihr hinunter, «sicher nicht. Aber Sie haben es getan.»

Dann wandte ich mich von ihr ab und sah zu, wie der Conferencier mit den Bällen spielte und sie oben im Saal zurechtlegte, während die Frau überlegte, wie sie jetzt mit mir umgehen sollte. Auf meinen Füßen wippend, beschloss ich, dass, selbst wenn es die göttliche Intervention meiner Frau war, die mich dorthin und zu diesen Leuten geführt hatte, ich immer noch einfach wieder gehen konnte.

«Sie werden gleich anfangen», sagte die Frau schließlich, und ihre Worte klangen nicht mehr halb so forsch wie zuvor. «David, seien Sie so gut und bringen Sie Mr Hannigan an einen Platz.»

Ich weiß, dass ihr Blick mir folgte, während ich zur hinteren Reihe ging, wo ich mich allein an den Rand setzte. An jenem Tag fühlte ich mich mächtig alt, mein Junge. Ich sah mich um, beobachtete all diese weißhaarigen Männer und Frauen mit ihrer ausgetrockneten, schlaffen Haut, den tränenden Augen und der verschlissenen Kleidung, die den Nachmittag mit Leuchtmarkern vergeudeten. Ich weiß nicht, wie es mir gelang, so lange sitzen zu bleiben, wie ich es tat. Ich machte mir gar nicht erst die Mühe, die Zahlen anzukreuzen, tat nur ab und zu so Ich bin sicher, David hat das bemerkt, der an der Seite stand, hin und her lief und bei denen nachschaute, die «Bingo» riefen und mit ihren Zetteln in der Luft wedelten, als würden sie ertrinken. Die meiste Zeit strich ich mit meiner Schuhsohle über den Fußboden.

Vor der Pause kam David zu mir rüber und beugte sich hinunter an mein Ohr: «Ich muss jetzt den Tee holen, Maurice, in Ordnung? Aber danach setze ich mich zu Ihnen. Ich denke, wenn wir unsere Karten richtig ausspielen, gehört die Schachtel Cadbury Roses uns. In den Tüten sind Haselnusskekse», sagte er und klopfte mir auf die Schulter.

Ich nickte.

Als der Conferencier die Pause ankündigte, gingen meine Seniorenkollegen an mir vorbei und warfen dem Neuen einen prüfenden Blick zu. Einige lächelten. Ich schaute weg, konnte einfach nicht zurücklächeln. Fühlte mich unfähig, der Heuchler zu sein, der ich hätte sein müssen, um mich ihrem Kreis anschließen zu können. Um dazugehören, akzeptiert werden zu können. Aber das ist auch der Punkt, mein Junge, ich wollte immer nur zu einer einzigen Person gehören, und die war nicht hier im Saal. Und tief in meinem Herzen wusste ich, selbst wenn ich all den Smalltalk über die Lippen bringen könnte, der benötigt wurde, um in dieses neue Leben vorzustoßen – ich wollte es nicht. Ich wollte es einfach nicht.

Ich holte mein Handy heraus, um ein paar nicht vorhandene Nachrichten zu lesen, während die anderen sich am Buffet versammelten. David stand zwischen ihnen, lächelte und lachte, kratzte sich den Kopf. Füllte Becher, goss Milch ein und bot Kekse an. Und als ich sicher war, dass er zu abgelenkt war, um mich zu bemerken, ging ich. Stieg ins Auto und fuhr direkt nach Hause. Verschloss die Türen und zog die Vorhänge zu.

Danach kam David noch ein paarmal vorbei. Das war vielleicht eine Quasselstrippe. Unterhielt mich mit seiner Lebensgeschichte: erzählte mir von Eamo und Deco und Gizzo, seine Kumpel damals in Dublin.

«Die interessieren sich nur noch für Drogen», sagte er. «Verkaufen sie. War nicht meins. Ich musste da raus, Mann.»

Ich habe ihm ein bisschen von dir erzählt. Nicht viel, nur ein bisschen. Am Ende nannte er dich trotzdem schon Kev.

«Wann kommt Kev denn mal wieder nach Hause?», fragte er. Oder: «Wie viele Kinder hat Kev noch mal?»

«Zwei», sagte ich. «Kev hat zwei.»

Aber nach einer Weile kam ich nicht mehr an die Tür, wenn er klopfte. Konnte mich ihm nicht mehr stellen. Ich merkte, wie verzweifelt er versuchte, mich mit dieser Welt in Verbindung zu halten, als ich schon gar nichts mehr mit ihr zu tun haben wollte. Da war ich nun ganz sicher geworden, dass ich keine andere Wahl mehr hätte, als deine Mutter zu finden.

SECHSTES KAPITEL

22:10 Uhr
Letzter Toast: Auf Sadie
Midleton Whisky

Ich habe mir in jeder Hinsicht das Beste bis zum Schluss aufgehoben.

Swetlana stellt mein letztes Getränk vor mir auf den Tresen. Einen Midleton kann man nicht verwechseln. Majestätischer Drink. Ich schaue das Glas an, als hätte sie mir gerade die Schlüssel für einen neuen Mähdrescher überreicht. Es sind die herbstlichen Farben, die mich so packen. Die Erde darin, die Bäume, die Blätter, der späte Abendhimmel. Der Duft, so voller Leben, dass ich es schon in der Kehle spüre, bevor es überhaupt meine Lippen berührt hat und mir einen Schauer über den Rücken jagt.

Weißt du, dass es mir jedes Mal die Schulter betäubt, wenn ich Midleton trinke? Klingt verrückt, ich weiß. Ich bin überzeugt, dass er gar nicht durch meine Kehle rinnt, sondern an meinen Halsmuskeln entlang und zu meiner Schulter herüberläuft und sie betäubt. Passiert mir aber bei keiner anderen Marke, ich weiß genau, wenn ich etwas Gutes bekomme. Ich habe den Arzt gefragt, den neuen – Taylor –, was es damit auf sich hat. Er sagte mir, weniger trinken sei das einzige Heilmittel, das er kenne.

«Ich habe doch nicht nach einem Heilmittel gefragt», sagte ich.

«Trinken ist nicht hilfreich, um mit einem Verlust umzugehen, Mr Hannigan», schob er nach.

Verlust – was weiß er denn schon darüber?, frage ich

dich. Der ist doch, Himmel noch mal, kaum aus seinen Windeln raus. Das Einzige, was der bislang verloren hat, ist seine Unschuld, und selbst da bin ich mir nicht sicher. Niemand, niemand versteht wirklich etwas von Verlust, bis jemand geht, den man liebt. Und zwar mit dieser tiefen Liebe, die du bis in die Knochen spürst und die sich bis unter deine Fingernägel gräbt, so schwer zu bewegen wie festgetretene Erde. Und wenn sie fort ist ... Junge, es ist, als sei sie dir herausgerissen worden. Roh und entblößt stehst du da, und dein Blut tropft überall auf den gottverdammten guten Teppich. Halb menschlich, halb tot, mit einem Fuß schon im Grab.

Himmelherrgott, wie erbärmlich.

Sadie nahm auch gern mal einen Schluck von dem richtig guten Zeug. Viel trank sie nicht. Aber für ein Glas Midleton an Weihnachten hat sie immer eine Ausnahme gemacht. Und wer würde das nicht tun, wenn er bei Trost ist, hm?

Was also ist die schlichte Wahrheit, mein Junge? Der Grund dafür, dass ich hier sitze, allein, und mit mir selbst rede, ist sie, wie könnte es auch anders sein. Ich will deine Mutter zurückhaben. So einfach ist das. Ich schaffe es allein einfach nicht mehr. An dem Tag, an dem ich sie kennenlernte, hätte ich mir nie träumen lassen, dass es eine Zeit geben könnte, in der ich keine Luft mehr bekäme, weil ihre Zahnbürste nicht länger neben meiner in dem grünen – Verzeihung, *avocadofarbenen,* anscheinend habe ich das immer verkehrt gesagt – Becher auf dem Waschbecken im Badezimmer steht oder weil ich sie nicht mehr hören kann, wie sie meckert, wenn ich das Feuer im Kamin falsch anzünde, oder dass da nichts ist – kein Atem, kein Herzschlag –, wenn ich meine Hand nach ihrer Seite des Bettes am Morgen ausstrecke. Aber ich kann nicht mehr atmen. Ich kann nicht mehr. Und nun ist es Zeit, dieses ganze Chaos der letzten zwei Jahre zu klären und die Frau wiederzufinden, die am Tag, als wir uns kennenlernten, meine Seele in Beschlag nahm.

Das Problem ist, mein Junge, dass ich mir Sorgen mache, sie könnte mich womöglich überhaupt nicht wiederhaben wollen.

Sie arbeitete in der Bank drüben in Duncashel. Das war natürlich zu einer Zeit, in der man noch in eine Bank ging und mit lebendigen Menschen zu tun hatte. Wenn ich jetzt hineingehe, laufe ich an den Automaten vorbei, um einen Mitarbeiter aufzutreiben und ihm zu sagen, dass er mir den Filialleiter holen soll.

«Haben Sie einen Termin?», fragen die Neulinge.

«Sagen Sie Frank, er soll sich meinen Kontostand ansehen, bevor er überlegt, wie lange er mich warten lassen will», antworte ich dann, bevor ich Platz nehme.

Natürlich habe ich ihm nichts davon erzählt, dass ich inzwischen gut mit dem Onlinebanking zurechtkomme, wo sie sich doch so viel Mühe geben, dass wir es alle nutzen. Du hast mir doch alles gezeigt. Anfangs habe ich dich ständig gelöchert, wenn ich versucht habe, online zu gehen, aber ich hab mich allmählich reingefuchst und jedes Mal gestaunt, dass ich meinen Kontostand einfach so sehen konnte. Als du dann das nächste Mal nach Hause kamst, flutschte es schon regelrecht. Ich war vielleicht nicht so flink wie die jungen Burschen, die man überall in der Stadt sieht und die auf ihren Geräten tippen und wischen wie der Teufel, aber es reichte allemal. Ich gehe trotzdem immer noch gern zu Frank, das heißt, wenn ich Zeit dazu habe. Manchmal denke ich mir auch bloß etwas aus, das er angeblich für mich tun soll, etwa einen Scheck kassieren.

Einmal gab ich ihm einen Scheck über 500 € und bat ihn, mir das in bar auszuzahlen, und als er mir dann das Geld gab, änderte ich meine Meinung und sagte ihm, er solle ihn verrechnen. Der braucht dir aber nicht leidzutun, der verdient genug an meinen Kontogebühren.

Zugegeben, damals, zu Zeiten deiner Mutter, kamen die Schlangen in der Bank in Duncashel nur äußerst langsam voran, aber alle fünf oder sechs Schritte gelangte man an eine der Säulen entlang der Strecke, an die man sich lehnen konnte. Dann staute es sich hinter einem, bis man sich wieder abstieß und die Säule für den Hintermann frei räumte. Prächtiges Gebäude, du wirst dich aber nicht daran erinnern können. Sie hatten es bereits abgerissen und wieder neu erbaut, als du anfingst, durch die Gegend zu watscheln. Schwere Türen, bei denen man sein ganzes Gewicht einsetzen musste, um sie aufstemmen zu können. Hohe Decken und Schalter aus rot geflecktem Marmor. Ich hätte das jederzeit einer Kirche vorgezogen.

An dem Tag, als ich sie kennenlernte, stand ich also in der Schlange, war wie gewöhnlich ganz mit mir selbst beschäftigt und zählte die schwarzen Fliesen im Schachbrettmuster auf dem Boden, so weit mein Auge reichte, als ich diesen entzückenden Donegal-Akzent hörte, der vom Schalter vor mir zu mir herüberplätscherte. Ich lehnte mich danach an keine Säule mehr und zählte auch keine einzige Fliese mehr, sondern reckte mich und versuchte, einen Blick zwischen den Köpfen hindurch auf die Dame zu erhaschen, zu der dieser Akzent gehörte. Am deutlichsten konnte ich ihren Hals erkennen. Elegant war der. Wie die Kurve einer Sichel. Er neigte, bog und streckte sich voller Anmut. Und kräftig war er auch. Ich konnte es gar nicht mehr abwarten, bis ich vor ihr stand und meinen Zauber entfesseln konnte, den ich zu diesem Zeitpunkt noch gar nicht kannte, von dem ich mir aber sicher war, dass er irgendwo in mir steckte. Ich schob mich weiter vorwärts, nur noch ein paar Leute vor mir, bis man aufgerufen wurde, und ich hoffte, so sehr, dass ich das Glück hätte, ganz vorn zu stehen, wenn sie ‹der Nächste bitte› rief. Ich ließ Nancy Regan vor, zu der anderen hinüber, die neben ihr die Kunden abfertigte. Ich kratzte alles zusammen, um mein bestes Lächeln hinzukriegen, während ich den letzten Schritt zum Schalter machte, zu ihrer süßen Stimme, ihrer perfekten Haut und, wie sich herausstellte, ihrer Reizbarkeit.

«Einen Wechsel?», fragte sie, als hätte ich gerade ein Glas voller Pennys zum Zählen auf den Tresen gestellt. «Nach drei Uhr nehmen wir keine Wechsel mehr an.»

Selbst mit diesem Dickschädel, den sie hatte, war sie wunderschön. Hellbraunes, lockiges Haar mit kleinen roten Büscheln darin, die zu ihrem Lippenstift passten. Weiße, milchige Haut. Dunkle Sommersprossen, so hübsch auf dem Rücken ihrer gerümpften Nase verteilt, als hätte sie an jenem Morgen gerade erst vorm Spiegel gestanden, um sie mit kleinen Pinselstrichen zur Perfektion zu bringen. Augen, so blau wie ein klarer Sommerhimmel in Meath.

«Ist ja dann gerade noch rechtzeitig.» Ich deutete mit einem Kopfnicken auf die Wand hinter ihr. «Ihre Uhr sagt eine Minute vor.»

«Die geht nach», antwortete sie, ohne auch nur einen Blick darauf zu werfen.

«Sind Sie neu hier?», versuchte ich es.

Sie ließ ihren Blick für einen Moment auf mir ruhen, sah dann hinunter auf mein Sparbuch und die Wechseltrasse, und ihre roten Lippen zogen sich zu einer ziemlichen Schnute zusammen. Sie runzelte die Stirn, hielt die Trasse hoch, legte sie dann wieder ab und kniff die Augen noch fester zusammen, während sie aus allen Winkeln darauf blickte. Ich trat von einem Fuß auf den anderen und fragte mich, was ich jetzt schon wieder falsch geschrieben hatte.

«Ist das ein ‹T› oder ein ‹C›?», fragte sie und schob den Zettel wieder herüber, wobei ihr rosa Fingernagel auf den Grund für ihr Unbehagen zeigte. Ihre Nase war gekräuselt wie die Sonntagszeitung, die meine Mutter in den Herd zu stopfen pflegte.

«C. Con Dolan. Er ist auf Con Dolan ausgestellt.»

«Ein C soll das sein?», fragte sie, und ihre Stimme wurde vor lauter Ungläubigkeit lauter. «Das sieht aber sehr wie ein T aus.»

«Ton ist der Bruder. Dem schulde ich gar nichts.»

Für diesen kleinen Scherz erhielt ich ein winziges Grinsen. Ich strich mir mit der Hand stolz durch das volle Haar, das ich damals noch hatte. Präsentierte mein breitestes Lächeln in der Hoffnung, sie würde aufsehen und es bemerken. Aber zu meiner Enttäuschung hielt sie den Kopf über ihre Arbeit gebeugt.

Nachdem sie meine Handschrift korrigiert hatte, erhob sie sich mit einem tiefen Seufzer von ihrem Stuhl, um den Wechsel einzulösen.

«Ich muss schauen, ob der Filialleiter noch da ist.»

Und weg war sie. Ich schaute ihrer schmalen Taille nach und ihrem Rock, der um ihre wohlgeformten Beine schwang. Warum mussten die Hübschen es einem so schwer machen?, fragte ich mich, als sei ich ein Mann von enormer Erfahrung, der ich absolut nicht war, während ich mich für die nächsten fünf Minuten in Warteposition brachte, die Ellbogen auf den kalten Marmortresen gestützt, ungeachtet der Schlange, die hinter mir immer länger wurde.

«War er drüben bei Hartington's?», fragte ich, als sie schließlich wiederkam. «Er sitzt ja ziemlich gern in dem Lokal.»

Noch ein kleines Lächeln. Aber dieses wirkte verletzt und traurig. Ihre Bissigkeit war vollkommen verflogen. Ich versuchte, ihren Blick zu erhaschen, um ablesen zu können, was geschehen war, aber sie weigerte sich aufzusehen. Sie fummelte wieder mit den Papieren herum, bevor sie Luft holte und sagte: «Mr Grigson hat darum gebeten, Ihnen auszurichten, dass Wechsel nur bis drei Uhr angenommen werden können. Dieses eine Mal hat er ihn unterzeichnet, wird es aber nicht wieder tun können.»

Mein Mund stand offen, während ich mich abmühte, Verständnis für den Mann aufzubringen, der zu ängstlich war, um selbst zu kommen und mir das alles persönlich zu sagen, und sich stattdessen entschlossen hatte, diese Schönheit hier vor mir zu verängstigen.

«Dann müsste man sich doch aber schon um ein Uhr anstellen, um das rechtzeitig zu schaffen», sagte ich mit einem Lachen, das, wie ich merkte, sobald es über meine Lippen gekommen war, sarkastischer ausfiel als der joviale Ton, den ich eigentlich beabsichtigt hatte.

Sie war mit der Wechseltrasse und meinem Sparbuch beschäftigt und steckte beides in einen Umschlag. Als sie ihn über den Tresen zu mir zurückschob, fing sich das Licht in ihrem Auge, und ich sah die Tränen, die darin aufstiegen. Ich erstarrte. Zornige Filialleiter waren kein Problem, aber eine weinende Schönheit? Jetzt hatte ich es mit einer ganz anderen Herausforderung zu tun.

«Oh Gott», sagte ich, und meine Finger streckten sich so weit wie möglich vor unter den Messingstangen. «Es tut mir wirklich leid. Ich wollte nicht … Ich habe manchmal ein wirklich loses Mundwerk.»

Mit ihren Handrücken versuchte sie, den Tränenfluss zu stoppen, der sich in ihren Augen sammelte, aber es war schon zu spät.

«Es geht schon, es geht schon wieder. Das ist nicht wegen Ihnen», sagte sie, blickte auf und versuchte zu lächeln. «Es ist nur alles noch so neu und … na ja …» Ihr Gesicht begann sich wieder zu verziehen.

Ich hatte kein Taschentuch dabei, das ich galant hätte hervorziehen können. Ich hatte schon eins, aber das hätte die Situation wohl nur noch verschlimmert, der Waschtag war schon eine Weile her. Ich blickte mich um, um zu sehen, wer uns beobachtete. Die blöde Nancy Regan! Das war so richtig was für die, die es vermutlich kaum noch erwarten konnte, hier rauszukommen und der ganzen Welt zu erzählen, dass Maurice Hannigan unschuldige Frauen belästigte.

«Hören Sie, so kann ich Sie hier nicht stehen lassen», sagte ich, «ich halte die Leute noch einen Moment auf, während Sie gehen und sich die Nase pudern oder so.»

«Das darf ich nicht machen, dann schmeißen sie mich raus.»

«Wie soll er das denn erfahren? Ich werde ihm sagen, ich hätte Sie um Deponierungs-Formulare gebeten oder so etwas.»

Sie biss sich auf die Lippen und dachte über meinen Vorschlag nach.

«Zwei Sekunden dann», sagte sie und war weg.

Ich lächelte Nancy an, als sie den Schalter verließ und mich dabei ausführlich musterte, bevor sie auf ihren hohen Hacken davonstöckelte.

Sadie war im Handumdrehen wieder zurück, das Taschentuch noch in der Hand, und sah schon viel besser aus.

«Danke», sagte sie, als sie wieder auf ihren Hocker hüpfte.

«Na also. Sind Sie dann bereit für diesen Haufen da?» Ich neigte meinen Kopf in Richtung der Schlange, die sich hinter mir gebildet hatte. «Ich kann aber nicht garantieren, dass die alle so charmant sind wie ich.»

Sie nickte und schenkte mir ein kleines verletzliches Lächeln, das mir noch lange, nachdem ich den Schalter verlassen hatte und auf mein Feld zurückgekehrt war, im Gedächtnis haften blieb. An jenem Abend sahen meine Schwestern mich an, als wäre ich krank, weil ich beim Kartenspiel alles falsch machte. Ihre Besorgnis hinderte sie wohlgemerkt nicht daran, sich die Taschen mit meinen Pennies vollzustopfen. Am nächsten Tag schien ich unfähig, überhaupt irgendetwas richtig zu machen – ich goss zu viel Milch in den Tee, stolperte über die Eingangsstufe, die sich seit dem Tag meiner Geburt dort an der Haustür befunden hatte, und verbrannte mir die Hand am Herd, als ich diesen mit dem Küchentisch verwechselte. Als der Sonntag kam, wusste ich, dass ich keine andere Wahl mehr hatte, als wieder hinzugehen. Nach dem Abendessen verkündete ich, dass ich vorhabe, am nächsten Donnerstag wieder zur Bank zu gehen, und verschaffte meiner Familie genügend Zeit, bis dahin ihre paar Groschen zusammenzusuchen.

Am Donnerstag stand ich vor ihr mit einem frisch gewaschenen Taschentuch und fünf Sparbüchern in meinen Händen.

«Hallo», sagte sie leise, und ein kleines, verlegenes Lächeln breitete sich auf ihrem Gesicht aus, sobald sie mich erkannt hatte.

Nun weißt du ja, mein Junge, dass ich nicht gerade sentimental bin, aber ich schwöre bei Gott, diese Frau raubte mir einfach den Atem. Ich meine, sie sah keinen Deut anders aus als beim ersten Mal, außer dass diesmal keine Tränen flossen, aber für mich war es so, als hätte sich all ihre wunderbare Pracht noch um das Zehnfache vermehrt.

Ich ging in mich, überwand meinen Schock und lockte von irgendwoher meine Stimme hervor.

«Was für ein schöner Tag heute. Es muss hart sein, an solch einem Tag hier drinnen eingepfercht zu sein, wenn draußen die Sonne strahlt.»

«Oh ja. Was würde ich jetzt nicht für einen kleinen Spaziergang geben.» Sie lachte, blickte mich ganz kurz an, nahm die Sparbücher, die ich ihr gereicht hatte, und begann sofort mit dem Zählen. Ich strich mir mit der Hand über das geglättete Haar.

«Maurice», sagte ich, «mein Name ist Maurice Hannigan.»

«Also, Maurice», sagte sie und blickte von den Sparbüchern auf, «ihr Hannigans seid ja große Sparer.» Sie blickte wieder hinunter, schrieb und rechnete zusammen. Und dann hörte ich zum ersten Mal ihren Namen: «Sadie McDonagh», sagte sie und hob ganz kurz ihr Gesicht.

«Heute scheinen die Dinge besser zu laufen … Sadie. Ich meine, ich bin froh zu sehen, dass es Ihnen gutgeht … ich meine … es ist nicht so viel los.»

Sie blickte auf und lachte wieder. Ein herrliches Lachen. Als sie mit ihrer Arbeit fertig war, stapelte sie die Sparbücher rasch auf ihrem Tresen aufeinander und schob sie mir wieder zu.

«Die Dinge laufen viel besser, danke, Maurice.»

Ich nahm die Sparbücher, hielt einen Moment lang inne und fragte mich, ob jetzt meine Chance gekommen war. Und als ich unfähig schien, ihr ins Gesicht zu sehen, sondern stattdessen wieder auf die schwarzen Fliesen starrte, fragte ich mich, wohin sich mein verdammter Charme verkrochen hatte. Ich tippte mir mit den Sparbüchern an die Stirn und hatte schon begonnen davonzugehen, als sie sagte: «Bis nächsten Donnerstag, nehme ich an?»

«Na ja», sagte ich, machte einen Schritt zurück und sah sie direkt an, «es sei denn, Sie würden gern später einen Spaziergang mit mir machen. Vielleicht sogar ein bisschen was essen?» Da war er wieder, Mr Selbstvertrauen, und rettete die Lage.

«Also, ich …», stotterte sie, während ich wartete, mir selbst die Daumen und sogar die Zehen in meinen glänzend geputzten Sonntagsschuhen drückte, «ja, das wäre sehr schön. Ich bin um sechs fertig.»

«Dann um sechs. Ich werde draußen warten.»

Ich glaube, ich zwinkerte ihr sogar zu, bevor ich mich vom Schalter abwandte. Ich rannte beinahe davon, überzeugt davon, dass ich gar nicht so viel Glück haben konnte und dass sie mich jede Minute zurück zu sich rufen würde, um mir zu sagen, dass sie es sich anders überlegt hatte. Ich glaube, ich habe gar nicht mehr geatmet, bis ich draußen war, mich an die Wand lehnen und mich fragen konnte, wie ich das bloß hingekriegt hatte.

«Es ist echt aufregend, eine Stelle in einer Bank zu bekommen», erzählte sie mir später, in diesem Donegal-Singsang, nachdem wir unsere Bestellung im Duncashel Central aufgegeben und die Speisekarten zurückgegeben hatten. «Ich konnte es gar nicht glauben, als ich die Prüfungen bestanden habe. Und Mammy und Daddy auch nicht. Ich meine, das ist nichts, zu dem man nein sagen kann, oder? Unbefristet, pensionsberechtigt und all das», sagte sie und schob die Salz- und Pfefferstreuer umher. «Und ich weiß, es hört sich undankbar, aber … Ich glaube nicht, dass das was für mich ist. Ich habe keinen Funken Interesse daran. Geld ist ein fieses Geschäft, wirklich», fügte sie hinzu und ließ die Würzmittel stehen, zufrieden mit ihrer jetzigen Position.

Ist das so?, dachte ich.

«Sie sind aber weit weg von Donegal», sagte ich stattdessen.

«Ja, das kommt noch dazu, ich wäre lieber näher an zu Hause. Um zu helfen und so.»

«Haben Sie eine Farm?»

«Nein. Mein Vater ist Polizist. Nein, es ist bloß …» Sie sah aus, als wollte sie noch etwas sagen, hielt aber plötzlich inne, sicher dachte sie an Noreen, aber das wusste ich damals noch nicht. «Na, Sie wissen ja selbst, es gibt immer irgendetwas zu tun, ob man nun einen Bauernhof hat oder nicht.»

«Sicher», sagte ich und wollte in einem so frühen Stadium nicht weiter nachbohren. «Dann heißt es für Sie also wieder zurück nach Norden? Keine Chance, dass wir Sie hierbehalten können?», fragte ich und begann nun selbst, Salz und Pfeffer ordentlich in Bewegung zu setzen.

«Na ja …» Sie lächelte mich mit einer bezaubernden Schüchternheit an.

«Na ja?», fragte ich begierig.

«Man weiß nie, denke ich.»

Unsere Blicke trafen sich kurz, bevor wir gezwungen waren, in die Gegend zu gucken, da wir beide rot wurden. An den anderen Tischen saßen alle möglichen Leute: ein einzelner Mann, der schweigend sein Stew aß und dabei auf die Passanten auf der Patrick's Street blickte; ein Paar, das erfahrener, abgeklärter als wir selbst in Sachen Beziehungen zu sein schien und uns gegenübersaß, er hielt seine Zeitung hoch, und sie las die Kleinanzeigen auf der Rückseite. Dann eine ganze Familie, alle fein angezogen für ihr Donnerstagsessen. Die Kinder mit hochgezogenen Kniestrümpfen, die Jungs mit gegelten Haaren, die Mädchen mit Zöpfen und grünen, gepunkteten Haarschleifen. Die Mutter, die ein achtsames Auge auf ihr Benehmen warf, während der Vater ihr etwas erzählte. Ab und zu stieß er ein lautes wieherndes Gelächter aus und schlug mit der Hand auf den Tisch, wogegen das Besteck protestierte, während er sich nach Anerkennung für seinen Witz umsah.

«Kommen Sie oft hierher?», fragte Sadie und holte mich zurück in unser Gespräch.

«Mit all meinen Freundinnen.»

Darüber lachte sie nun auch. Aber ihr Lachen fühlte sich kostbar und anmutig an, so ziemlich das Gegenteil von dem Vater drei Tische weiter. Ihr Blick traf meinen, gerade lang genug, damit es nicht peinlich wurde, sie aber doch damit zu erkennen gab, dass dies ein Anfang war. Ich wusste in dem Augenblick ganz genau, dass dort, mir gegenüber an dem roten Resopaltisch mit den perfekt platzierten Gewürzstreuern, die Frau saß, die zu lieben ich bereit war, bis mich das Leben verließe.

Bei unserem ersten Date habe ich nicht versucht, sie zu küssen. Ich wollte nicht mehr, als ihre Hand zu halten, aber als wir das Duncashel Central verließen, entschied ich mich dagegen, mein Glück gleich zu versuchen. Ich brachte sie nach Hause zu ihrer Wohnung und war glücklich, dass sie am anderen Ende der Stadt wohnte, sodass wir noch mehr Zeit miteinander verbrachten. Wir plauderten entspannt auf dem ganzen Weg bis zu ihrer Tür und blieben, als wir angekommen waren, einfach da stehen und redeten weiter. Wir hätten auch eine Stunde dort stehen bleiben können, wenn es nach mir gegangen wäre. Ich bin sicher, dass nur Minuten verstrichen waren, bevor sie anfing, in ihrer Tasche nach ihrem Schlüssel zu graben. Ich hatte jedes Zeitgefühl verloren, verstehst du, es wäre mir auch völlig egal gewesen, wenn es fünf Uhr morgens gewesen wäre und Zeit, die Kühe zu melken. Ich hätte es frohgemut getan. So habe ich mich mit ihr gefühlt, glücklich mit der Welt und mit mir selbst.

«Dann gehen Sie ruhig rein», sagte ich und kämpfte gegen den Drang an, sie noch einen Moment länger in Beschlag zu nehmen. «Mrs Durkins Hand muss ja schon eingeschlafen sein, so lange hält sie jetzt schon den Vorhang auf, um uns zu beobachten.»

«Ssh! Nehmen Sie sich in Acht. Sie weiß alles über Männer wie Sie.»

Sie lachte, und ich lächelte auch und spürte, dass ihre freche Bemerkung mich anstachelte, und so nahm ich ihre freie Hand, als sie mit der anderen den Schlüssel im Schloss drehte. Ich blickte auf sie hinunter und fragte:

«Würden Sie am Samstag mit mir tanzen gehen? Drüben in O'Reillys Saal, man muss ein Stückchen fahren, aber ich kann Sie mit dem Fahrrad abholen – nur das Beste für meine Freundinnen.»

«Na, reden Sie nur weiter über sich und Ihre Freundinnen. Ich bin bestimmt die Erste, die jemals ja gesagt hat.»

«Dann kommen Sie also? Sieben Uhr, am Samstag? Ich hole Sie an der Mall ab, nicht hier. Nicht, dass Mrs Durkins sich gleich an Ihre Eltern wendet.»

«Gute Nacht», sagte sie, in gespielter Entrüstung über einen Jungen, der dachte, er würde aus purer Freude einen Salto machen. Ich blieb stehen, bis sich die Tür geschlossen hatte, und rannte dann die Straße hinunter. Ich schnappte mir mein Fahrrad und radelte, als repräsentierte ich Irland bei den Olympischen Spielen, sauste an Feldern vorbei und jubelte den Kühen zu, die vermutlich nur träge ihre Köpfe hoben, als ich schon längst vorüber war.

Der Samstag konnte gar nicht schnell genug kommen. Ich hatte Sadie bloß zwei Tage lang nicht gesehen, aber es hätte auch ein Jahr sein können. Ich war schon früh an der Mall und wartete so lässig an mein Fahrrad gelehnt, wie ein Bauer mit einem Drahtesel es nur zustande bringen konnte. Mir drehte sich der Magen um, während ich auf dem Weg auf und ab lief, vom Bordstein auf die Straße hüpfte, alles tat, was mich ablenken konnte, bis ich sie schließlich entdeckte. Und als sie sich mir in einem weißen Kleid mit rotem Rosenaufdruck näherte, begann mir zu dämmern, dass ich dabei war, diesen Inbegriff der Schönheit für die zwei Meilen lange Strecke auf einer unbequemen kalten Querstange Platz nehmen zu lassen. Als sie mich schließlich erreicht hatte, war ich sicher, sie könnte meine Panik riechen.

«Na, was sagen Sie, habe ich mich fein genug herausgeputzt?», fragte sie.

«Dazu kann ich Ihnen jetzt nur sagen, dass mich wirklich jeder Mann auf der Straße beneiden wird.»

«Und das ist also mein Gefährt? Tja, das wird schon gehen, denke ich.»

Ich schluckte und spürte wieder, wie meine Achselhöhlen feucht wurden.

«Um das, müssen Sie wissen, beneidet mich auch jedermann hier.»

«Dann wollen wir mal los und es allen zeigen.»

Ich zog mein Jackett aus und legte es über die kalte Querstange. Und ohne zu zögern, setzte sie sich drauf. Weißes Kleid und weiße, hochhackige Schuhe. Jetzt musste nur noch die Kette abspringen. Ich sprach in meinem Kopf ein schnelles Gebet, als wir uns von der Bordkante abstießen. Normalerweise fuhr ich so Jenny oder May, die nie ein Jackett untergelegt bekamen, und anfangs war es immer etwas wackelig, aber nicht mit Sadie. Wir glitten wie zwei professionelle Tänzer die Patrick Street hinunter und dann auf die Straße nach Rainsford. Dort tat der Rückenwind sein Übriges zu einer angenehmen Fahrt. Ich hatte wirklich noch nie so viel gelacht und gelächelt wie auf dieser Tour. Sie trug die Hälfte der Zeit meine Kappe auf dem Kopf, pflückte sie mir vom Schädel, als wir am Duncashel Inn vorbeikamen. Ich konnte nicht genug von dieser Hinterlistigkeit in ihren Augen kriegen, wobei ich mich immer fragte, was sie wohl als Nächstes vorhatte. Ich bin froh, berichten zu können, dass wir draußen vor dem Tanzsaal zu einem Halt kamen, ohne dass der Hauch eines Ölflecks auf ihrem Kleid zu sehen war.

Später küsste ich sie auf die Wange, als wir an der Wand hinter der Tanzhalle ein bisschen frische Luft tankten. Danach griff ich nach ihrer Hand, und sie streichelte meinen Daumen mit ihrem, während die Hitze des Sommerabends uns noch immer wärmte. Erst eine Woche später haben wir uns dann richtig geküsst. Willst du das überhaupt wissen, mein Junge? Hör ruhig weg, wenn du möchtest, ich sage Bescheid, wenn es vorbei ist.

Ich werde es nie vergessen. Es fühlte sich an, als hätte jemand ein Feuer in meinem Bauch entzündet, als ihre Lippen meine berührten. Ich hatte gar nicht mehr geplant als eine Wiederholung jenes ersten Kusses auf die Wange und hatte mich nach unten gebeugt, um genau das zu tun, als wir an ihrer Tür standen – Mrs Durkin war wegen ihres Bingospiels außer Haus –, aber Sadie wandte mir den Kopf zu und drückte ihre Lippen auf meine. Göttliche Süße, ich wurde in den Himmel versetzt. Ich wollte mehr davon, natürlich, und ich will ganz ehrlich sein, viel mehr. Aber ich widerstand der Verlockung, sie wieder an mich zu ziehen, als sie wieder von mir abrückte. Sie sah zu mir auf und lächelte.

«Wo hat denn ein kleines, unschuldiges Mädchen aus Annamoe in Donegal so zu küssen gelernt?», fragte ich.

«Das wüsstest du wohl gerne.»

In den kommenden Wochen gab es noch mehr solche

Begegnungen, und jede dauerte ein bisschen länger als die vorherige und wurde noch ein bisschen intensiver. Aber ich entzog mich immer an einem bestimmten Punkt, von dem an es keine Rückkehr mehr gegeben hätte, brachte mich nicht in Versuchung und vielleicht auch sie nicht; es wäre nicht recht gewesen, auch wenn ich es noch so sehr wollte. Heutzutage ist das natürlich alles ganz anders. Ich bin mir aber gar nicht sicher, ob ich es in irgendeiner Weise hätte anders haben wollen; das Warten und die Sehnsucht führten dazu, dass sich in mir ein großer Durst nach Liebe gebildet hatte, als wir schließlich unsere Gelübde ablegten.

Drei Monate später war es so weit, dass die offizielle Einladung kam, ihre Eltern kennenzulernen. «Nervös» ist ein viel zu schwaches Wort, um die Qualen zu beschreiben, die ich bei der Aussicht, ihren Vater zu treffen, empfand. Mein eigener Vater beschimpfte ewig meine armen Schwestern wegen der Männer, die er dabei antraf, wie sie bei uns «herumschnüffelten». Ich hätte gar nichts dagegen gehabt, aber diese armen Kerle waren nicht gefährlicher als ich selbst; «herumschnüffeln» hieß in diesem Fall nichts anderes, als dass die Söhne der Bauern aus unserer Nachbarschaft ihre Mützen schwenkten, wenn sie den Weg entlangkamen oder auf der Straße vorm Hause vorbeigingen. Wenn das schon ihre ganze Schuld war, dann würde Mr McDonagh mich sicher verhaften lassen, sobald ich sein Grundstück betrat.

«Bist du sicher, dass es der richtige Zeitpunkt ist, Sadie? Sollen wir nicht vielleicht noch einen Monat oder zwei damit warten? Ich habe ja keine großen Ersparnisse. Ich habe keinen Ring oder so etwas.»

«Stimmt das denn? Vergiss nicht, dass ich dein Sparbuch gesehen habe, Mr Hannigan.» Da konnte sie mich immer packen, auch wenn meine Ersparnisse gering waren, wuchsen sie doch stetig. «Und soll das vielleicht ein Antrag sein?»

Die Frau war nicht auf den Mund gefallen.

«Du weißt doch, was ich meine. Ich möchte nicht, dass dein Vater denkt, ich sei irgend so ein Jungspund, der nur versucht, die Lage auszunutzen.»

«Welche denn, meinen Reichtum und meinen Status?»

«Also Sadie, es gibt wirklich nicht viele Frauen, die als Bankangestellte arbeiten und so schön sind wie du.»

«Maurice, mach dir keine Sorgen. Sie wissen doch schon alles über dich. Ich habe ihnen alles erzählt. Sie wissen, dass du mir nicht bloß an die Wäsche willst, um mich dann sitzenzulassen.»

«Sadie!»

«Oh, jetzt hör schon auf. Ich möchte, dass du Mammy und Daddy kennenlernst und unsere Noreen, damit du siehst, wer ich bin und wo ich herkomme – damit du siehst, was du da unterschreibst, um es mal so auszudrücken.»

«Aber das weiß ich doch schon, nichts wird etwas daran ändern, was ich für dich empfinde, selbst wenn sich deine Familie als ein Haufen Spinner entpuppt.»

«Das ist nicht witzig, Maurice!», schnauzte sie mich an.

Die Stimmung war plötzlich umgeschlagen. Nun erinnere dich, dass ich zu diesem Zeitpunkt nichts von Noreens Problemen wusste, sodass ich vollkommen verwirrt und ahnungslos war, in welchen Fettnapf ich da gerade mit beiden Füßen hineingetreten war. Zwischen uns breitete sich Schweigen aus, während sie ihre Zeitschrift malträtierte; grob die Seiten hin und her blätterte.

«Er wird schon nicht beißen, weißt du. Wenn du allerdings solche Sachen sagst, bin ich mir nicht mehr so sicher.»

«Aber Sadie, das habe ich doch nicht so gemeint. Das war doch bloß ein Scherz.»

Blättern, blättern, umschlagen, umschlagen, Seite um

Seite. Mir tat die Zeitschrift beinahe leid. Sie weigerte sich, mich anzusehen, während ich erschrockene Blicke auf sie warf. Langsam begann es aber dann doch zu tauen, das Blättertempo verlangsamte sich, und schließlich kam die erschöpfte Zeitschrift auf ihrem Schoß zur Ruhe. Ich blickte zur Seite, um ermessen zu können, was diese Veränderung zu bedeuten hatte. Sie starrte vor sich hin, dachte ihre Gedanken, grübelte vielleicht auch darüber nach, wie weise es gewesen war, überhaupt zu diesem ersten Date mit mir gekommen zu sein. So verharrte sie für einen Augenblick oder zwei, während ich neben ihr schwitzte. Am Ende seufzte sie, ein wunderschönes Donegal-Seufzen.

«Ach, Maurice», sagte sie und wandte sich mir zu, «ich verspreche dir, er ist ein Schatz. Er wird dich lieben, wie denn nicht?»

«Dann fahre ich also. Um diesen ‹Schatz› kennenzulernen.»

Sie lächelte und nickte und ich küsste sie, und den Rest über jene Reise nach Annamoe, den kennst du ja schon.

Aber heute geht es darum, Wiedergutmachung zu leisten für die vielen Male, die ich nach diesem großartigen Anfang das Lächeln vom wunderschönen Gesicht deiner Mutter gestohlen habe; für all die Dinge, die ich nie getan habe oder nur halb getan habe, und für die vielen Versprechen, die ich gegeben und gebrochen habe.

Wie zum Beispiel die Hochzeitssuite, wo ich heute Nacht meine erschöpften Glieder ausstrecken werde. Weißt du noch, dass ich ihr am Abend eurer Hochzeit versprochen habe, sie einmal für uns zu reservieren, das aber nie getan habe? Oder dieses Dinner im Estuary heute Abend? Oh ja, ich habe wie ein König gespeist. Stand vorm «Bitte warten Sie»-Schild von Duncashels vielfach ausgezeichnetem Restaurant, frech wie Oskar, drückte mir das schüttere weiße Haar an den Kopf, blickte auf die mit weißem Leinen eingedeckten Tische, die Reihen glänzender Messer und Gabeln, die langen, geradstieligen Lilien, die den Eindringling sofort erschnüffeln – bis Felix erschien, mich flugs von meinen Dämonen und Schuldgefühlen befreite und mich genau an den Tisch führte, um den ich am Telefon gebeten hatte, als ich reservierte – genau der, an dem deine Mutter immer so gern mal gesessen hätte, wie sie so oft sagte, wenn wir mit dem Auto vorbeifuhren und sie hineinschaute.

Und dann ist da noch diese Sache mit dem Tee.

Ich muss dir nicht von meiner Abneigung erzählen, im Restaurant nach dem Essen Tee zu bestellen. Warum das Geld verschwenden, wenn es zu Hause einen Kessel in perfektem Zustand gibt? In all den Jahren unserer sonntäglichen Restaurantbesuche hat Sadie mir in dieser Sache immer zugestimmt. Ich wäre sogar so weit gegangen zu sagen, dass sie mich aus vollem Herzen in meiner Meinung bestärkt hat. Aber wenn ich jetzt darüber nachdenke, dann hat sie vielleicht nur klug gewählt, welche Schlachten sie wirklich schlagen wollte. Schließlich ist es ihr gelungen, einen der größten Coups in unserem Haus damals in den Neunzigern zustande zu bringen. Kann mich gar nicht mehr genau daran erinnern, wann sie jene fatalen Worte sagte: «Ich mag keinen Braten mehr zubereiten.» Ich war geschockt, aber ich schluckte es. Wusste, dass ich fortan sonntags also zu blechen und den Mund zu halten hatte. Aber nicht sehr lange vor ihrem Tod hat sie mir ausführlich erzählt, was sie wirklich von meiner Tee-Politik hielt.

Wir saßen drüben bei Murtagh's, unsere leeren Teller vor uns. Ich hatte mich gerade herübergebeugt, um meinen Mantel vom Stuhl neben Sadie zu nehmen, als ihre

Hand mich mit einer Kraft stoppte, von der ich gar nicht wusste, dass sie sie besaß. Ich starrte auf das Rätsel ihrer Finger: von Arthritis gezeichnete Gelenke, die oben gekrümmt waren – als sie starb, hat sie ihre Ringe schon nicht mehr abstreifen können, wusstest du das? Ihr Ringfinger war dauerhaft von unserer Liebe erdrosselt worden. Wenn ich jetzt daran denke, dann waren diese Ringe der einzige Schmuck, den ich ihr je gekauft habe. Stattdessen gab ich ihr Geld, wenn Geburtstage und Weihnachten anstanden. Sie konnte sich dann kaufen, was sie wollte. Eine Win-win-Situation, fand ich.

«Ich möchte eine Tasse Tee», sagte sie an jenem Sonntag zu mir, laut und deutlich, und sah mich an. «Earl Grey.»

Immer Earl Grey. Nicht dass sie das von zu Hause mitgebracht hätte, wohlgemerkt; die McDonaghs tranken Lyons wie meine Familie und ich auch. «Dafür kannst du Dublin die Schuld geben», hatte sie mir schon Jahre zuvor erklärt. Sie hatte ihn zufällig in einem Teesalon an der Grafton Street bekommen. Ich kann mich an den Namen des Lokals jetzt nicht erinnern. Er wird mir wieder einfallen. «Es war wie ein Kribbeln auf meiner Zunge», sagte sie. «Von da an war ich Earl-Grey-Konvertit.» In unserem Haus war immer eine Schachtel Earl Grey zu finden, weißt du noch? Anfangs lose und dann, wie die Zeit verging und sich die Räder der Industrie drehten, irgendwann im Beutel. Da er teurer war, trank sie ihn immer nur vormittags in ihrer Elf-Uhr-Pause. Den Rest des Tages begab sie sich auf unser Niveau herab und nahm mit gewöhnlichem Lyons vorlieb.

«Gib mir meinen Mantel, Sadie», sagte ich und versuchte, ihn ihrem Griff zu entwinden, «dann fahren wir nach Hause und machen uns einen.»

«Aber ich möchte ihn hier trinken, ganz gleich, was es kostet, und ganz gleich, wie lange wir darauf warten müssen. Ich möchte ihn hier trinken, serviert von jemand anderem. Und außerdem werde ich auch noch Nachtisch essen. Banoffee.»

Ich sah sie an und fragte mich, was ich jetzt mit dieser Information anfangen sollte. In dem angespannten Schweigen dämmerte mir allmählich, dass sie von mir erwartete, ihre Bestellung aufzugeben. Ich erhob mich und wusste genau, dass es unmöglich war, einer Bedienung aufzulauern, wenn jeder nach der Zwölf-Uhr-Messe zum Essen ging, und so stellte ich mich in die Schlange am Tresen und schleppte Schritt für Schritt meinen Ärger mit, bis ich vor dem Kühlschrank mit den Desserts stand.

«Ich möchte das Ding da haben», sagte ich und zeigte auf ein Schälchen Banoffee-Pudding hinter der Glasscheibe.

«Noch etwas dazu, Sir? Eiscreme?», fragte der junge Mann. Sadie liebte Eiscreme. Ich starrte ihn an und dachte über sein Angebot nach.

Er folgte mir und trug das Tablett mit ihrem Pudding und der klirrenden Teetasse. Als wir den Tisch erreichten, stellte ich das Dessert vor sie hin.

«Keine Eiscreme?», fragte sie mit einem Blick auf den Teller.

«Nein», sagte ich. «Es gab keine mehr.» Ich wusste, der junge Mann starrte mir auf den Hinterkopf, aber ich zuckte nicht mit der Wimper, als ich mich umdrehte, um das ganze Teezeug herunterzunehmen. Es kümmerte mich überhaupt nicht, was er oder meine arme, leidende Frau von mir hielten. Als ich mich hinsetzte, beobachtete ich das Paar am Nebentisch, das versuchte, sein Kleinkind mit Möhre zu füttern, statt Sadie dabei zuzuschauen, wie sie in aller Ruhe ihren Pudding aß. Aus dem Augenwinkel konnte ich sehen, wie sie bei jedem Bissen die gleiche Menge

Sahne, Karamell und Banane auf ihren Löffel tat. Es sich auf der Zunge zergehen ließ, als würde sie ein Pfefferminzbonbon lutschen. Nach jedem Bissen griff sie nach ihrer Teetasse. Hielt sie wie einen Kelch. Machte es sich gemütlich, ganz behaglich auf der Couch, sah sich nach den anderen Gästen um. Es kümmerte sie kein bisschen, dass das Sonntagsspiel gleich im Fernsehen übertragen werden würde, mit den Kommentaren von Mícheál Ó Muircheartaigh, der mit der Geschwindigkeit dieser jungen Flitzer immer noch bestens mithalten konnte. Aber ich wollte mich nicht ärgern lassen und beobachtete weiter das Paar am Nebentisch, das in seiner Schlacht mit dem kleinen Tyrannen gefangen war.

«Nur ein kleiner Bissen, Markie, dann kriegst du deinen Wackelpudding.»

«Unser Kevin war genauso», sagte Sadie und stellte ihre Tasse auf die Untertasse. Sie hatte ihren Ellbogen jetzt auf den Tisch gestützt und ihren Kopf geneigt, den sie in die Hand gebettet hatte, und beobachtete die bedauernswerten Versuche der Frau, ein bisschen etwas Gutes in ihren Sohn reinzukriegen. «Sie sollten das Gemüse zerstampfen, sodass er es nicht sieht.»

Die Mutter schenkte ihr ein verkniffenes Lächeln.

«Ich habe es meinem Sohn sogar in seinen Vanillepudding untergemischt. Kevin liebte Vanillepudding.»

Ein Stück Mohrrübe wurde noch mal halbiert und vor Markies Mund hin- und hergeschwenkt, dann an die verschlossenen Lippen gestupst.

«Nur ein kleines bisschen, Liebling.»

«Sie könnten es auch in einem Mixer zerquirlen.»

Markie steckte jetzt seine Finger in seinen Wackelpudding und leckte sie enthusiastisch ab, während seine Mutter praktisch in Tränen aufgelöst dasaß.

«Kevin ist allerdings jetzt selbst damit beschäftigt und versucht, seinen eigenen Kleinen das Gemüse aufzuschwatzen. Wie du mir, so ich dir, habe ich ihm gesagt.»

«Himmel», murmelte ich leise.

Aber sie weigerte sich, in meine Richtung zu blicken.

«Ich bin im Auto. Ich sehe dich dann da, wenn du mit deinen Erziehungstipps fertig bist.» Ich stand auf und ließ sie dort sitzen.

Als wir nach Hause kamen, zog sie sich nicht ins Schlafzimmer zurück, wie ich erwartet hatte. Aber sie sprach den ganzen Tag kein Wort mehr mit mir. Wuselte durchs ganze Haus, als wäre ich gar nicht da. Kam immer mal wieder ins Wohnzimmer, ging dann wieder hinaus. Ich könnte dir nicht sagen, was sie eigentlich die ganze Zeit machte. Aber was ich noch genau weiß, ist, dass an meinem Platz, als ich mich später zum Tee an den Küchentisch setzte, keine Tasse und keine Untertasse standen. Ich sah zu, wie sie sich ihren eigenen Tee eingoss und dann die Kanne wieder auf den Untersatz stellte. Sie hob nicht einmal den Kopf. Am Ende besorgte ich mir meine eigene Tasse und fand nach ungefähr zehn Minuten Suche auch eine zweite Kanne. Wir beendeten unser Mahl in völligem Schweigen, füllten unsere Tassen aus Kannen auf, die wie zwei Kanonen dastanden, die über einen Graben hinweg aufeinander gerichtet sind.

An diesem Nachmittag, nachdem ich die ersten vier Gänge meiner Mahlzeit beendet hatte – Sorbet, Kevin, sie haben mir Sorbet serviert, aber nicht zum Nachtisch, sondern direkt nach der Vorspeise –, winkte ich Felix herbei.

«Earl Grey», sagte ich zu ihm. «Bring mir eine Kanne Earl Grey.»

Am ersten Schluck verbrannte ich mir den Gaumen. Es fühlte sich an, als säße sie mit im Raum, blickte mich finster an, während ich trank, und erinnerte mich daran, dass es viel zu spät war, um jetzt noch meine Sünden wiedergutzumachen.

Casey's, so hieß dieser Laden in Dublin.

Wir hatten immer eine schwierige Beziehung, wenn es um unseren Wohlstand ging. Unsere persönlichen Anschauungen waren ganz klar: Ich liebte ihn, sie verachtete ihn. Um unserer Ehe willen wurde deshalb selten darüber gesprochen. Ich hatte ein ungutes Gefühl dabei, ihr damit die Stimmung zu verderben. Sie wusste nie, wie viel Geld oder wie viel Land wir tatsächlich besaßen. Und wenn sie einmal über irgendein aufschlussreiches Dokument stolperte, überreichte sie es mir mit einem Blick, als handele es sich um eine schmutzige Socke, die ich auf den Teppich hatte fallen lassen.

Freitags nach dem Tee hinterließ ich die wöchentliche Summe für die Einkäufe und alles, was sie sonst noch brauchen mochte, an die Teekanne gelehnt. Ich habe nie gesehen, wie sie das Geld einsteckte. Irgendwann sah ich auf, und es war fort, in ihrer Schürzentasche verschwunden. Aber hier kommt wirklich etwas Komisches. Als ich nach ihrem Tod begann, ein paar von ihren Sachen wegzuräumen, nun ja, wenn ich wegräumen sage, meine ich eigentlich umherräumen, denn es widerstrebte mir, mich auch nur von einem Faden von ihr zu trennen, dann fand ich immer wieder Geld. Sie hat offenbar nie alles, was ich ihr hinlegte, ausgegeben. Hat sich nie darum gekümmert, es aufs Sparbuch oder das Konto der Genossenschaftsbank einzuzahlen. Vertraute es stattdessen den Taschen alter Strickjacken und Bademäntel und einer alten Schachtel an, in der sie deine Kinderzeichnungen aufbewahrte. Für schlechte Zeiten, nehme ich an. Insgesamt habe ich bestimmt siebentausend gefunden. Frag mich nicht, mein Junge. Ich habe keine Ahnung.

In all unseren Jahren habe ich nie aufgehört, sie zu wollen. Niemals. Nicht für einen Augenblick. Nicht für eine Sekunde. Ich sah zu, wie ihre Haut die Jahre überdauerte, weicher wurde, sich in Falten legte. Ich berührte sie oft, liebte immer noch hoffnungslos jedes bisschen an ihr, jede Falte, die sie zeichnete, jeden neuen Fleck, der kam, um zu bleiben. Wir hatten unsere schweren Zeiten wie alle Paare, aber in all den Jahren habe ich nie eine andere angeschaut. Nie eine andere begehrt.

Meine Hände beginnen zu zittern, wenn ich über das alles nachdenke, mein Junge. Kann ich sagen, Hand aufs Herz, dass ich für sie mein Bestes getan habe?

«Maurice Muffelkopf», nannte sie mich immer in den späteren Jahren. Aber die schreckliche Wahrheit ist, ohne sie wäre ich noch tausendmal schlimmer gewesen. Ich konnte es beinahe spüren, wenn ich durch die Tür kam, wie mein Panzer abfiel, während sie meinen Mantel nahm oder mich auf die Wange küsste oder ihre Hand auf meinen Rücken legte, während sie mir mein Abendbrot hinstellte. Himmel noch mal, mein Junge, ich hätte ihr jeden verdammten Tag sagen müssen, was für ein Wunder sie war.

Ich habe aufgehört zu schlafen, habe ich dir das erzählt? Zwei Stunden, drei, wenn ich Glück habe, und dann bin ich wieder wach. Starre an die Decke und denke wieder darüber nach, diese verdammte Entscheidung, denn obwohl ich weiß, dass es Zeit ist zu gehen, fällt es mir immer noch schwer. Selbst jetzt gibt es einen kleinen Teil in mir, der sich fragt, ob ich überhaupt das Richtige tue. Es gab eine Frau in ihren Achtzigern irgendwo in England, die war so schrecklich einsam, dass sie sich an ihren Küchentisch setzte und sich die leere Plastiktüte ihres Tiefkühl-Spinats über den Kopf gestülpt hat und sich erstickte. Ich meine, als ich das hörte, dachte ich bloß, bin ich das, ist es das, worauf das alles hinausgelaufen ist?

Ich klettere vom Barhocker und schiebe diese zitternden, faltigen Hände tief in meine Taschen. Ich muss mich bewegen. Das von mir abschütteln.

«Warte hier», sage ich zu meinem nachgefüllten Glas, während ich mich wieder auf den Weg den Flur hinunter mache. Mit gesenktem Kopf zähle ich: siebenundzwanzig Blumen im Teppich, sechs Paar vorbeigehender Schuhe, eine heruntergefallene und liegen gelassene Serviette. Wallende Röcke und hohe Stimmen voller abendlicher Aufgeregtheit ziehen an mir vorbei, hinterlassen aber keinen Eindruck. Hier könnte alles in Flammen stehen, mich würde das nicht mehr kratzen.

Meine Blase ist unzuverlässig wie immer. In letzter Zeit ist es völlig unvorhersehbar, ob ich pinkeln kann oder nicht, mal sorge ich fast für eine Überschwemmung, und dann wieder kriege ich keinen einzigen Tropfen heraus.

«Raus zum Vögeln», befehle ich. Und tatsächlich gehorcht er mir plötzlich und strömt wie der Shannon, in einer Sturzflut. Ein gutes Omen, denke ich.

Später starre ich in das Armitage-Shanks-Waschbecken und lasse das Wasser viel zu lange laufen, weil ich noch nicht in den Spiegel schauen will. Aber als ich schließlich meine weiße, flaumige Mähne hebe, ist es mein Vater, der mir da entgegenblickt. Das ist nicht das erste Mal. Im Lauf der Jahre habe ich bemerkt, dass er sich mehr und mehr in meine Gesichtszüge eingeschlichen hat. Eingefallene Wangen, hohe Stirn. Aber hauptsächlich liegt es an den Augen. Graue, weise Murmeln. Ich recke mich, so weit ich kann, in die Höhe und lächele. Und dann strecke ich die Hand aus, um das kalte Glas zu berühren.

«Du hast es prächtig gemacht, mein Junge», sagt er. «Prächtig.»

Es überrascht mich derartig, dass meine Augen zu brennen beginnen, und ich weiß, wenn ich nicht aufpasse, werden die Tränen hervorquellen, und ich werde ein jämmerliches Trauerspiel abgeben. Genug, denke ich, schüttele den Kopf und gehe zur Tür.

Auf meinem Weg zurück über den Flur zum Foyer frage ich mich, was wohl passieren würde, wenn ich hier erzählen würde, was ich vorhabe. An den Doppeltüren mache ich eine elegante Bewegung zur Seite, um das Pärchen durchzulassen, das mir entgegenkommt. Hab die Schritte immer noch drauf. Was, denkst du, würde wohl passieren, wenn ich mich zu ihnen vorbeugte und ihnen ins Ohr flüsterte, was ich vorhabe? Würden sie mir glauben? Ihre Handys rausholen und den Notruf wählen? Oder würden sie einfach lächeln und zusehen, dass sie von dem betrunkenen alten Narr wegkommen?

Und weiter gehe ich, schieße übers Ziel hinaus und verpasse die Abzweigung zur Bar, denn meine Füße tragen mich ein weiteres Mal zum Bild von Hugh Dollard im Foyer, wo ich vor dem alten Foto stehen bleibe. Er sieht immer noch überhaupt nicht so aus, wie ich ihn in Erinnerung habe. Was würde er wohl sagen, wenn er wüsste, dass ich heute Nacht in dem Zimmer schlafen werde, das einmal sein eigenes war? Und dass alles, was ihm einst etwas bedeutet hat, jetzt mir gehört. Ich schwanke vor und zurück, die Hände immer noch in meinen Taschen, und bade wieder einmal in meinen Erfolgen.

«Kannten Sie Großonkel Timothy?», fragt mich eine Stimme und unterbricht mich in meinen schlichten Freuden. Ich schaue mich um und erblicke ein Gesicht, das ich seit Jahren nicht mehr gesehen habe.

«Hilary?», frage ich. «Hilary Dollard?»

«Dollard war nie mein Nachname, nicht einmal, bevor ich Jason geheiratet habe. Ich heiße Bruton.» Sie schenkt mir ein schmallippiges Lächeln, das Freundlichkeit vermittelt, aber man kann ja gar nicht vorsichtig genug sein. Sie hat allerdings die Augen ihrer Tochter, oder Emily hat ihre bekommen, wie herum es nun sein mag. Hellbraun. Die Generationen haben die Schärfe aus dem Gesicht der Dollards herausgeschwemmt. Oh, aber all die Geister der Dollards: Amelia, Rachel, Hugh, Thomas – sie sind alle da, in Andeutungen, um den Mund herum und um ihre Wangenknochen, und doch verdünnt zu etwas … Freundlicherem. Feines, verletzliches, graues Haar umgibt ihr Gesicht.

«Mr Hannigan. Ich glaube, wir sind uns nie vorgestellt worden.»

Sie gibt mir ihre Hand. Anders als damals, als ich die ausgestreckte Hand ihres Mannes abgelehnt habe, nehme ich jetzt ihre und halte sie. Als sie sie schließlich wegzieht, setzt sie sich auf die Couch und schaut zu, wie ein paar Männer in Anzügen vorbeigehen. Sie neigt zu ihrem Gruß den Kopf, als wäre sie die Queen von Rainsford, was sie vermutlich auch tatsächlich ist.

«Ich dachte, ich komme mal vorbei und schaue mir den Laden an, wenn er so richtig brummt, wie man so sagt.» Sie schenkt mir wieder ein Lächeln, das aufrichtig wirkt, und klopft auf den Platz neben sich.

Ich nähere mich der Couch, bleibe aber stehen, sodass sie zu mir aufsehen muss.

«Ich werde nicht beißen, Mr Hannigan.»

«Ich habe schon vor langer Zeit aufgehört, Angst vor den Dollards zu haben.»

«Ist das so?», sagt sie mit einem Lachen. «Ich hatte eher gehofft, wir würden Sie in Ihren Träumen heimsuchen.»

Ich blicke sie an und kann nicht umhin, lächeln zu müssen. Ich kann mir vorstellen, warum Jason Bruton sich in sie verliebt hat.

«Ich würde jede Nacht einen Albtraum in Kauf nehmen, wenn das hieße, dass ich schlafen könnte. Viel Schlaf habe ich in letzter Zeit nicht abbekommen», sage ich und setze mich schließlich neben sie.

Sie blickt zu mir herüber und lächelt das Lächeln einer Leidensgenossin, bevor sie auf ihre Hände herabschaut und ihr Gesicht einen ernsten Ausdruck annimmt.

«Seit Jasons Tod habe ich keine einzige Nacht mehr ohne Hilfsmittel durchgeschlafen. Anfangs wurde ich immer abrupt wach von dem Gedanken, dass es etwas gewesen sein muss, was ich getan habe, was ihn so krank hat werden lassen.»

Ich sehe sie an, aber sie wendet sich mir nicht zu. Wir sitzen einen Moment lang in verlegenem Schweigen da, während um uns herum ein geschäftiges Treiben herrscht. Ein Mann mit einem Keyboard kommt durch die Eingangstüren und läuft zu den hinteren Korridoren. Ich überlege, ob ich aufstehen und ihm bei den Doppeltüren helfen soll, aber ich weiß, dass meine Knie es mir nicht gestatten werden, rechtzeitig bei ihm zu sein, und so sehe ich zu, wie er ihnen den Rücken zukehrt und sich hindurchschiebt, wobei er ein junges Mädchen, das mit einer noch nicht angezündeten Zigarette von der anderen Seite kommt, fast über den Haufen rennt. Sie lachen über ihren Beinahe-Zusammenstoß, und sie schlüpft mit einem breiten Lächeln an ihm vorbei, während er und sein Keyboard sich wieder gegen die Tür drücken. Ich sehe, wie er seinen Abgang verzögert und voller Anerkennung der

Gestalt des Mädchens nachschaut, das nach draußen verschwindet.

«Sie sind hübsch, oder?», sagt Hilary. «Die Mädchen von heute. Sie scheinen hübscher zu sein als zu unserer Zeit. Größer. Auf jeden Fall größer.»

Ich lache über das Kompliment, dass sie glaubt, wir seien im gleichen Alter. Ich muss mindestens zwanzig Jahre älter sein.

«Sie sagten ‹Timothy›», sage ich.

«Wie bitte?»

«Timothy, Sie sagten doch ‹Großonkel Timothy›. Der Mann dort auf dem Foto. Ich dachte, das sei Hugh Dollard, Thomas' Vater.» Mein Mund fühlt sich trocken an, und ich denke an meinen Whisky, der an der Bar auf mich wartet. Zumindest hoffe ich, dass er noch da ist und Swetlana ihn nicht weggeräumt hat.

«Nein, das ist Hughs jüngerer Bruder Timothy. Ich habe ihn selbst nie kennengelernt. Ich habe mich schlicht gefragt, als Sie ihn so lange angeschaut haben, ob Sie ihn wohl von früher gekannt haben, von damals, bevor er fortgegangen ist?»

Sie schaut für einen Moment wehmütig zu ihm hoch, während ich sie anblicke und zu verstehen versuche, was sie da eben gesagt hat.

«Warten Sie mal», sage ich, «Emily sagte zu mir, wörtlich: ‹Das ist Thomas' Vater.› Und jetzt sagen Sie, es sei Timothy Dollard?»

«Genau», antwortet sie, und ihre Hände zucken in ihrem Schoß. «Jetzt haben Sie alles, Mr Hannigan: unser Land, unser Hotel und unsere Schmach. Hugh Dollard, mein Großvater, war nicht Thomas' leiblicher Vater. Meine Großmutter hatte eine Affäre mit dem jüngeren Bruder ihres Ehemannes, nichts Geringeres.»

Na, damit hat sie mich aber erwischt. Das hatte ich nicht erwartet. Ich stoße ordentlich Luft aus und schüttele den Kopf.

«Thomas hat nie erfahren, dass Hugh nicht sein Vater war», fährt sie nach einer Pause fort und folgt meinem Blick zu dem Bild. «Er ist in dem Glauben beerdigt worden, sein Vater habe ihn gehasst. Während die Wahrheit war, dass er ihn überhaupt nicht gekannt hat. Meine Großmutter hat ihre Affäre mit Timothy begonnen, bevor sie Hugh geheiratet hat. Sie haben sich kennengelernt, als sie zu ihrer offiziellen Verlobung nach Rainsford kam. Hat sich anscheinend auf Anhieb in ihn verliebt. Na ja, er sieht ja auch wirklich gut aus, oder?»

Das Aussehen von Männern zu beurteilen, war nie meine Stärke, deshalb antworte ich nicht.

«Unglücklicherweise war er ein schrecklich verwirrter junger Mann. Er war schwul, wusste es zu dem Zeitpunkt aber wohl noch nicht so genau. Sie setzten ihre Liebelei noch bis in die ersten Wochen ihrer Heirat hinein fort, bis Timothy eines Tages Amelia einen Brief schrieb, in dem er ankündigte, nach London zu gehen, um schließlich der Mann werden zu können, der er war. Hugh kam nach Hause und fand seine Frau bewusstlos und vollkommen betrunken mit dem Brief in der Hand in ihrem Bett vor. Sie gab alles zu, sogar die Schwangerschaft. Die Sache war die, wissen Sie, dass die Ehe noch nicht vollzogen worden war. Großvater hatte die Zurückhaltung seiner jungen Frau, mit ihm in Beziehung zu treten, auf eine Schüchternheit zurückgeführt, von der er gehofft hatte, sie würde schnell vergehen. Als er die ganze Wahrheit begriff, reiste er ab, um Timothy ausfindig zu machen. Schlug ihn windelweich und sagte ihm, dass er nie wieder in Rainsford auftauchen solle. Als Thomas geboren wurde, konnte Großvater seinen

Anblick nicht ertragen. Behandelte ihn wie einen Idiot, sein ganzes Leben lang. Großvater gab ihm die Schuld an allem, was in dieser gottverlassenen Familie schiefgelaufen war. Armer Thomas. Kein Kind, Mr Hannigan, kein Kind hat so etwas verdient.»

Ich lasse mich durch den Applaus für die Darbietungen drüben den Flur hinunter davon ablenken, jegliches Mitleid zu empfinden. Aber ihre Geschichte ist wie der Luftzug unter der Eingangstür, der sich pfeifend den Weg durch die Ritzen bahnt, sie zieht durch die Risse in meiner Haut in mich hinein.

«Der Lauf der Zeit brachte keine Linderung», fährt sie fort. «Dieses Haus war von Hass erfüllt. Meine Mutter wurde nur gezeugt, weil Großvater sich betrunken hat und, nun ...» Sie blickt sich im Foyer um und zuckt zusammen, bevor sie ihre Hand an den Mund hebt. «Mutter hat es gehasst, hier zu leben. Wenn sie und Vater nicht ohne einen Penny gewesen wären, wäre sie nie wieder zurückgekehrt. Sie haben sich buchstäblich zu Tode gesoffen. Jason hat mich aus all dem gerettet, Mr Hannigan.»

Ich schließe meine Augen vor ihren Worten. Sperre mich gegen die fremde Trauer, verwehre ihr den Zugang, lasse sie sich nicht noch zusätzlich auf meinen eigenen gewaltigen Haufen draufsetzen. Die Last ist erdrückend, und ich wünschte, ich könnte einfach verschwinden. Und doch habe ich das Gefühl, dass es noch mehr zu erfahren gibt, wenn ich so sehe, wie sie mich anschaut.

«Ich möchte nicht unhöflich sein», sage ich, neugierig geworden. «Aber ich habe ... also, ich frage mich, warum Sie mir das alles erzählen. Gibt es etwas, das Sie mich wissen lassen wollen?» Genau richtig, denke ich, gut gesagt. Wir sollten jetzt auf den Punkt kommen.

Sie denkt einen Moment darüber nach und sagt dann:

«Ich denke, ich will das nur geklärt haben. Ich weiß, dass Sie es waren, der die Münze genommen hat.»

«Schauen Sie, ich habe das alles schon mit Emily besprochen, und ich –»

«Nein, Mr Hannigan. Ich bin nicht hier, um Sie wegen irgendetwas zu beschuldigen. Ich denke, was ich hier zu tun versuche, ist, ein paar Dinge geradezurücken, die schreckliche Einsamkeit dieses Ortes zu beenden und all das, was er denen angetan hat, die hier hindurchgekommen sind, einschließlich Ihnen, Mr Hannigan.»

Sie schenkt mir ein kleines, verlegenes Lächeln. Ich weiß nicht, was ich tun, wohin ich schauen und was ich sagen soll. Also blicke ich auf meine Hände.

«Backsteine und Mörtel können die Leere jetzt nicht mehr füllen, die Jason mir hier hinterlassen hat. Ich habe mir selbst viel zu lange etwas vorgemacht. Und seit Thomas gestorben ist, habe ich eingesehen, dass es Zeit ist, die schreckliche Tragödie dieser Familie hinter mir zu lassen. Es ist Zeit, dass jemand anderes die Leitung übernimmt.»

Dieses verfluchte Scheusal Einsamkeit, das unter uns Sterblichen ein solches Chaos anrichtet. Sie ist schlimmer als jede Krankheit, nagt an unseren Knochen, während wir schlafen, quält uns in Gedanken, wenn wir wach sind.

«Was ist denn, Mr Hannigan?», fragt sie und sieht mir doch die absolute Hoffnungslosigkeit ins Gesicht geschrieben. Sie weiß es. Sie weiß es wie ich, wie sie sich anfühlt, wie sie schmeckt, wie sie riecht. In diesem Moment legt sie ihre Hand auf meine. Ich starre sie an und bin überrascht über meinen Impuls, meine andere Hand obendrauf zu legen. Aber sie will sich nicht bewegen.

«Wie sind Sie zurechtgekommen?», frage ich stattdessen. «Als er gestorben ist, Sie verlassen hat, wie haben Sie weitermachen können?»

«Ach. Das. Kommt man denn zurecht? Das ist doch eher die Frage. Wenn ich in diesem Fall das Beispiel abgeben soll, dann ist die Antwort definitiv nein. Ihre Frau ist vor nicht allzu langer Zeit gestorben, habe ich recht?»

«Sadie, ja.»

«Nun, dann wissen Sie ja, es ist die Hölle. Entweder entscheiden Sie sich, mit all der Qual weiterzuleben, die das bedeutet, oder Sie machen sich vom Acker. Ich habe beschlossen, mich bis unter die Halskrause zu betäuben und ihn mir an jeder Ecke und in jedem Zimmer dieses Hauses vorzustellen. Hat mir überhaupt nicht geholfen und Emily erst recht nicht, um ehrlich zu sein.»

Ich fühle, wie ihre Hand sich noch fester auf meine legt. «Und Sie, Sie sind ja noch da, also nehme ich an, Sie haben sich auch für die erste Variante entschieden?»

Aus dem Augenwinkel sehe ich ihr Gesicht und mustere ihre Lippen.

«Haben Sie nie daran gedacht, einfach aufzugeben?», frage ich so leise, dass ich unsicher bin, ob sie meine Worte überhaupt gehört hat. Ich warte und will sehen, wie ihr Mund ihre Antwort formt.

«Zu willensschwach», antwortet sie, mit einem Lächeln, das ihr Gesicht in etwas Schönes verwandelt. «Man muss stärker sein als ich, um sich von dieser Welt zu verabschieden.» Sie hält inne und wendet sich mir zu. «Aber Sie haben meine Frage nicht beantwortet. Was ist Ihr Geheimnis?»

«Whisky.»

Sie lacht los, lange und laut. Ich habe keinen Schimmer, warum. Ich habe das überhaupt nicht komisch gemeint. Ich habe es bloß ehrlich gemeint. Aber ihre Lippen ziehen sich immer noch auseinander, und das ist ansteckend. Meine eigenen beginnen, das Gleiche zu tun. Und bald darauf steigt aus meinem Inneren ebenfalls ein Lachen auf. Und wir lachen gemeinsam. Lachen unser verzweifeltes Lachen ins Foyer hinein, um die Jungen herum, die kommen und gehen. Lachen, bis uns die Luft ausgeht. Lachen, bis wir uns die Tränen von den Augen wegwischen müssen. Lachen, bis wir uns an der Couch festhalten müssen, als drohten wir herunterzufallen. Als es abzuklingen beginnt, lassen wir uns gegen die samtene Rückwand fallen und werden still und wieder ernst.

«Was ich am meisten von Jason vermisse, ist nicht, was er gesagt oder getan hat», sagt sie, und ihre Hand liegt längst nicht mehr auf meiner, sondern auf ihrer Brust. «Es ist sein bloßer Atem, neben mir im Zimmer oder im Nebenzimmer oder irgendwo hier im Hotel. Es war das schlichte Wissen, dass er da war, das bedeutete mir einfach alles. Es war gar nicht nötig, dass er irgendetwas tat, er musste bloß am Leben sein. Ist es das Gleiche für Sie?»

Ich sehe sie an und kann die Worte nicht aussprechen, weil ich Angst habe, dass meine Tränen dann unbedingt fließen wollen. Und so nicke ich zur Antwort. Nicke wie ein verrückter, dementer Hund. Nicke meinen Knien zu, meinen trommelnden Fingern, bis in meine Seele hinab. Ich schließe meine Augen, halte den Tsunami zurück und nicke.

Wir sind jetzt still. Und dann kommt mir ein Bild von Sadie in Erinnerung. Wie sie hinterm Haus in ihrem Steingarten niederkniet. Er war ihr ganzer Stolz und ihre große Freude. Und sie versucht aufzustehen. Sie hatte es in den Knien, weißt du, Arthritis, genau wie ich. Sie streckt ihre Hand nach einem großen Stein aus und versucht, sich hochzustemmen, aber sie kann es nicht. Sie wartet eine Minute, dann versucht sie es erneut. Sie blickt zum Haus zurück, aber sie kann nicht sehen, dass ich am Küchenfenster stehe. Ich winke ihr zu, will, dass sie wartet. Ich winke, um zu sagen, warte, ich komme schon. Aber bevor ich noch vom Fenster wegkomme, hat sie es wieder versucht, und dieses Mal glückt es ihr.

«Emily hat nie ein Wort über Ihr Arrangement für das Hotel verloren, wissen Sie», sagt Hilary. «Das würde sie auch nicht, sie ist ein gutes Mädchen. Aber ich habe das von Anfang an gewusst, seit dem Abend, an dem Sie ihr das Geld angeboten haben, um dieses Haus zu retten. Ich habe es alles im Büro mitgehört.»

Sie lehnt sich an mich und grinst und sieht ganz genau wie ein kleines Mädchen aus, das endlich ein Geheimnis verraten darf, das es viel zu lange für sich behalten hat. Ich kann nicht sprechen, und selbst wenn meine Kehle und mein Mund die Worte durchlassen würden, weiß ich nicht, was ich sagen würde.

«Wissen Sie, die Wahrheit ist, ich habe Ihnen erlaubt, mich zu retten», sagt sie, flüstert es mir grinsend zu. «Ist das nicht wunderbar, Mr Hannigan? *Sie* haben *mich* gerettet – eine Dollard –, wie Sie mich zu nennen pflegen», lacht sie, hebt den Kopf und blickt zur Decke, senkt ihn dann wieder und schaut auf ihre Hände. «Ich konnte hier nicht weg, nachdem er gestorben war. Nun, wenn ich sage, ich konnte *hier* nicht weg, dann meine ich natürlich ihn – Jason. Ich wollte ihn nicht verlassen. Er war meine Welt. Er steckt in jedem Zentimeter dieser Wände. Er liebte diesen abgewrackten Ort. Nichts und niemand konnte ihn von der Idee abbringen, ein Hotel daraus zu machen, ich erst recht nicht.»

Sie lächelt traurig und blickt sich um.

«Sie hätte es verkauft, verstehen Sie – Emily, als sie nach Hause kam, weil Jason im Sterben lag. Ich wusste, dass sie das in Erwägung zog, und ich konnte nicht zulassen, dass mir alles, wofür er gearbeitet hat, genommen wird.

Und dann kamen Sie auf Ihrem weißen Ross. Ironisch, finden Sie nicht? Sie hätten uns Dollards letztlich endlich loswerden können, stattdessen sorgten Sie dafür, dass wir blieben.» Ihr Lächeln wird breiter. «Ich hätte lachen können. Sie glauben doch nicht, dass ich es vergessen habe? Sie glauben doch nicht, dass ich vergessen habe, wie Sie Jason behandelt haben an jenem Abend, als er vor Ihrer Tür stand und um Geld bat. Er hat es nie verwunden. Nie.» Wieder ernst geworden, schüttelt sie ihren Kopf, und ihr Mitgefühl für mich ist verflogen. «Sie haben einen guten Mann erniedrigt, Mr Hannigan. Einen guten, anständigen Mann. Meinen Mann. Sie waren es, der sie dazu verdammt hat, hier zu sein, wissen Sie das? Meine arme Tochter. Verdammt zu diesem Leben der Dienstbarkeit, immer in meinen Diensten und im Dienste jener», sagt sie, und ihre ausgestreckte Hand zeigt auf die Leute, die an uns vorbeigehen, nach draußen vor die Tür, um ihre Zigaretten zu rauchen. Sie schluckt und fügt hinzu: «Und ich habe das zugelassen.»

Dann beginnt sie zu zittern und zu schluchzen. Gütiger Gott, noch mehr Tränen halte ich einfach nicht aus. Sie zuckt neben mir, während ich hin und her rutsche und mich umsehe, wer uns vielleicht beobachtet. Aber alle hier scheinen ganz absorbiert vom abendlichen Lärm.

«Ich bin schon lange fertig mit den Schlägen von den Dollards, Hilary. Ich lasse mir nichts mehr anhängen.»

«Aber nein, Sie verstehen mich falsch. Ich bin diejenige, die Schuld daran hat. Was für Eltern sind denn das, die das Leben ihrer Tochter auf diese Weise opfern?», fragt sie und weint jetzt, als hätte ich die Antwort darauf. Ausgerechnet ich, der Erziehungsexperte!

Ich beginne, mit der Hand in meiner vollen Tasche zu wühlen. Und mühevoll löse ich mein Taschentuch, in das mein kleines Tablettentütchen gewickelt ist, hole es heraus und drücke es ihr in die Hand.

«Hier», sage ich leise, schaue weg und verschaffe ihr so viel Ungestörtheit, wie ich kann.

Hilary putzt sich die Nase, dann mustert sie mich eine Minute lang.

«Ich möchte, dass Sie etwas für mich tun, Mr Hannigan», sagt sie schließlich, und die Dringlichkeit in ihrer Stimme beunruhigt mich. «Kaufen Sie das Hotel. Bitte kaufen Sie es. Zwingen Sie Emily, es an Sie oder irgendjemand anderen zu verkaufen, das ist mir egal. Seien Sie der skrupellose Mann, der Sie immer waren, und drängen Sie sie heraus. Dieser Ort hat uns genügend Schaden zugefügt.» Sie rückt näher, blickt mir ins Gesicht und sucht darin, ihre Hand liegt wieder auf meiner. Ich sehe die Falten, die wie kleine Fächer von ihrem flehentlichen Mund ausgehen und mit jenen verschmelzen, die sich von ihren Augen nach unten ziehen, aus nächster Nähe. Sie ist mir jetzt so nahe, dass ich ihren Atem spüren kann und hören, wie er sich beschleunigt. «Bitte, Mr Hannigan, sie soll frei sein.»

Ich möchte von ihr weg. Ich möchte meinen Whisky trinken, der ganz allein auf dem Bartresen steht. Ich möchte meinen Frieden und meine Ruhe. Was ich nicht will, ist, die Probleme von anderen Menschen zu lösen. Meine Narbe juckt. Ich muss mich kratzen, aber Hilary ist immer noch viel zu nah. Ich habe keine andere Wahl, als aufzustehen, auch wenn das sehr unhöflich zu sein scheint, und ich bringe sie dazu, dass sie ihre Hände wieder in den Schoß legt. Ich reibe mir fest über die Haut, rieche die Erde an meinen Fingern und schaue zu, wie der Rest der Band – das nehme ich zumindest an, sie tragen alle schwarze Anzüge, weiße Krawatten und Cowboyhüte – an mir vorbeigeht, alles voller Verstärker und Equipment und Ellbogen. Ich mache einen kleinen Schritt zurück, um ihnen nicht im Wege zu stehen. Und als sie durch die Doppeltüren sind, sage ich: «Sie wollen mich wohl unbedingt als den Bösen in dieser Geschichte hinstellen, ist es das?»

Ich blicke auf ihr erwartungsvolles Gesicht herunter.

«Wenn Sie es so ausdrücken möchten, dann, ja, möchte ich, dass Sie der Böse sind», sagt sie, steht stolz auf und nimmt meine Hand. «Bitte, Mr Hannigan, bitte. Nur noch diese letzte Sache für uns Dollards.»

Darauf finde ich keine Antwort. Es ist mir zu viel, zu versuchen, ihre verwickelte Geschichte zu verstehen. Ich kann bloß ihre Hand nehmen und sie dort im Foyer noch einen Moment lang halten. Mehr kann ich niemandem mehr geben. Ich schaue ihr ein letztes Mal in ihre traurigen Augen, und dann gehe ich.

Ich gehe zurück in die Bar.

«Sie sind ja immer noch da», sagt Emily, als sie von der Küche hereinkommt. «Entschuldigen Sie, dass ich es bislang nicht hierhergeschafft habe. Es war der helle Wahnsinn oben. Na ja, jetzt ist alles vorbei. Also, ich meine die Reden und das Ganze. Jetzt ist die Band dran. So weit, so gut, muss ich sagen. Aber ganz ehrlich, meine Wangen brennen vom Lächeln für all die Fotos.»

Sie setzt sich auf den Barhocker neben mich. Sie sieht müde aus, aber es gelingt ihr immer noch, mir ein winziges Grinsen zu schenken.

«Also sagen Sie mir, warum *sind* Sie denn noch hier?»

Gott, was ist sie schön.

«Schauen Sie mal da drüben», sage ich zu Swetlana, «da steht eine Flasche Champagner mit dem Namen dieser Dame darauf. Würden Sie sie bitte öffnen, ihr ein Glas einschenken und mir noch einen Midleton?»

Ich schiebe mein Glas in ihre Richtung.

«Champagner?», fragt Emily und schaut mich an, als hätte ich den Verstand verloren.

«Robert sagt, das ist Ihr Lieblingschampagner.»

Swetlana entkorkt die Flasche, und wir sehen zu, wie sie den Champagner eingießt. Es sieht prächtig aus, aber ich weiß, dass das Zeug total beschissen schmeckt.

«Haben wir denn etwas zu feiern, Mr Hannigan?»

«In gewisser Weise. Wir trinken auf meine Frau. Die heute vor zwei Jahren beschlossen hat, dass es Zeit sei, mich zu verlassen.» Ich lächele sie an und sehe, wie sich ihre strahlenden Augen ein wenig trüben. «Sie war eine großartige Gärtnerin, wissen Sie», sage ich im Versuch, die Stimmung wieder aufzuhellen, «überall Rosa und Lila und Gelb und Orange. Besonders nach hinten raus in einem kleinen Steingarten. Iris, Petunien, Begonien, Kapuzinerkresse, all das. Ich konnte keine von der anderen unterscheiden. Aber ich liebte den Geruch im Hof, wenn ich nach Hause kam. Stieg mir in die Nase, sobald ich aus dem Wagen war. Er war sie, dieser Duft war sie, nicht Honig, nicht Jasmin. Das war die Essenz von Sadie. Habe das jetzt zwei Jahre lang nicht mehr gerochen. Jetzt wächst überall nur noch Unkraut und erstickt alles, was bis dahin überlebt hat.»

Emily hat jetzt den Blick einer Frau, die sich jeden Moment zu mir vorbeugen könnte, um mich in den Arm zu nehmen. Ich hebe mein Glas und proste ihr zu, um dem vorzubeugen.

«Auf Sadie», sage ich.

«Auf Sadie.»

Unsere Gläser stoßen aneinander und erzeugen dabei einen hellen, klaren Klang.

«Ich habe gerade mit Ihrer Mutter gesprochen», sage ich leise, als das Schweigen unbehaglich zu werden beginnt.

Mehr und mehr Leute kommen herein, auf der Flucht vor der Band vielleicht, jedenfalls sehr zu meiner Verärgerung. Oh, die stillen Stunden, die jetzt vorüber sind.

«Mit meiner Mutter?»

«Ja, mit Ihrer Mutter.» Ich schaue mich um, um zu sehen, wer vielleicht in Hörweite sein könnte.

«Da müssen Sie sich irren. Mutter kommt nie aus ihrem Versteck. Besonders nicht an einem Abend wie diesem. Und die Gaelic Athletic Association ist nun wirklich nicht ihr Ding.»

«Dann habe ich mich wohl getäuscht», sage ich. Ich habe nicht die Energie, mich mit ihr über diesen Punkt zu streiten. Aber ich weiß genau, wie sie mich jetzt aus ihren zusammengekniffenen Augen anschaut, während ich geradeaus starre.

«Was wollte sie?»

«Oh, jetzt glauben Sie mir doch.» Ich werfe einen schnellen Blick in ihre Richtung. «Sie hat nicht viel gesagt. Abgesehen davon, dass sie mir erzählt hat, dass Thomas' Vater nicht Hugh Dollard war und dass sie alles über mich und dieses Hotel weiß.»

Ich nehme noch einen Schluck von meinem Drink und stelle mir ihre Panik vor.

«Sie weiß es? Was meinen Sie damit, sie weiß es?»

«Was ich gesagt habe. Sie hat mir erzählt, dass sie es von Anfang an wusste.»

«Aber das … aber sie hat nie …» Sie verstummt und starrt für eine Weile auf ihren Champagner.

«Jetzt sagen Sie mir mal», sage ich, als ich ihr lange genug Zeit gegeben habe, all das zu verdauen. «Hätten Sie das Hotel damals verkauft, wenn ich nicht angeboten hätte zu investieren?»

Ich will eigentlich mit einer Handbewegung einmal den

ganzen Raum ermessen, aber auf halbem Wege gebe ich auf. Sie legt ihre Hand an die Stirn und schaut mich total verwirrt an. Sofort tut es mir leid, dass ich diese Frage gestellt habe.

«Ich … äh … ich habe keine Ahnung.»

«Würden Sie es jetzt verkaufen?»

«Wollen Sie es etwa kaufen?» Sie lacht sarkastisch. «Ich dachte, dieses ganze Haus wäre Ihnen so scheißegal.»

«Antworten Sie einfach.»

Aber das tut sie nicht, sie starrt mich einfach nur an und versucht zu ergründen, was in mir vorgeht.

«Ach, ist auch egal. Jetzt ist sowieso alles nur noch egal», sage ich und reibe mir über die Stoppeln am Kinn, denke an meinen Rasierer, der auf dem Weg nach Dublin ist, und ich bereue, ihn mit eingepackt zu haben. Dann lache ich über diese Blödheit. Da, wo du hingehst, brauchst du keinen Rasierer, junger Mann.

«Sie wollen wissen, ob ich alles anders machen und Ihr Geld nicht nehmen würde, wenn ich noch mal entscheiden könnte?» Sie blickt mich an, schaut dann wieder zum Tresen und denkt über ihre Antwort nach. «Ich weiß es nicht», sagt sie schließlich. «Es hat mich zu der Person gemacht, die ich bin, denke ich doch. Ich war ein Mädchen, als ich hier angefangen habe. Und jetzt schauen Sie mich an, ich habe eben die Verleihung der wichtigsten irischen Sportpreise organisiert. Tatsächlich glaube ich, ich habe mich und meinen Vater und, ja, Mr Hannigan, selbst all die niederträchtigen Dollards ziemlich stolz gemacht.»

Ich sehe sie an und lächele. «Das haben Sie, Emily.»

Meine Augen schließen sich angesichts der Last all dessen, was an diesem Abend geschehen ist und was jetzt noch kommen wird. Ich habe das Gefühl, als könnte ich tausend Jahre schlafen.

«Geht es Ihnen gut, Mr Hannigan?», fragt Emily und schaut mich an, die Augen wieder zu Schlitzen verengt. «Ich bin vorhin noch auf Robert gestoßen, wissen Sie. Er sagt, er macht sich Sorgen um Sie. Wollte mir aber nicht sagen, warum. Aber er hat mich gebeten, ein Auge auf Sie zu werfen.»

Robert, der Verräter. Sie holt ihr Handy heraus und droht mir damit. Legt es neben ihr Champagnerglas. Ich hebe meine Hand und wedele damit, eine etwas lächerliche Geste, die besagen soll, dass alles in bester Ordnung ist.

«Der Alkohol, Mädchen. Es ist der Alkohol. Machen Sie sich keine Sorgen, es geht mir sehr gut.»

Ich schaue weg und zu Swetlana, die jetzt glücklich ist: die Queen der Bar. Kann vor ihrer Chefin ihre ganze Meisterschaft zeigen, während sie die Geflüchteten bedient. Emily nimmt einen Schluck aus ihrem Glas, und ich frage mich, ob die Bemerkung schon gereicht hat, um sie auf andere Gedanken zu bringen.

«Sie ist wirklich gut, oder? Die Kleine. Macht ihre Sache ganz ordentlich», sage ich und zeige mit meinem Drink in Swetlanas Richtung. Neues Ablenkungsmanöver.

«Oh ja, um Swetlana muss man sich keine Sorgen machen. Was hat Mutter denn über das Hotel und Ihr ‹Engagement› gesagt?»

Scheiße.

«Na, dass sie stolz auf Sie ist. Stolz darauf, was Sie erreicht haben, wie Sie das Haus gerettet haben. Was Sie daraus gemacht haben.»

«Wirklich? Ich meine, das hat sie mir noch nie gesagt. Zeigt keinen Funken Interesse an diesem Haus oder daran, was ich damit vorhabe.»

«Eltern sind furchtbar in diesen Dingen. Glauben Sie mir, ich spreche aus Erfahrung. Aber merken Sie sich das:

Sie weiß es, sie sieht es und mehr noch, sie findet es gut.» Ich tätschele ihre Hände, die um den Fuß ihres Glases gebettet sind.

«Dann ist sie also nicht sauer?»

«Sie hatte genügend Zeit, sich wieder abzuregen, falls sie das jemals gewesen ist», lache ich. «Aber nein, sie ist nicht sauer, auf jeden Fall ganz sicher nicht auf Sie. Seien Sie stolz, mein Mädchen. Seien Sie stolz darauf, wie Sie diese Dollards wieder groß gemacht haben. Hören Sie, Sie sollten mal mit ihr reden. Soll ja immer helfen, reden.»

«Und sie hat Ihnen von Thomas und seinem Vater erzählt?»

«Ja.»

«Grässlich, oder?»

Ich nehme noch einen Schluck Midleton und frage dann: «Glauben Sie, dass sein Leben anders verlaufen wäre, wenn ich die Münze direkt zurückgegeben hätte?»

Sie sieht vor sich hin, hat die Augenbrauen gehoben und ihre Lippen gespitzt, während sie über meine Frage nachdenkt.

«Nun», sagt sie nach einer Weile, «ich denke, er war ein Dollard, den niemand hätte retten können, bis auf den Mann, den er Vater nannte. Nicht einmal Sie, Mr Hannigan, selbst wenn Sie die Neigung dazu verspürt hätten.»

Und sie hat so recht – Väter tragen eine Menge Verantwortung.

Ich gebe zu, ich bin jetzt müde, mein Junge. Der Tag war schon viel zu lang. Ich bin so weit. Bereit, das hier jetzt zu Ende zu bringen. Also tätschele ich ihre Hand noch einmal, aber sie ergreift meine. Hält sie fest und drückt sie, als bedeute es ihr etwas. Ich schaue darauf und dann auf ihr Gesicht. Und dort erkenne ich noch einmal, ein letztes Mal, wie mutig sie ist. Und dann tue ich etwas, das selbst mich überrascht, ich strecke meine Hand aus und küsse Emily auf die Wange. Widerstrebend lasse ich ihre Hand los, um mich an der Bar festhalten zu können, während ich vom Hocker steige. Wieder auf festem Boden, nehme ich mein fast leeres Glas und hebe es ein letztes Mal, in ihre Richtung.

«Auf die Unkrautvertilgung», sage ich und schlucke noch den letzten Tropfen, bevor ich hinter ihr vorbei zum Ausgang gehe und ihr dabei auf die Schulter klopfe. «Gute Nacht, Emily, es war mir eine Freude.»

Ich gehe hinaus in Richtung Foyer, und ich weiß, sie sitzt da in meinem Rücken und hält dieses verdammte Handy in der Hand.

«Aber Mr Hannigan, warten Sie. Maurice», ruft sie, für mein Empfinden viel zu besorgt. «Sind Sie sicher, dass alles in Ordnung ist? Sie wollen doch nicht selbst fahren, oder? Lassen Sie mich Ihnen wenigstens ein Taxi bestellen.»

«Und warum sollte ich ein Taxi brauchen, wenn ich doch das hier habe?» Ich hole den Schlüssel zur Hochzeitssuite aus meiner Tasche und drehe mich um, um ihn ihr zu präsentieren.

Sie braucht einen Augenblick, um genau zu erkennen, was es ist.

«*Sie* sind der VIP?»

«Das bin ich», sage ich, und ein wenig Stolz schwingt in meiner Stimme mit. «Aber bevor ich hochgehe, werde ich noch ein bisschen an die frische Meath-Luft gehen, glaube ich.»

Ich lasse sie da mit offenem Mund sitzen. Ihre Besorgnis bohrt sich mir geradezu in den Rücken. Sie könnte immer noch Robert anrufen, das weiß ich, aber das ist ein Risiko, das ich eingehen muss. Ich gehe zur Tür, ziehe meinen Hut vor dem Mann auf dem Foto. Ich drehe mich um, um ein letztes Mal Emily anzusehen, und zeige auf das Bild.

«Onkel Timothy», sage ich, und dann schenke ich ihr ein Lächeln und zwinkere ihr zu, bevor ich weiter auf die offene Tür zugehe.

Ist es nicht seltsam, dass Tony und Molly mich immer wieder besuchen, deine Mutter aber gar nicht? Das ist mir nun wirklich ein großes Rätsel. Vielleicht besucht sie stattdessen dich. Vielleicht sprichst du mit ihr, mein Junge. Ich stelle mir gern vor, dass du das tust, dass du mit ihr deinen Tag durchgehst und besprichst, welchen Text du als Nächstes schreiben solltest, sie um ihren Rat fragst. Mein Gott, wie sehr würde sie das lieben!

Es regnet jetzt, einer dieser schweren Regenfälle im Juli. Du weißt schon, einer von denen, bei denen du denkst, dass das Stalldach jetzt doch noch einstürzt. Ich muss mir darüber keine Gedanken mehr machen. Das sind jetzt die Sorgen von jemand anderem. Unter all den Dingen, die mich heute Abend traurig machen, hatte ich nun nicht die Klapprigkeit des Stalls vermutet. Heute Nacht werden die Flüsse ansteigen, und das Vieh wird sich ängstigen, das ist mal sicher.

Eine Frau in High Heels, die sich eine Handtasche über den Kopf hält und quiekt, flüchtet sich neben mich unter die Markise. Ich rücke beiseite, um ihr Platz zu machen. Nötig ist das allerdings nicht, ich bin der Einzige hier draußen – die Raucher haben ihre Kippen weggeschnippt und schon vor einiger Zeit drinnen Zuflucht gesucht.

«Ich bin klitschnass», sagt sie, keuchend, als hätte sie gerade den Liffey durchschwommen. Sie blickt auf ihre nackten Arme und Beine und greift sich ins Haar. «Scheiße noch mal.»

Ich blicke auf ihre glitzernden Zehen und lächele.

«Ja. Da oben scheint jemand mächtig wütend über irgendetwas zu sein», sage ich, schaue unter der Markise hervor auf die Stadt und hoffe, dass es nicht meine liebe gute Ehefrau ist.

«Also, ich würde ihm jedenfalls liebend gern den Hals umdrehen, wer immer es auch sein mag», sagt sie, geht an mir vorbei und durch die Hoteltür hinein und schüttelt sich dabei den Regen ab, wie Gearstick das immer gemacht hat. Wäre das nicht leichter, auf diese Weise zu gehen? Jemandes Hände, die sich um meinen Hals schließen, sodass ich selbst gar nichts tun müsste. Ich war es nicht, Euer Ehren, kann ich zu Petrus an der Himmelspforte sagen. Es war die da mit dem klitschnassen Haar und der zerlaufenden Gesichtsbräune.

Ein Blitz erhellt den Himmel jenseits der Stadt. Ich zähle in meinem Kopf, bis Gott seine Möbel verrückt. Ein riesiger Scheißschrank. Dieser wahnsinnige Donner. Sechs, ich komme bis sechs, bis das Krachen über mir explodiert.

Ich trete nach draußen. Ich schließe meine Augen und hebe den Kopf in dieses Heulen hinein. Der Regen durchnässt mich, und es fühlt sich wunderbar an, wie er meine Sorgen und Zweifel wegspült. Wie elektrischer Strom verleiht er mir einen Energiestoß und lässt mich tanzen. Meine Füße klatschen, klatschen im Regen, und ich schwinge die Beine, als wäre ich ein Revuegirl. Es ist niemand mehr da, der mich dabei sehen könnte, wie ich mich zum Narren mache, während meine Knie hochzucken und meine Beine fliegen. Vielleicht steht jemand am Fenster, aber ich verschwende keinen Gedanken daran, als ich bei einem Hüpfer meine Absätze aneinanderschlagen will. Ich hebe nicht weiter vom Boden ab als eine der alten Kühe auf meinen Feldern. Aber in meinem Kopf habe ich es getan, habe die Hacken so munter aneinandergestoßen wie Gene Kelly. Ich drehe mich weiter und weiter. Lasse jeden Tropfen Regen einsinken. Ganz tief einsinken, bis in meine Knochen. Dann kriegt mich die Schwerkraft zu fassen, und ich stürze gegen die Wand. Keuchend und lachend. Versuche, wieder zu Atem zu kommen. Mein Körper krümmt sich, die Hände auf die Knie gestützt.

Der Regen lässt nach und hört dann abrupt auf, als wäre er ein einziger, großer Fehler gewesen und als wäre er jetzt weitergezogen zu dem Ort, wo er eigentlich hinwollte. Ein Augenblick der Stille hängt über mir, die Stille, die mit Schnee einhergeht. Ich stehe jetzt aufrecht, eine Hand gegen die Wand gespreizt. Ich schließe meine Augen, sodass ich mich von dieser Ruhe einhüllen lassen kann. Sie einatmen. Sie in meine zitternden Knochen und zuckenden Muskeln einsickern lassen. Sie bringt mich ins Reine, und ich werde ganz ruhig. Vor mir auf der Straße sickern Stimmen aus anderen Wasserlöchern heraus. Ich höre «Gute Nacht»-Rufe und Motorengeräusche. Nach ihrer Geißelung erwacht die Stadt wieder zum Leben; zu den Schelmereien einer Samstagnacht. Autohupen dröhnen, und Arme winken in der linden Nacht.

Da hast du es nun – meine Arbeit hier ist getan. Mein Leben ist in Kisten verpackt, hübsch eingeschlagen, sortiert und mit Etiketten versehen. Mein feierlicher Abend ist vorüber. Und, verdammt noch mal, wenn ich mir etwas vorgenommen habe, dann kann mich nichts mehr davon abbringen.

Die Band am Ende des Korridors gibt einfach alles. Ich kann ihre Bemühungen, wenn auch gedämpft, noch von hier aus hören. Die Melodien sagen mir nichts, aber ich summe trotzdem vor mich hin, zu Noten und Worten, die ich mir ausdenke: *Eleven o'clock and all is well, Time to go, so much to tell.* Ich lächele über mein großes Talent. Dann öffnen sich die Türen, und da kommen sie: die Weicheier, die vor einem Tropfen Regen geflohen sind. Ich bewege mich in die entgegengesetzte Richtung, bahne mir meinen Weg zwischen ihnen hindurch und wieder hinein. Als ich die Rezeption erreiche, bleibe ich einen Moment stehen, die Hände in den Taschen, betrachte die Tür zu meiner Linken, die zu den Zimmern führt und durch die ich hindurchmuss.

«Ah, ich finde Sie, Mr Hannigan», ruft Swetlana, die vollkommen überraschend neben mir aufgetaucht ist. «Ich dachte, Sie sind schon weg. Ich habe überall geguckt. Sie haben dies vergessen.»

Ich schaue auf die Flasche Jefferson's, die sie in ihren Händen hält.

«Also, Sie sind wirklich ein schlaues Mädchen.»

«Ich will nicht, dass Emily das sieht. Ich möchte nicht gefeuert werden. Nicht wegen Ihnen, ja?»

Ich lache und nehme die Flasche.

«Wo gehen Sie jetzt hin, zum Tanzen?», fragt sie mit einem frechen Lächeln.

«Nein, damit bin ich jetzt durch. Dieser Knabe und ich haben eine Verabredung mit dem Schicksal», sage ich und blicke auf die Flasche.

«Gute Entscheidung», sagt sie, kommt jetzt ganz nahe und beugt sich vor, an mein Ohr. «Die Band heißt ‹Rhythm Kings›. Ich weiß nicht, warum. Die haben keinen Rhythmus. Die spielen bloß hilly-billy-Musik. Ich hasse das.»

Sie hat eine Art, die ‹h›s so kehlig auszusprechen, die mich am Ohr kitzelt: Sie hält sie erst einen Moment zurück und spuckt sie dann beinahe aus. Ich lache ein letztes Mal über sie und gehe weiter, aber bevor ich die Tür aufdrücke, hebe ich die Flasche und rufe ihr zu: «Swetlana. Danke.»

Sie lächelt: «Nächstes Mal bloß Guinness, in der Flasche, ja?»

«Immer in der Flasche, ganz genau», sage ich und drücke mit der Schulter gegen die Tür. Auf der anderen Seite bleibe ich stehen und lausche, wie sie zuschlägt. Und dann drehe ich mich um, um durch das Glas zurückzublicken und zu sehen, wie Swetlana in die Bar verschwindet.

Ich benutze keine Fahrstühle, also gehe ich zur Treppe und beginne, die Stufen zu erklimmen.

«Du und deine Fahrstühle», sagte Sadie immer zu mir und tat mein Misstrauen ab.

«Bevor du dich weiter lustig machst, es hat nichts zu tun mit *Flammendes Inferno*», antwortete ich und sah auf ihre Lippen, die sich schon kräuselten. «Das hat es nicht, gute Frau. Da war dieser Mann in Mulhuddart –»

«Ah, der Mann aus Mulhuddart», sagte sie dann und drückte auf den Knopf, als spielte sie auf irgendeinem Gerät in einer Spielhalle.

«Ja! Ein Mann in Mulhuddart, der unsägliche und lebenslange Schäden an seinen Beinen erlitt, weil eins dieser Teile abgestürzt ist, als er drin war», beschwerte ich mich bei ihrem Profil, das sich weigerte, mich zur Kenntnis zu nehmen, geschweige denn den armen Mann aus Mulhuddart. «Und wie verrückt zu drücken, führt auch nicht dazu, dass der schneller kommt», sagte ich, hatte die Stimme jetzt angehoben, damit sie mich auch ganz gewiss hörte, während ich meinen Aufstieg begann, Stufe um Stufe, und bei jedem Mal, an dem ich meinen Fuß hob, über diese Ungerechtigkeit brummelte.

Dieser verfluchte Mann aus Mulhuddart!

Wie oft haben wir über diesen Mann gestritten, den wir beide gar nicht kannten? Weißt du, ich vermisse diese blöden Streitereien so sehr!

Meine Beine fühlen sich wegen meiner durchnässten Kleidung schwer an. Ich gehe weiter, langsamer, als ich erhofft habe. Ich bin schon so nahe und doch noch so verdammt fern. Ich lehne mich an das oberste Treppengeländer, nachdem ich angekommen bin, und überlege, ob ich an Ort und Stelle, im Stehen, einschlafen soll. Aber mein Hirn klopft mit seinem knotigen Finger von innen an meinen Schädel.

«Noch nicht», sagt es. «Noch nicht.»

SIEBTES KAPITEL

23:05 Uhr
Hochzeits-Suite
Rainsford House Hotel

Heute Nacht werde ich sterben. Da. Ich habe es gesagt. Jetzt weißt du es. Aber ich höre diese Worte nicht gern, ich denke sie auch nicht gern. Nicht, weil ich es nicht tun will, sondern weil ich Schuldgefühle denjenigen gegenüber empfinde, die ich zurücklasse. Dir gegenüber, Kevin. Dir, der so viel mehr von mir verdient hätte.

Ich stehe draußen vor dem Zimmer und betrachte die Tür. Sie ist prächtig und verdient Aufmerksamkeit. Wenn ich «prächtig» sage, dann meine ich das im Sinne von «glanzvoll», nicht im Sinne des alltäglichen Gebrauchs, der dem Wort das Majestätische geraubt hat. Mahagoni. Breit und solide. Ich streiche über ihren glatten Lack und tätschele sie voller Respekt. Auch der Schlüssel, der schon den ganzen Abend an Vaters Pfeife in meiner Tasche stößt, ist groß und eindrucksvoll. Keine von diesen Plastikkarten. Dieses Prachtstück verliert man nicht, das sage ich dir.

Ich drehe ihn im Schloss und öffne die Tür, um den Geruch frisch gereinigter Laken einatmen zu können. Ich schließe die Augen und konzentriere mich, stehe auf der Schwelle und möchte so lange wie möglich in dieser Position verharren, weil ich weiß, dass der Geruch in ein paar Sekunden verflogen sein wird. Und als es so weit ist, trete ich ganz ein und sehe mich in diesem perfekten Zimmer um.

Weiße Laken, vollkommen faltenlos, auf einem Himmelbett. Die Vorhänge um das Bett passen zu denen am

Fenster: dunkelvioletter Stoff, der bis zum Boden reicht und so schwer zu sein scheint wie die Summe hoch, die dafür entrichtet worden sein muss. Cremefarbene Kissen, mit violettem Blumenmuster, in drei Reihen auf dem Bett. Ein Mahagoni-Schrank am Fußende des Bettes. Zu seiner Linken und nahe am Fenster ein Schreibtisch mit einer Flasche Wasser und einem Glas darauf. Das Mobiliar ist alt, aber gepflegt und glänzend poliert, wie sich zeigt, als ich die Lampe anknipse. Ein Stuhl mit dem Rücken zu mir ist unter den geschwungenen Schreibtisch geschoben, das grüne Leder mit Messingzwecken an den Rahmen geheftet. Und der Armsessel zur Rechten mit seinem hohen Rücken und den großzügigen Armlehnen steht in der Ecke, als hätte er die ganze Zeit schon auf mich gewartet – vierundachtzig Jahre lang.

Ich knalle die Whiskyflasche auf den Nachttisch. Das wollte ich gar nicht. Ich habe den Abstand falsch eingeschätzt, und bei dem Gepolter erschrecke ich mich.

«Pst!», sage ich. «Die könnten doch kommen. Robert rennt vielleicht gerade jetzt die Treppe hoch, um die Sache zu retten und dich mir wegzunehmen. Leise jetzt.»

Ich ziehe mein tropfendes Jackett aus und werfe es aufs Bett. Ich schaue mich um und versuche, meine verblassten Erinnerungen aufzufrischen, die Schatten deiner Hochzeitsnacht. Kannst du dich noch daran erinnern, als wäre es gestern gewesen, oder sind die Erinnerungen in deinem Kopf auch zur Hälfte ausradiert? War das Zimmer so prima, so vornehm und schick wie jetzt? Ich gehe ums Bett herum und zum Fenster und spüre, wie meine Füße in den dicken Teppich einsinken. Nicht die einfachste aller Tanzflächen, aber ich nehme dennoch Haltung an und tanze einen Walzer mit ihr. Spüre, wie sich ihr Rücken unter meiner Führung neigt, während ich uns durch die Schritte leite.

«Good Night, Sadie. Good Night, Sadie, I'll see you in my dreams», singe ich mit müder Stimme.

«Irene», stelle ich mir ihren Protest vor, «*Good night, Irene*, nicht Sadie.»

Aber ich höre nicht zu, und schon geht es wieder los, und wir tanzen durch unsere Leben. Und als mir der Text nicht mehr einfällt, summe ich das Lied zu Ende und tanze weiter Eins, Zwei, Drei, Eins, Zwei, Drei. Führe sie durch unsere Höhen und Tiefen und alles dazwischen, das unser Leben ausgemacht hat. Grinse wie der glückliche Tropf, der ich bin. Schneller und schneller drehe ich mich, streife Vorhänge, schneide die Ecken, stoße gegen Stühle, rase durch diese Augenblicke in meinem Erinnerungsfilm. Wirbele und wirbele, bis ich schließlich auf dem weichen Daunen der Bettdecke lande. Ich keuche erschöpft, während sich die Zimmerdecke über mir dreht. Ich schließe fest die Augen vor all dem. Die seidenweiche Bettdecke hält mich gefangen, will mich nicht wieder gehen lassen. Ihr Schoß ist viel zu verlockend, und schon bald spüre ich, wie ich wegdämmere.

Aber mein Gehirn klopft wieder an meinen Schädel. Ich stöhne protestierend auf. Mein Gewissen schert sich einen Dreck und spricht mich schuldig, sodass ich mich wieder bewege. Ich drehe mich auf den Bauch und sabbere auf die Bettdecke. Ich stoße mich mit den Armen hoch. Ich fühle mich schwer wie eine Färse.

Ich packe aus, was von mir geblieben ist. Aus meinem Jackett die Bilder: Tony und ich. Sadie und du. Die Pfeife meines Vaters, über die ich mit der Hand streiche, um ein letztes Mal ihre angenehme Glätte zu spüren. Sadies Haarspangen-Täschchen, das ich mir einen Moment an die Nase halte, bevor ich es mit meiner Brille und dem Handy ablege.

Ich suche in meinen Hosentaschen nach dem Taschentuch. Wo ist es? Wo zum Teufel ist es? Ich wühle herum, aber es ist weg. Habe ich es fallen gelassen? Wo? Als ich an der Bar gesessen habe? In der Toilette? Ich klopfe meine Kleidung ab, mein Jackett, während ich in Gedanken noch einmal den Abend Revue passieren lasse. Und dann fällt mir ein, dass ich es Hilary gegeben habe. Meine Finger erkennen jetzt das Plastiktütchen in seinem Versteck, das unter meine Berührung hin- und herrutscht. Dreißig kleine Pillen. Ich fische es heraus, stecke meine Finger in das Tütchen und lasse den Inhalt aufs Bett kullern: gelbe, blaue und rosafarbene. Ich zähle sie. Dreißig Stück. Ich stehe auf, um ein Handtuch aus dem Badezimmer zu holen, und breite es auf dem Schreibtisch aus, wobei ich die Flasche und das Glas vorsichtig aus dem Weg räume. Ich hole die Tabletten vom Bett und wickele sie in das Handtuch ein. Mit der Wasserflasche beginne ich, sie zu zerstampfen. Jedes Mal, wenn ich dabei mein ganzes Gewicht einsetze, weine ich. Tränen, die mich selbst überraschen, fließen mein Gesicht hinunter, tropfen mir auf den Hals, rinnen mir auf die Brust, strömen so weit herab wie nur möglich. Ich werde sie jetzt nicht aufhalten. Und als ich sicher bin, dass meine Arbeit getan ist, schüttele ich den Inhalt des Handtuchs auf den Tisch, schiebe den ganzen bunten Matsch bis zum Rand und lasse ihn ins Glas fallen. Tränen, Pillen, alles fällt. Kuller, kuller. Ich setze mich hin und starre darauf, meine Liebesherz-Mischung. Ich weine immer noch, um mich. Ich bin ebenso unwillig wie begierig, diese Welt nun hinter mir zu lassen.

Die Pillen habe ich in Dublin bekommen. Hab versucht, dem Arzt vorzumachen, dass er mir die verschreiben soll. Aber der wollte nichts davon hören. Einen Berater, den wollte er mir vermitteln. Einen Scheißberater.

Habe gar nicht so lange gebraucht, wie ich dachte, um Gizzo in Dublin ausfindig zu machen. Groß wie eine Giraffe und mit einem Jimi-Hendrix-Tattoo auf seiner linken Hand. Der arme David hat sicher keine Ahnung gehabt, warum ich ihn so viel nach seiner fehlgeleiteten Jugend fragte. Ich marschierte in die Galley Bar, und da saß er tatsächlich, in einer Nische in der Ecke. Ich trug einen alten, mottenzerfressenen Mantel, lang genug, um mein Gewehr zu verbergen, das ich mir an den Gürtel geschnallt hatte. Das Einzige, was jetzt noch fehlte, waren ein Stetson und ein Pferd.

«Ich hab gehört, Sie haben alles Mögliche», sagte ich zu ihm. Neben ihm saß noch so ein Typ, vielleicht Deco oder Eamo. Wir haben uns nicht gerade miteinander bekannt gemacht. Gizzo hat mich ziemlich zackig aus dem Laden geschleust. Hat mich am Arm gepackt und durch die Tür geschoben.

«Scheiße, Mann! Das kannst du doch da drin nicht bringen. Die geben mir Hausverbot», sagte er und zerrte mich in eine Gasse hinter dem Pub. Mein Blut pulsierte mächtig. Was war das Schlimmste, was er mir antun konnte?, fragte ich mich wieder und wieder in Gedanken. Mich erschießen? Wäre das nicht genau das Richtige?

«Ich bin ein Freund von David. David Flynn», das war alles, was mir in diesem Moment einfiel, der Herr möge mir vergeben, ich hoffe, der Junge wird das nie erfahren.

«David? Scheiße, Mann. Hab von dem seit Jahren nichts mehr gehört. Hab aber gehört, dass sein Dad gestorben ist.»

Höflicher junger Mann, das muss ich schon sagen.

«Du kannst alles haben, was du willst, Oldtimer», sagte er zu mir, als ich ihm mein Dilemma erläuterte, «solange du flüssig genug bist.»

Da musste er kräftig lachen. Ich wusste natürlich nicht, was ich wollte, ich wusste bloß, was das Resultat von all dem sein sollte. Ich wartete eine halbe Stunde oder so in der Gasse zwischen all dem Müll und den gebrauchten Kondomen, bis er zurückkam, so wie er gesagt hatte.

«Amiodaron, Digis und Benzos, Mann. Einfach zerstampfen und mischen. Mit ein bisschen Alk runterspülen. Und wumms. Dann bist du weg. Adios, Amigo.» Ich nahm die kleine Tüte, die er mir hinhielt, gab ihm die Summe, die er verlangt hatte, und ging. Hätte man mich nach meiner Kundenzufriedenheit befragt, ich hätte ihm fünf Sterne gegeben.

Ich schwenke diese zerstampften Pillen im Glas umher, immer noch fasziniert von ihnen, von dem Ganzen hier, von mir selbst.

Es wird keinen Brief geben, Kevin. Das würde ja noch einen ganzen Abend in Anspruch nehmen. Stattdessen möchte ich, dass du meine Stimme hörst, damit du ganz sicher sein kannst, dass ich dies hier wirklich will. Meine Stimme. Habe ich dir je gesagt, dass es meine Stimme war, in die deine Mutter sich verliebt hat?

«So tief und weich», hatte sie gesagt, nicht lange, nachdem wir geheiratet hatten, «ich hätte meine Augen schließen und dir den ganzen Tag zuhören können, als wir uns das erste Mal gesehen haben.» Stell dir vor.

Ich nehme dein Foto, mein Handy und die Brille vom Bett und gehe damit zum Schreibtisch. Ich falte das Handtuch zusammen und schiebe es nach hinten. Die Flasche Jefferson's, die Pillen, Handy und Foto – alles vor mir. Ich setze meine Brille auf. Jetzt bin ich bereit.

Ich drücke auf den roten Knopf, und meine Stimme legt los, erschöpft, aber ruhig.

«Mein Junge, ich bin's – Dad. Zu diesem Zeitpunkt werde ich … ähm … gegangen sein. Du weißt ja, dass ich nicht der große Briefschreiber bin. Wie viele hast du wohl im Lauf der Jahre von mir bekommen, was? Nein, das wart eher du und deine Mutter. Ihr konntet gut mit Wörtern, ihr beide. Das hast du von ihr natürlich.

Ich möchte, dass du weißt, mein Junge, dass es mir leidtut. Nicht, dass ich sterbe, dass ich gehe, obwohl ich … ich weiß, dass es nicht leicht werden wird. Aber nein, ich meine, es tut mir leid, was für ein Vater ich gewesen bin. Ich weiß, das weiß ich wirklich, dass ich es hätte besser machen können. Dass ich besser hätte zuhören können, dass ich dich und all das, was du geworden bist, mit mehr Feingefühl hätte akzeptieren können. In Wahrheit bin ich voller Ehrfurcht vor dir. Davor, was für ein Mann du geworden bist, vor deiner Gutherzigkeit, deiner Intelligenz, deiner Cleverness. Neben dir komme ich mir unbedeutend vor, nachdem ich dabei zugesehen habe, wie du dich zu so einem großen Mann des Wortes entwickelt hast.

Ich möchte, dass du weißt, dass ich deine Artikel gelesen habe, jeden einzelnen. Ich habe eine Weile dafür gebraucht, das gebe ich zu, aber in den letzten zwei Jahren habe ich jeden einzelnen gelesen. Ich habe es sogar ein bisschen wie deine Mutter gemacht und habe alles noch nachgeschlagen und vertieft, und dich, ja, ich habe dich *gegoogelt.* Und prompt habe ich dich gefunden. Ich konnte gar nicht glauben, wie viel da über dich stand. Du bist ja wirklich überall. Ich habe sogar mich selbst gegoogelt, und da kam gar nichts. Also auf meine ganz eigene Weise habe ich dich gefunden. Ich habe dich gedruckt und auf dem Bildschirm kennengelernt. Es tut mir leid, dass ich bis jetzt gebraucht habe, um dir zu sagen, dass ich es sehe – ich sehe deine Brillanz und deine Güte. Ich sehe das alles und liebe es – ich liebe dich.

Es gibt Dinge, die ich bereue, Kevin, zum Beispiel, dass ich dir nie dafür gedankt habe, dass du mir jeden Samstag, als du kleiner warst, bei der Arbeit geholfen hast, du hast es immer nur gehasst und trotzdem gemacht. Und dass ich dich so ausgeschlossen habe, als deine Mutter gestorben ist. Das war … das war falsch.

Allmächtiger Gott, ich hatte gehofft, ich könnte dir die Tränen ersparen, aber es geht nicht … Achmm, achmm … Entschuldige bitte.

Ich habe die Flasche Jefferson's heute Abend getrunken. Ein Prachtstück. Ich habe das Glas auf dich erhoben. Ich habe einen Toast auf deine Mutter und auf Tante Nono, auf die kleine Molly und auf deinen Onkel Tony ausgebracht.

Ich möchte, dass du weißt, dass ich aus freien Stücken gehe, Kevin. Das Leben ist gut zu mir gewesen. Dies ist keine Tragödie. Du weißt, ich bin kein Mensch für Krankheiten oder Altersheime; ich hätte das einfach nicht aushalten können, Kevin, und so wie ich es sehe, würde es mir doch ziemlich bald bevorstehen. Sei ehrlich, so ist es doch besser.

Ich erinnere mich gut daran, wie Rosaleen deine Hand gehalten hat, als deine Mutter beerdigt wurde. Sie ist eine gute Frau, Rosaleen. Ich weiß, dass ich sie nicht so anerkannt habe, wie sie das verdient gehabt hätte. Sag ihr, ich bitte sie, dass sie auch jetzt wieder deine Hand hält.

Meinem Adam und meiner Caitríona schicke ich meine ganze, tiefe Liebe. Ich weiß, ich muss die Rolle des mürrischen Großvaters in ihrem jungen Leben ziemlich gut gespielt haben. Gib ihnen einen Kuss von mir und sag ihnen, dass Oma und Opa aus dem Himmel über sie wachen.

Das Testament ist aufgesetzt. Es ist alles bei Robert. Es ist für alles gesorgt. Das Land und das Haus sind verkauft und jegliche Anteile, die ich je irgendwo besessen habe, ebenfalls. Du wirst sehen, dass alle Erlöse dir zugekommen sind, auf verschiedene Bankkonten verteilt, außer die Konten natürlich, die ich auf Adams und Caitríonas Namen eingerichtet habe. Ich wollte dir keinerlei Mühe bereiten. Es ist alles so arrangiert, dass du und ihr euer Leben leben könnt.

Da gibt es bloß noch die Sache mit dem Hotel, diesem Hotel. Es gehört mir zur Hälfte. Das ist eine lange Geschichte, und Emily wird sie dir bestimmt erzählen. Du wirst dich an Emily von eurer Hochzeit erinnern, eine nette Frau. Ich möchte, dass sie es bekommt, Kevin, das Hotel; ich gebe es ihr zurück, obwohl ihre Mutter vielleicht noch etwas dazu zu sagen haben wird.

Sie kann dann damit machen, was sie will. So ist es das Beste. Ich überlasse es ihr, dich über alles zu informieren, ich will dich mit den Einzelheiten jetzt nicht langweilen. Aber noch eine Sache, du weißt schon, der Bruder von Rosaleen, der einer deiner Trauzeugen war, sein Name fällt mir jetzt nicht ein, aber vielleicht stellst du ihn mal Emily vor, ich habe das Gefühl, die könnten gut zusammenpassen. Und dann ist da noch etwas Geld, das ein junger Mann namens David Flynn bekommen soll. Robert wird dir das erklären.

Ich bin jetzt bereit für deine Mutter. Bereit dafür, sie wieder an meine Seite zu holen. Es ist ein Risiko, ich weiß. Vielleicht gibt es keinen Himmel. Vielleicht wartet sie da nicht mit offenen Armen auf mich. Aber alles, alles kann nur besser sein als dieses Leben ohne sie. Diese letzten beiden Jahre waren einfach beschissen. Ich habe den Schmerz über ihren Verlust bis in meine Knochen gespürt. Jeden Morgen, jede Stunde eines jeden Tages habe ich diesen Verlust mit mir herumgetragen. Das Schlimmste war die Angst, dass ich eines Morgens aufwachen könnte und sie für immer aus meinem Gedächtnis verschwunden wäre, und das, mein Junge, das kann ich einfach nicht ertragen. Ohne sie bin ich nicht mehr das, was ich einmal war. Ich bin bereit, bereit dafür, ihre Hand wieder ganz real in meiner zu halten, nicht mehr bloß in der Vorstellung.

So, mein Junge, ich glaube, das bin ich. Mit meinen guten und meinen schlechten Seiten. Hab ein gutes Leben, mein Junge, ackere einfach so weiter, und du wirst es prächtig machen. Prächtig. Ich danke dir, Kevin, danke dir für all die Jahre, in denen du mich der Mensch hast sein lassen, der ich bin.

Und denke daran – wenn du mich je brauchst, bin ich bei dir und höre dir zu, immer. Ich liebe dich, Kevin. Mach es gut, mein Junge. Auf Wiedersehen.»

Die Stille umgibt mich, als meine Finger «Stopp» drücken. Dein Foto drehe ich um und lege es oben auf mein Handy mit einer Nachricht, die ich schon früher auf die Rückseite geschrieben habe: «Für Kevin – Drück auf die Playtaste».

Und dann ist es Zeit zu schlafen. Meine Pillen, dein Whisky und ich legen uns ins Bett und auf diese Laken, die viel zu gut sind für mich.

Zuerst der Whisky.

Ich schraube die Flasche auf, während mein Glas, von den Kräuseln, die ich auf dem Bett verursacht habe, gekippt, sich an meinen Oberschenkel lehnt. Ich seufze; eine letzte Chance, zur Tür zu rennen, eine allerletzte Chance, diese Perlen im Klo herunterzuspülen.

Nein?

Meine Hände finden das Glas, und ich hebe es und beginne, sie herunterzuschlucken. Dann trinke ich wieder. Und schlucke und trinke und schlucke und trinke. Ich gieße und schlucke. Und dann lasse ich mich nach hinten sinken, und das Glas ist endlich leer.

Ich schließe ein letztes Mal die Augen und rufe sie: «Sadie, bist du da? Bist du so weit? Ich bin's – Maurice. Kann ich nach Hause kommen?»

Danksagung

Dank schulde ich jenen Freunden und Familienmitgliedern, die mir Geschichten erzählt haben, die dabei geholfen haben, dieses Buch zu schreiben – Tom Byrne, Mary Daly, Gerry Heary, Marése Bell, Séamus Ó Drisceoil, Michael Walsh, Anthony Lowry senior, Joe Brady, Donal Heany und ganz besonders meinen Eltern James und Brigid Griffin.

Dank gebührt auch Rosie Bissett und allen bei der Dyslexia Association of Ireland, wo ich gearbeitet habe, als ich diesen Roman schrieb. Die inspirierenden Geschichten von jenen, die ihre Dienste in Anspruch nehmen, haben die Darstellung des Lebens von Maurice Hannigan stark beeinflusst.

Ich bin den Studierenden und Lehrenden des Creative Writing Programme am University College Dublin 2015–2016 sehr dankbar, die mir in verschiedenen Phasen der Entstehung dieses Romans unschätzbares Feedback gaben – Joe Crotty, Finnbar Howell, Laura-Blaise McDowell, Lorna McMahon, Aedamar Kirrane, Lorcan Byrne, Rory Kiberd, Disharee Bose, Colm McDermott, Eamon McGuinness, Phil Kearney Byrne, James Ryan, Éilís Ni Dhuibhne, Frank McGuinness, Lia Mills, Anne Enright und Paul Perry.

Alison Walsh und Billy Doran, die mir Zeit und Rat schenkten, um mir zu helfen, dieses Buch zu veröffentlichen.

Louise Buckley, deren Glaube an dieses Buch meine ganze Welt verändert hat.

Emma Herdman, die mir dabei geholfen, dem Text Glanz zu verleihen.

John Boyne, dem Mann, der mich als Erster ermuntert hat zu schreiben und der meine Reise seitdem unermüdlich unterstützt hat.

James und Adam – die mir aufhelfen und mich abklopfen, wenn ich gestolpert bin, und ihren Händen, die ich immer halten werde.

Nikola Scott
Zeit der Schwalben

512 Seiten

Es ist ein goldener Sommer im England der späten fünfziger Jahre: Die sechzehnjährige Elizabeth ist begeistert von den jungen Leuten, die sie auf dem Anwesen der Freunde ihrer Eltern in Sussex kennenlernt. Sie erlebt unbeschwerte Tage mit Ausflügen, Picknicks und Partys. Und sie verliebt sich ...
London, vierzig Jahre später. Nach dem Unfalltod ihrer Mutter erhält Adele Harington einen mysteriösen Anruf: Ein Mann spricht von «neuen Spuren» und nennt immer wieder ein Datum. Und dann steht plötzlich eine Fremde vor der Tür und behauptet, Teil der Familie zu sein ...